长篇小说

足尖旋转

南希——著

河南文艺出版社
·郑州·

每一个不曾起舞的日子,都是对生命的辜负。

——尼采

十六　狼爸虎妈 / 61

十七　冒牌"舅舅" / 65

十八　上帝的手 / 72

第二部　一直飞到你悲伤的心所在的地方

一　屋顶芭蕾 / 79

二　打电话 / 84

三　悬空的舞者 / 88

四　恍若隔世 / 91

五　幽暗的旅行 / 98

六　大篷车 / 103

七　"老废物" / 106

八　颜色的历程 / 111

九　翠西 / 116

十　浮桥 / 122

十一　偶然 / 126

十二　激情之爱 / 132

十三　爱一程伤一程 / 137

十四　波西米亚楼 / 140

十五　亮灯的门廊 / 148

十六　不见光的魔鬼训练 / 151

十七　好风长吟 / 157

十八　多雪的冬天 / 160

十九　昼夜之交的黄昏 / 165

二十　丁香似雪 / 169

二十一　东劳西燕 / 177

目录

第一部 乌云密布，或是灿烂星光

一 那时的阳光，那时的风／3

二 梦的底片／6

三 富强粉馒头／8

四 双人舞／13

五 内部电影／17

六 罗密欧之"死"／21

七 在狱中／25

八 "小天鹅"／27

九 全民学英语／31

十 天涯觅芳踪／34

十一 奇异地醒来／38

十二 地下室的靡靡之音／40

十三 文艺青年男朋友／45

十四 舞台上下／51

十五 逃离／55

二十二　闯入者／181

第三部　远方，河水正在流淌

一　一朵玫瑰的距离／191

二　丰乳肥臀／194

三　灯塔礁酒吧／197

四　芭蕾畅想曲／205

五　按摩女郎／210

六　香薰灯／214

七　白夜／220

八　蓝血婴孩／230

九　金蛇狂舞／233

十　邂逅／239

十一　一仆二主／243

十二　回肠千叠／250

十三　吾与谁故／253

十四　双雄对决／260

十五　阁楼夜话／263

十六　骰子人生／267

十七　天妒红颜／270

十八　火鹤之舞／273

十九　雨夜合欢／277

二十　如影随形／281

二十一　古老玫瑰／284

二十二　梦断巴黎／288

二十三　无人独舞／290

二十四　如梦之梦／294
二十五　此情可待／304

附　录　在孤独与梦想的困境中前行／309
　　　　——海外华文女作家南希访谈录／陈蘅瑾

第一部 | 乌云密布,或是灿烂星光

想起了当年那一阵忧伤或愤怒,
我再对这一个那一个小孩子看看,
猜是否她当年也有这样的风度——
因为天鹅的女儿也就会承担
每一份涉水飞禽遗传的禀赋——
也有同样颜色的头发和脸蛋,
这么样一想,我的心就狂蹦乱抖,
她活现在我的面前,变一个毛丫头。

——叶芝

一　那时的阳光，那时的风

小米还没出现，杨帅已经感到了她的存在。

他不是用眼。他用心。

在心里他等了太久，久得自己都忘了多少年了。

所以在拥挤的人流中，他一眼就认出了小米。

说好了开车在候机楼门口接小米。出门前，他把胡子刮了又刮，一点青楂儿都不留，又喷了古龙香水。临出门，又退回来洗把脸，把香水味洗掉，又换了一件衬衫，直到一点味道都没有了。慌手慌脚地上了路，遇到堵车，他还是晚了，小米的航班已经到了。

候机楼外车流拥挤，噪音刺耳，他的车被堵在车流里，像大海里一条小船，慢慢地向前划。窗外乱哄哄人来人往。在等候的人群中，他看见了小米。她怯生生地挤在人群里，东张西望，人显得那么瘦小。

杨帅怎么也没想到，他兜了一个大圈子，找遍全世界的这个女人，就这么突然地出现在眼前。在这乱哄哄的纽约机场看到小米，仿佛不那么真切。

她上了车，坐在后座上，朝他只是简单地打了声招呼，似乎他们并不是多年没见。他透过后视镜,悄悄地望着她;她自顾扭头看着窗外。有个穿制服的人走过来,拍拍他的车窗户,哇啦哇啦地吼,叫他别停留快开走。

在汽车喇叭和出租车调度的电喇叭和各种嘈杂声中,杨帅开始说话了,像念台词一样说着精心准备好的忏悔词。几乎是讨好的声音,说"当年是失手,是醉了,是一个意外"。好不容易把准备了好多年的话,用一分钟就说完了,自己都觉得轻描淡写,不真实到可笑;可她似乎没有在听,有点心不在焉,并没有在意他的话,这很使他没面子。听说她病了,可是这次来的目的,却是为了另一个男人,这更使他失望。可是他不能错过这个机会。

车出了城,路过一片又一片广阔的草地。一切安静下来,两个人都没说话。他不知道她在想什么,但是他自己在想着这个女人以前的样子。想起他们当年在一起的情境——20 世纪 80 年代的公园,人迹稀少,不像现在这么多人,那是个雨后晴天。小米以前的样子。那时的她梳着流线型爽适的长发,她圆圆而柔软的耳廓,在阳光下变成透明的粉红色。在紧靠耳垂的底端,有一个小小的黑痣。她喜欢穿戴帽套头绒衫,向两边撇的八字步,随着这些印象的叠涌,最先出现的,总是她的背影。大概因为他总是落在她身后,所以最先想起来的每每是她的背影。

杨帅忽然停了车,提议下车走走,小米坐了很久的飞机,也很乐意在风中散散步。她穿着剪裁可体的格子大衣,颈子上围着一条蓝色白点的丝巾,她还是那样子,说话时总是定定地注视对方眼睛。幽暗的城市景观和风一起灌进他的眼睛。什么东西让他突然眯了眼。其实风很柔和。这个名城在变旧绽裂,整个城市由此而显得褴褛。

远离了人群,她看上去似乎轻松了许多。她转过脸,甜甜地一笑,启齿之前先定定地看着他的双眼,就像在一泓清池里寻找一条小鱼。这么近地被她看着,这么亲切的笑容。一切都令人感到迷惑。他有点晕眩。"那一定是一场真正的舞蹈表演。"小米字斟句酌地说着,双手插进粗花呢大衣袋里,觑了他一眼,妩媚地一笑。她从衣袋里掏出手握住他的手:"杨帅,我相信你会帮助他,这是他最后的机会。"

他吃了一惊:"你相信我?我简直不相信自己的耳朵。为什么这么绝对?"

"知道,我就是知道。"小米仍然抓住他的手说。

默默地走了一会儿。"这还不容易,我答应你不就行了!"他说。

"你这话——可是真心的?"

"当然是。"

小米停住脚,目不转睛地凝视他,然后她踮起脚,轻轻吻了一下他的鼻子尖。一股暖流穿过他全身,仿佛心脏都停止了跳动。

"谢谢。"小米道。

"谢什么。"

她不无凄凉地笑了一下,说:"那我就放心了啊!"

"为什么?"

"因为在这个世上,只有你和他是我最爱的人,你们又是这么敌对,简直像敌人一样在世上生活,我死了也不会放心的。"

听到她这么讲,杨帅又高兴又难过。难过得想哭。

"可是你们都是好人,你看上去跟别人不同,可是我知道你,是个好人!"

"你们可不可以不再敌对,做好朋友?"

杨帅摇头,她大惊:"为什么?"

"因为不可能!"他合拢嘴唇,继续往前走着。他头脑中思绪纷乱,理不清头绪,便也缄口不语。小米在他身边悄然移动脚步。

"我们俩,都想跟你好,可是你只能选一个。"

"那是不对的。"少顷,她才接着说道。

"怎么不对呢?"他轻声问。

"难道我跟高飞结了婚,跟你就成了敌人吗?"

"你别忘了,为了他,我蹲了监狱,我怎么能变成他的朋友?你忘了他也不会忘的!"

"也不是一生一世都这样。"小米的声音有点干涩,"总有一天要结束的。现在,他正需要你的帮助,说不定你可能助他一臂之力。我们总不能眼盯旧账簿过日子。是吧?"

"也不是一生一世都这样?"他觉得这话说得很奇怪。

"好啦,不说别的了。现在,能帮助他的只有你了!"由于精神仍然集中在回忆上面,他未能及时意识到事实的门已经打开。他一时没有反应过来。现在他一下子明白了,她突然来此,一定是有什么事情。

"不要胡说,我在,你不会有事的!"杨帅吼着,一把搂住她,靠在自己怀里。她双肩绷得很紧。他不知该说什么,察觉自己大概说了不该说的话。再回到车上,他脑子很乱,脚踩油门不断地加速,把车开得飞快。风吹乱了她的头发。路上车辆稀少。最后他们在一个镇子上停了下来,走进了一家旅馆。他握着她的手,手指互相交叉在一起,并放慢了脚步,以便和她的步子协调。他带她走进旅馆的酒吧。一间挺大的屋子,光线阴暗,匆匆打扫后胡乱摆回去的桌子椅子,一股消毒水的气味,却去不掉啤酒、威士忌、雪茄、纸烟和男人的味道。他们在酒吧草草吃了点东西,准确地说,东西没吃几口,酒倒是喝了不少。

在酒精、痛哭、悔恨、原谅、眼泪和爱的复燃,种种情愫催促下,不知不觉,他和小米在旅馆的床上倒在了一起。

二 梦的底片

杨帅把小米拽到面前,搂住,她扭开脸,可能是嫌他嘴巴里带着一股纸烟的呛味。她开始还推他,慢慢不动了。他把她的手搁在自己脸颊上,又搁在自己嘴唇上,像嚼着冰糖葫芦,那股清甜一点一滴地淌出来,满嘴甜得直打噎,这时却听见一句丧气的话:"我知道你喜欢我,可是……"

他扫兴地说:"什么都别说,我不想听。"

"你知道我想你多少年了?"他的嘴轻轻咬住她翘起的下巴。

隔着衣服他不敢动,为了不引起那种难堪的反应。他也不敢看她,怕看到那瞳仁深处,那黑漆漆、浓重重的图形,他把灯关掉。

黑暗里,她很安静。根本没有出现他想象的害怕啊,说话啊,做作的笑啊,什么反应都没有。

他开始恼火,不知该怎么办。

于是便使劲地晃身子,压她,磨她。

她一声不吭,像一个耐心的保姆看这个叛逆小男生在恶作剧。

两个人完全不平等。

杨帅换了个姿势,把她的双手抓在手里,用他骄傲的胸脯压着她的胸脯,用下巴上的胡楂子在她脸上磨蹭,用鼻子去顶她的鼻子。她的平静激怒了他。他甚至能感到黑暗中她的笑容。在黑暗中两人对峙了很久,五分钟?也许是十分钟?他几乎觉得是和她在一起睡了一个纯洁的午觉。多么讽刺!他想了这么久的女人——这么多年,在中国的监狱里,在日本的纸皮屋,在加拿大的地下室,在美国的库房,在无望的日子里,想着她的身体他就能起反应。可是,在这个时刻,把她压在身子下面,自己却没有反应,这是怎么回事?什么地方出了毛病?

洞悉彼此的心思。杨帅并不想答应小米的要求。可是一个女人的身体,就这么温温地贴着他,不一会儿他像一滴墨汁滴在宣纸上,慢慢地洇开,整个人就这样洇开,已经不能把握自己了。只想把眼一闭,跟她来个一不做,二不休。明明知道她的心和身子都不是自己的,只剩下一个空壳,明明是违心地做交易。"罢!罢!就是空壳我也要,我要把它剁了,撕了,吃了!"想到这儿,觉得有些灼热的东西在他体内升腾。泅开的一摊子慢慢聚拢来。密密的汗珠清晰地交融。他喘息着,把她抱起来,使了一下力气。

小米突然睁开了眼睛,瞳仁在黑暗里放出光芒。杨帅又想起了二十年前那个雨夜,小米惊恐失措的眼神。他紧绷的肌肉如同断弦的弓,颓然疲软下去。

他站在屋子当中,对小米说:"我会帮你找到导演,看一看高飞的作品。"

小米走了,他立在门口,目送这个他唯一爱着的女人。看着她细小细小地走着,走远,他发誓要等她自愿献身,等一棵许了愿的樱桃树以开花来还愿……

三 富强粉馒头

三个月后,在杨帅的帮助下,高飞终于得以参加舞剧的演出。开演之前,杨帅习惯地站在大幕侧面,等待今天的主角——高飞上场。很多舞者都拥到了侧幕。小米站在他的侧前方,实际上她离高飞更近些。他们后面没有人。他想触碰她,轻轻地装作不经意地碰一下她的胳膊。如果她不避开——他想把一根手指放在她光溜的脖子后面。然而,他什么都没做。

他想到一个相似场面,同样上演舞剧《罗密欧与朱丽叶》,二十年前他和高飞、小米,三人都是舞蹈演员。他们对角色太入戏了,一上台马上就进入了世纪大戏中的爱恨恩仇,拔刀相向。大幕落下时,总是会一个人受伤,另一个人死去。

一个人活在世上,总有其依附之物。演员的魅力只在台上,在台下他们就是一般人,面目模糊的个体,因为生命的遗憾太多,俗世的不如意,糊涂一点的人，一辈子也就过去了。生命也是一台戏吧。可是一上了台，他们就活了，这流传百年的戏剧就像一出精彩的人生，它是精华人生，不像凡人的一生有太多的烦恼转折，茫茫的无奈，琐碎的销蚀。剧中那些情情义义、恩恩爱爱、卿卿我我，那些瑰丽华章根本不是人间颜色。

人间，只是卸了妆、抹去了脂粉的脸。

就这两张脸。

小米当年是朱丽叶，跟她演对手戏的，自是演罗密欧的演员了。高飞是罗密欧 A 角，杨帅是罗密欧 B 角。朱丽叶的心只属于罗密欧。罗密欧气尽，朱丽叶岂能独自偷生？当他服毒命绝，她也活不下去了。但这不过是戏。到底他俩没有死。

怎么说好呢？

咳，她，可是杨帅最爱的女人。真是难以从头细说。

舞剧马上就要开演了。后台熟悉的、混乱的、新鲜的印象跟以前一样，一切的人声、音乐声，嗡嗡的，就像大戏开场前的序曲，乐队在乐池里咿呀响着各种调子，调着弦儿；化了妆的舞者穿梭似的在后台穿来穿去，伴随着尖叫和嚷声；舞美队乒乒乓乓地搬运道具，班头轻声呵斥着"小心！""慢点！"；灯光师则像猫头鹰一样静静的，戴着耳机，表情严峻地站在高架子上，调试着灯光。台下不管是黄皮肤还是白皮肤的观众，都正襟危坐，带着期待和迷茫的欢喜，等待着古老的故事开始。

灯暗了。只一线流光，伴着由弱变强的音乐声，大红的帷幕扯起——

他俩第一次见面。

20 世纪 80 年代。一个夏天。每到中午，世界就如同死去一般，一切停滞不动。整个舞蹈学校都在午睡时间，燥热的天气没有一丝凉风。男生宿舍里，窗户上拥着很多人。杨帅此时坐在一间宿舍的窗台上，坐在那窄窄的窗台上，两条腿在半空中晃悠着。男生宿舍学员们正在打赌，有人说：

"谁敢从二楼跳下去,我这富强粉馒头就送给谁。""我敢!我真的敢。"屋里同室的吵嚷声传到楼道:"这可是你说的啊!说话算数?"

那个以富强粉馒头打赌的,又提高了价码:"你敢从三楼跳下去,我就给你!"

因为说"我敢"的是舞校个子最高的杨帅。

杨帅跑上了三楼,男生心急又心痒地拥着他,跑上三楼。这个岁数的男孩子,刚吃了饭就马上又饿了,加上成天练功,早上练,晚上练,饿得很快。今天食堂做的可不是普通的馒头,而是一年才能吃一次的富强粉白面馒头。可是谁都不敢挑战,别说三楼,就是二楼也不敢,舞蹈演员谁敢拿自己的艺术本钱开玩笑?除了杨帅。

当时的他英俊聪明,身材高挑,才华出众。他虽还没毕业,却被选拔到了国家级剧院,将成为著名舞剧《罗密欧与朱丽叶》中的男一号 A 角,过两天就要去报到了。报纸上是这么评论他的——"杨帅有着高挑的个子、绝佳的身材、帅气的外形,与生俱来的感悟力、爆发力和火一样的激情,裹挟在他扎实的基本功里,显出极大的舞蹈魅力!杨帅的舞姿中投射着舞者的天赋与灵气,鲜明的个性不仅感动了观众,也打动了许多知名编导。十八岁,他主演了舞剧并获得巨大成功。精妙的肢体语言渲染了一幅美妙绝伦的画卷,再次惊动舞蹈界。在他身体的动律节奏中,有种天人合一、人神感应、气贯长虹的舞蹈魅力。"

人们并不知道,八岁从小城镇被选中进了舞蹈学校时,他心里非常自卑。在最初的两年里,对他唯一的吸引是能吃得饱吃得好。多少次他吃着在过去无法想象的美味时总会想:要是父母和兄弟们也能吃上这就好了。但吃饭之外的一切几乎都令他痛苦:陌生的环境、枯燥的生活、远离亲人,还有那几近严酷折磨的训练。唯一的安慰是每天晚上钻进母亲缝制的棉被,闻着残留的家乡气味,忍不住地流泪抽泣。他想念家乡的一切,甚至包括那拥挤的炕和兄弟们的臭脚丫子味……

他的童年生活平淡无奇,要说有点特别的地方,就是家里兄弟七人,一家齐刷刷七个男孩,因此母亲被人称为最有福气的女人。但他们的生活毫无福气可言,整日里饥肠辘辘。即便如此,由一个孩子的眼睛看去,周围的一切都是正常的,包括饿肚子,包括贫穷。只要还没有饿得动不了,就要玩,就能找到欢乐,一群孩子在街上一起耍,总有玩不完的游戏。生活虽然贫困,家里却有温暖和亲情。一次他想给母亲一个意外的惊喜,自己悄悄地做起饭来,却不小心打碎了一摞六个饭碗。他吓坏了,造成如此重大财产损失,一场狠揍也是免不了的。惊恐之中他求助奶奶,结果奶奶把罪责揽到了自己头上。

此刻他鹤立鸡群地出现在三层的窗户上,对面是女生宿舍。他像即将跳水似的坐在窗台上,宽阔的肩膀上披着闪亮的阳光,两脚挂在窗外。喜欢恶作剧的他,除了馋嘴那个富强粉白面馒头,另一种心理渐渐占了上风——在对面的女生楼上,一扇扇窗户打开了。每一个打开的窗口都有几颗可爱的小脑袋。他很满足。他需要有观众,尤其是只会尖叫的舞校小女生。

但是此时没人尖叫,不是因为紧张得忘了尖叫,实在是不能惊动老师跑到宿舍楼来,那样谁都看不到好戏了。大家鸦雀无声地等着看他出洋相!他也在等着,仿佛人不够多就不够刺激。现在,他就是主角,天生的主角,仿佛在练习《罗密欧与朱丽叶》阳台幽会的一场戏。

他踌躇满志地瞥了一眼四周的观众,发现对面楼一个窗口的女孩很特别。她的一双眼睛,特别明亮并且水气汪汪。她身材修长,皮肤白皙,五官精致,嘴角微微有些上翘;她瀑布似的黑发呈现柔润水滑的光泽,显得楚楚动人。她一只手扶着窗户框,正满面愕然地望着他。从她深邃的双眸射出的目光相当犀利,当它询问似的扫过来时,他竟有瞬间自己变小的感觉。

他被一种异样的感觉击中了:两团烈火蹿出手掌心,而他的脊椎,灌入一股凉飕飕的寒气。"这个女孩子我怎么从来没见过,是哪个班的?"他寻思着。她不是舞校女生常见的那种美,而是有一股子傲和冷,有种特别的味道。是什么味道,又说不出来。眼神里有些深沉的东西,甚至可以说是冷峻。他内心像给什么刺了一下,有些慌。他再也无法平静,有点走神,和原本高涨的挑战心情有点接不上茬。旁边的同学催促,赶快跳啊!谁也没注意到他在犹豫什么,以为他在害怕。对面的女生报以音乐般的笑声,那个女孩也似乎受到了感染,不由得咧开嘴角,她笑了!她和他四目相对,几乎是迎面相撞,他的目光,来不及躲避,被摩擦得火花四射。在雷光电闪的一刹那,他脑子一昏,扑通!就摔下了楼。

二十年后,他回想着两脚挂在窗外这一幕,当时,如果不是被一双黑眼睛迷住,他就不会跳了。这个场面很像《罗密欧与朱丽叶》阳台幽会的场面,恰好这个戏是他事业的起点也是终点。

回顾他的命运成长,都与这个叫小米的女孩有关系。

六个月后,同学们都毕业了,而他因为两根筋腱扭断而住院,需要在家养伤,还因为他被校方处罚停课,不能如期毕业。参加毕业典礼,大家都兴高采烈,他却是灰头土脸,无颜见人。连刮来的风都呛人,带着烟似的卡在嗓子里痒得很。他摔坏了脚筋,也把A角跳没了。背处分,进医院,太倒霉了!正在这么心情糟糕的时候,却又看见了小米,就不由得远远地跟在她背后。

他看见她身穿紫色的裙子,像一片云彩,从宿舍楼里飘出来,怀里抱着一个小纸盒。她慢慢走到学校的大门口,忽然折身,朝北角的旧练功房走去了。她在昔日的校园转悠,一个紫色的身影时隐时现,远远望过去,影子在光线下波动,散发出一丝缅怀的气息。他注意到她在一扇窗子边停了很久,手搭着额头朝练功房张望。不知她是在找人,还是在找她自己的影子。那是一间旧平房,用很大的仓库改的。新的练功房在大楼里。现在每个班都有自己的练功房了,还有大窗、大镜子,比这个旧平房好多了。旧练功房的窗子,扁扁小小的,像火车的车窗。他便想象着,在这间练功房里,她湿漉漉的头发绾起后,用一把红色的塑料梳子插好。她有时跳舞,有时练功,有时什么也不做,就在窗边发呆,像一个旅行者坐在前行的火车上。

他可以望见她的火车,但望不到她未来的旅程。他认识的是小米,其实只是一个陌生人。不清楚自己在她心中的形象,是不是另一个陌生人。

阳光漫上了他的胸口,胸口很热,热得有点窒息。这个季节充满了欲望和生长。女孩,我再也见不到你了吗?这一切是怎么开始的?我是从什么时候开始想你的?他的身体隐约知情,而头脑一片茫然。

四　双人舞

一年后,小米在一个著名大舞蹈团已经渐渐声名鹊起,除了出彩的装扮,传神的表演,完美的身材,绰约的风姿,最重要的是她有过硬的足尖技巧……还有一样,人人妒恨的恩赐。

就是妩媚。

女演员技术虽好,独缺妩媚,非良才也。求之亦不可得。

正在排的《罗密欧与朱丽叶》,不就是英雄美女、才子佳人吗?

而此间的杨帅,被迫在家养伤一年,而且留级。他哪里甘心?脚伤治愈,他费尽千辛万苦,也考进了同一个舞团。

报名那天,天气阴沉,小雨霏霏。听说有外国专家在排新戏,杨帅便直接赶到排练大厅,还没走近,只听钢琴声伴随着足尖鞋在木板地上的踏踏之声,像阵阵急雨,已经使人嗅到紧张气氛。他溜进排练厅,趁人不注意,把背包塞在墙角,速速换上衣服。他一转身——眼前一亮,他看见了小米!

她穿一件单薄的练功衣,没戴胸罩,大概练功时嫌累赘。胸前那一对小小的凸起,骄傲而坦荡。一件被随便剪成短裤的裤头搭在腰间,像天鹅舞里的小翅膀裙,里面穿了件黑色紧身裤,裤脚处脚腕上套了一个厚厚的灰色毛线护腕。她未施脂粉,瘦削纤纤的身材,虽是寻常的训练服,却显得风姿绰约。现在她把腿搭在杠上抻了一会儿,又趴在地上压腿,横劈侧劈,热身差不多了,就脱下毛线护腕,露出了那双漂亮的小腿。哇!那脚背,才叫脚背,稍微踮起,就弯成了一张弓,带着漂亮的抛物线弧度,和吹弹即破的柔软度。那一双可爱的小脚,缠着纱布,从里面渗出血。

他莫名其妙地胆怯了。她还记得他吗?听说她已获得了一连串的舞蹈比赛奖。还听说她是个有脾气的女孩儿。别看她平时软绵绵的,一举一动都有些逆来顺受的意思,有点像水,但你要是一不小心冒犯了她,眨眼的工夫她就有可能结成了冰,寒光闪闪的,用一种突发性的行为跟你玉碎。

他在侧面站着,观察着在不远处踮着脚尖、叉着腰的小米。其实小米早就注意到这个身材结实、个头高高的年轻人。他脸上竟还带一些婴儿红,甚至从双颊一直红到前额,在额头分散成几片不对称的淡红。她心里暗暗觉得有趣。他有那么一双眼睛,又大又黑的眼睛,一双像女孩一样过于妩媚阴柔的眼睛,闪着敏锐而不安的眼神。他的装束带着某种刻意,头发梳得很亮,油光乌黑的头发从侧面分开,长长地弯曲着梳在耳后。小米不知道那是天生的自来卷,只觉得他看上去蛮自恋的。极爱显示身材,练功裤紧绷在腿上,上衣故意剪掉袖子和领子,成了自己创造的款式。挺拔的身材,又长又直的腿,自信高贵的气质,生来就是当王子的料。仿佛他来到这个世界上,就是要做某种宏图伟业的。最令人注意的是他唇红齿白的,好像画中人一样。若不论他夸张的衣着,倒算是一个英俊的男人,只是有点过分漂亮了。他迈着舞者特有的"八"字步,却比其他人走得帅气;他习惯性仰起下巴、用眼角看人,看上去狂得要命。练功课开始了。在练习双人舞时,平时有舞伴的就开始练了。杨帅发现小米没有舞伴,趁机走上前,对小米伸出了手,"知道我是谁吗?你不认识我,我可认识你!"他这样自我介绍,带着一种欣赏的,相当有暗示意味的殷勤笑容。"谁不知道你啊?你不就是跳楼的那个傻帽呗!"她鼻子里哼着。

嗯,第一步不太好玩,杨帅没有占到便宜。他扭过头,对她使劲皱起浓黑齐整的眉毛。小米有心压他的自信,可是手却背叛,不忍似的接受了他的邀请。排练场上,演员们开始跑动、跳跃、托举、旋转,只见杨帅的样子最出色,俯身抬腿,一举一动都显出他的颀长身材。他有点在小米面前献宝的意思。小米削尖秀美的脸上像喷了两团醉红。一个圈转过来,她的嘴正好贴近他的颈窝,一团娇喘中带着一声称赞,"你跳得不错!"杨帅更带劲儿了。他们引起众人的注意。杨帅更加用力,想以出色的表现引起专家的注意。这招果然奏效。在一排一排的舞者里,专家一眼就看中了他,招呼着让他和小米走到前排来,其他演员退到一旁,单独让他俩跳一段双人舞。接下去他们的表现让所有的人瞠目,意外的包括他们自己。

杨帅一步迈出去,就觉出小米的不凡。音乐响起来,轻快灵动,节奏变幻,杨帅为了稳妥起见,小心翼翼地走了几步,小米跟得自如圆润,轻若翎羽,天衣无缝。杨帅惊喜之余,加大了旋转的幅度和托举的力度,而小米依然配合默契得无可挑剔。接下来的舞蹈,两个人的脚下错综起来,令人眼花。

这时,小米的手一使劲,牵引了他一下。杨帅明明白白地看见她的定力和轻盈,暗暗心惊,知道是棋逢对手,不甘示弱。一招一式,一个回旋一个跳跃,他都感受着她的柔韧与敏锐。因为有了挑战的心,他暗暗使劲,到后来竟有了比试的意思。他额上微微渗出薄汗。小米胯上的灰绒短裙,像小天鹅的纱裙,由着舞步翻飞律动。他粗重的男性气息,吹拂在她脸上,他把她的手攥得紧紧的,紧得能拧出水来。靠着他的完美托举和引领旋转,他俩渐渐地沉醉在这惊心动魄、魔鬼般的音乐中,这段舞成了两个人的狂欢。她在最后一个音符中停住,一条腿高高抬起,另一条腿像锥子似的立住,两条腿像大写的数字"1",直立着,一股飒然英气爆发出来。杨帅又一次被小米迷住,被淹没在波涌翻腾的感情之中。

掌声响起,是那位大名鼎鼎的受聘法国专家,他说,没想到封闭这么多年的中国,竟然培养出了一流的舞者。这一对郎才女貌,真是头牌明星的架势。他远远地打量着杨帅,对团长说:这个年轻人,作为B角。他的话一言九鼎。杨帅立马变成了B角罗密欧。A角不是别人,正是当时红遍芭蕾舞界的,从外省舞校毕业,去年担任《天鹅湖》男主角的高飞。后来杨帅才知道,当初自己因为摔坏了腿影响了生命中最重要的演出,男一号A角替换他的就是高飞。

高飞在舞剧《天鹅湖》中成功地扮演过王子,称得上红极一时。但是,在A角和B角这个问题上,高飞表现出了一位成功演员的得体与大度。他在大会上说:"为了剧团的明天,我愿意做好传帮带,我愿意把我的舞台经验无私地传授给杨帅,做一个合格的接力棒。"但在《罗密欧与朱丽叶》公演以来,杨帅就渐渐心生不满。给当红演员做B档,本来就是一个寒碜人的角色,他觉得高飞一直霸着舞台,一场都没有让过。王子的戏份那么多,舞蹈那么重,高飞总是说自己没问题、吃得消的。他早就看出来了,闷不吭声的高飞心气实在是太旺了,有吃独食的意思。这人的名利心开始膨胀了,想着法子横在杨帅的面前。

高飞征服了观众,征服了专家。他个子不高,眉眼疏淡,身材略显单薄,可是气势上有夺人的高亢与奔放。他跳跃式的空中亮相无人能及,跳点特别高,似乎牛顿的落体定律对他不起作用。透过高飞的一招一式,芭蕾舞这种艺术的美被诠释得淋漓尽致。这是杨帅赶不上的地方。但是作为古典舞剧的男一号,杨帅的外形无人匹敌,他的身高、相貌,简直是量身定制的王子。他自信能征服观众和导演,也应该能征服了小米的心。

有一次,戏演到一半,杨帅一个人站立在大幕的内侧,冷冷地注视着舞台上的高飞。谁都没有注意到杨帅,谁都没有发现他的脸色有多难看。厄运在这个时候其实已经降临了,它笼罩着杨帅,同时也笼罩着高飞。这段舞本是属于他的,他闭着眼睛都能找到位置。杨帅知道独舞快结束了,因为乐队又弹起了开头时的旋律,但每一小节后面都有段速奏。他等着曲子的结束,怨恨的心情渐渐增强。这时,一阵掌声和乐队演奏的最后一个华丽的乐段传来,宣告了男主演独舞的结束。观众对高飞报以热烈的掌声。场内的鼓掌整齐而又有力,使人想起接受检阅的正步方阵。

大幕从里面拉开,几对伴舞者先走下来。几次谢幕之后,高飞才回到了后台,脸上洋溢着一股难以掩抑的兴奋。杨帅就是在这个时候和高飞在后台相遇了,面对面。一个热气腾腾,一个寒风阵阵。

高飞说:"怎么样?"杨帅说:"看了。"高飞说:"还行吧?"杨帅却不开口。说话的工夫许多人已经走上来了,杨帅一把接过剧务人员准备给高飞下一次上场用的道具剑,拿在手上,对高飞说:"快上场吧!"

高飞拿着剑,正在最后亮相时,这把剑在高飞手上突然耷拉下来。剧务组的人眼疾手快,没等时间到就迅速把大幕落下来,沉重的华丽丝绒大幕正好落在没有防备的高飞头顶上,他站在那里,呆若木鸡,样子十分狼狈。

五 内部电影

舞剧的成功,场场爆满,给舞团带来了经济收益。杨帅发现,小米渐渐开始信任高飞,因为高飞在业务上精益求精,人又老实,总是陪着小米泡在排练厅排练。杨帅有意加紧了追求小米的部署。他提议小米一起去玉渊潭游泳。游泳间隙,总要聊聊天,一块儿夸夸谁挤对挤对谁,议论一下团里的事,这就亲密了一些。小米挺能聊,像一般大学里的聪明学生一样,话题也挺高雅,集中在上三路。为了显得自己也不俗,杨帅把能想起来的,听过一耳朵的五个字以上的外国人名,全像说老熟人一样抖落了出去。有一阵子,他俩就像在比赛背外国名人大词典。终于,才尽智竭了,也累坏了,各自露出了本来面目。她说,团里公布的出国名单上没有她,怎么办?杨帅说现在舞蹈演员工资低,总是没有演出机会真惨,男舞者更被人看不起,没有知识分子吃香,将来找对象都难。都挺发愁,又都互相劝慰,觉得对方的愁不算什么。为了证明自己的愁算愁,两个人又争着倒出各自不可告人的隐忧。待双方都发觉说得太多时,已经太晚了,对方已由素昧平生的陌生人,一跃而成为知道自己秘密最多的第一知己。

事情自然而然地演变着,每天不但练功、排练,平时两个人也总在一起了。有段时间杨帅很拮据,每次在饭馆吃饭他总是提心吊胆,生怕吃冒了钱不够当众尴尬。一般人一个月工资不过三四十元。舞蹈演员也挣不了多少钱。最好的舞者跳一场也只挣五元钱。舞蹈演员又必须吃强化食品,一月工资和奖金大都吃掉了。后来,他们连餐馆也不大敢进了。杨帅常穿着练功时的旧绒衣、再披件军大衣满处晃。两个人都没手表,上街时就去商场看人家墙上的钟。最令杨帅不安的,小米是个粗线条的姑娘,只当他是一个哥儿们,最多是第一知己。她一心只扑在跳舞上。舞者是吃青春饭的,女舞者若不趁年轻时跳出点成绩,错过了时机就算一辈子白瞎了。杨帅心里盘算着:"我得瞄准她,主动出击,可不能让她跑掉了。"

"喂,有内部电影,看不看?"杨帅逮到一个看内部电影的机会。"是《茜茜公主》吗?"小米问。

"比《茜茜公主》还好看!内部的,还没翻译,是我朋友找的现场翻译。"杨帅急赤白脸地说,生怕小米不愿去。小米看他的眼睛完全是小孩子式的:眼睛边缘结实,富有弹性,睫毛就像四射的光芒,把那一股单纯的焦急,直直倾泻在脸上。小米想,他可真是一个小孩子!

小米坐在杨帅自行车的后座上,两人一起去看电影。杨帅蹬着车,缩着肩,弓着背,屁股抬起老高,身子一扭一扭,费力地绕过警察的视线,左拐右拐地穿小胡同来到了看电影的地点。小米的手信任地挽住他的腰,他无意中触摸到了小米露出袖筒的一段胳膊,细小而柔韧,青春期的欲望令他震惊,掠过他年轻身体里的所有神经。

他口袋里装了一小摞包金纸的进口黑巧克力,和几块包油纸的维夫巧克力饼干,想看电影时带给小米。他们来到电影学院门口,站在寒风里冻得直跳脚,等了好久才出现了一个熟人。像对暗号似的,对方对杨帅说:"来啦?"杨帅谦卑地欠欠身,说:"带来个人,我们舞团的!"那人看了小米一眼,拉下脸来,说:"下不为例啊！人多了不安全。"

他们被领进了一间不大的密不透风的黑屋子里。屋里黑压压的,挤满了人,电影没有翻译也没有中文字幕,只有一个女的小声做同声翻译。她的声音比蚊子大不了多少。她大概也是二把刀,多半时间她并不翻译。大家在胶带的嗡嗡声和听不懂的外语声中看完了电影,只看见一些男人和女人的模糊身影晃来晃去,根本就看不懂他们在干什么,电影就结束了。杨帅把小米安顿在靠前的位置。他们挤在陌生而亢奋的人群里,像参加地下组织活动似的神秘而无所适从。小米看不到杨帅,有点慌。"我在这儿呢!"小米感觉一股热腾腾的气息就吹在她脖梗上,杨帅就坐在她身后,不时地把同声翻译的话传递给她,吹在她脖梗上的温乎气儿带一点他的味道——甜丝丝的巧克力维夫饼干的味道。小米的心思有点乱。

看完电影已过半夜了,公交车 12 点就没车了。这是一个机会,可以跟小米独处。可接下来,他又发了愁,很难找到一个可以单独相处的地方。在外面过夜？根本不可能！因为敬业的工人治安纠察队员,会把他当可疑的流氓分子押送到派出所。住旅馆？更没门儿！根本没有对社会开放的旅馆,有的只是单位招待所。住招待所吧,没有介绍信不成;再说不是本单位的人招待所不接待。去弄一张介绍信吧,来不及了,再说男女开房,要出示结婚证。万一哪一样不对头,马上报派出所找警察,或报到团里,那可就惨了。

杨帅寻思了半天,都不能达到目的,最后,他以一个真正的绅士姿态,做了一次护花使者。他不能和小米一起回单位;再说深更半夜让小米走那么远,也不安全。他托一位朋友的太太,把小米带到离这儿不远的军区医院凑合过一夜,朋友的太太在那家医院当护士。他一个人骑自行车回团,到小米的女生宿舍替小米销假。证明她是因为没公共汽车夜班车了才没回来,也证明他没有和小米在外单独过夜。

杨帅回程骑得飞快,北风在耳边飕飕的,他却冒着热腾腾的汗,在寒风里撒把飞车,哼着邓丽君的"送你送到大门外"。杨帅快骑到宿舍,才感到肚子里咕咕乱叫了,他发现带在身上的巧克力和油纸包的维夫饼干都被体温熰化了,可是他舍不得吃,这是给小米的。他骑着自行车穿行在雾霭弥漫的小街上,情绪像受了潮的巧克力,一半是混沌,一半是无奈。

但是杨帅发现,他的力气白费了,因为小米与高飞似乎更谈得来,像闺密一样互相依赖,像一对情侣一样凑到一起吃饭,不分你我。杨帅很纳闷,自己哪里不如高飞?论长相,高飞极普通,眼睛不大,身材不高,而且是半路才改学芭蕾,以前是跳民族舞蹈的,最近才有点小名气。他与浓眉大眼的杨帅不能比。但是这个人简直就是他的命中克星。杨帅对他保持着很大的戒心,而这戒心又不只是不信任。

高飞也感到了杨帅的敌意。杨帅很少跟高飞讲话,这个标新立异的人,永远留着很长的头发,遮住了眼睛。杨帅用四分之一的眼睛跟人对视,使人永远猜不透他的想法,而这四分之一的眼神也是阴郁的,使人脊背发凉。

高飞一直能感觉到这视线的滚烫,尤其在他和小米一起排练的时候,这视线就变得炽烈了。

六　罗密欧之"死"

《罗密欧与朱丽叶》演出了一年，大获成功。团里宣布将派几名演员到国外著名舞团参加演出，名单上有小米和高飞，没有杨帅。当晚舞团设庆功宴，喝酒庆祝。小伙子个个越喝越激动，谈到被选为主角并出国演出的小米和高飞，谈到出国，人们像打了强心剂，所有人的关注点就在出国两个字上。人们谈到出国，就像去另一个星球一样遥远。

杨帅话很少，只和别人碰杯，或者一个人独饮，不知喝了多少酒。他满脑袋都是小米——她今天怎么了？眼神不对，有种过分的礼貌，包含了微妙的不屑、疏远、沉默。今晚演出后，他问小米："你想出去散散步吗？"一般在演出之后，演员根本不可能睡得着觉，兴奋，劳累，抽烟，喝酒，宵夜，失眠是难免的，总是要聊聊天或散散步，拖到天亮才睡。"终于演完了，我累死了，我想回宿舍了。"杨帅一时不知道该怎么办。小米转身，他就伸手拽住她的裙子；她就势拽他的手，然后松开手时，手掌顺着惯性掴在他脸上。他一下子轻松了。这一阵子他们之间自始至终都有种紧张，都能感到彼此的对抗情绪。他们面对面站着，两个人都有点醉了，又有些亢奋。他们都尽量撑着，保持着警惕，心态就像小孩子，可又有某种怨气。要么她再奋力过来掴他；要么他抓住她，回她一记耳光，一决雌雄。但是可能由于酒精作用，也可能是这一巴掌后，紧张的时刻已经过去了，他们都放松了，没有及时采取行动。出乎意料，他吻了她，没有预谋，没有犹豫，更没有随之而来的失望。

按说他应该高兴，可是他还是没有机会说出心里的疑问，他的心情更复杂了。他回到宴会桌，又换了洋酒。这是他的无知之处，灾难性的天真。

洋酒他没喝过,只是想试试。这洋酒和他以前喝的任何酒都不一样,喝下肚后,人昏昏沉沉的,除了想吐以外,没有其他的感觉。他觉得自己不可能醉了。这时听旁边有人说,导演宣布高飞受聘参加外国舞蹈团的演出,他还趁势向小米求婚,小米答应了。另一个马上说,造谣!没有的事。"你以为是我编的?"总有人以戳别人的痛处为乐,这种人的生活也许不怎么好,但是,好像自己看到别人更不好,就可以减轻他的痛楚。不幸的是,小伙子就是这种人,他专门走到杨帅面前:"杨帅,高飞出国你不妒忌?扯淡!——上次你拿给高飞那支剑,为什么偏偏在最后亮相时坏了?那支剑是你换的吧?你叫他出丑,无非是忌妒他比你强!"

杨帅的眉头皱了皱,嫌他说话声音尖,有些刺耳。小伙子又说:"谁不知道你俩男主角明争主角,暗争女人,争风吃醋?"

杨帅没理他,迅速把自己杯子里的酒全喝了。把杯子放下,他的喉咙像在燃烧,他又倒了满满的一杯,还往杯子里加了另一个瓶子里的酒,混起来。他喝第二杯的速度,只比第一杯慢一点。他小心翼翼地把酒杯放在桌子上,感觉脑子里沙沙作响,好像有什么就要来临了——接着,天花板扑倒在他身上。

他没想到喝醉了是这么一种效果,某种情绪的彻底变化,一种兴奋的、没有来由的情绪高涨,逃避及失控的感觉,伴随的是微微的晕眩感,还有傻笑的冲动,浑身不舒服。那个小伙子也喝多了,继续讽刺挖苦他,一张脸在他面前晃啊晃,声音像蚊子一样嗡嗡,单调又令人讨厌。杨帅站起来,提起一只啤酒瓶子走到那人面前说,来,哥儿们,别说了我敬你。那小伙子摇摇晃晃拨开他的手,不领情。"别装,不好使。别看你长得帅,癞蛤蟆想吃天鹅肉!"杨帅顺手把杯中的啤酒,"呼"地一下浇在了对方的脸上。对方像触电似的,哗啦一声踢倒了桌椅。杨帅胸中的怒气,像漏气的煤气罐碰见了火苗,"腾"一下冒上来。他伸出一脚,踢在对方肚子上,又举起啤酒瓶哐当一声,砸在对方的脑袋上。他眼睛通红,眼看小伙子倒在地上,身子缩成一团。

他歇斯底里地喊道,来呀来呀!

杨帅冲出餐馆,到宿舍楼去找小米,要问个明白。他觉得头沉沉的,好像压着一块大石头,腿下却轻飘飘的。走过一段充满煤烟酱菜味、煤巷般漆黑的楼道,摸黑在狭小空间穿过。楼道一侧是各家或单身演员的炊具,条案炉灶,锅碗瓢盆,只剩下逼仄的一条走道。天黑以后,在昏黄灯光下,这楼道略显肮脏和灰暗。舞台上潇洒光鲜亮丽的芭蕾王子和天鹅们,就生活在酱菜味和烟火味的筒子楼里。杨帅穿行在冷锅冷灶、半盆剩水、案角的几只脏碗之间。一只耗子在地上啃一块干缩的馒头,见有人进来,它从容地抹抹嘴巴,一跃遁到墙角去了。

他意识不是很清醒,记不得小米住哪里了,好像是这层吧?敲敲门,没声音,再敲,一挑帘子伸出一个脑袋。谁呀?半夜三更的使那么大劲儿?我找小米!她不在这儿吗?是在这儿住。那人一指旁边的门。门开着,可是里面怎么没人?她如果不在这儿,就在高飞那儿!高飞,高飞在哪儿?喏!那头,走廊最边上第一个门。

杨帅看看表,半夜两点。再看看门牌号码,纳闷:我记错了?他一味在跟自己较劲,是我记错了吗?为了搞清楚,他一个门一个门敲过去。

他在最边上的房间见到了小米。她看上去像刚洗过澡,头发没像平时那样绾起来,用一支铅笔代替簪子,插在头发上,现在是披下来的。一股香气从屋里飘出来,夹杂着海鸥牌发乳的香味。此时她只穿着一件黑色蕾丝吊带背心,风情撩人。那背心的款式杨帅没见过,他看见小米的胳膊匀溜光洁,在黑色背心的衬托下释放着玉色光华,性感,圆润。他并没有看清屋子里的情形,但已经想象这只胳膊和另一只胳膊合成一股,缠过一个男人的脖颈,缠过他的腰背。

定睛一看,高飞也在屋里,杨帅的心跳有些快,喉咙有些噎。他两只手指轻轻捏住小米的胳膊,要她回到自己的宿舍里去。这种保护人的姿态惹怒了小米,像是料到有人要动她的胳膊似的,她攥成拳头擂了他一下。杨帅面子上不大持得住,借着酒劲,手底下不由自主地狠起来。他抓住小米硬要她回宿舍,小米拧着头不干。他硬动起手来,拉来扯去,小米大吼,你走!

杨帅舔一舔干燥的嘴唇,问,他是你什么人?你赖在他的宿舍干吗?

小米顿了顿,说,他是我男朋友!怎么着?

其实小米心里想的只有出国名单,她等着这个机会很久了。她并没有爱上这两个人中的一个,也没打算在出国之前谈恋爱。她是在气杨帅,出国成名才是她的当务之急。她根本无暇顾及感情,因为年轻,不会处理此时情状,话就横着飞出来了。

但是杨帅当真了,他似乎被什么东西击中了,鼻孔里吹的是北风,眼睛里飘的却是雪花。杨帅的拳头落在高飞的鼻梁上,暗红色的鼻血霎时流淌下来。小米的眼睛迟疑地眨巴了一下,她惊呆了。待回过神,她一下子就把杨帅推开了,身子横在两个男人中间,小胸脯挺得老高。杨帅后退了几步。脊背顶在敞开着的门板上。此时楼道里有人嚷嚷着,大家纷纷打开了门,往这边探头。哪一家开了门,门口的楼道就放进一条亮光。

高飞的鼻子挨打,脸色变了。他怕碰着小米,低下头用手拉她。这个保护者的姿态更触怒了杨帅,他以一种舞者的敏捷,推开了小米。他迅速抓起桌上的一把餐刀,一眨眼,像一列呼啸而来的火车扑向高飞。随着蚊嘤一样寂寞而嘈杂的声响,高飞应声倒了下去。同时,杨帅看到了小米惊恐失措的眼神。她那瞳仁的深处,黑漆漆、浓重重的液体旋转出不可思议的图形。

雷声大作。楼道里立即变成了捅开的马蜂窝。在一片遥不可及的雾气之中,无序的身影在杨帅周围急速穿梭,他耳朵里充斥着慌乱的脚步声。脚步声轰隆轰隆地,从高飞的宿舍移向了过道,从过道移向了远处,最后变成了远处汽车的马达声。房间空荡荡的。杨帅站立在那里,愣了好大一会儿,沿着过道回到排练厅,他站在镜子面前,吃惊地盯着镜子里的自己。他看到一双眼睛那么深那么黑。直到这个时候,杨帅还弄不明白自己到底干了什么。他失神地望着自己的双手,一屁股坐在了化妆间的凳子上。那一刀到底有多深,这个问题已经没有任何意义了。事情的"性质"永远决定着事态的严峻程度。

这一切恍惚是真实版的《罗密欧与朱丽叶》。罗密欧倒下了,但是他真的死了吗?

罗密欧的 A 角男主角躺在医院,而 B 角男主角被一辆警车带走了。在舞台上演过千万遍的仇杀,在生活中上演了,比舞台上还逼真。

高飞、小米和杨帅,这三个公认的神童,被另外的演员代替他们出国演出。

七 在狱中

杨帅入狱刚三个月,就得了一场急病,被送进了传染科病房,在那里他遇见了亚娜。没看见她之前,他就感到了她的存在,昏迷中他无力地闭着眼,一道结结实实的目光,仿佛一根手指似的触动了他。

那时亚娜从别的科室转到传染科没几天,她见在一位特殊的病人的病房门口总站着几个穿着制服的人,以至她觉得病人可能是位首长。一大早她和一群实习医生和护士,由主任医生带着,一个病房一个病房地"查房"。"这个病人高烧不退,已经三天了,"主管医生站在病床边,说,"这个患者描述,他有间歇性发烧、发冷、冒汗、头痛、疲倦、胃口欠佳及肌肉疼痛的症状。"亚娜低头做着记录,抬头看了病人一眼,她的手不由得停了下来——这张脸在哪儿见过?——波浪式的头发,光滑、年轻、英俊的男人脸。不知怎么，他的好相貌好像被什么消磨掉了：糟糕的身体，不佳的运气，缺乏锐气和活力。似乎带着某种失败的历史，承受过某种麻烦。"……也有急性肠炎的可能，不能贸然下结论，还需要再做观察。"主任继续说着。杨帅闭着眼，他讨厌人们的目光，尤其是"查房"。此刻他睁开了眼，看见亚娜站在屋子的另一端，在一群白衣护士里显得十分出众。

他一直躺在床上，亚娜进进出出地服侍他。他的情况慢慢稳定了，刚有一点精神了，能吃一点东西了，就提出要求要洗澡。亚娜低头沉吟了一下。洗澡是不可能的。回身端来了一盆热水，给他仔细地擦了手和脚，仔细地给他理了发，还梳了头，像料理一个瓷娃娃。"他爱干净。"她心里说。他又说想看看窗外。这是个好消息。说明他心情不错！她急忙找来几只枕头，费了很大的劲儿，才把他扶着坐起来。她小心翼翼地做着这些。他气喘吁吁地刚撑直了腰，却又晃了一下，她连忙向前跨了一步，向前倾斜着身子，手指下意识地哆嗦着，把一个一个枕头塞在他的腰后垫好。做着这些她似乎要屏住呼吸了，仿佛他是一个孩子。

他专心地望着窗外，一动不动望了很久。不知道他在想什么。他的脚修长白皙，气味芳香。一缕好闻的香皂味在空气中弥漫。他靠在枕头上，面容苍白，神情冷漠，干净整齐，整个人好似一块香皂雕刻而成——高高的额头，修剪干净的鬓角，光滑的头发和因生病而变得透明的象牙色眼皮。亚娜就像中了彩一样，为他心动——他的样子，他光亮的头发，还有他随意放在床上的手，那么慵懒而优雅。她不知道，这些习惯性的一举一动都是经过反复的练习下意识形成的。她好像得了一件从天而降的礼物，满心欢喜。

亚娜觉得他的心病比身体的病更重，可是她没帮他。有一天，她终于使他说了话。

你是军艺的？

他摇摇头。

文艺兵？

他又摇摇头。

你是×团的？

他迟疑了一下,然后点点头:可不可以帮我一个忙？

亚娜特别感激他,他终于开了口,给了她一个了解他的机会。

帮我打听一下我们团里最近谁出国了,好吗？

听说,小米出国了。

还有谁？

不知道,我也不知道。

八　"小天鹅"

亚娜终于想起了他是谁,在哪儿遇见过他了,原来他就是在看"内部电影"时遇到的,那个眉毛整齐、眼神干净、长得像梁山伯似的那个人。杨帅就这样认识了亚娜。入狱第三个月,他从精神到身体都不适应命运的巨变,病倒了。在狱中很多人并不是被判死刑,而是因暴病或被狱霸欺凌,抑郁致死。命运让他俩在这个特殊时刻相遇,不觉之间,他们之间不再是医患关系,而是朋友了。

出院后杨帅回到狱中,狱中让他给人写信,这是他最好的解脱和心理治疗方式。"入狱那天晚上,是这几个月真真切切的痛苦的开端,对我而言这是一段悲惨的日子。"

他无休无止地跟亚娜回忆往事,一个局外者是最安全的倾诉对象。亚娜捧着这些信,在搜寻着另外的字句。她无法停止对他的迷恋,无法阻挡自己的爱欲。

关于杨帅在狱中的遭遇，有几种说法，他很少谈到他狱中的生活，如果提到些许，也是自我调侃的——"在监狱这种地方，是不允许有钟表的，只有狱警才配有表，吃饭、散步、放风、干活，都是军事化、按钟点来的。在这个地方，时间就像吊瓶里的点滴，一点一点地推进血管，稍微推快一点，人就会感到不适，直到时间在自己的血管里循环为止。"

"监狱，听上去就像灾难之地。一下子掉到这步田地，在狭窄的空间，遭受同室狱犯无休无止的野蛮攻击，日子可想而知。不过，我的日子还算不上糟糕。我个子高，动作灵活，身强力壮，也许这些也帮了我的忙。在这个粗暴无礼、互相憎恶的环境里，任何暴力都是合情合理、容易理解的，哪怕这种理解并非积极主动的。我的外号叫奶油，不过每个人都有个难听的外号。"

狱中有一个杀人犯，据说是某大人物的孙子，在当时的"严打"运动中犯了事，性质很严重，他为了避免死刑，扮装同性恋攻击杨帅，后来杨帅受到大哥保护，因为杨帅会讲故事。他爱读书，记忆力超强，又会表演。这些技能派上了用场，使他在狱中没遭什么罪，反而享受到特殊对待。在他准备讲的时候，大哥会给每个人安排任务，谁谁谁看门望风，谁谁谁看时间（他们不能有手表，就发明了一种用塑料瓶子倒腾水的方法，来计算几点该开饭了），谁谁谁给杨帅准备喝的，要喝水，还不能是白水，要在水里加白糖，以补充精力。"讲故事可是个体力活儿！"他跟别人强调。在监狱里没有白糖。这种东西是多余的奢侈品。大家对他另眼相看起来，因为大哥的权威，大家对他的接纳和大哥的地位很有关系。

有一天，那个大人物的孙子用手指点着他说："你小子犯事了！"杨帅问："到底怎么了？你听到了我什么事？"那人眯着眼睛望着他，人开始倒退，手指一下一下戳着杨帅："我哥儿们是派出所副所长，我有权威性消息。你刺的那个人死了，当时到医院就死了，你下手够狠的啊！你是死刑犯，出不去了!"

　　杨帅慢慢地蹲了下去,这人把外面的空气带进了牢房,一股腐臭皮革的气味钻进了他的鼻孔,往下,往下,直至喉咙、食道、胃、肺部和心脏,他的身体在瞬间被那股臭味所侵占,甚至他的呼吸,也是臭烘烘的。

　　然后,他吐了。

　　这就是他进医院的原因。他吓破了胆,因而导致神经紊乱,医生差点把他当疟疾病人了,因为他的一系列怪异反应。

　　此后他的处境有了好转,"是杀人犯这个帽子救了我"。因为他长得太漂亮,有些犯人把他当成"鸡奸犯",这是狱中最臭的名声,犯人都可以随便欺负他;后来人们知道了,他是"杀人犯",此后他名声响了,人们对他刮目相看了。特别是总有女人来探监,这也给他提高了声望。杨帅的身边总有一些女人,见过他,然后过目不忘。这些女人喜欢和需要她们的男人接触。她们都是些母性伟大的女人。但是她们并不把他到处炫耀,作为自己慷慨付出的证明。亚娜就是其中的一个。

　　后来的日子,亚娜是在焦灼与等待中度过的。杨帅还在拘留所。在那里人人似乎都是等待发落的心情。她去探过监。她托了熟人关系,才见到了他。

　　她得坐三趟车。第一趟是城里的快车,然后又换了两趟车到郊区。隔着玻璃窗,看到这个孱弱的男人。她差点认不出来了。杨帅光头(被剃掉了长发),凹眼(营养不良,瘦得变形了),披件军大衣,在他身后站着两个穿制服的人。他的长脖子从太大的号衣里伸出来。小小的头颅,形状仍然很好看。可是那英俊的脸上,眼睛红肿着,嘴角有一些新鲜的伤口(一定是他受了欺负)。整个会面过程,她的心脏都在咚咚地跳着。这个男人,其实是吃不得一点苦的。他那么高傲,怎么能受得了这个?除了跳舞,他一无用处。

　　她问了几个愚蠢的普通问题。

你觉得怎么样？还好。

吃得饱吗？我觉得饱了。

要是你想散步，有地方可以走走吗？可以在监控器下走走。

"你得呼吸一些新鲜空气。"他说："没错。"

下来，她不知道说什么了，就像戏演到一半，导演上厕所去了，戏越演越走样。以她老实忠厚的个性，她想给他一丝希望，不能让这么一个人断送在那黑暗的监狱中。

然而这个时候，他嘴里还说了一些安慰的话。这使她感到心痛。她的眼睛是干的，麻烦的是她的胃，胃的最深处，有什么在翻腾。于是她说，我会把你弄出来的。这样的安慰，究竟是脆弱的。持刀杀人。重罪。起刑八年。

狱中生活每天都是一样，出操，点名，出工，收工，吃饭，睡觉，但是也有每年一次的热爆场面，那就是犯人的新年演出——自从杨帅来了之后，监狱里竟然可以看到高级的芭蕾舞——总有些大领导端坐前排，不苟言笑，表情僵硬。后排的犯人们虽对台上的唱歌节目不感兴趣，但又坐着不能动，他们在苦候。

唱歌节目太长，有点不耐烦。

终于，杨帅来了，穿了戏服在台侧站好。

一个看到了，拧过头去看。另一个也见到了，咧嘴笑着。一个一个一个，笑起来嗡嗡的，会场开始乱了。

一盏镁光灯举起。

照相的大喊："坐好了！前排的头不要乱晃。"

犯人们一看，竟然有记者拍照。他们哪里见过这种阵仗。

他们又转过来，恢复不苟言笑，恭恭敬敬地坐在领导后面，做回自己的角色。

镁光灯轰然一闪。

杨帅定在格中。

台上"立功赎罪重新做人"的大红标语之下，杨帅光着大腿，穿着羽毛裙，戴假胸罩，画着血红朱唇，模仿"小天鹅"模样出现了。"她"五官精致，穿着性感，身材优美。犯人们只见过家乡的土戏，也见过男扮女装，不过哪里见过这样的。

他们的嘴咧大，忘记了嬉笑。杨帅本来只为了开玩笑，也为了完成领导交予的"特殊表演"任务，哪知一上了台，镁光灯一闪，他就忘了自己身在何处。此时，他才做回了"杨帅"，回到了天堂，平时他只是囚犯。此时他奋力忘情地跳起来，跳跃，跳跃，跳跃。足尖旋转，越转越快。

一下，两下。芳华暗转。

后来是声音变得苍老的摄影师喊道："坐好了！前排的头不要乱晃。"

头抬起，只见舞者化了大妆，涂了脂粉，穿着纱裙，仍然的年轻俊朗，眉清目秀，眼角上挑……

十年了。

九　全民学英语

杨帅在狱中度过了十年零六个月。因为表现良好，他被提前释放了。他在北京没有亲人，所以他并不期待有人接他。那天的阳光很炎热，照得杨帅睁不开眼，走路也不稳了，迈出大铁门的时候，他趔趄了一下——门外接他的竟是亚娜！

杨帅也默认了这个陪同，胆怯地走在亚娜身边，似乎没有她陪着，他连门都找不到。

此后,杨帅一直闷在屋里,不出门,不见人,也不回老家一趟。

几个月后,他迅速瘦下来,比在狱中还瘦,本来脸就窄,这下就剩俩大眼睛了,双颊也陷进去了,嘴角纹也深了,像几道括弧。他的发型变了,额前留了齐齐的刘海,挡住了眉毛,眼角上扬的鱼尾纹,变成了下垂的蝌蚪;那双漂亮的眼睛里,有了些风霜和胆怯。亚娜看他这个样子,心里在流泪。

他不敢上街,怕人家认出他来,连跟邻居讲话都免了,总是晚上才出门。亚娜说,你还真把自己当回事啊,谁记得你啊,谁顾得上看谁啊,谁都是闷着脑袋铆着劲过自己的日子。

杨帅出狱后发现世界全变了,团里的演员都出了国。这是对他们来说,最好的出路。第二等的,上学读书。女演员嫁到国外的也很多,最不济的,也是先出国旅游,再想办法留下来。剧团找不到熟人了,都出国了。一天亚娜来这里找他,只见:演员宿舍是个筒子楼,每家门口都挂着一个半人高的布帘,屋里面都放着英语磁带,楼道里有人做着饭。女人在哪哪哪地切菜;男的在屋里叽里呱啦地念英语,还忙里偷闲地从门帘里伸出一只手,帮着女的递菜板,送酱油,端盘子,锅里嗞嗞地冒着烟。

走近杨帅的房门,屋里也传来学英语的广播,是《英语九百句》的教学磁带。他正在布帘子后面,躺在床上看英文书。他房间里满地都放着书、画,像个博物馆。这间屋子的窗子被布帘挡得严严的,密不透风,他摆的那些个东西,亚娜看不懂,他对亚娜谈的,又很玄。

她在不在屋里,杨帅都很逍遥,该吃吃,该睡睡,困了就眯一会儿,要不就拿本书斜在床上看,很少说话。看累了,用手蒙住脸,使劲揉眼睛,能揉十几分钟不停,也不吭声,她觉得他是在手后面哭。他也是很苦闷。可是他没哭,嘴里咿咿呀呀地唱着。他把手拿下,刚睡醒似的,一脸新鲜的表情,他会对她说:"哦,你还没走啊?"他比亚娜大几岁,在他看来亚娜就跟小孩子似的,不搭理她也是正常。搭理也没用,他的心思她永远也看不懂。

她插不进去,只能做些家务帮忙做饭什么的。杨帅也从没有说过一个谢字。

一天,他约亚娜到老莫餐厅见面,说是有一个重要的决定要跟她说。她一夜都没睡踏实。这是约会吗？她精心打扮了一番。在街上,远远地看见他,细细的一双长腿,裤角扎在半高帮大皮靴子里,像穿着马裤。风度潇洒,样子很轻松。她觉得从旁人的眼睛看过去,她自己也是个美女,穿着军装,挺着小腰板,烫着满头的小卷花,有模有样。她和他,在旁人眼里是相配的一对俊男美女。走进餐厅,她选了一个靠墙的僻静角落。天花板上的灯很暗,墙角的冷气吹得她发抖。她不知道是紧张还是真的胃疼,那些凉菜啊、西点啊,一点都没吃下去。他有点莫名的兴奋,先掏出打火机,点上烟,夹在指缝间,剩下的三根手指在把玩着打火机。玩完了,把打火机放在桌上,烟盒边上。再摘下手表,放在打火机边上,三样东西捋齐了,像摆弄舞台道具似的。可以看出,他也是紧张,手上老是需要摆弄个什么,分散一下紧张的心情。亚娜事后回忆起这个事还觉得好笑。记得当时男人都这样,走到哪里,先掏出烟盒、打火机,还有手表,摆在桌上,才开始抽烟、聊天。也有显摆的意思。那时还没有手机,也没有大哥大,要么像杨帅这么爱面子的人,肯定先把手机摆在桌上。"你告诉我什么?"

他说,你先不要问,先吃菜。

这下,她害怕了。她觉得自己可能会听到一些我爱你之类的话。

"好吧。也许我还没准备好。"她告诉自己。

不过,她还是说:"你最好现在就告诉我。万一我从这里出去就被车撞了,那我就再没机会知道了。你也再不会告诉我了。"

杨帅告诉她,他的一位朋友最近参加了与休斯敦芭蕾舞团的合作演出。休斯敦芭蕾舞团有着世界一流的演员、编舞、音乐家,能与他们合作演出,是非常令人向往的事。再者,休斯敦芭蕾舞团每年能上演五六场新剧目,一年演出的剧目相当于中国五六年演出的总和。更重要的是,朋友在美国进一步地领悟到了芭蕾舞的境界,懂得艺术和个体的自由表达。芭蕾舞演员的艺术生命很短,留在美国,无疑有更多的艺术发展机会。少顷,他说,我也要走了,就这么闲待着,又没演出机会,待久了就真的荒废了。再说我在这儿名声不好,再这样下去也没啥前途,还不如出去闯一闯,看看外面的世界。换一个地方,换换命运。

他透过盖在眉梢上的黑黑厚发在看她,下了决心似的宣布过一切。她这才知道他请客仅仅是通知她。他要走,还要把钥匙留给她,楼里修个水管什么的都打电话通知她来办,她已经俨然是芭蕾舞团的家属了。

她呆呆地攥着那串钥匙。

"我赞成。事业嘛,比较重要。"亚娜违心地敷衍道。

他闻言笑了,这是他第一次露出笑容。

他到加拿大的签证办得很顺利,那个面试官是个舞蹈迷,见杨帅一副头牌名角的样子,再看到那些剧照和履历,当即大笔一挥,把他当人才引进了,根本没注意他注册的是一个名不见经传的舞蹈学校。他除了头一个月,到学校练练功,每个学期交学费外,就没出现过了。

十　天涯觅芳踪

此后,他常出国,都是短期的,都是在这里待一待,到那里走一走。他跟亚娜的关系,也不冷不热,好几年碰一次面,他一回来就打个电话,回来啦?嗯,回来啦!又要走?这次是去哪儿?这次是去日本。待多久?谁知道,能待多久看看再说。他回来后,亚娜就去看他。两个人吃顿饭,聊一聊,她自然又问起这些年他跑了哪些国家。他笑笑说,跟着感觉走呗!

这些年,谁也不知道杨帅在哪儿,他是怎么过的。自从出狱后,他跟团里的同事闲聊,总会用尽办法,转弯抹角,以便偶尔提起小米的名字,品尝那种苦涩的愉悦。无边无际地做白日梦,他想到小米的时间大约等于和她在一起时间的百倍。他靠漂泊来为心灵疗伤。他觉得小米可能就在国外的什么地方,在街上,就让他遇上了。他总是在打听小米的行踪,别人知道他的一根筋,不敢告诉他。他只知道小米跟高飞是签约出国演出去了,去哪儿了,不清楚。后来时间久了,就更没有人说得清了。他呢,就像背包客,过着跟国内的人和出了国的人都不一样的生活。在欧洲待一待,又去日本待一待。人家都是出国挣钱,要么上学,要么打工,要么办餐馆,挣了钱寄回家,回家花;他是攒足了钱就背个包,签个证出去转转,又不会外语,又没什么力气打工,花完了钱再回来。外面的那些难处,他从来不讲。经过了坐牢的杨帅,就跟蟑螂一样,还有谁比他更强悍?说来这也是他的本事,要不然他身无长物,在国外也没有正经工作,他怎么养活自己?

这个时期,人们都像他一样,都很浮躁,在一个地方待不住,很多人往南方跑,要么去广州,要么去深圳。出国的人增多了。杨帅又出国了。这次是去美国。他不说别人也知道,他在找小米,满世界地找。

他记得有一句诗,爱就如愿以偿,你自己去爱就好了。有人在一本伟大的小说里是这么说的:"幸福,仅仅就是靠近自己所爱的人。"在这么些年里,他极力做的就是靠近自己所爱的人,靠近小米。

有一次,杨帅带给了亚娜一个 BP 机;几年后,又带给了她一部手提电话,跟他的一模一样:重重的,拿在手上像个大炸弹。她知道,这是为了回来后,好找到她拿钥匙。她俨然变成了他的管家。

他回到舞团的宿舍,打开门,发现一切都保持着原来的样子,好像他昨天刚刚离开似的,连书翻开的页,都照原样翻开着。他觉得头皮麻麻的。有的人,像冰箱里的灯,你不知道它一直都在工作,等你打开门的时候,才知道它一直都亮着,她就是这样,默默守候着他。

他回避她,因为似乎只有她一个人知道他辉煌的过去,他不想让人了解他。这是他浪迹天涯的原因。在外面,没人知道他是谁,但也似乎只有她一个人懂得他、包容他。在他追寻小米的天涯路上,他感觉疲倦了,他的脚就把他带回亚娜身边。

每次见到亚娜,他都没觉得亚娜有什么异样,也不问问她怎么还不找男朋友。有时候他吃饭吃到一半,亚娜来了,遇上了雨,被浇得一头一脸的雨水。他也不伸手,都是亚娜自己拿上脸盆,就像在自己家,熟门熟路地走到楼道公共洗漱室接水,哗哗地擦洗干净,给他把毛巾涮干净,再挂回原处。

那天,她在他那间光线昏暗的小窝里看了一会儿书,迷糊了,便靠着墙睡着了。有时杨帅看书看得入神了,根本把她忘了,一回头却见她翕动着鼻孔,脸上红扑扑的,像冒着热气的馒头。杨帅在她身边悄悄蹲下来,偷看她酣睡的样子,心里想着,这个姑娘,有婴儿一样的睡容,会像孩子一样把鲜花放在嘴里,用味觉分辨世界。

他摇摇头。

她的睡相打动了他。她是那么安静,与世无争,那么无来由地相信他。他在本市无亲无靠,很少有朋友,而她父亲是军队干部,她倒是没有大院子弟的傲气,反而有点村姑的朴实和执着。来来往往之间,使他与这个城市倒是终于有了一些联系。

似乎是被他的目光灼到了,她醒来,一抬头就看见杨帅并排坐在她身边,两手抱着膝盖,把脸贴在膝盖上,正歪着头看她。他的眼睛像一泓秋水,目光湿润而清澈。亚娜一愣,忽然有点走神了。

即便如此,他也不想亚娜黏着自己。他自己的生活已经够焦虑、够没着落了:一个半待业人士再加上一个没有前途的专业,没有体面的手艺,他的心又野,永远在路上,永远不可能给她什么保障。一个男舞者,那点工资和一眼就能看到头的前途,有什么资格跟这个正经人家的女孩子谈感情?

其实就算亚娜黏着杨帅,杨帅也大可不必完全顾着她,可以一走了之,何况他和亚娜也没什么感情的牵绊。这些年亚娜还一直守着杨帅,连她自己也说不清为什么。她总觉得自己是犯贱,觉得所有的烦恼都是自己找的。杨帅说走就走,走了又回来,还是亚娜帮他看家,帮他收拾房子,就像开心而坚决的牧羊犬,负责杨帅的生活起居,又不伤他的自尊,不问他的前程。

杨帅处在社会底层经历不顺,而亚娜的生活一直顺利,她本人的个性一直是无忧无虑、直率大方的。有一次,杨帅在书页上抬起头来,朗朗地说,自杀的方法千万种,选择艺术家做配偶是一种。他的声音懒懒的。亚娜低头在做自己的事,说,谁选你做配偶,你也配?杨帅无辜地说,不是我说的哦!他头也不抬,抖抖书上落的瓜子皮。这是哪个狗屁作家说的,我只是念给你听听。

他从来不吻她,这也是她认为的绅士风度,符合她在家庭所接受的教育。他一直不是她的男朋友,那么是什么?两个人都不知道。亚娜并不是要跟杨帅怎样,像他这样的帅哥会被很多女孩子追,怎么可能跟她好?亚娜就是害怕自己一个人孤零零的,就像站在黑屋子里,怎么喊都没有人应声。而杨帅是那个给自己些许温暖但来去无踪的人,这么一种像亲情的东西,像救命稻草。她性格里的母性在她援助了杨帅后,发扬光大。她自己也被自己的母性感动了。

实际上,亚娜需要一个人被她爱,被她照顾。对这种责任的强烈感觉,实际上并不是新的体验。她照顾的病人很多,对于在高干病房当护士的她来说,杨帅只不过就像另一个需要照顾的、长得不错、个性有点反复无常的人。在被她照顾的病人中,有比他甚者,所以,她觉得对于他的事,没有她处理不好的。在杨帅这个地方,她的心并没有枯萎;相反,它充满了如此温暖的激荡,如此忙碌的爱情。

被需要,这是她爱情的全部。

他又一次出国后,很久没音信。这期间,她姑妈给她安排约见了一个排的对象。她也开始上心了,其中一个是从国外回来探亲的华侨,她不知为何竟同意见面。约定第二天中午在老莫餐厅见。晚上接到杨帅从美国来的一封信,这是第一次接到他的信。信上说,要帮她办手续到美国来"读书"。读书?读什么书?她跟杨帅一样,不懂英文。这件事很急,她连忙推掉了探亲的华侨,七手八脚,磕磕绊绊,手续办了大半年,终于到了美国。事后,她竟没有意识到这件事有多么冒险。

十一　奇异地醒来

小米守着伤势危险的高飞在医院里,七天没有离开。

高飞躺在床上,呼吸已经平稳,不大掀动被子了,眼皮闭了一半,睫毛当中,露出两个深黝黝的没有光彩的瞳孔。小米手捧着一只红色的保温杯,里面是滚烫的当归乌鸡汤。等他醒来时,可以喝上一口汤。

他在清寒的早晨睁开眼睛,看见了白色的墙壁和她苍白的脸。她没有说话,抚弄了一下他的额发,同时将他的手放在自己的腮旁。

他想,这是多么奇异的醒来。

她很小口地喂他喝鸡汤。

喝完,她转身去洗保温杯时,从空气中飘来风一样的声音:"你回去吧!"

这样悄声交谈,让她想起舞团时的窃窃私语。平日里他们常常彼此开玩笑,早先的戏弄,不自觉的调情。他们经常简短地交谈,话题总是直截了当。其实也只是关于排练、鞋子、出血、脚伤、舞伴之类的事务性话题,他们之间本来并没有什么。杨帅那天看到的,其实没有什么,只是高飞想为小米包脚伤,看到她脚出血了,便头对头地蹲下来为小米上药,并没有什么过分的举动。但是杨帅听到了一些错误的信息,又在混乱的酒后状态下,因为忌妒而失控了。

可是,这件事反倒使小米倒向了受攻击的一方。她的母性大爆发了。高飞伤好些,可以走动了。为了使他更快地恢复,小米每天要陪着他沿着河边散步。到了夏季,河岸宽了。公园有一道台阶,通到水边。河水静静地流着,望过去觉得水又急又凉。水草细长,顺流俯仰,仿佛水中女巫散开的绿头发,在清澈的水中摊开来。波纹粼粼,一道道阳光像细丝一样,漂在水上,穿过蓝色的小气泡;小气泡一个又一个,向前撵着,随即又破碎了……现在是中午,四周人很少,万籁俱寂,公园里空空落落。河边一排老柳树,在水里映出它们的灰色树皮。小米和高飞只听见他们自己的谈话、他们行进在小石径上的整齐步子和小米裙裾的窸窣声响。

他们谈起一个西班牙舞蹈团到本市来访,不久就要在剧院上演。

你去吗?

很想看看斗牛舞,找到票就去!

难道他们就没别的话讲?然而他们的眼睛,讲的是更传情的语言。舞蹈演员在一般人的眼里,是非常浪漫的,其实不能一概而论。

杨帅在小米的生命中,来得太早;在舞校那时她还是小女生,最瞧不上同龄的男生,那些男生只会装成熟耍酷。刚开始时,少言寡语的高飞也并未引起她的注意,倒是对手戏演得多了,相处的时间长了,他才渐渐走进了小米的心里。这时的小米是大姑娘了,她与高飞天天在一起,有了一些默契,只是嘴上不讲。

每逢跟别人在一起,或者两个人汗流浃背地排练时,他们会很松弛和自由,可是一旦出了排练厅,离开了大镜子,身上衣着整齐了,双方倒有点不自然了。每逢这个时候,他们都在竭力搜寻无关紧要的话题,两个人感到同样的焦灼和懒散,好像在内心还有一种深沉、持久的呢喃,凌驾于说话的声音之上。他们想不到自己会有这种甜腻的感受,惊愕之下,没有想到要如何点破它的存在,或寻找它的原因。未来,包括创造艺术的更高事业和跨进更大的舞台,包括这个刚刚苏醒并向全世界敞开胸怀的时代,还包括身边这个美丽的舞伴。这一切,未来的幸福就像这个万物复苏的河岸,天性仁厚,滋润着两旁的大地一样,放出阵阵清香,由他们尽情享受。他们如醉如痴,乐在其中,乐此不疲。

十二　地下室的靡靡之音

但是小米对高飞的真正了解,却是在后来。那是在一个夜晚,小米到高飞宿舍发现门锁着,她摸到练功房,发现门缝里还有亮光。"你真是个工作狂,半夜还在练功。""没错。我是个工作狂!要知道一名舞者必须时刻让自己保持良好的竞技状态,才能随时登上舞台。我要重返舞台!"

"是的,我现在还在拼命练功,仍在如饥似渴地学习,因为我学芭蕾学得已经够晚的了。我身边大多数人都是从小学芭蕾,我却是学民族舞出身,到十六岁才转到芭蕾的。我的每一步都是奇迹。有时,我觉得自己的身后,仿佛有两个人,在跟着我一起练。我很小的时候就是这样……我记得,为了给我压腿,母亲全身压在我的一条腿上,扭过脸去不看我疼得歪了的嘴脸。"

那是什么时候的事?你才几岁哦?

是我七八岁的时候。

天下怎么能有这么狠心的母亲啊?

高飞觉得,母亲从来没有放弃任何事情。他知道,母亲的目标虽然有时会有一点模糊,或者转移,她仍然保持更年轻的自我,她整个人奋发而充满希望。他跟舞蹈的关系,始于母亲跟舞蹈的关系。

一开始,一切的开始,出现的是那所房子。在一条长长的小巷里,有铁丝栅栏,两边都有松弛的铁丝窗格。在小巷的尽头墙边上,青苔墙皮下面,有一扇地窗,常闪出神秘而幽暗的灯光。

那时妈妈还没有照相机——也从来没听母亲描述过。只有一次,她用平淡的语气说:"那只是一间地下室,从来没有粉刷过,墙上是黑的。"而母亲,那时只是一个小名叫"春儿"的女孩子,她又矮又瘦,留着短发。那时不许女学生留发过肩,因为学校说要确保女生思想简单,没有虚荣心。放学后,她会沿着这长长的窄小的巷子回家,硬邦邦的铁饭盒在书包里叮叮当当地敲打着她的腿。她跑得飞快,因为社会治安很差,常有流氓阿飞躲在拐角等着"拍婆子";而"工人纠察队"只能管管大街和公园,管不了小巷。那时好像刚入冬,地面冻得硬邦邦的,路边的污水坑上的冰裂成碎片,枯草在铁丝上耷拉下来。是的,一阵怪异的声音就在附近,幽灵般怪异,是风声吗? 断断续续的风会把一条条枯树枝卷起来,又抛下……

春儿是从北京随父母下放到这个小镇的。这里的陌生和破败让她吃惊,周围的一切都跟北京不能相提并论。她总能听到有声音从这间地下室里传出来,这天她跪下凑过去,从那扇窗口传来的竟然是音乐声,这就是"资产阶级的靡靡之音"吗?

她看见地下室的一角有人影。"高圣元!""春儿!快下来!别让别人看见!"原来是以前的邻居高圣元。春儿家有段时间住在城墙根儿的平房区,在那里认识了高圣元。后来春儿家搬到新盖的干部宿舍楼。春儿发现一群人正在地下室偷看一个"黄色电影",里面有一些"不穿衣服"的男男女女用脚尖跳着舞。一种令人震惊的舞蹈。这种舞蹈在她心里引起终生的震动。

春儿从小喜爱艺术,尤其是舞蹈表演。有一年北京芭蕾舞学校特邀苏联专家授课,并在报上刊登招生消息时,母亲带着她去应试。但是没成功。她又考了很多地方歌舞团,都以失败告终。这事在她的心里留下了不可愈合的口子。她尽一切可能学习舞蹈。在那个封闭的年代,春儿最初的审美启蒙是电影中的芭蕾片段,那些英姿飒爽腾挪跳跃的形象是她心中的偶像。她觉得她天生属于舞蹈,这种艺术是十分自然的,因为身体的动作的确是可以表达内心情感的,譬如一个简单的仰头动作,就能使她浑身感到一种狂热的激情,让她有一种欢乐的、勇敢的或者期待的强烈感受。各种各样的姿势都会这样激起相应的内在情绪,而同时,它们又有力量直接表现出人心中可能有的各种思想或感情。她体内的所有青春骚动和美的追求,都会在这种律动中找到相应的形式,并释放出更动人的效果。她的生命就在此刻彰显了意义。

中学毕业后,春儿和高圣元都被分配到了手套厂上班。一天,他们正在车间里干活,厂长忽然来到车间,让全体工人到街上去。这时他们听到了锣鼓声和口号声,还有人声,是从街上传来的。还有汽车喇叭声,还有工厂的汽笛声,是从三里以外的工厂传来的。整个世界迸发着欢乐。他们冲到了街上,大游行就要开始了。这是"文化大革命"宣告开始的那天。

"文化大革命"横扫一切,也给他们提供了一个蓬蓬勃勃的大舞台,他们组织了工人宣传队,搭台到处演出。他们把样板戏轮着演,反正真正的演出什么样谁也不知道。他们像以往走街串巷的民间艺人一样,打着宣传革命思想的旗帜到处演出,所到之处受到极其热情的欢迎。每到一地,春儿便挑选一段较为平坦的地段,让当地村民帮着竖起"毛泽东思想宣传队"的大旗。锣鼓一敲,竹板一打,不是旧艺人说的开场白,而是以革命歌声先招来观众。先是妇女儿童,然后七大姑叫上八大姨,人们带了小马扎,长条板凳一圈圈围好,再后来的人没有地方坐,就爬上树,或趴在墙头上看。这时,春儿站出队列,小腰挺得笔直,振臂高喊一声:"毛泽东思想宣传队,现在开始战斗!"一群小伙子翻着跟头就上了场,每个人身上披一个白床单充当斗篷。高圣元扮演杨子荣,一个云手,一个亮相,下面就会有一阵喝彩。他刚演完,春儿演的白毛女就上场了,她的出现总会引起一阵骚乱。宣传队走后村里会在余热中兴奋很久,其兴致不逊色给电影队的,人们盼望着这个白毛女再次出现。

高圣元和春儿成了配合默契的好搭档,他们双双被选进了市业余舞蹈队。春儿扮相俊俏,能立起脚尖跳舞,扮演过各种样板戏里的女主角,在地方上成了显赫一时的人物,多少人在台下看得眼都直了,没想到她却嫁给相貌平庸的高圣元。春儿一心想跳舞,但因为怀孕而结婚,她有点后悔了。

后悔是从结婚搬进婆家开始的,她发现自己被禁锢在一个错误的家庭。而比这更糟的是,还和一个没法指望的人关在一起。她想回到舞台,可是在这个保守的家庭,这是不被允许的。婆婆的刻薄和小姑子的愚昧陈腐让她绝望。早上醒来照镜子,她无法面对自己已结婚这个事实——镜子里的女人蓬头垢面,挺着大肚子,满脸爬满了雀斑——这个丑女人和昔日舞台上的美人毫无相似之处。

高圣元却甘愿听从母亲,对春儿的恳求不做理会,他指望凭着妻子在舞台上的灵巧,能自动处理好家庭关系,自动协调妥当。自从父亲去世后,母亲变得消沉、多疑、刻薄,这让他痛心。曾经,母亲是街坊邻里中最热心的人,她给周围的人带来信心,她曾经像春儿一样,是个美丽、智慧、敏锐得超凡脱俗的女人。可是自高圣元的父亲因工伤去世后,家中的一切都变了。守寡的痛苦让她变得懈怠、刻薄,与所有的人为敌,尤其是对儿媳,她觉得这个女人是夺走她最心爱儿子的人。不管怎样,春儿的幸福生活仅仅在他们在地下室偷偷学芭蕾,和组织了小镇宣传队,搭野台到处演出的日子。而那个曾经同心同力的舞伴,唯一能帮她免于世俗沉沦的人,却在自己母亲的强悍面前无能为力。春儿把这个套入死亡圈套的责任全部归于高圣元,而不是对她横挑鼻子竖挑眼的愚蠢小姑子和半疯的婆婆。但这时已经太晚了,肚子一天比一天大,在周围人的眼中,奉子成婚已不名誉,除了乖乖在家,洗手煲汤给婆婆小姑子做饭,更没有别的出路。她到此时才怀疑,爱情这种东西是不可靠的,在它迷人的外表下,会结出可怕的果实——孩子!女人更要为一时的冲动承担最沉重的代价——生育。她嫁的这个男人不过是个无可救药的懦夫,一个在母亲面前束手无策的可怜虫。她整天以泪洗面,给高圣元下了最后通牒——要么搬出他家单过,要么堕胎!

她的心里曾装着一个梦想,而肚里这个小东西阻止了这个梦想。高圣元想要孩子,他一定要为高家保住这个孩子。他与母亲摊了牌,两个年轻人终于搬出来,在一间又破又小的顶层宿舍安了家。由于是顶层,夏天热冬天冷,到了春天漏雨,秋风吹得顶篷砰砰连夜不停地响。可是春儿认为,从现在起,这才有了自己真正意义的新家。

高飞出世了,春儿在儿子身上找到了寄托。当他从她身体里挣脱出去时,她感到一种摆脱一件不属于自己东西的轻松。怀孕期间,她迫不及待地想练功,恢复昔日的苗条。当护士把活生生、浑身沾满血污的小东西抱给她的时候,她感到手脚没地方放,感到一种错拿别人东西的感觉。她并没有进入母亲这个角色。这是生活强加给她的。自己对这个从她腹中出来的小牛犊竟没有一丁点儿的感情,这个发现把她自己也吓了一跳。然而在后来的几天里,她学会了认识他,当护士推着放满七八个婴儿的小推车进门时,她学会了在哭声和小脸中识别他。母子俩互相熟识了,他学会了吮吸她的奶汁。她欣喜万分地发现,人们爱孩子是从养育中产生了情意,而不单单因为他们是自己的孩子。

她做了母亲,却还在做梦跳芭蕾。她无法忍受在满是灰尘的车间,坐在缝纫机前八小时后,整日在没有窗户的小房间里,一把屎一把尿地消磨时间。她无法忍受内心的孤独,坟墓般的日子。这一切让她窒息,尤其在儿子生病的夜晚,他夜夜吵闹不停地哭号惊扰了邻居,她觉得就要被他击垮了。

高圣元不知道有一些产妇会得产后忧郁症,甚至会有自杀倾向。春儿不停地哭泣,视力急剧下降。他知道春儿的梦想是再上舞台。这种愿望是多么不现实,他母亲是绝对不会容许的。像是一种默契,或悼念,他与妻子给孩子起了一个带祈祷意味的名字,高飞。

他何尝不是希望自己永远在舞台上跳舞!但是不工作哪儿来生活费,何况他们只是普通人。他的肚腩越来越鼓,头发越来越稀少……

随着儿子的到来,春儿发现,对于埋在心底的那个刺痛她已经能够习惯了。现在再也不是剧痛了。现在埋藏的不再是一根刺,而是一团棉花温柔地包藏着的,几乎对她总是有吸引力的一个潜意识,一个永远深藏着的诱惑。

十三　文艺青年男朋友

春儿曾有过一个英俊的追求者,容貌清俊,玉树临风,名叫萧劲松。他是干部子弟,跟她有相似的家庭背景,还是她愿意接触的那类文艺青年。他们在一起背诗,唱苏联歌曲,谈论老电影……他曾把她裹进他宽大的、精心裁剪的外套里,他优雅地吻了她,但舌尖只是轻轻地拂过她的嘴唇,一个私密欲望的暗示。这在当时是最大胆的举动,以至于她以为这是他俩关系的确认。

他们一起考北京和上海的歌舞团,奔波在幸福与失望重叠的旅途;后来再一起考省歌舞团。在一次考中后,春儿被单独留下来,不是考官而是团里的工宣队长要找她谈心,直接提出,要留下可以,但是要解除与男友的关系,因为"会影响工作"。"我们非常需要你这样的业务骨干,但是你的家庭出身不好,不是'红五类',你的男友也不是,你们不适合在一起。"

春儿是个慢热的人,自然耿直的性格使她有些迟钝且不善解人意。萧劲松说,就答应他们吧,反正没有人知道我们真正的关系,这只是个权宜之计。春儿说,她是认真的,想看看他是不是。后来萧劲松告诉她,实际上是工宣队长看上了她,而他已做出了让出的默许;要是春儿也答应,两个人都可以留在省歌舞团,皆大欢喜。春儿说,要考虑考虑。最后一次他们在一起,春儿灾难的眼泪像决堤的水夺眶而出。他说他要结束这场光荣的求爱史,但是他想索取互相的最后快慰。

他多虑了。春儿说假如你是真的,我会等着你。她想她一定不会想跟那个满嘴黄牙和臭气的工宣队长一起生活。她说,我在家乡等着你。记住我们的约定。明年春天等你回来结婚。

送别在站台上,一只黑猫从他们的道路上斜穿而过。这不是个好兆头。她没有说话,克制自己不要哆嗦。他不愿别人看到她当众流眼泪。仿佛是为了鼓励她的自制力,他宣称要陪她坐到 A 市。

春天来了,又过去。春儿觉得,没有萧劲松的这个春天,比以往更萧条不堪。又一年的春天来了,又过去了。他说分开一段时间是必要的。实际上,在这段时间里,她可以较客观地看他了。她把自己喜欢和不喜欢他的种种迹象做了反复比对,将无动于衷与名副其实的激情种种做了一番平衡。实际上,他娇惯而善妒,他已经怀疑春儿是主动跟工宣队长暗送秋波。而为了自己能够留下,他不但把女友推给别人,还半推半就地跟省长的女儿拉上了关系。

"男人走出房间,他就把一切留在房间里了。"春儿的工友马丽这样告诉她,"而女人不同,她出门时,就把房间里发生的一切都背在自己身上——所以,女人走不远。"马丽话说得像个哲学家。

这些故事,高圣元都知道。

有一天,高圣元告诉春儿,有人请他到剪刀厂当车间主任,他答应了。

为什么？工资又不高，离家又远。

高圣元没有马上回答。他在当天晚上买了酒，切了香肠，炒了一盘花生米，拍了一碟辣椒黄瓜，才坐下来，跟春儿碰了杯。两人都喝了酒，才一抹嘴说，因为对方答应他，可以组织自己的工人舞蹈队，他和春儿两个人都去，可以跳舞！说着，两个人就在屋里跳了起来，这是春儿结婚后，两人第一次在一起开怀大笑。

春儿第一次出现在剪刀厂，是儿子五个月的时候。她仰仗着丈夫是车间主任，根本就不去车间干活。她抱着幼小的高飞到车间晃一晃，展示了一圈，就直奔由旧车库改造的练功房。马丽到厂门口给孩子买来一根小豆冰棍，五分钱一根。高飞对着冰棍摇摇头，他还不认识这玩意儿。他爬到妈妈膝盖上，熟门熟路地从妈妈怀里拉出一只饱满乳房。他安顿下来，懒洋洋地躺着吸着乳汁，看起来不可一世、心满意足。但是，渐渐奶水就不够了。高飞力气用得大，但收获渺小。春儿还要练功，还要排节目，顾不上那么多，等高飞六个月大的时候，春儿就毅然给他断了奶。她不顾他的哭叫，也不顾乳房肿胀，回奶弄湿了前胸，她要把身体瘦回去再上舞台。于是，每天高飞要么跟着妈妈排练，要么就在舅妈家跟比他大一岁的表哥在一起玩。

被用作排练厅的破库房，就是春儿的新天地。不管遇到什么困难，也不管有多累，她都能轻而易举地对付。她爱这个旧库房，在这里不用讨论糟糕的天气和邻居家的婆媳吵架，这里是艺术的殿堂。她什么都不需要，只要有音乐。她甚至爱这个库房昏暗冰冻的下午亮起的灯光。她爱日复一日的挑战。这里很像那个对她具有启蒙作用的地下室，似乎与梦想有点关系的地方，都是这么黝黑，暗淡，不见天日。

这时的春儿完全变了一个人。不光是身材上，更是在精神上。她对自己的身体很苛刻，不能多一两肉，不能少练一天功。可是她对别的队员示范动作，则严苛又耐心。高圣元发现，妻子的样子完全变了。她脸上一层薄薄的汗珠,眼睛灼灼发光,像个高烧病人,处在一种狂热的情绪中。这个样子跟她怀孕时、跟她在家的样子完全不同。她这种挺胸昂头自信的状态,在周围的女人身上都看不到。她与手套厂或者剪刀厂的女工都不一样。连她的声音都带着一种妇女主任的威严和克制。根本不像其他女工那样叽叽喳喳,像早上林子里的鸟,或者粗声大气地说话,好像在早市上让人家给她上好的大白菜一样。人们这样夸她:瞧她的身材,啧啧!哪里像生过孩子的人!春儿很快地恢复了当初的风华,她忙着带领宣传队参加区里的群众会演。从高飞会走路,父母就带着他参加演出,他一直像个跟屁虫似的,没人管他,就让他在化妆间玩。

在一次演出时,观众席突然响起了一阵哄堂大笑。春儿很纳闷,一定是演员做错动作了,这种情况经常出现。她问了一圈谁都说没出错。后来马丽发现了真相。原来节目一开始,锣鼓一敲,音乐一起,演员在台前跳舞,小小个子的高飞就站在台侧上场口的地方,随着音乐手舞足蹈,把妈妈的动作一丝不差地做下来。结果,人们不再看大人的表演,而是把注意力放在了这个小孩身上。哄笑此起彼伏。大约是耳濡目染,高飞对舞蹈了如指掌,所以每当父母在台上跳,他就在后台一起手舞足蹈。

但是真要把舞蹈当成毕生事业来完成,可不是简单跟着跳跳玩玩就可以的。他究竟有没有这方面的天赋呢?后来的一个机会,春儿看到了儿子的潜能。他被带着去看电影《叶塞尼亚》,片中有一段热烈奔放的吉卜赛舞。看完回家后,儿子立即原汤原味地把这一段长达两分钟的舞蹈,一板一眼地演了出来。这时他才三岁。春儿惊呆了,她在想是不是她太爱舞蹈了,那个万能的造物主把她的才能装放在了儿子的身上。她认定儿子体内有天生的舞蹈因子。她和丈夫怕惊扰了他的兴趣,只是不动声色地开始观察儿子。

他们家有一张祖传的红木大床,像个小舞台,高飞就成天在上面嘭嘭地瞎蹦。后来,收音机里放着《叶塞尼亚》的音乐,他就不是瞎蹦了,而是跟着音乐跳起了吉卜赛舞。如果是电影《少林寺》的音乐,他就摆开武术架势,在床上翻跟头踢腿。开始,他的观众是妈妈爸爸,然后就是邻居和小玩伴,再后来,是同学甚至来家访的老师。每逢家里来人,都必然叫他在他的特定"舞台"上表演一番,人们都啧啧称奇。但是,后来高飞对舞蹈没什么兴趣了,他最早接触的舞蹈男演员是在电影里,他不喜欢化着浓妆、动作绵软的男舞者,总觉得他们不够刚强,有些娘娘腔。相比之下,他更喜欢"解放军叔叔",喜欢尚武的人。他喜欢跟着舅舅练武术,整天舞枪弄棒地做着英雄梦。春儿则忙得顾不上他,任他泥里爬土里滚。当时春儿正在排练一个新节目。

高飞经常跟表哥一起练功。表哥比他高出一头,人高马大的。他们上同一个幼儿园,同一个小学。舅舅为他们安排了前程,希望他们将来上个技校,学门手艺,做个会计或坐个办公室什么的。他们真正想做的,一直真正渴望的,就是成为武林高手。而不是像京剧演员的舅舅,只在舞台上扮演武林高手。他们想去的是少林寺。再不济,去附近山上的玲珑寺。学校里没有体育馆,一切体育活动都在大操场上。那里有几个单杠,一副双杠,一个沙坑。在家时,他们就在门厅走廊里练。天气好就在草地上练。和尚如何生存呢?他们没有印象。在哪儿能够找到他们?怎么才能加入他们?这类问题越来越多地困扰高飞,可是表哥从不操心。

秋天时节,晚饭过后,趁着还有点光线,他们在职工楼对面的空场上练。那里地面很平坦。他们穿着汗衫和松松大大的练功裤。先打侧手翻,再做双手倒立,头顶地和翻筋斗来做热身,等身子灵活了甚至能打双重筋斗。然后扭作一团,你出拳,我劈掌;你扫堂腿,我凌空飞起一脚。然后站在矮桩子上,一只脚朝天蹬。这时,就看出两个男孩子的差别了。一个高而瘦,一个矮而壮。他们一直在努力地摇晃着,力图维持平衡。他们也许会倒下,也许会撑住。高飞因为自己个子矮,总是在家里大床上乱蹦,可以显得自己高一些,结果练出一种高台技巧。他按照舅舅说的运气,吸住气,努力变得像一片鸿毛一样轻,总能比表哥站桩时间长一些。为了达到魔术般的平衡,他们不辞辛苦。成了。不成。成了。再来。

观众就是住在楼里的孩子。大人对他们不感兴趣,他们有很多事要忙。老太太视力不错的,爱看这套表演。老头用拐杖敲着地面,嚷嚷道:"抓住他,孩子!抓住他的腿,不,另一条腿!"好像这不是武术而是摔跤比赛似的。如果说春儿也在看的话,那准是在窗户后,她总有活儿要忙。不时还担心着,这个月的粮票到哪儿去借?还有布票。这俩孩子练功练得胃口惊人,又费布又费粮食,怎么得了?

每当高飞想起和表哥一起练功,就觉得自己也坐在门廊台阶上,看着那两个男孩在草地上用力、摔倒、跃起——飞身一跃,成功地站在木桩上,然后快活地翻着筋斗跳下来。这些回忆总被一种湿乎乎的棕色阴影所覆盖。那会儿,路边都是榆树,秋天树叶会变成一种带棕斑的金色。树叶形状如烛火,就如在他心中的理想之火。

锻炼确实令男孩子们食量大增。只有一次,春儿带着小哥儿俩吃了一次猪排面。后来高飞对猪排的美味念念不忘。春儿就趁势用猪排吸引他,说少林寺和尚只吃素,少林寺没有猪排。

"她是怎样说服你的呢?"事后小米问高飞。

"她曾经一心扑在我身上——我们谁都没有这么说过,但在我十岁以前都是这样。十岁以后,有人代替了她的角色。她一直在家教我,因为从三岁到六岁的儿童舞蹈训练在国内根本没有。后来从六岁到八岁的儿童舞蹈训练,又有一些人为的标准——而我跟那些标准没有半毛钱的关系。"高飞回忆起母亲,就像是在讲邻居家的母亲。

"刚开始,她没有意识到教我有多么困难,简直就是不可能的任务。因为她的生活又忙又乱,而我是一个任性又捣蛋的家伙。我陷在她设的局中,陷在没完没了的博弈中,可我的心又是变幻不定的。孩子嘛,哪儿有什么恒心?我心目中的目标就是武术,任何与武术有关的——对我来说都是刺激。不过我还是纳闷了一阵子——他们是怎样说服我的呢？想必是激将法吧。"

春儿跟儿子打交道就像跟一个暴躁、狐疑的小狗打交道。你指东，他偏往西。对喜欢的事就会执迷不悟，不撞南墙不死心。起初，当她教他跳舞时，他根本不肯停下手里挥舞的棒子朝她看一眼。她坚持下来，因为她了解儿子，他跟她一样，不拒绝任何挑战。这是春儿的秘密，也是发现高飞潜能的钥匙——永远不肯承认有什么事情是他干不了的，知子莫如母。

一天晚上，高飞正在写作业，写完了的时候，母亲把一个练习本推到他眼前。

这是什么？

你看看就知道了。

这是她的剪贴本，凡是跟舞蹈和武术有关的少年儿童比赛的新闻报道她都收藏：区里有什么人参加了比赛，得了什么奖，等等。高飞哪里服气？别人做得到，我也做得到。到后来激将法最终解除了他的武装。父母总哄他说，这是在练武，不是练舞。他们放着《少林寺》的音乐，给他扎上练武的厚腰带，用武生的行头给他打扮起来，让他下腰劈叉练空翻。高圣元也跟着儿子一起练，一起扎马步。一劈手，一跺脚，有招有式。动一下，喊一声："要练功，不怕苦！"高飞希望有一天，他的成绩也会被母亲贴在她的本子上。其实，春儿对他有信心，他根本就是一个奇才。

冬天来了，空地上的训练停止了。宣传队也停止了演出。这时春儿接到了一个特别任务。这使她名声远播，甚至惊动了省文化厅。

十四　舞台上下

冬天，演出少了。春儿迷上了电影。第一次是去看了《红色娘子军》。

第二天又去了。后来又看了一回,这次她带了一个本子。高飞很好奇。不过,他马上就忘了。当穿着红袄、戴着斗笠的女演员上场时,高飞小声说,爸,我要上厕所。爸爸正与妈妈交头接耳,没听见。他又说了一声:"爸,我要上厕所。"意思是让爸爸陪他一块儿去。"快去快回!"爸爸只转过身子小声嘱咐了一句,看也没看他,对着银幕,看了一眼,又飞快地低下头,在本子上记着什么。

等高飞上厕所回来,看见妈妈也在低头写着什么。她打着手电筒,一只手挡住灯光,微光在她脸上一明一暗。然后是爸爸嘟囔了几句,妈妈辩解,语调轻快。后面的观众受到了噪音影响,不高兴了,发出几句低低的抱怨。妈妈嘟囔着道歉,但手里并没有停下来。他俩紧盯着银幕,神情紧张又兴奋,像小孩儿似的把头凑一块儿窃窃私语。高飞问了一句,妈妈,你们在干什么?妈妈从爸爸身后探出头来,抿嘴微笑,样子很奇怪。她的微笑显得偷偷摸摸,又挺天真。

过了几个星期,他们又去看这个电影。高飞表示再也不看了,再看就吐了!他烦了,拒绝再看同一个电影。除非是看《少林寺》。

再过了一些日子,他们越来越顾不上他了,忙得很少在家了。工人舞蹈队又开始了排练。再过几个星期,他们在文化馆上演了一场《红色娘子军》的片段。大幕拉开了,音乐响起来了,高飞震住了。穿上了服装、化了妆、手拿斗笠的工人舞蹈队员们,在明亮气派的舞台上,一招一式,都跟他在电影里看到的完全一样。剪刀厂的工人竟然能够上演芭蕾舞剧《红色娘子军》的片段,这在本市引起了不小的轰动。他们又被作为地方群众文化的典型,送到省里参加群众会演,然后又被选送到北京演出。这次,女主角吴琼花的脚尖真的立起来了!高飞自豪地对小朋友们说,吴琼花的扮演者就是我妈妈!

高飞后来回忆,这就是爸爸说的"扒电影"。这两个人,一个看动作,另一个记动作;然后再倒过来,一个记,另一个看。他不知道妈妈是怎样立起脚尖的,其他的工人舞蹈队员都是象征性地踮起脚尖。

对春儿来说,这次的成功是探索性的,也是历史性的。因为全省只有一个剧团能表演这个舞剧片段,那就是省歌舞团;另一个就是她领导的剪刀厂工人舞蹈队。这次的较量是她跟萧劲松的较量。她跟老萧打了一个平手!

春儿并不像报纸上说的,为了宣传什么思想,她选择带领剪刀厂的工人上演芭蕾舞剧《红色娘子军》的片段,是为了圆梦。当时,这个舞剧与其他"八个样板戏"不同,它既是艺术的又是革命的,既是炙热的又是欢腾的。聚光灯下,吴琼花在舞台上回旋出空灵的身姿,轻抚一曲灵魂动感的韵律。春儿感到不可抑制的感动,那优雅协调的音乐,那轻灵飘逸的舞姿……美到极点!那个受到欺凌的弱女子,在胆怯中重生,从柔弱中坚强,信念,追求,执着,生命的意义不应如此吗?

她本来是认了命,跟着父母下放到小镇,按部就班上了小学再进中学,然后随着其时其地通常的安排,进了一家街道小厂,坐在一台早该报废的老旧机器前织手套,后来嫁了邻家男孩——过上了安稳平庸的生活。在这既定的成长中,春儿略超出一点常规,那就是她对舞蹈隐秘的热爱。她的热爱误打误撞地符合了时代的潮流,有多少文艺青年像她一样,在逼仄的环境下,寻找热情的释放。自我培养对艺术的爱好,自供养分,壮大自身。她从小就不认同她所在的环境,渴望走出这个不属于她的小镇。这个强烈的愿望,使她从十几岁到二十几岁都在外出考试,报考歌舞团。这性格看起来像负气,没什么偏偏要什么!她什么都不要,偏要舞台上那些虚无缥缈的美。那些美在枯燥的生活中物化了她的幻想,就像漫流的水有了河床。有着顽强内心活动的春儿,在那个不开放不活跃的年代,对在千篇一律的封闭环境里倍感压抑,自觉格格不入。加上她那段爱情遭到了背叛的前史,她的这段不平等又早夭的爱情,并没有因失败而冷却,反而磨炼了感情的锐度,使她在无人响应的境遇中一意孤行。这种感情终于凝聚成超人的毅力,在成功上演芭蕾舞剧《红色娘子军》片段时,她自觉冲出了生活的藩篱。

春儿被邀请到全省各大企业和工厂农村演出,高飞只能跟着他们,他们走到哪儿,他就跟到哪儿。农村的台子搭得特别简陋,有时是在庙里,有时是用木头搭的,昏暗的棚子,摇摇欲坠。板子间的缝隙里透出暗淡、晃动的灯光。播放着的音乐因为太多次反复用,声音变得沙哑、刮擦,就像从一道摇摆不定的荆棘丛里钻出来的荆条。

演出开始后,他不再站在舞台上模仿大人的动作了。他各处瞎晃,有时开场前在空台子上跑动;有时扭动着身子,爬上棚子的顶端,研究板子的弹性,再从原路爬下来;或者爬到树的最高枝上去,单手单脚地把自己吊在树上,像猴子一样晃荡,在树上看舞台上表演的人。此时高圣元和春儿正在紧张地化妆,表演,调度,监制,兼音乐和报幕……没工夫注意他。他就像野孩子一样自由。一直到演出结束。这自由到灯光熄灭、音乐停下、爸爸妈妈开始大声喊他的名字为止。

吃晚饭时,他会像无意地说出,第几排第几个的演员出错了左脚。如果再问他,他会气呼呼地、很不耐烦地喊着拍子把动作演示一遍。春儿认为这孩子对音乐舞蹈有天赋。她开始叫他"指导员"——"指导员!站到你的岗位上去,去督促你的战士们。看看谁出错了,谁的动作不对。"他便乖乖地、拖着步子走到台侧入场口,头上戴一顶"指导员"的帽子。他的头发被压在超大的帽子下——他吊儿郎当的表情也不见了,变得严肃矜持。他们都叫他指导员。这让他比别人记住了更多的舞蹈和音乐。

晚上,春儿给演员们做夜宵。这个时候,有人拿高飞开心说,指导员,我跳得不错啊!干吗说我出错了?他听了就会站起来,嘴里嘟囔着,一二三四,第四拍你才能抬腿,可是你提前了一拍!高圣元倚着门框,端着一碗面,一边大口吸溜着面条,一边自豪地看着儿子。春儿正在往锅里打鸡蛋,她麻利地一边搅着一边大声地说,我儿子要是不跳舞才真是屈才了!高飞记得,那个时刻,一家人是快乐的,他几乎忘记了与父母为武术的争执,几乎三个人是站在一条战线上了。

正当春儿沉浸在成功的快乐中,高飞却失踪了!

十五　逃离

有着和母亲一样性格的高飞,热爱冒险。他也走着母亲年轻时的道路——走出去,走出小镇。走得越远越好。这种出走,实际上近似挣脱藩篱,是每一代人一次又一次上演的老一套,可每一代人都认为是自己的独创。但是这一次他并没有跑出多远。

那天,高飞和表哥在食品店买了一毛钱一根的大雪糕,撕开包装纸贪婪地舔了一口,就坐在食品店门口的马路沿儿上吃。高飞举着雪糕,吃了一口就停下了。他跟表哥说,咱们去少林寺吧!

他们去了长途汽车站,打听去少林寺的车票,没人回答他们,倒打听到了去附近最近的寺庙的方法,听说那里也有和尚,会不会武功就不知道了。表哥问他没有钱怎么去。"我们可以表演武术,"高飞说,"可以在人行横道上表演。"

表哥知道高飞是认真的了。他坐在那儿,举着只舔了一口的大雪糕,畅想如何谋生。

他们的爸爸妈妈怎么办?这个问题只引起了更加疯狂的计划。"你可以告诉他们我被坏人拐卖了。拐卖小孩的事很多。"

表哥说:"警察很精的,他们会找到你的。"

"那就不要说被拐卖,就说我们遇到了坏人,然后逃脱了,只好从此藏起来了。"

他们编造这样那样的故事,他们还讨论了怎么偷到钱去买车票。又过了一个星期日的早上,他们穿过小镇后街,走向汽车站。他们根本不担心钱能撑多久,也没空想各种麻烦的事,剩下的就是开心。不折不扣的开心。

买票时,那个售票员打量了他俩,知道是跑出来的孩子。三句两句就问出了破绽。疑问、谎言、冷笑、威胁、电话。拐卖未成年人,或未成年人自己逃跑。你们的父母在哪儿?有谁知道你们出门吗?街道办事处的人知道吗?谁允许你来的?冒出来一个警察。两个警察。供认不讳和一个电话。街道办事处的大妈主任和妈妈来拘留所领人。爸爸大发其火。舅舅吹胡子瞪眼。用练功的棒子打在表哥的屁股上。高飞和表哥再也不许一起玩了。

妈妈去拘留所,无奈地坐在椅子上,看着被警察一手一只像拎小鸡似的,拎来的两个男孩子。她带着激怒的表情,审视着高飞。"你知道你错在哪儿了吗?""我不知道。"他诚实地回答。

"我跟你一样,曾经跑得很远,我也只想跑,越远越好!"高飞很吃惊,但还是垂着眼睛,小心地提防妈妈的诡计。这是调虎离山计还是妈妈与他个人之间的秘密?妈妈又说了一句话,让他更加疑惑:"我保证支持你,如果你能去最好的地方,最好的学校,越远越好!"

高飞怀疑妈妈是不是气疯了,或者在说反话?事后证明她心志很清醒。而且,她用一生来实践自己的诺言。

当高飞回忆这个故事时,他说,之后,他和表哥不再逃跑。也许如果他再试一次,可能就不会被发现了,可是他似乎从妈妈那里得到了谅解甚至支持,逃跑已经没有了意义。这种逃跑只是一个形式。不久,它就以另一种形式再次出现。

他永远对母亲心存感激,因为她相信他的疯话。他觉得他比绝大多数人都幸运,因为他有对一种艺术活动的超级着迷,这种体验给他不同的认知。产生这种兴趣一开始是很偶然的。然而他很快受到大人们的鼓励。他的记忆力也异于常人。记住并表现出一系列舞蹈动作对他来说,是不可抗拒的测试和挑战。"我妈妈说我的脑子就像那种粘知了的胶,那些动作我过目不忘,一下子就被粘住了。"

"但我还是朦胧地渴望着冒险,表哥也是。似乎一股叛逆的血在血管里流淌,它要冲出来变成行动,逃出生活中一切正常的规定轨道。我要摆脱父母和其他人加在我身上的束缚。当它发作时,我逃学,登高,爬墙,爬树;从背后揪女生的小辫子,往她们头发上放粘知了的胶;冲老师闭眼假装上课睡觉……它是一种多余的激情,就像得了多动症。在跳舞、练功、满头大汗之后,它就像被挥发了出去,我就变得平静而快乐。不像一个孩子的感觉。妈妈说我体内有一种破坏的能量,或者按理论书上说的,一般天才都会有这样那样的怪毛病。只有做母亲的,才会对孩子的调皮做出这样的解释。"

"我说不出喜欢还是不喜欢自己的父母这样,沉溺于幻想当中,人们像他们这个年纪早就变得稳重务实,不再挑战自己,更不会把自己的幻想强加于孩子身上。人们都能学会长大,服老,认命,衰老,可我的父母不会,他们是那么可爱的人,总跟小孩子一样。"

"看看我的命。"她不断地说,"摊上你这么个孩子。"

有一次高飞这样评论自己的母亲:"我庆幸我摊上这么个妈妈——她的态度后来彻底变了,她宣称我将是个最伟大的舞者,站在世界的舞台上,展现雄鹰般的雄姿。我同意,从此以后,我相当喜欢她。"

在文化馆的路边,堆了很多人,后来的人扒着别人的肩膀朝里看,高飞和表哥路过,就穿过大人的胳膊和腿,钻到了前排。里面并没有什么声音,只不过是几排小孩子,正拘谨不安地站着。这时,有几个大人走进了屋子,四下看了看,冲着窗外的高飞和表哥还有其他的孩子招手——你们,都进来,排队站好!

高飞和表哥迟疑地走进屋,走进了孩子们的队伍。

那些大人由文化馆的馆长高展旗带着。在队伍前站了一会儿后,高展旗退到墙角。他掏出了一支烟,点上,开始抽烟,就像在一个很长的会议中要消耗时间似的。那些"老师"——馆长这么叫那几个男人——穿行在队伍中间,走在每一个孩子身边,摸一下这个人的肩膀,捏一捏那个人的胳膊,然后做了一些好笑的动作,比如把胳膊绕到脑袋后面啊,让孩子们照着做。然后,就让他们跳跳蹦蹦,下腰劈叉。这些,越来越让高飞觉得好玩。可是,高飞还没玩够,他们就让几个人站到前边去,表哥也在其中,而高飞却站在原地。

"现在,站在前排的人,留下。其他的人,解散!"

"这几个人,我要带回去。"

高飞记得所有人当时的表情,那些留下的孩子,是被选中参加武术队的。如果练好了,还可以参加省武术队。他记得大人们的表情,表哥就像一个英雄一样被当地人歌颂了很久。表哥终于"逃离"了,而他仍留在了原地。

那天,舅舅宴请了几乎全镇的人,高飞觉得那是一个家族的荣耀。从这个家族终于走出了一个人,到省城,从事一项人们不熟的生计。当地的人们,只知道技校与特殊职业培训,并不知还有其他机会进入体育和文艺方面的职业。

第二次考试,是舞蹈学校附中来招生,跟上次一样,孩子们站成几排。老师穿行在队伍中间,走在每一个孩子身边,摸一下这个人的肩膀,捏一捏那个人的胳膊,然后要求做了一些好笑的动作。然后,就让他们跳跳蹦蹦,下腰劈叉。不会做的,就做一些简单的,可是高飞可以做更多高难动作。大约因为这个原因,一个老师教了他几个动作之后,就说,你,出列!

他不懂"出列"是什么意思,老师和气地说,站到前边来。

高飞恍惚地站出来,忽然记起表哥也是这样被叫出来的。那么,这就是说自己被录取了。

他的身边被叫出来的学生越来越多,终于听到了老师的话:"现在,站在前排的人,解散!其他的人,留下。"

他又被刷了。

他成了考试专业户,无论什么考试,只要能离开这个城市,他都去。开始时是瞒着妈妈。后来妈妈知道了,而她似乎比高飞还起劲。他们一起瞒着爸爸,因为爸爸不允许他外出,他是高家独苗,不能出事,更不能出远门。但好似妈妈并不担心这个。第三次考试,考官是个女老师,她非常美丽年轻,身上飘着洗发液味,她身上的味跟妈妈的很相似。时下流行的是海鸥、华姿、蜂花、美加净等几种洗发液,妈妈用的是瓶装的,姑姑用的是大桶零打的,较便宜的一种。而奶奶是用碱洗头发,说这样洗又黑又亮。可高飞觉得恰恰相反。妈妈的头发才又黑又亮。

高飞恍惚着,被洗发液或什么其他香味引起了注意。女老师开始讲话,亲切地问他几岁,读几年级,会不会跳舞,然后让他做了几个动作,又摆弄起他的胳膊肘,一会儿向里拐,一会儿向外弯,还把他的胳膊跟别的孩子相比。他发现自己的胳膊向上翻时跟别人的不一样,有一个弧度。这是女老师的话——"有一个弧度!"她蹲下来,把自己的裙摆夹在腿之间,低下头,把高飞的膝盖又仔细研究了一番。然后,她神奇地摸出一条软尺,明晃晃的,黄色的,高飞有一次跟妈妈到街口的"上海裁缝"那里做连衣裙时见到过。女老师把高飞颠过来调过去,上上下下量了很久。后来,又过来几个男老师,换个人量,折腾了很久。弄得高飞都忘记了念咒语,只听一声熟悉的口令——"站在前排的人,解散!"

回忆起当年的他自己,一次又一次地参加考试,一次又一次被叫出行列,一次又一次被淘汰,没有一次狂欢得意,没有一次像表哥那样被大人亲戚们簇拥着,发出一阵阵狂欢,像英雄一样回家。那些时刻,是那些幸运儿的时刻,留给他的,只有被抛弃。

他不明白他错在哪里了。

过了几天,妈妈在家请客,这次跟舅舅家不一样,那次舅舅家的家宴是因为表哥被武术队选上了,这次是为高飞没被选上设的家宴。妈妈请的都是有级别的人。有文化馆的馆长高展旗叔叔;有两个市教育局的叔叔;还有一个从来没见妈妈提过的,省歌舞团的团长,一个高大潇洒的漂亮叔叔,妈妈称他老萧,称他专家。

酒过饭后,妈妈说,小飞,给叔叔们表演一个节目好不好。

以前每当这种时候,他都很配合,甚至非常严肃。人们会用好奇的眼光看着他,因为对大多数人来说,具备艺术表演才能,就像长了瘤子一样奇怪。那是一种没用的、奇异古怪的东西。就像有邻居大妈常常讽刺他妈妈的话:"天啊,你妈妈能耐真大呢!"

他点点头。但她马上转头,以过来人的口气对观众叔叔们说:"这孩子自我意识太强。其实,他很喜欢舞蹈。"刺痛又开始了。的确,他确实喜欢过。可是每次他缩在椅子上,摇头,捂着肚子,表示他的肚子疼发作了,母亲都不得不放弃。但这次她没有。她很严肃地指着那位高个子叔叔说:"这位萧老师是从很远的省城专门来看你的。"她强调,"专门"。他从来没见过她脸色那么凝重过。

于是他照例表演了拿手好戏,在红木大床上表演了几段舞蹈和武术。过后,他跑出去玩了。回到家大人已散了,家里出奇地安静。妈妈坐在一堆盘子和碗旁边,没有哭,只是悲哀地面对着一桌的残羹剩饭发呆,显得特别的疲劳。

暗暗觉得跟自己有关,他又想不出自己错在哪儿了。

在家宴上,人们盛赞她儿子有表演天赋,妈妈一开始特别高兴,别人家的孩子都讲究不输在起跑线上,都开始了早期教育。有的拉小提琴,有的学外语。高馆长说,你家的小飞是人才。那为什么几次都不选我家小飞?

妈妈问。高馆长扭头转向身边的人："老萧,你给小飞指点一下。"

被称作老萧的人,一直在喝酒,没有怎么说话。看得出来,他的地位最高,最有发言权。他沉默了会儿,说："春儿,我不是打击你,你家的小飞样样都好,只有一点,身高不够。现在的舞蹈演员,不像咱们考试那会儿了。"——他看了一眼高飞爸爸,马上换了一种口气——"要考技巧了,还要看身材比例了。舞蹈学员身材标准,下半身要比上半身长十二厘米。其他都好办,但条件看来很难弥补——高飞的身材比例,比标准缺了整整四厘米！据我的估计,小飞的身高不会超过一米六,跳舞玩玩可以,当作一项事业,基本上没戏。"

妈妈听了,眼光和脸色霎时都暗淡下来,那样子如泄了气的皮球。爸爸看上去更难受,他似乎是一切的根源——恨不得钻到桌子底下——高飞随爸爸,他的个矮腿短,是因为在爸爸的家族里没有高个子。

这次家宴宣判了他舞蹈事业的终结。

十六　狼爸虎妈

多年后。波士顿的冬天。这天凌晨,高飞练功很晚才回家,兴奋地跟小米回忆小时候,被妈妈逼着练功的往事。高飞捧着粗陶咖啡杯,穿着中式宽袖棉袄,胸前一排大盘扣子,脚上很滑稽地蹬着京剧演员穿的厚底靴。从头到脚,很穿越的样子。在家里,他很在乎脚的保暖。对一个舞蹈演员来说,脚比头还重要。"而且,"他强调,"我是急性子——脚上穿厚底靴,会让我慢下来,沉下来。"

听到高飞讲的往事,小米觉得这里缺少了点什么,虽然也说不上来到底缺了什么。她觉得高飞妈妈的故事更有意思,就像她扮演的吴琼花,开始时自黑暗中出逃,痛苦,后来是勇敢,挑战。挣扎,失望,更多的挣扎,然后,就像许多令人满意的故事一样——有荣耀,有回报。高飞下面的故事,却让她吃惊……

"你们几个好好回家读书!"那天考官就是这么敷衍高飞他们几个落榜的孩子,似乎他是为了不读书而逃跑出来的。在当时最时兴的,已不是好好读书,而是寻找出路。当时,经济效益这个词还没出现,上大学和高考和寻找职业出路是当务之急。对不到十岁的孩子来说,还不会这么有意识有计划地规划未来,都是家长在规划孩子的未来。考官的话好似是贬义——考不上才回家读书!

高飞觉得父母已经很久没有叫他练舞了。他以为父母知难而退了。高飞的理想是武术,要么就当兵,要么当和尚,不能舞枪弄棒,就去饭店当大厨也不错,天天有肉吃。那时人们都长得面黄肌瘦,只有隔壁当大厨的叔叔又白又胖,他还整天拎回来几串香肠送给邻居。他是邻里最受欢迎的人。

正当他羡慕隔壁当大厨的叔叔的时候,饭碗下面开始出现了奇迹,一块猪排!这是他最喜欢的!然后不断地换花样,一小段香肠,冒着红红的油珠;一只卤蛋,蛋黄酥酥的,像豆沙馅似的……这些奇迹不断出现。直到有一天,妈妈在吃饭时,似乎不经意地说,舞蹈学校的饭菜很棒,据说每天都有猪排饭!

一道灵光只是这么一闪。接着妈妈又说,小飞你学过的课本上有一句话你还记得吗——"成功就是你比失败更多爬起来一次。"儿子茫然地望着她,不知道这个与猪排饭有什么关系。但是这方面的话题是不可阻挡的。她好几天都用有预谋又纵容的奇怪语言教导着他,承认他们的目标,实际上是她和爸爸的目标有相当大的距离。需要一种混乱、神秘的野蛮行为才能达到。

爸爸有一天拿回来一对铁环,他把它们安装在屋顶上,然后朝儿子招招手——来,小飞,上去试试!高飞转身,逃掉了。

等他放学回到家,看见爸爸头朝下脚蹬在铁环上,说,行,经得住我就经得住小飞。这次他没有怕,他被好奇攫住了。爸爸把他倒着举起来,把他的脚伸进铁环里,倒挂在空中!高飞害怕地大叫起来,被放下来时,他吐了。当天晚上,他饭也没吃,桌上的猪扒饭谁都没碰,一家是在阴云笼罩中度过的。

高飞的爸爸后来从车间主任升为副厂长,副厂长的主要任务就是抓生产,而不是组织工人舞蹈队到处演出了。时下的形势强调经济效益,钱是第一位的了。妈妈也被高展旗馆长调到文化馆,负责抓基层文艺活动。虽然文化馆的工资不高,但跟她的兴趣有点关系。在庸常的生活里,人们会变得实际。周围的人都在为安定的生活而奔忙,越希望安定越不安,所以人们常常期望自己能够进入安定的禅修状态。春儿远远没有到那个境界。她的心中似乎还有绵绵不绝的生命活力在阻止她入定。解决的方案就是摆脱所有的世俗琐碎事情和寻常人际关系,而仅仅保留对美与爱的兴致,在有生之年不断地继续追求美与爱,直至生命的终点。高飞觉得妈妈逼他练功,实际上是出于这种生命活力,和对美的兴致——她人到中年,已经不可能再上台跳舞了——她把希望转移到儿子的身上。

一场"下肢加长法"训练被舞蹈狂热爱好者的母亲强加在高飞身上。每天压腿,他悬空跨在两把椅子中间,父母轮流坐在他腿上,当那个压腿的"秤砣";那对铁环,挂在家中房梁上,高飞要倒挂两三次,每次六七分钟,以此牵拉韧带。这个土法,是舅舅从老一辈京剧演员那里听说过的,谁也没见过。每次高飞从铁环上下来,脸上都会爆出血丝。这些几近残酷的训练法,父母解释为是练武功,说是舅舅京剧团都这么练,还喊着"要练功,不怕苦"的口号。

半年过去了,高飞的腿并没有加长。

高飞脸上开始爆皮,这是长期"倒挂金钟"的结果;每次母亲压在他的腿上，都扭过脸不去看他咧嘴歪脸的样子。练功这件事把这一家人从日常惯性中解脱出来，平时家里气氛阴沉而又激昂。春儿和高圣元被狂热的精神点燃，这种精神与其存在的市民阶层毫无相关，他们凭空创造出一种不真实的献身精神，虽非绝对必要，可一旦信以为真，就比其他任何事都更重要。

一年过去了，高飞终于长了三厘米。还差一厘米，怎么办？

最后那一天终于到来了。舞蹈学校附中又一次来到本市招生。早上起来，因为头天晚上练得太晚了，高飞有点头蒙蒙的，他拒绝再上倒挂金钟。春儿疲惫地大声嚷嚷着："高圣元，你的儿子你管不管？"她把分开的手指猛地从脸颊上拉下来，以至似乎会留下犁痕在脸上一般。"再来——再来——别管了，这是最后一组了，就两分钟！"爸爸担心地在一边赔着笑，手里拿着表。时间更慢了。这是最后的两分钟。高飞觉得实际上是五分钟，或更长。

吃完早饭，妈妈郑重地拿出一件好看的、崭新的运动衫，那上面有白色的绣边。她抖了抖，似乎新衣也会有灰尘似的。她帮他套上，拉了拉他的衣领，去吧，她听天由命地说。到了会场，最后一次，也是第一次，她把脸贴在儿子的脸颊上，亲吻了儿子的小脸蛋儿，这个动作在高飞长大后再没有过——她的目的并不在此，她小声地耳语道："老师量上身时，缩一缩；老师量下身时，挺一挺。"高飞没有听明白，他迷惘地望着妈妈。妈妈绝望地倒退着，回到爸爸身边，脸上挂着强忍住什么似的、僵硬而绝望的笑容。

那个时刻终于到了。孩子们排着队，楼道里充满了混乱，咳嗽的回声，满怀期待的装扮。舞台比想象的明亮了许多，也拥挤了许多。一切来得太快，然后就结束了，消失了。它是怎么结束的，高飞想不起来了。一切都无法复原了。会议室就在舞台下面——有后楼梯通向它——中间被拉上了绳索，绳索上挂着布帘，被分割成几个房间。可怕的喧闹。一些布帘脱落了。男生看见女生穿着内衣,或者是反过来。高飞忽略了很多事情。他好像在滑行,无声地穿行在骚乱中。一个人在叫他的名字,叫他进其中的一小间。他已经经历过很多事情,经历了一些被刷下来的经历,但他脑子里还是乱七八糟的,像傻了一样。

他脱掉上衣,磅了体重,有一只冰凉的手重重地按在他头上,他自然地缩起腰,向下沉。虽然他脑子里一团糨糊,但好像妈妈的声音在命令着他。他自然地根据需要挺直和收缩。老师靠得很近,他闻到了强烈的汗味。老师的手微微颤动,细小、危险而兴奋的哼声从他身体里发出——你站直!这哼声变成一句完整的句子——"你可以回家了,等通知参加文化考试!"

他被选中了,有资格参加后来的文化考试了。高飞把这个消息告诉妈妈,妈妈的身体剧烈地摇摆着,她的眼神明亮惊讶,脸上焕发出的日出般的红晕遮住了两团胭脂。这些努力与别人无关,只是她自己的快乐行为。他总是记得妈妈说的那句话:"别放弃!成功就是你比失败更多爬起来一次。"她属于这一类人,在关键时刻有戏剧般的爆发力。

按下来的日子,妈妈像过节一样,她在屋里忙来忙去,忙着为高飞准备行装,不能让大城市的人笑话。她穿过屋子,轻快而自我激励地唱着歌。奶奶成天哭丧着脸,不愿高飞离家。录取通知书来了。又一封通知书不期而至,说是请家长参加一场见面会。校方突然提出要见所有考生的父母,是为了预测考生未来的身高。妈妈的歌声停了……

十七 冒牌"舅舅"

在通过了所有专业考试后,高飞眼看要顺利入学了,校方突然提出要见所有考生的父母,以预测考生未来的身高。可父亲身高仅有一米六四,这对高飞被舞校录取制造了很大的障碍。高飞虽然过了体检的关,他的历险还没有结束。

那一夜,妈妈脸上布满惨淡愁云。在他的印象中,妈妈像个强大的女王。她在家的地位就是女王,他和爸爸都得听她的。她是那么与众不同,轻快,满怀希望而直截了当。什么都难不倒她!第二天,妈妈请来了在京剧团当武生的舅舅,来冒充他爸爸(因为舅舅的身高超出爸爸五厘米),共赴一场"特殊面试"。

早上,舅舅一身簇新地来到家门口,脚下是妈妈跑了整个小镇才替他买到的高底鞋。三个大人站在门口,爸爸小声赔着笑,对舅舅说:"来了?"

后来的两个月里,妈妈仍然积极地准备高飞的行装。她相信儿子会被录取的。结果真的被录取了,不过算是试读,校方还把他列入身材条件差的考生里,允许他试读一年,以观后效。

报到那天,上海本地的学生都已经早到了,你是哪个区的,我是哪个区的,都是本地人,大家在宿舍里马上打成一片。舞蹈系的学生本来就爱美,穿得讲究,他们个个长得机灵,侃侃善谈。他们看到长得矮小、打扮很土、带着行李的高飞,一种不言而喻的轻蔑神色在眼睛里流动。高飞站在门口,向屋子里的每一个人发出怯生生、温和的微笑。有人朝他一点头,一努嘴,喏,这是你的床,你在我上头。高飞十分感激地猛地鞠躬,一低头,头撞到了床框上,引得哄堂大笑。在他喘息的时间,他们把他全身打量得一清二楚,出了汗的衣服上散发着湿布的气味,由这气味可以想见家里没条件经常洗澡、洗头、换内衣和外衣。他们心不在焉地看着他松松垮垮的裤子、土里土气的上衣、傻里傻气的发型、怯生生的眼神。他的眼神像一只迷路的小鹿,怯怯地望着同室,两只脚试图藏在行李下面,一双手制的鞋又为了耐穿钉了胶掌,在他脚上寒碜朴拙得可怜。他两颊绯红,是走了远路来的,鼻尖有汗,总是不时地用手擦眼睛,好像那里有东西影响他看清眼前的一切。

试读生的压力很大。他们和合格生在一个班,住在一起,一起上课。在教室练功时,最好的学生在最前一排,在最中心,其他的学生在后排,或被安排在两边。女老师个子很高,姓王。高飞只能看见她的鼻孔,因为她总是仰着头。她总是带着欣赏的表情向着把杆的方向,仰起脸,听着音乐,仿佛音乐中有雨水洒在她的脸上——她根本不往高飞这边看,她明白这班"试读生"就如同"陪读生"一样,到时候了就走人。

晚上是猪扒饭,肉汁让猪排松脆鲜嫩。大米饭味美香糯。

第二天,还是猪扒饭。

第三天,还是。

他好奇地问王老师,是不是在舞校每天都能吃到猪扒饭?王老师第一次正眼看这个小个子试读生,轻率地说,嗯,当然了,你要是能通过了试读期,留下来,就能天天吃猪扒饭!

他是宿舍里唯一的外地学生,单单是衣着就足以让他显得格格不入。他没有"的确良"衬衣可以松松地扎在裤子里;他没有挺括的使腿看起来修长的涤纶喇叭裤,只有母亲手织的硬邦邦、厚实的家织毛衣,他没有天蓝色的V领毛衣,没有雪白的衬衣可以从毛衣的领子里翻出来。他经常只穿着那一套练功衣,宿舍里没有足够的热水,在倦意沉沉的早上,他只能洗洗手和脸,所以身上的和日常衣服上的汗味挥之不去。女孩子们对他视若无睹,他的相貌不讨她们喜欢。他长着埋汰的沙土色头发,满脸雀斑,眼睛小而神情严肃,还习惯低着头,有人取笑他说:"你是不是在地上找宝贝呢?"

在宿舍里,高飞很少说话,他因为自己的口音而自卑,他又不明白他们在说什么,插不进话。他的同学每个周末都很忙碌,要把裤子压在枕头下面,到了早上再用洋瓷缸子放上热水,当熨斗,压一下裤缝。他们都在兴奋地忙碌着,有人回家,有人出去玩,有人会朋友。有人忙着往头上抹了头油,有人对着镜子吹着口哨,有人在整理带回家的脏衣服。早上他们一个接一个雀跃着离开了宿舍,好像小鸟离了巢。这时,整个宿舍安静了,它真正属于高飞了。这是他最高兴的日子,他可以无拘无束地练一天的功。

他还不熟悉老师教的练功方法,但是屋子里的一切,够他物尽其用了。他把脚竖着绑在床梯上,他吊在横梁上下腰,屋里的一切都是他可以加以利用的"把杆",他把王老师教的再加三倍演练一遍。还不算完。他自觉地再把妈妈的绝招用在床架子上,再倒挂三次。做完了一遍,他心里并没有轻松,因为他想起老师的话:"高飞,你的名字是不错,可是你永远也当不了王子!不然,我的王字倒着写。"她在最后故意开个不好笑的玩笑。她不怕打击他的积极性,因为他就像农家的孩子那么朴实。她越是说得直截了当,将来的打击就越小。每次上课,他就像一个陪练,跟其他"试读生"一起站在最靠边的,或最后排的位置。那里离门口很近,他们都将很快从那里离开。

王老师小看他了,他是谁?他是李春儿的儿子。他从父母身上继承了一个东西,一个无价之宝——"取胜之乐"。十二岁的他,现在的目标很具体——吃猪扒饭。当优等生。在课堂上站到屋子的中央。

每天熄灯后,他还会摸着黑再练一会儿功,别人发现他在练功,会告诉他的老师,老师会批评他不遵守校规,同学会笑他练功是为了讨好老师——因为老师越来越喜欢他了,把他的位置从后排最边上的位置,调到了前排最边上的位置。有时他会悄悄地上楼顶,在那里开始晚上的第二次练功;那里是他的"第二教室"。等他从顶楼下来,他已经面色苍白,看上去筋疲力尽,似乎把力气都用光了。

但是有一样,他没办法控制——他老是觉得饿。他不得不把所有的零花钱都用来买吃的,尽管这钱本来就不多。一开始他买烧饼和糖火烧。后来他觉得可以胆大一点,就到食品店买一整盒果酱馅夹心饼干。他得在回宿舍的路上把一整盒都吃掉,因为宿舍禁止吃东西。他想吃一碗阳春面,可是饭馆的气氛总让他觉得不自在。有时,他会在路边吃烤串。在学校门口有一些小摊小贩,然后是红旗药店,它后头有一个雪糕店,舞校的学生们会在放学后和课后去那里买大雪糕和冰棍。从那里走过时,高飞会停止咀嚼,淡漠地直视前方。他从不进去。

第一个学期结束了。爸爸"秘密"来上海接他回家过年,说奶奶想他都想病了。他等了一天都没见爸爸的影子,到了下午,上海的同学都离校了,爸爸才从藏身的树荫后站出来——他怕碰见老师。还好,一路上没碰见人,楼道里也空无一人。爸爸忙着把高飞的铺盖叠好,把要带走的东西塞进行李包。这时,王老师的身影闪进门,同时传来爽朗的声音:"怎么还有人呢?这是谁的家长啊?"高飞随口答道:"这是我的——""舅舅!"高圣元以高八度的声音截住了高飞嘴里那最后一个词,伴以十二万分的热情抢答道:"他爸爸出差了,高飞的妈妈让我来接他回家。"说完,他倒退着,鞠着躬,点着头,赔着笑,以十万火急的速度消失在楼道里。

高圣元觉得没什么好后悔的——娶了这么一个光艳四射的女人。以前在舞台上,他只是她的配角,他只能站得远远的,感受她无人不迷恋的魅力。现在她成了他的妻子,像落到草鸡窝里的凤凰——他只能尽他微薄所能让她高兴。

在他的阶层里,在大众的心里,对一个家庭来说,最基本的不是郎才女貌、家财万贯,也不是惊天动地、轰轰烈烈的爱情,而是平和、简单、明了,就像他邻居们的生活。可是他不,他不但要这个爱情,还要背负这个女人的理想。

可是,送高家唯一的孙子去大城市,出了事他母亲是绝对不会放过他的。这是她的原话,老母亲说拼了老命也要让这个孙子回家来。高圣元坐在医院走廊的椅子上,像是肚子痛似的,脸色煞白。眼里突然有了泪。这两头哪个他都舍不下。妻子和老妈。他更舍不下儿子。高飞这孩子一根筋,缺心眼,连衣服穿反了都不知道,到了大城市,还不走丢了?那老妈不是会丢了一条老命?

他坐在长椅上抱着头,像一个真正的病人,眼神凄迷而无助。春儿从来没在他脸上见过这样的神情,好像这次是真正触到了令他伤心的痛处。

那是仲夏的一天,外面下着瓢泼大雨。整个城市、街道、街道两旁的院落、院落上的围墙、院内的房子、斜在胡同里的电线杆……像是泥巴做的,在豪雨中不断地往下流着泥汤。他们的脚掌在泥水里拍打出吧唧吧唧的声响。缭乱的雨丝好像他的心情,茫然而无处可去,急骤穿过街灯昏暗的光晕,落入一片麻木的泥泞。

"都怪你,你干吗要把儿子送到什么舞校?叫男孩子跳舞顶什么用?顶饭吃还是能换钱花?"春儿心里清楚,在高圣元的家庭和阶层里,百分之九十九的丈夫会这么对妻子发问。可是高圣元不会。他是那个百分之一。春儿说:"我在文化馆的工资也不高,我陪他去上海。""不用。"高圣元把伞拿给春儿打着,自己缩在又旧又小的雨衣里,一绺头发从过小的雨帽里挤出来,无处躲藏地让雨水淋成贴片,贴在脑门上。

春儿心里星星点点地涌出对这个男人的愧疚,她茫然地伸出手,想把他的头发捋一下,这时,他抓住她的手,像抓住了一个希望:"我想好了——我辞职!我跟着小飞去上海,我既不能让你陪小飞去上海,又不能违背我妈的意思,那只有我自己去陪小飞。"春儿吃惊得忘了生气,"可你是厂长啊!"

高圣元故作轻松地说:"别太高看我这个厂长了,街道小厂算什么啊?跟老婆儿子比起来,厂长算个球!"说着,他大笑起来。春儿也被他逗笑了,朝着他摇头。他像比赛似的,笑出更大的声音,挣扎着。渐渐地,笑声消失了,他那可亲、疲惫、坦率的脸因为无助而变了形。坚决而痛苦的笑容僵硬在他的脸上。

他把内心的复杂和故作轻松与他的真心实意配合在一起,张大了嘴,试图盖过下雨的哗哗声,对她说:"你是女人,我不能让你在外面吃苦。我虽说是个厂长,大男人能伸能缩,为老婆为孩子,我能舍下一切。"春儿的眼泪顺着雨水滚下来。

这矮个子男人,这个昔日的厂长,从此变身"奶爸"。他在马路边卖红薯。他的身边,有学校,有超市,有饭店,有酒吧,有缝纫铺,热闹喧嚣,充满了城市的活色鲜香。但那一切仿佛都与他无关,不过是作为背景而存在罢了。他的眼睛只盯着一个方向。

等小飞来了,他拿出的就不是红薯了。他就像变戏法似的,变出一只猪蹄,红红亮亮的,在那颤颤嘟嘟的皮上发着肥油的光;下一次,是半只烤鸡。

高圣元知道小飞不好意思见他,学习也忙。他就跑到学校墙后,看着小飞窗口的灯光。等他练得累了,饿了,他会下楼找爸爸。他看着小飞吃了白天不好意思吃的猪蹄,看着他上了楼,关了灯,才走开。

爸爸本来浓黑的头发,夹杂零星白发了。高飞不愿意在白天看见爸爸,那个白天的爸爸是他不熟悉的——他看上去像个最可怜的小贩,不只是因为有那样热闹的背景做映衬,更因为他不习惯不熟练的样子。他弓着背,弯着上身,由于睡不好两颊塌陷,又因为怕人认出来而目光低垂,声音微弱。高飞觉得有这么个小摊小贩的爸爸简直是个耻辱。

时间一长,卖红薯的小飞"舅舅"就在学校出了名。同学们都去他那里买烤红薯,唯独高飞不情愿去,不但不去,隔了一条街,看见"舅舅"也假装没看见。同学故意地说,那是你舅舅吧?他怎么会在这儿?这时高飞早就跑开了。这样,他好不容易融洽起来的同学关系又变得微妙起来,若即若离。因为中间隔着一个"舅舅"。

十八　上帝的手

高飞转正成为正式学员了。

五年又过去了。穿过校园的荷塘,高飞搬到了高年级宿舍。这片荷塘年年荣枯顺逆的面貌,就如他在舞蹈学校附中几年的经历。最明显的变化,是他变高了,那小身板越来越挺拔。舞蹈这个东西,是可以长在骨头里的,能像荷叶一样撑起来,使人挺拔而蓬勃。这几年,高飞铆足了劲地长个子,他的脸上褪了孩子气的"婴儿红",身子里像插了一根隐藏的竹子,把他的腰、背、脖子撑起来,就像荷塘里亭亭而立、欣欣向荣的小荷苞。邻居们开高圣元的玩笑,话是粗俗了一点:"老高啊,你瞧你家小飞,长得越来越不像你了,还是大城市的饭养人啊!"

除了身材的变化,高飞的性格也发生了变化,他变蔫了,跟妈妈喜怒形于色的性格相反,他变得波澜不惊,脸上有种与年龄不符的淡定。他从班上的试读生变成了优等生;他本来上课总是站在最后一排,渐渐被调到前排,再调到中心的位置;班级里、系里排练节目,他就是主要演员,是首选。他学得快,技术好,肯吃苦,文化课成绩也好,身材已不是他的缺陷。他对自己非常狠,从入学那一天起,他几乎没有浪费过一天的光阴。他的耐受力就像一块海绵,挤一挤,再挤一挤,还能出水。为了提高自己的弹跳能力,高飞在腿上绑着沙袋,每天早上五点起床,开始跳楼梯。晚上在大家都睡着的时候,他在黑乎乎的教室里点燃一支蜡烛,在黑暗中旋转。最后,在毕业那年,他成为全校最好的学生之一。

在一次观摩课上,他看到了俄罗斯著名舞蹈家巴里奇尼科夫的舞蹈,他震惊了！芭蕾，多么高尚，多么挺拔，多么帅气啊！从小他就在母亲那里领略过芭蕾舞的魅力，母亲演吴琼花的影像永远地印在他的脑海里。对他来说巴里奇尼科夫不是演员，那是最完美的芭蕾舞大师！他问王老师，现在改学芭蕾还行不行？老师的回答很模糊，太晚了，你的民族舞动作已经练到一定的火候了，长在了身上，什么时候，一举手，一投足，都是民族范儿。民族范儿跟芭蕾范儿是两码事，一个是地上，一个是空中，不一样。练得越苦，改起来就越难。每个舞者身上都有自己熟悉的路线，比如熟悉一种动力定势后肌肉就会有记忆，从心理学角度讲这叫条件反射，舞蹈术语说就是"范儿"。

高飞在上海舞蹈学校毕业后，以优异的成绩考进了北京舞蹈学院。无限的前途在等着他。走进芭蕾系舞蹈教室的第一天，他幸福极了。踏进教室，这里的一切都是不一样的感觉，有三排把杆，中间一排给最好的学生用的，空间大，一举一动老师看得清；靠窗的一排是给第二档的学生用的，空气新鲜，视野开阔；第三流的学生在靠墙也靠着钢琴的一侧，旁边是门。那天他刚好站在中间的把杆边。给他们上课的老师是薛主任，他以脾气暴躁闻名，长着像门神似的脸，阔口方鼻，眼大如铜铃，说起话来声如裂帛，豪气干云。"注意，手位，一，二，三！"刚做了几个动作，老师对高飞说"你到这边来"，他被换到了窗下，身边一个学生被指定到他刚才站的中间位置。高飞习惯了被人以貌取人，心怀侥幸地想，不管怎么样，我还在第二梯队。

第二天老师一来，就冲他一招手，"你到这边来"，他被招到了钢琴边上，归入了"待定区"。第三天，薛老师说你走吧。咱们国家芭蕾舞的教学模式是跟苏联学习来的，上肢与下肢的比例也是严格按照要求的，你的比例还是不合标准。高飞茫然走出教室，身后的音乐声好似嘲笑的声音在轰然鸣响。

门在他身后"砰"的一声合上了。刚好中国舞系的金主任从门口经过，看见他垂着头，便问了缘由。"你要不要试试中国舞？""我愿意！"高飞像抓住了一根稻草,赶紧点头。他换到了中国舞系,又学了三天,金主任觉得这小伙子有点意思。他的舞蹈动作刚柔相济,有种说不出来的特别风格。似乎跟京剧跟武术有点融合。虽然他的个头并不高,但他出色的弹跳给他增添了光彩。金主任还发现他的某些动作很独特,比如侧面收腿,他不是傻傻地朝上提,而是朝侧面开一些,就比别人显得抬高些。这个小窍门显然是他的独创。这是一个肯动脑子的学生。

不久一个机会出现了,他被金主任推举参加全国舞蹈大赛少年组。他拿出了全身力气,每天只睡三小时,连续几轮下来,他越战越勇,连连过关。传统的中国舞蹈很注重技术性,讲究爆发力,但非常容易受伤。在初选排练时他动作过猛,一不小心受了伤,左腿前交叉韧带折断,半月板撕裂。当时,只听见咔嚓一声,他的腿就使不上劲儿了,一下摔在地上。医生说需要马上做手术,那就是意味着,他只好放弃这次冲击奖牌的机会。但是他没有做手术,咬着牙带伤参加了最后的决赛。结果他代表舞校夺下了全国舞蹈比赛少年组第一名。

比赛后,高飞立刻被送去医院做了手术。手术后高飞躺在床上,他的左腿完全不能动弹。一个月后,他坐在轮椅上,左腿能弯到九十度。第二个月,高飞强迫自己下地,左腿痛得如万针刺骨。春儿和高圣元来到高飞的床边,大眼瞪小眼,脸色就像霜打的茄子。他们的目光偶尔相逢,又马上跳开,夹杂着无助和担忧。医生说:"他的膝盖治好以后,能够让他像正常人一样生活,但他可能再也不能跳舞了。"这一刻,他们沉默了。回到病房,他们小心翼翼地观察着高飞的脸色,瞒着不告诉他医生的话。高飞躺着,喝不了妈妈带去的鸡汤,爸爸想出了一个办法,让高飞用吸酸奶的吸管来吸鸡汤。春儿给高飞按摩腿,按着按着,突然手一撒,像跟谁赌气一样,带着哭腔愤愤地说:"等伤养好了,咱再也不跳舞了!"这是几个月以来,他们唯一一次谈到跳舞。

高飞伤好后,根本不想放弃舞蹈。他想尽办法回到舞台。在家人的陪伴下,他来到康复中心做康复训练。他问医生,他能不能再跳舞了,答案都是否定的,只有一位老专家给出一个出乎意料的方案:从舞蹈训练的方法来讲,芭蕾舞的训练比中国舞要科学很多,因为芭蕾舞有着几百年的历史,也具备完整体系的非常科学的训练方法,通过芭蕾科学训练肢体,可以帮助舞者延长艺术生命。你可以根据自己的情况拟定一个康复训练,可以学芭蕾舞,这就有可能让你的身体逐渐好起来。

　　这个消息对他来说是双倍的好,因为他不但可以恢复身体,还可以堂而皇之地练芭蕾舞了。命运之门再一次给他开了一条缝。他找到芭蕾舞课的薛主任,说为了恢复身体机能,可不可以允许他旁听芭蕾课。得到批准后,每天早上,他去芭蕾舞系上课,下午则在中国舞系教室学习。挫折给他带来了把两种舞蹈融合的机会。受伤让他误打误撞又回到了芭蕾系,虽是旁听生,可是他手脚并用,眼观心记,把学员正在排练的节目牢牢记在心里。高飞练了早课还不满足,晚自习结束后,他又溜进无人的教室,凭着记忆模仿白天看到的动作。尽管他的腿上还钉着两颗钉子,做单脚跳跃的时候还有些疼。有一次他溜进芭蕾舞教室练舞,屋里空无一人,原来学员们都去参加校运会去了。在空荡荡的教室,他心情大好,跳了一段即兴现编的独舞,却没想到有一个人在角落里,把教室里的一切全看到了眼里。这个人,就是把他赶出教室的芭蕾舞系薛主任。薛主任早就知道他在偷艺,反正当时没事,就随口一说,你随便跳给我看看——这一看不要紧,高飞来劲了,他大大地尽情发挥一番。等到高飞停在最后一个定格动作,主任脸上若有所思,半天没有说一句话。空旷的教室里,冷场"三个八拍半"之后,薛主任说,今天就到这儿吧!

　　高飞很不安,是不是自己发挥失常,让系主任失望了? 他脸上的表情让人捉摸不透。第二天,老师突然把他调到了中间一排的把杆,让他跟最好的学生一起上课。他对高飞再也不会不管不顾了。其他同学无法完成的动作,他要求高飞必须完成;其他同学可以完成的,他要求高飞必须完成得出彩。他在高飞身上看到其他学员没有的劲头,他绝不是单纯的模仿,他善于创造出自己的舞蹈风格。那天他跳起自编的舞蹈,既热情丰满富有想象力,又挥洒自如轻盈大度;既有灵活的内在韵律感,又富有独特的艺术想象力。这是一个天才。这是当时他心里的想法。

　　事实证明了他的想法,这个曾被他"踢"出教室的学生,在十六岁时跨界改学了芭蕾舞。

　　如他所料,几年后高飞成了芭蕾舞团的首席舞者。

第二部 | 一直飞到你悲伤的心所在的地方

> 我就要起身走了，因为从早到晚从夜到朝，
> 我听得湖水在不断地轻轻拍岸；
> 不论我站在马路上还是在灰色人行道，
> 总听得它在我心灵深处呼唤。
>
> ——叶芝

一　屋顶芭蕾

高飞一早出门，走到了楼梯窗口看天空，看样子是要下雨了。他正想着要不要回去提醒小米下雨的事，顺便嘱咐她回家时要小心，早晨街上刚刚抬走一个死人，醉鬼。他们住在离学校不远的穷人区，因为学校的宿舍费用付不起，好区房租又太贵，穷人区离学校不远，挺方便，只是不太安全。附近的住户除了住政府楼的老弱穷人，就是外国留学生或在医院上班的护士。平时他总是到学校去接小米一起回家。

离他们近的那条主街叫百老汇，是曼哈顿最著名的一条街，这条街途经名贵商店、旅游区，但走过这个区，就来到一条平凡、暗淡的街道。在这条街上，有两个面对面的啤酒屋，星期六晚上或星期天早上，街上经常会发生恐怖的打架斗殴事件。高飞租的房子离主街只有半个街区远，靠近人行道。从发黑的前窗，他看见一些男人像野人一样叫喊，一辆车翻了，撞到电线杆上，压碎的方向盘插进了司机的心脏；他看见两个男人拖着一个喝醉酒站都站不起来的女孩；半醉的酒鬼在街上撒尿。不仅是星期六小酒馆里的酒鬼，就连杂货店、邻居和投递报纸的男孩都会骗人、粗鲁、作奸犯科。每一天高飞都过得很紧张，他对小米说，他以后一定要努力多挣钱，趁早从这里搬出去。

　　这时高飞和小米已经是一对夫妻了。刚到美国时,他们像身边所有的留学生一样,学会"斤斤计较"——买东西习惯先乘以八,想喝一杯咖啡,一算,呀!要二十四元人民币,不喝!不喝!太贵了。高飞还要加一句,舞蹈演员要保持钙的补充,喝咖啡不如喝牛奶,容易导致钙质的流失。这不是问题的关键,小米戳穿他说,你是舍不得,像邱飒还不是照样喝——她嫁给了老外,她不在乎——咖啡里多加奶就行了。高飞是个不计较的人,不然他会想——什么叫"她嫁给了老外,她不在乎"？邱飒还不是他们一个团出来的,也是学舞蹈,还没有奖学金呢!连他高飞都不如。高飞是有奖学金的,这份奖学金和小米两个人一起花,再加上小米经常去打一些餐馆的零工,勉强度日。留学生嘛!出国留学的人都没有钱,除了嫁给老外的人。

　　高飞在国内已拥有那么高的知名度,大舞团首席主演,上过杂志的封面人物,要放下一切重新做个学生,对他来说很难。这个过程中最难克服的,一个是生活方式,一个是语言,另外就是个人心态的调试。舞蹈是个体力活,他在体能上跟同龄的白人和黑人在一起,很吃亏。大家早上一起练功,下午上课排练,晚上演出十几场,最后一场他已经累得不行了,但演完那些老外说,今晚咱们去派对,他问怎么"派"法,他们说要去蹦迪。这是哪里来的体能？后来理解了,人家是喝牛奶吃黄油长大的,咱们呢？是喝稀饭吃泡菜长大的。

　　说到吃饭,高飞特别感谢小米的体贴。她为他牺牲了很多。她跟他一样上课,练功,找资料,读书,还要打工。最初高飞根本吃不惯西餐,为了让他吃得顺口些,小米每隔几天就去一次唐人街,去买中国菜回来做中餐。每天一到中午,他们两个人就分别从各自读书的地方到高飞的学校食堂碰面,那里有个微波炉可以热吃的,高飞就可以吃一顿老婆做的中国饭。学生食堂的微波炉过去很少人用,偶尔一些台湾学生用一下。自从 20 世纪

90年代初,中国大陆留学生多了以后,就经常有人用微波炉了。

这天吃过饭,高飞去上课,分手前,他突然回头说:"嘿,想起来了,今天早点下课,早点回家换衣服,有好事!"人就走远了。

小米冲他喊:"什么好事?"

"请你看戏!"他故作潇洒地晃着脑袋走了。小米一边在池边刷饭盒,一边嘀咕:"连学生食堂的饭都吃不起,哪里有钱看戏?美得你!"他们的奖学金除了交学费就所剩无几了,所以吃穿住都要省着花。

他下了楼,在楼道的窗前,向外一望,顿时愣住了——他看见了一个熟人。

此时正在楼上学生食堂里的小米,也被同一个人吸引住了。

他俩不在同一层楼,却在同一时间,看见了正在另一幢楼楼顶的杨帅。

此时的杨帅正在做一场表演,不过不是在舞台上,而是在一座二十四层建筑的楼顶。杨帅把自己吊在高空,闭目端坐在由简陋的木条板搭成的脚手架上,看上去样子很奇怪。"他在祈祷吗?"高飞最不愿看见的,就是眼前这个人,他悻悻走开了。

"他在忏悔吗?用这种方式?真有点可怜!"小米还要上课,转身走开了。其实在课堂上,她一个字也没听进耳朵里。她心里颇不平静,时隔十多年竟以这种不可思议的方式见到他,她甚至不确认这个人到底是不是杨帅。他在那么高的大楼顶层干什么,这么些年他在做什么?

小米想,看起来,他是一个不恐高的人。她想起第一次看见他,他坐在学生宿舍三楼的窗台上,为一个富强粉白面馒头跟人打赌。那个时刻成为一张永不褪色的照片,定格在她的记忆里。今天的他,脸上凝神专注,似悲似喜,无悲无喜,仿佛是在朝圣。她愣愣地望着他,心里咯噔一下,这么多年过去了,他还是那么英俊,一如经常的自由散漫的心性。《红楼梦》里有一段话,说有一种人"置之千万人之中,其聪俊灵秀之气,则在千万人之上;其乖僻邪谬不近人情之态,又在千万人之下",说的就是杨帅这种人。

正在此时,还有一个人也在观察杨帅,且明白他在干什么——他在睡觉!他竟然在悬在二十四楼高空、毫无遮拦的脚手架上面闭目睡觉!这个人,不是太累了,就是具有极高的平衡技巧加天生的平衡素质,或者,性格。是的,杨帅就是这种有性格的人,他的平衡力极强,他在舞校时被老师罚,倒挂在铁环上,也能睡。

杨帅睡了五分钟,他真的太累了。这个在对面楼上看到杨帅的人,是小剧场剧目导演杰妮,她正在物色一个平衡力很强的舞蹈演员到她的小剧场演空中芭蕾。在学校她找了很久,这种人不能是大演员,工资不高,可是要求很高,学生不行,大演员她又请不起。

她静静地站在一个办公室的窗前,等着杨帅的下一步举动。只见他慢慢地爬上"之"字形的木梯,又上了软梯,一步一步,不慌不忙。

他上了天台,慢慢地走到脚手架的支架上方,把吊着的水泥桶慢慢地拽上来,走了。

演出该结束了。

天色已晚,这时城市也到了下班高峰期,下面的马路上,车流人流,嘈杂声隐约传上来。

杰妮转身,准备走了,她的余光一扫,发现什么东西一亮,像是示威似的,他又回来了,他知道有人在看他,他不在乎,他把手举起来,举起来,做了几个手位,脚位看不到,因为被楼顶的小矮墙挡住了。没关系,你不是想看吗?他开始跳跃,几个小跳。完美的芭蕾舞动作。

咦?她觉得越来越有意思了,这个不见面的考官在隐身的条件下,看了一场完美的表演。老实说,这个在楼顶跳舞的,比今天上午面试的演员都老,可是别看他穿着工装和笨重的登山靴子,衣衫褴褛,却有一种高贵不羁的气质。他一点也不比早上见的任何一个人差。而且,不知为什么,他像磁铁一样紧紧地吸引着她。

她对校方说,下午的面试取消,她已经找到了她要的演员。

门开了,他轻轻地溜进来,身轻如燕。短短的头发贴着脑门,有些卷,深陷的眼睛,有点像西方人。消瘦的脸幽默而严肃。一种合乎礼数又不失随和的矜持。他走近了,站在她面前,那道可怕的嘴边伤疤把她惊呆了,这道疤一直顺着下巴延伸到耳边,这是这个人第二次给她的意外。他粗鲁地脱下手套,叠在一起,抓在手里,他仍然穿着工装裤,脚上的工作靴也没有换。她喜欢他的样子,有点脾气才叫艺术家。

她正在寻找的是高空舞蹈演员,在几米高的铁索上,灯光又暗,又化了妆,谁能看见?

"钱太少,不干!"

这是给她的第三个意外。一个泥瓦匠,敢跟她,一个百老汇的导演摆谱?你干泥瓦匠能挣几个钱?

别看泥瓦匠,知道吗?十年能翻一百倍!在这个水泥森林城市,我们这个行业是最有发展前途的!

可是,别忘了,你是艺术家,艺术家的生命是有限的。

我早已不是艺术家了,我就是一个泥瓦匠!

"纽约这个地方是艺术家的天堂,也是艺术家的地狱,因为所谓艺术家太多了,我身边就有一些想当作家、想当演员却没有活在当下的智慧,致力于浪费时间的家伙,你就是其中的一个。"

他眼露不屑,话都不肯说。她则是一脸的恼怒,最后放弃了话题。这样也许还有继续话题的可能。她坐在了椅子上,向后靠着,什么都不说,只是愤怒地微笑了大约十分钟。她的单刀直入,和他的回绝,撤退,消失。她以为他在玩什么花样,实际上,他没有心思玩什么花样,他的失败在于他的幼稚单纯和轻易放弃。

"我脸上有这么大的一道疤,还能演出吗?她是不是在开我的玩笑?"杨帅觉得生活中可能发生的最糟糕的事,是被人们嘲笑。

晚上高飞刚到家,就从兜里摸出两张票:"瞧!大歌剧院的票,我用学生证买了两张站票。快打扮打扮,在所有衣服里面挑两件最正规的衣服,你可没看见那些看歌剧的人,穿的都是什么,金光闪闪、珠光宝气的!"

今天他俩高兴得就像过节似的,刚出门,高飞突然拥抱了小米,他的手又干又热,他的拥抱很热烈。小米心里在想:也许他今天也看见杨帅了。高飞并没有跟小米提起今天的见闻,包括出现在他家街角的斗殴和遇见杨帅的事。小米也没有跟高飞提起杨帅。他们都有意识地这样,好像这个人已经完全跟他们没有什么关系了——他们把他像蜘蛛网一样推出了他们的视线。

二　打电话

这么多年后,杨帅对遇见小米的这件事充满了各种想象和期待,但是这一刻到来的时候,他心里没有丝毫波澜,因为他根本没想到,小米会在对面楼里的某一扇窗口里,看见了他。杨帅下班后,回到公寓,洗了澡,换了衣服,刮了胡子,喷了古龙水。他衣冠整齐地走出浴室,邻居老马怔愣一下,仿佛不认识他似的。白天一身尘土、穿工装的他,跟这个打领结、穿西装、油头粉面的他判若两人。看着老马的惊诧表情,杨帅自嘲说,嗯,我是去约会,泡妞。

他来到了剧院。他不是白看戏,而是用"以工换票"的方法,到剧场当领座员——不花钱的"站票"——这个方法很多人用过,他的一位学声乐的朋友有份兼职,就是周末的晚上当剧院领座员。他也学得此办法。机缘巧合,这天他竟看见了小米,可是中间隔着一层看台,等到他追出大门,他们已经远去了。

第二个周末,第三个周末,他期望小米会再出现,就像上一次那样没有任何征兆。他再也不能安心看戏,他也不再细心地为观众领位,他的眼睛在观众席上来回逡巡,当发现某个像小米的身影出现,他就会追踪过去,像……跟在那人后面从这个台阶拐到那个楼梯,从女盥洗室到前厅酒吧台;在演出结束,观众席上掌声雷动,人们为明星的演出欢呼雀跃时,他早就在出口处守候,以便在人群中确认每一张脸。

他最终从朋友那里打听到了小米家的地址。地址是拿到了,可是他迟迟不敢造访,即使他去了,也不知道怎么开口,他怕自己会浑身不能控制地打战。杨帅只好把信亲手放进小米家门口的信箱。他不相信邮差。那时没有手机,没有电脑,只有死等回信。小米也始终迟迟不回信。

他也不明白,为什么生命中总要出现一些闪闪发光却难以靠近的存在。明明让人靠近不了,却又让人无法掉头离开;明明知道她或许并没有那么好,却又忍不住把自己摆得很低,会为她做很多以前绝不会做的傻事。

他现在对领座认真起来,对每一位衣冠楚楚的观众,他都会谦卑地微笑,用朗诵调说:"晚上好!欢迎到大歌剧院!"他会认真地带人到座位上,并恭敬地双手递上印刷精美的节目单,他炯炯的目光会在每一个人脸上逡巡,假设是小米整了容改了装束,他也会在人群中认出她。他绝不会再放过一个可疑的人。由于长时间的搜索,他的眼神异常敏锐起来,眼睛像两只探照灯,视野开阔,光源明亮,是两束冷光。

这天,正在他向人群巡视时,一个人横在他面前:"杨,你还记得我吗?"杨帅蒙了一会儿,便认出这是曾请他演出舞台剧的导演杰妮。"是你呀,你来看戏?"杰妮一点都没拖泥带水,"我发现两次你都出现在我面前,又装作不认识我的样子。""对不起,我在工作。"杨帅不卑不亢。"什么工作?在舞台上跳舞?还是在楼顶跳舞?"杰妮温和地讥讽他,同时用一只手抓住他,朝他手心按下一张纸,"这是我的名片,我请你喝酒。别忘了,我们的约会。"

"纽约是卖艺的好地方,我是艺术家,不卖艺,也不卖身。"杨帅甩她一句。杰妮并不甘心:"你宁可在台下带位当领座员,还是愿意站在舞台上?"

杨帅换了一种口气,他觉得这个女人并没有像上次那么令人讨厌:"我的工作合同没到期,不能违约。"杰妮让他一定争取早点找她,她还没有跟别的演员签约。又过了几个星期,杰妮把他带到了总导演面前,导演只是默默地看了他一眼,但在见他跳了几段舞之后,总导演很高兴,甚至还主动跟他学跳中国的扇子舞,说他是一个与众不同的人,也认为他的形体表现能力很合适剧中角色,决定由他上台,戏里的几段舞蹈也由他自己编舞。

几个月后,小米再一次看见杨帅,是在沿街张贴的演出海报,上面有他的头像。照片取景很策略地取在他的左脸,加上化妆,完全看不见他右脸的伤疤。小米看到的,是比十年前更英俊更有味道的男人。

但是她并不知道,杨帅一直在追寻她。他想去美国但遭拒签多次。于是他采取了迂回策略:先去了日本;后去法国,在名城走了一圈;后来又去了加拿大,最后转到了美国。

在这漫长十年的几次相遇中,他没有单独跟她说过话。还是老马提醒了他,你有她的电话吗?她不回信,你可以打电话呀!杨帅一拍脑门,对呀!我怎么把打电话这茬事给忘了?他不好意思用房东客厅里的电话,他走出房间,来到街角杂货店门外的电话亭里,开始打电话。他先是掏空口袋,掏出一些二十五分的硬币,点出总共一元三十五分,摆在架子上备用。他开始拨号。接着手指颤抖,掌心冒汗;然后,腿、腹部和胸部都充满了一种蠢蠢欲动的感觉。电话在小米公寓里响起第一声铃,这让他的五脏六腑都沸腾了起来。"真是疯了!"他往里塞硬币。他的二十五分硬币叮当叮当掉到退币口,他费了点劲儿才摸出它们。他的想象飞到小米的房间,想象着她正在做饭,还是在看电视?电话又响了一声。无人接听。

他耐心等待着,他知道高飞不在家,因为他刚刚被聘加入了芝加哥舞蹈团的冬季演出,为此暂停学业,留下小米在纽约继续学业。他甚至知道小米公寓的结构——浴室在大厅对面。她和另一个女孩共用它。要是她在浴室,或正好在浴缸里的话,要多久才能决定要不要接电话呢?他决定数到十,从现在开始。

还是无人接听。

再数十下。

他若有所思地挂上,旋即,激动万分地,他拨了另一个电话。这是他最近从舞团同事邱飒那里打听到的,他拼命记住的,高飞的电话。也许小米到芝加哥探望高飞去了。

现在必须从头再打一遍,芝加哥的区号。要是高飞接电话,他说什么好呢?要是小米真的在那儿了,高飞会接电话。然后杨帅会问小米在不在。不过很有可能要换种声音。或许根本就不用男人的声音。杨帅是演员,没准他会装出一个小女孩的声音:"小米在吗?"

电话在小米的房间里响了一遍又一遍,杨帅靠在金属架上,他的硬币就搁在上面等着。一辆车在杂货店门口停下。车里面的两个人正盯着他看,显然在等着用电话。

他浑身冒汗,一心想着能以什么方式找到她,听听她的带磁性的年轻的声音,带着天然的颤音和挥之不去的性感。他忘了接电话的或许是高飞。他也没意识到,自己的手指一直在金属架上描摹着小米的名字——米!

恋爱中的人就像受难者,他们必须放弃尊严,自己独立地对付恋爱中的灾难。人们会语重心长地告诉你,这不是真正的爱情。一波又一波的欲望,依赖,膜拜,敷衍和悖逆,这些心甘情愿但可怕的情绪转变——这些不是真正的爱情。真正的爱情应该是顺从事实,娶了亚娜。他知道小米真正的生活不会是他看到的样子,也并非他在梦幻里想象的那样。再过几年她会变成在厨房里忙得团团转,被孩子缠着的女人……他对此心知肚明。不过这种认知和洞察,对于他此刻腹部的震颤、急切甜蜜的腺液分泌和狂乱的祈祷丝毫不起作用。

"先生,你想继续打下去吗?"

"嘘——"他手指放在嘴边,示意外面等待的人。终于有人接电话了,是一个男人的声音:

"喂——"

三　悬空的舞者

杨帅不知道,小米去小剧场看过他的演出。尽管他改头换面,化了一个大妆。也许是因为看到了海报上他的画像,或者是他源源不断的信引起她的好奇。他哪里知道在小剧场黑压压的一片观众中间,就有小米,小米站在下面,仰头看着他,忧心忡忡。

她并没有跟高飞说起杨帅。在她看来,杨帅并没有变,还是那个闲云野鹤式的杨帅。杨帅能进百老汇,就是打了翻身仗,他要抓住这个机会;他从没有经过这种专业训练,百老汇舞台剧的演员必须又唱又跳才行。在黑暗的空荡的高空,他要用他的舞蹈专长弥补其他的不足。他天生有高空平衡能力,又是天才舞蹈家,性格上又极要强,流浪生活给了他很强的适应能力,再加上一些训练,他便演得很好了。他的表演很成功,这种令人愉快的、略显古怪、富有个人特色的舞蹈给剧场带来效益,溢美之词潮涌而来。这段时间杨帅感到很充实,虽然是不务"正业",不是跳他心目中真正的芭蕾,可是这个机会让他亲近了舞台。好日子就如风一样短暂,演出结束了。

离开舞台的日子到了,道具拆开,分放进箱子,演出时有一个纸屑喷射四溅的场面,现在地面一片狼藉。灯不是一盏一盏熄灭的,是一片一片、一段一段地熄灭，空间被黑暗一块一块地吞噬。所有的演出就在这空旷地中间，或在天花板上，或在四壁上展开，靠着变幻莫测的灯光，制造出来的奇幻华丽效果。此刻，杨帅被巨大的失落吞没了。有人在他肩上轻轻拍了一下，手温温地停在他肩上，并没有离开的意思："你怎么一直都不快乐？演出结束了，难道我们不该喝一杯庆贺一下吗？"杨帅转身，是杰妮，他露出少有的笑容，表露着真诚的，也颇为难堪的感激之情。意外的是，她也有同样的感受。她只好小心地掩饰自己的声音，不让那细微的哽咽暴露出来。

杰妮挽着他的手臂，他们追上了剧团的演员，一起来到了酒吧。杨帅席间无话，"你怎么一直都不快乐？"她又问了一遍。杨帅并没有按正常思路说，演出结束了，有点失落有点空虚，演员都会这样，于是他们要喝酒放纵一下。相反，他却单刀直入地说："我为什么不快乐？我爱的人不爱我；我想在美国留下来没有身份，没法像正常人一样生活；还有……"杰妮截断他的话头："还有，你想成名没有门路……"杨帅冷笑道："我在很多年前是这么想的，可现在，我不奢求什么成名，我们这种人，在这里没有根，长不成大树。"他的手转动着酒杯，杰妮抓住他的手，眼睛离他很近，"你爱的人不爱你，这很好，这样，我就可以爱你了。"杨帅轻拂掉她的手，像弹灰一样，然后站起来，"行了，别拿我开心了，没事我先走了，明天还要找工作呢！"他走了几步，又转过身子，回到桌边把剩下的酒干了，"你根本不会知道我们这些没有身份的人，怎么过的日子……没身份就无法做正常的、高尚的、艺术的工作，只能卖苦力，否则没饭吃，无法生存……"

他眼里的激愤让杰妮一震，她当然理解不了，他就像一个深潭，使人永远看不清下面的深浅。"等一下嘛，光顾打情骂俏了，真的忘了正经事了。"杰妮告诉他，因为他的身份，他不能被聘为剧院正式人员，但是有一个好消息，她可以推荐他参加另一个舞台剧。"真正的戏剧！"在那个剧里，她是主角，而他则因为瘦高帅气的外表，饰演她的丈夫。这是一个表现犯罪心理的戏剧，复杂、扑朔迷离的剧情，怪诞夸张的举止，大段莎士比亚式的念白。全剧只有五位演员,饰演不同的角色。造型跟上一出戏的造型相比,大不相同:粗花呢休闲西服,黄头发,络腮胡子,卷发。"我们的化妆师很专业,根本看不出你是亚洲人。""也看不出我的伤疤对吗?"杨帅直接地说。"当然,小菜一碟!关键是,如果公司连续聘用你,将来就可能有机会帮你办身份。"说得杨帅眼前一亮。

这段时间杨帅忙得顾不上别的,口语是他的短板,虽然没有几句对白,他又只是一个配角,但他为了那几句对白花了很多工夫。为了让口语发音正确,他成天把一块石头含在嘴里,念念有词。没想到首演开始后,售票不佳,五天后就被迫搬离原来的市中心大剧场,挪到下城偏僻地段的"外百老汇小剧场"。这条街靠着一个街心花园,路上行人稀少,又下着雨,杰妮站在门口,竟然没有一个观众来看戏。杨帅正在化妆间对着镜子粘胡子,听到门口的人在数数,"才七个人,七个观众!"另一个人说:"经理说了,不满十个人就不让演出了,因为等于白演,演员报酬,场租,道具,工友的报酬……场租还要照样交!"

过了一会儿,杰妮回到化妆室,表情凝重地说:"只要再来一个观众,满八个人就开演,我的报酬不要了,白演!上次那个杂耍加搞笑的三流剧,比这个戏差远了。这个戏水平更高,更有艺术性的戏竟比不上杂耍,竟没人买票?好!我倒贴!你们呢?今天晚上所有人的工资不发,都交场租了,你们演不演?"

那一天,他们演出了唯一的一场,也是最后一场"白演"。每个人都超常发挥,台上五个人,和台下八个观众,都群情激动。太精彩了!演员演疯了,演爽了,演得泪流下来了;观众们看完了还不愿走,围过去,跟演员们握手。握着,握着,演员们坐下来,坐在台子边上,把腿挂下来,一人手里一瓶可乐,跟观众一起聊到半夜。一群人久久不愿散。

杨帅的舞台梦就这么结束了。这个梦很短。他又回到原来的生活轨迹。它就像从来没发生过,就像他的肺里什么地方扎进去了一根致命的刺,浅一些呼吸时并不感到疼,可是每当他需要深深吸进去一口气时,他便能觉出那根刺仍然存在。

四　恍若隔世

杨帅趁人不注意,悄悄地溜进门。没人注意到他。屋外挂着一个招牌——"大西洋舞蹈学校",下面是邱飒的名字。

这是邱飒办的舞蹈学校。进门紧挨着一个大厅,作为舞蹈教室,一侧的石头壁炉取暖,尽管点着火,还是寒气很重。实际上房间里令人不适、无人照料的景象让人相信,这个学校可能生意不好,许久没有人用过了。壁炉里涌出些陈灰、烧焦的橘子皮。到处都是书和小册子。除了沙发,最显眼的是一张小帆布床,坐下时,如果脚搁在地上,背后就没有可以倚靠的地方,要么就只能把腿盘起来,朝后退,靠到墙上。小米和邱飒就这样坐着,置身度外,听其他人的谈话。

邱飒挺着大肚子,她的孩子快要出生了。她的丈夫杰米正在做饭。杰米五十多岁,是个爱尔兰人,有两个孩子。他高大、窄肩,前额秃得高高的,毛茸茸的络腮胡子,说话飞快、警觉、真诚。他在做一道咖喱菜,做出来的菜看样子不怎么样,烂烂糊糊的,居然非常美味。他在印度生活过,做生意,他还请来了生意上的伙伴,一个胖胖的戴老式圆框眼镜的印度人和他一大家子人。女人们都穿着整整齐齐的纱丽裤裙,纱丽上烫着金线,纱丽外面套着艳丽的毛衣。年轻的女人们浓妆艳抹,长得都差不多;中年妇女的眼睛下面都有两块深色的眼袋,像挨了一顿打才出门的。她们额头上都点着一颗红痣,脚下大冬天也穿着凉鞋,涂着红色指甲油。妖艳而奇异。屋里已经来了不少人,人们喝着啤酒和饮料。有邱飒的朋友、同事、舞校的学生和家长,有杰米的朋友们。

在座的还有一对白人年长夫妇,女的胸宽背阔,灰色的头发盘在脖子后面,男的个儿矮胸挺,面相猥琐,生脆尖锐的嗓音和双手对指尖的动作,都使他看起来风度翩翩。他是杰米请来的,人称"花律师"——邱飒背地里这么称呼他,说他花名在外,也说他官司打得好才有此风誉。他自恃有才,行为怪诞,舌头底下似乎老是含着一块糖,或者说,他的舌头让他的发音听起来怪异、刺耳,让人总是不由自主地绷紧神经。他也是个极度自恋的人。1982年他打赢了一场有名的官司,一名女记者问他有什么怪癖,他直言不讳地说:"我从不给某些人打电话,因为他们的电话号码加起来是一个不吉利的数字;有时我不会住某个宾馆的房间,原因同上。我看不得黄玫瑰——说来令人伤心,因为黄玫瑰是我最喜欢的花。我不允许同一个烟灰缸里摆着三根烟头。不喜欢在星期五结束或者开始一件事。我不能做以及不喜欢的事情简直无穷无尽。不过,我在遵从这些原始理念的过程中也获得了某些奇异的安慰。"这些被女记者写到当天报纸上。据说他还有个癖好是招蜂引蝶,红杏出墙。他太太也不示弱。二人各行其是。此刻,"花律师"正在兴头上,手舞足蹈,唾沫四溅。他太太并不看他,沉默着,以沉默对抗他的聒噪。

他们身边有一个年轻人,红头发,泪汪汪的鼓眼睛,皮肤满呈雀斑。他是一个美院学生,平时兼职在餐馆打工和送报纸。他寸步不离的那个漂亮女孩,是个俄罗斯留学生,名叫爱琳,是小米在舞蹈学院的同学。人们开他的玩笑,说他爱上她了。但是任人们说笑,女孩子不笑。俄罗斯女人不爱笑,不会像东方人那样巧笑,也不像美国女人那样没心没肺地哈哈傻笑,总之不好惹。于是人们更爱调侃他了。

人群中有一个是小报记者邱峰,人称"邱疯子",说话疯疯癫癫,颠三倒四的。

人们喝着酒,忙着高谈阔论。所有的人都自信满满,似乎生活中的一切窘态和不堪,在明亮的灯光和与陌生人轻松的调笑中逃遁无形。"花律师"既不安又兴奋,老女人一脸大义凛然的表情。所有的人都在嗡嗡地说个不停。他们停下来,无非是往嘴里塞一颗葡萄或一块奶酪,喝一口啤酒,这是为了从中汲取继续谈话的力量。人群里还有一些所谓的艺术家,他们晃荡在生活的边缘,高谈阔论,自命不凡。

这个绝妙的计划是几周前制定的,有一天杨帅偶遇邱飒,她提到了小米,他有一种温暖又危险的感觉:这两个女人仍保持着联系。接着,他觉得自己要冒险了,他先哄骗邱飒说要参加她的派对,最后只好和盘托出,说要见小米。邱飒说:"不行不行,让高飞看见了怎么办?你何必在一棵树上吊死?这么多年还对夏小米念念不忘,你为她进了监狱,吃的苦还不够吗?我再给你介绍一个跳舞的女孩子吧,更年轻更漂亮,是个白俄,名叫爱琳。简直美若天仙,男人见了她就挪不动步。"杨帅说:"有这么严重?好啊!我见见,能参加你的派对就行,但是不能让高飞看见我。求你了!"邱飒把一切都策划得很好。杨帅乔装成"圣诞老人",以这种方式见到了他朝思暮想的人。

咖喱菜做好了。他们吃饭,又喝了更多的啤酒,火重新点旺,冬天的天空早早地昏暗起来。"谁还要饮料,这里还有更多的饮料。"杰米把更多的菜盘子和饮料瓶子放进屋里,摆在桌子上。"当心这个盘子,"他像父亲一样叮嘱道,"它很烫。"他给大家分发盘子和食物,邱飒站在他身边,负责一碟一碟地递给大家。

远处的河岸亮起来灯火。"花律师"开始讽刺大量的中国留学生还有非法移民拥入美国,给他带来了商机但给美国带来了负担,还有刚刚开始的开放政策。他把这些当成佐餐材料。即使这是半开玩笑,"邱疯子"也不可能放过它。他说,我不觉得中国移民比之前的苏联移民得到什么优惠待遇,更不要说更早的越南难民,相反大量优秀的中国人才是硅谷之类的美国新兴产业发展的生力军。"邱疯子"揽起了捍卫国家民族的责任,尽管他在国内时似乎并不怎么爱国。随便"花律师"和杰米,还有那个红头发、皮肤满是雀斑的兼职美院学生,还有其余几人抛来什么观点,他都一一回应,顺道练练口语。什么廉价劳动力啊,争夺美国市场啊,他引用报纸上看来的观点和数据,宣布那就是他的观点。

杨帅今晚的任务是扮装圣诞老人,逗孩子们开心,孩子们已经在排着队等着跟他拍照。这个"工作"害苦了他,他不喜欢孩子,他们一直缠着他,弄得他没时间去接近小米。这会儿,他肚子饿了,只能忙里偷闲,趁人不备抓起一块奶酪,塞进嘴里,悄悄地咀嚼;他没机会吃东西,他要干活。虽然屋里不热,但由于怕别人认出、又穿戴得严严实实,搞得他满头大汗。最糟糕的,是那讨厌的胡子——假胡子成功地掩盖了他的面孔,可是那些讨厌的纤维跑到他鼻孔里,弄得他痒痒得要打喷嚏。他只好咬住嘴唇,屏住呼吸,一直吹一直吹,想把纤维吹开,直到发现躺在他手臂里,正在和他拍照的婴儿,睁着严肃的铜铃大眼,好奇地盯着他。他只好停止了小动作。

又要扮装圣诞老人又要偷看小米,杨帅慌乱不堪。怕她认出来,但又想更靠近她一些。在派对上,他要学着圣诞老人的声音,跟孩子们讲话,要耐心地低下头,偏着脑袋,装作认真地倾听那些孩子稀奇古怪的圣诞礼物要求,不时地"吼吼吼"地笑上几声;他还让小孩子坐在他的大腿上,以便交谈和合影,有的女人吃他的豆腐,也坐在他的腿上跟他合影,发出咯咯的笑声。杨帅尽管手忙脚乱,其实他全部的神经都绷得很紧,他的注意力都集中在他的耳朵上,在嘈杂的交谈声浪中,他在捕捉小米的声音。他看见小米抿起嘴笑,却听不见她的笑声。他突然有一种空寂之感,似乎所有的人和事都有一道铁幕横在他面前,他只能看到一些动作、一些枝节。他只能听到小米和邱飒在说笑,却不知道她们为什么笑。等他走近了,她们突然不说话了。

"邱疯子"现在正跟杰米谈得火热。他也是有备而来。他是来看女人的,两个女人。一个是邱飒。他来挖故事,中国女人为什么都纷纷嫁给老美？或者反过来，美国人为什么喜欢娶中国女人？顺道来拉拉广告，让她的美国丈夫在他的小报上做个广告；他供职的报社就是靠这些企业商业广告存活的。他的另一个目标，是来会会小米。他知道杨帅对女人很挑剔，宁撞金钟一下不敲铜钹三千。他倒要看看杨帅追了多年的这个夏小米，是何许人也。

现在，"邱疯子"一下子被小米迷住了，他觉得今晚没白来，在这个俗气嘈杂的派对，他看到了一朵出水芙蓉。他知道自己并不是单单为了采访猎奇，在记者与被采访者的关系，有一丝戏迷对舞台明星的心思。"你长得真美！"邱峰用西方礼节捏起小米的手指，夸张地朝她手背上示意了一个飞吻的动作。小米没说话，心想："等他看到我的肚子就不会这么想了。"她费力地站起来——杨帅这么近看到了小米，居然后退了一步——他看到了小米微微挺起的肚子，只觉得脑子"嗡"一下像短路了一样，一片空白。

屋子里突然一片寂静，寂静之处却有轻雷轰隆响起了。

她怀孕了！其实从看到小米的第一眼，他就发现她身上发生了某种深刻的变化：她整晚都坐着和邱飒聊天，和杰米的孩子玩耍。现在，看着她变形的身材，杨帅心里不是滋味。此前，她已到了当母亲的年龄这个事实从来没有如此明显过，她的身材线条已浑圆起来，胸部、鼻子、下巴，显出臃肿丰厚。她走起路来气喘吁吁，说话的声音也开始黏黏糊糊的了。

这时邱飒对小米说，咱俩这么半天光顾着聊天，你还没吃东西呢，你快去桌上拿个盘子去，我也趁机去看看我丈夫，看他在厨房里弄得怎么样了……

杨帅看见小米有点费力地从椅子上站起来，她穿过大厅，朝另一头摆着食物的桌子走去。路过杨帅身边，她好奇地直盯着他看，这是她头一次注意这个圣诞老人。杨帅被调皮的孩子们团团围住，忙着一个一个地跟他们说话，送礼物，合影。他穿着肥大的红袍和裤子，袍子用带子扎起来，肚子里一定塞了个枕头，因为鼓起来的肚子像一面鼓。他时不时地从怀里掏一个一个小礼物,有小布老鼠、布羊或是超人之类。小米要看看,等他掏空了,那肚子里什么都没了,这个戏怎么演下去?谁知道他是有备而来的,等到藏在怀里的最后一个礼物掏完了,他一转身,从桌子下面拽出一个红色的大口袋,里面装满了为孩子们准备的"圣诞礼物"。他有点费力地弯下腰,使劲地从大口袋里捞东西,做了一点坚决的、笨拙的努力,终于从里面掏出了一件新的玩具,孩子们发出一阵惊呼。因为他的衣服是借来的,有点大,又勒着宽皮带,肥裤腿扎进了大靴子,屁股显得大大的,他撅着屁股找东西的样子很搞笑。杨帅正在忙得自顾不暇,一转身看见小米脸上漾起了天真的笑容——她大概被他的神态逗乐了,顿时一种幸福而慌乱的感觉电流一样传遍他全身,仿佛房间里只剩下他们两个人。他的心一直往下沉,又一直往上升。他怕小米认出他,又希望她认出他。

他想起他们在舞团时的窃窃私语,在练功时的低声交谈,早期的戏弄玩耍,不经意的调情,或者随便叫什么吧,都早已不再。时过境迁。他鬼使神差地跟在她的背后,假装拿了一个盘子,也去领取食物。他看见小米对那晶亮通红的浸汁樱桃感兴趣,担心她挺着肚子取食物不方便,就把盘子悄悄挪到了她伸手即得的地方。他朝前俯身,几乎碰到,或实际上已经碰到——他不知道到底碰没碰到——她那团即便梳成马尾辫,仍旧浓密不听管束的头发。这种时候他感觉自己得到了宽恕,他甚至高兴得要流泪。近在咫尺啊!

派对接近尾声,人们正在不慌不忙地慢慢离去。杨帅也悄悄退出来,回到了他的车上。他长长地松了一口气,在后座上换了衣服,等待"邱疯子"和老马出来后一起开车离开。杨帅手忙脚乱地把圣诞老人的红袍子脱下来,他的心思也一样忙乱,他不知道怎么看待这个怀了孕的女人,她已成为人妇,将为人母。这个事实令他无法接受。

这时下雨了,雨点细而密,铺天盖地一片沙沙的蚕食声。一辆灰色轿车静静地滑进车道,无声地碾在鲜湿的路面上,擦过皮肤似的,停靠在杨帅的车边。

坐在灰色轿车里的是高飞。他没有急着下车，而是惊讶地看着一个人，坐在旁边的车里，正在慢慢摘下圣诞老人的胡子。之后，一个男人的脸慢慢显现出来，苍白，浮肿，眼睛红肿，看起来疲惫不堪。然后，他认出了杨帅，以及他宁死也不要见自己的表情。车厢里瞬间出现了惊悚的气氛。杨帅的头上戴着一个皱巴巴的白色棒球帽。帽檐上有"洋基"的字样。他憔悴浮肿的模样看起来像个中年人了，唯有帽檐下的目光还残存着一丝稚气。

高飞知道，会有这么一天。那次杨帅给小米打电话，是高飞接的；双方都知道对方是谁，连呼吸声都清晰可辨。罗密欧 A 角和 B 角，在十几年后的异国又遇见了。恍惚的一瞬间，双方都没有马上行动，等待着对方采取下一个举动。

高飞突然伸出了手来，和杨帅握了一下手。这是一次过于隆重的握手，颇具仪式感。杨帅感觉到对方的手很有劲道，他不想示弱，把浑身的力气都聚在手上，两人默默地较量着，目光对视着。高飞说，哦，你紧张什么？你的手怎么在抖？杨帅抽出来手，甩了一下，是你的手抖。

一句话点亮了记忆之火，一簇暗火在车厢里无声地燃烧，微妙的热量在他们之间来回流窜，杨帅脸上有点发烫，全身的皮肤骤然收紧了。他呵呵笑了两声——笑得脸都浮肿起来，说道，他是扮装圣诞老人来派对表演的，这也是他的兼职。他并不知道高飞和小米也在。"谁问你这个了？"高飞不动声色地看着对方，那张脸在暮色中显得呆滞，或许是阴沉。他已经不是当年的愣头青了，是一个危险的中年人了呢。他身上散发着特有的气息。高飞还记得他的那一刀，警惕使他似乎听到了内心风暴隐隐的呼啸。

空气中紧张得能擦出火花。一个致命的话题，终究绕不过，该问的迟早要问，该答的却不好回答。

这么多年过去了，杨帅一直避免跟高飞见面。他没想到会是这种场合,这样尴尬。杨帅又一次为自己的自卑感到恶心。在这仿佛无穷无尽的几分钟,也许是几秒钟里,他感到的是十年加起来在一起的重力,压得他透不过气来。他受不了高飞身上的傲气,那是自信加上才华出众、一帆风顺、少年得志造成的自满。高飞已成为他们中最成功的一个,站在舞台中央的首席主演,他身边是同样出众的小米。

他直截了当地警告杨帅:"你,离小米远一点,滚得远远的,不然别怪我不客气。"杨帅只有几个字答他——"你,凭,什,么?"

五　幽暗的旅行

离开纽约这天,杨帅坐在长途车站边的一家咖啡馆里。天空阴沉沉的,雨下个不停,空气中有彻骨的凉意。他去跟老马道别时,雨就倾泻下来了。杨帅觉得更难离开了。

几小时前,他来到老马的铺子,跟老马见了最后一面。老马有一个很小的音像店,杨帅倚在用板子搭的开关门兼柜台上,跟站在柜台里的老马聊天。他像平常一样表情轻松,不过他穿戴比平常整齐,穿着风衣,可以看出他将要出远门。通常客人常借的最新录像带,用粉笔在小黑板上标出。四面墙和中间的过道都被书架塞得满满的,书架上贴着白纸条,录像带被挤在一起放着,供顾客挑选。房间里的灯光很暗,看不清杨帅脸上的表情。

他长叹一口气:"老马,我的冒险结束了……"老马正在柜台里,忙着接待一位顾客,那个顾客租了几盒录像带,最上面一盒带子外壳上有一句话,好长。杨帅歪着脑袋,盯着那句话,嚅动默念着的嘴读出了声:"爱与希望正是将我们牢牢地粘着在生命这块涂满千奇百怪的幸福与痛苦的画布上的最强劲的力量。"

"真他妈的绕！也没有逗号。"老马打趣道，"没文化多可怕！这是最流行的翻译体呀！"

杨帅叹口气，说："好了，我要走了！我是来跟你告别的……"

杨帅没有提到他与高飞见面的事。老马也并不知道这两个人之间的那场谈话。但是老马看到杨帅近几天的失神落魄，就猜到了原因。他一定是听到了对手的审判——在高飞的眼里，杨帅就是个人渣！

他自顾自地感叹道："唉，老马，我该走了。该结束这荒唐了。高飞说得对，小米是他的老婆，怀的是他的孩子，我最好离开他们，走得远远的。眼不见，心不烦。唉，我说，有烟吗？戒了？戒了还是没带？真想抽一口……"老马掏出纸烟，杨帅抽出一根烟，"打火机没带？"他望着老马，话说得颠三倒四。那根烟衔在嘴角晃着，差点掉下来。老马给他点上烟，一直没开口，任他自己一路说下去。"我就是一个傻瓜，一个傻瓜，傻瓜。"

老马身材矮小，面貌模糊，面颊有点浮肿，虽看上去像个粗人，内心却是个粗中有细的北方汉子。他是个文人，当过导演，因为一件别扭事突然率性出了国，把老婆孩子留在国内。他的言辞里常是半文不白的。他平时最爱的消遣是看电影，所以打了几年工，攒了点钱就办了这个小小的租赁店，专门出租内地港台的影视录像带。

老马说："别那么较真！别把爱情太当回事——我是过来人。你以为你的冒险是值得的，是你以为你的爱情跟别人不一样，对吧？退一万步，她跟你走了，你以为你在干什么？在做什么？你能给她什么？你一个穷光蛋能为她做什么？"老马叹了口气，"就像我，我也是没本事的人，连老婆孩子都办不来美国……没办法。在这个世上，爱情这个词是不可以轻易出口的，你看咱们中国男人不像老外总把甜言蜜语挂在嘴上，为什么？因为咱们的本钱不够——爱情是很贵的！"

"生命诚可贵，爱情价更高……"杨帅带着朗诵腔念出戏弄的腔调，但他眼里有阴霾，声音无力。

"我不是在跟你开玩笑,你看看,多少中国女人嫁给老外?中国男人要想在国外找个对象有多难?女人有几个是为了爱情结婚的?在国外的男女一半都是同居而不是结婚,为什么?不敢确定啊!不确定感情这东西能敌得过现实的动荡,她们连自己的明天都不确定,更何况一份生死相托的承诺了。寄居者,侨居者,说得不好听些,跟那些满处飞的苍蝇和到处流浪的流浪狗没啥区别,惶惶不可终日,难免蝇营狗苟。男人要想讨老婆,只有回国内找那些急于出国的女人,只有她们才会被美籍华人这顶纸帽子吸引,不管他是跑堂的还是开饭馆的。"

老马说:"别以为我对世界太悲观,我是搞电影的,我懂得艺术上的追求,是让人对生活充满希望,给人类希望是永恒的真理。这应当是,也必须是艺术的任务。"

"可是,生活跟艺术是两码事,千万别混为一体。你以为你做的,是安娜·卡列尼娜做过的。别人会说,小米被你拐跑了,它会被说得很轻蔑,很幽默。"杨帅说:"我不在乎。"老马举起一只手打断他:"是啊,你不会在意别人怎么说,你会觉得你是真心的,足够绝望或足够勇敢,态度严肃,品格高尚,其实,没有什么差别。你若真的爱一个女人,一个有才华、有前途的女人,你就该放手——爱一个人就是让她自由,让她可以爱自己爱的人,做自己愿意做的事,不去打扰她。你不要太偏执,要明智些。所谓明智,就是不要做不可能、不合逻辑、吃力不讨好的事。在有着无数可能、无数途径、无数选择的现代社会,人人都在试图找到自己的最佳位置,都能在情感和实利之间找到一个明智的平衡支点,避免自己落到一个自己痛苦、别人耻笑的境地。"

杨帅认真地问:"你说我偏执?你把我当成了一个无可救药的偏执狂?"

"兰生幽谷,菊隐荒圃,梅傲雪岭,独荷花出淤泥而不染。"见杨帅一脸茫然望着他,老马就直奔主题,"你把小米弄到手,你一个穷小子靠什么来供养她？你能给她什么？想清楚！"老马无奈地笑笑,"我把你当朋友才对你说这些。你和很多人一样,坚信你会给自己的女人带来幸福,坚信你们共享的未来必定好过她昔日的生活,坚信二者有天壤之别,对吧?"

天壤之别。是的,在杨帅的心里确实是这么想的。他虽没有明确的计划,但他相信,在现实生活中,或婚姻中,或人与人的结合中,会有这种明显的分别。相信有些人与别人不同,别无选择、命中注定要有所行动。他相信他必然属于这一类人——与众不同的那种,即便任何人都看得出他们并不是,即便任何人都看得出其实他们并不明白自己在说什么。

老马又重复了一遍："坚信二者有天壤之别？——你夸大了一个女人和另一个女人的差别。女人那么多,你难道不能忘掉小米?"

"忘掉是别人每天都在做的事,可是我决定不忘掉。"

"不忘掉？那你怎么会爱一个女人,而又让另一个女人怀了你的孩子?"

杨帅缄默了。他在想什么呢？在想他到纽约后的事情吗？他沉思地托着腮,几天没有刮胡子了,薄薄的胡楂儿爬满了两腮。他那一对通常明亮的大眼睛,此时显得茫然失神。

半响后,他慢吞吞地说,看来是我把事情闹得一团糟,我没脸再待下去了——我要走了,是离开的时候了。

"那你打算怎么办?"老马问。

"不知道,我想,还是跟以前一样,到处流浪。"

"流窜。"老马纠正他,"那你的这些画怎么办?"他指的是杨帅平时画的画。

"这个房子我会继续租下去,小米可能会给我写信——有信你替我收着,反正我会给她写的。"他看看老马,老马面无表情,连眸子都没有闪一下。这才是他要托付老马的事。"也许还有别人的信……这是我交房租的钱,请你替我按月付。"

老马接住他递过来的一把钥匙,把它放进自己的裤袋里。他以一个干脆利落的动作,把当作柜台的门板抬起来,侧身跨出柜台,再转身把板子搭下来,关切地说:"出去走走也好,我相信你会换个心情回来……就像米兰·昆德拉说的:人把视线和心灵投入到沿途的风景和遭遇中,那么他的生命将是丰富的。"

杨帅惊讶地看了老马一眼,这种口气不像平常的老马;或许这就是真正的老马吧。谁知道呢,在国外,与你擦肩而过的人,都可能是哪一个落魄名士,不在山林,身藏陋巷。

老马开车,来到一家餐馆,杨帅说吃不下,只点了咖啡,加了很多咖啡伴侣,老马自己则要了一杯香港奶茶。杨帅愿意跟老马在一起,不仅因为老马是他的邻居,不得不听他唠叨,也因为老马跟他一样,总是心事重重,都怀着一份对往昔岁月的伤感怀念。

到现在他才觉出自己的分量,他从来没有像一个真正的男人那样,具有明确的生活信念和目的,像高飞那样,执着地为一个目的,或一份事业,或一份家产,或一份感情,或一种承诺,而奋不顾身地去做成一件事。作为男人他有愧。这是他不如高飞的地方。杨帅下了决心,要从名誉上财富上配得上她。那么现在他要做的,就是远离她,去流浪,脱胎换骨。

"在纽约有什么事需要我办的,随时打电话给我。"老马表情凝重,抱住杨帅的肩膀,"要不要我送你上车?"

"啊,不!不必了,我最怕送人和被人送了。"杨帅仿佛嗓子不舒服似的,清清嗓子,没再说什么。

他拽拽衣角,朝老马摆了摆手,一步就跨出了咖啡店,头也没回。他竖起风衣的衣领,脚步匆匆,一会儿就消失在风雨交加的街角……

六　大篷车

"我想给你一切,可我一无所有。我想为你放弃一切,可我又没有什么可以放弃。钱、地位、荣耀,我仅有的那一点点自尊没有这东西装点也不值一提。如果是中世纪,我可以去做一个骑士,把你的名字写上每一座被征服的城池。如果在沙漠中,我会流尽最后一滴鲜血去滋润你干裂的嘴唇。如果我是天文学家,一颗星星会叫作小米;如果我是诗人,所有的声音都只为你歌唱;如果我是法官,你的好恶是我最高的法则;如果我是神父,再没有比你更好的天堂;如果我是个哨兵,你的每一个字都是我的口令;如果我是西楚霸王,我会带着你临阵脱逃任由人们耻笑;如果我是杀人如麻的强盗,他们会祈求你来让我俯首帖耳。可我什么也不是。一个普通人,一个像我这样普通的人,我能为你做什么呢?"

当小米读到这些信的时候,杨帅已经流浪半年多了。她觉得这一定是他在哪儿抄的,他没有那么好的文采。实际上这段话来自当时一个话剧。1999 年在国内很火的话剧,被誉为"年轻一代的爱情圣经"。有些男人就是这么闷骚自虐的,性格使然。杨帅这样一直追寻小米,找到她了之后,又突然这么起身离开了,从此放弃追逐,拉开自我拧巴的帷幕……

"我走了!我就是一个注定的流浪汉。我是个在哪儿都融化不了的个体。我是个永远的彻底的寄居者。因为我在哪儿都住不久,定不下来,做什么都不长久。"杨帅在路上不断地给小米写信。其实这些信小米都收到了,它们甚至感动了她。杨帅书读得乱七八糟,信抄得也乱七八糟,文字驳杂地混在杨帅的信里,替他表达一些情绪。

他后来的信,渐渐变了调子,对爱情只字不提了,连带过去的一切都不再提起。它们更像是对人生的一种广泛性思考，只不过是把这种思考隐藏在一种即兴的、随感式的见闻里，谈到他一路上见到的人和事，隐藏在一种游记式的观感式的文风之下，如同一个远方的朋友随手寄来的明信片，实际上是一封倾诉爱情的书信。

他就像一朵蒲公英，随风飘落在偶尔的地方。然后，再次飘落。有时他没钱了，就停了下来，在中餐馆或商店里打工。他学会了修车，没干几天，因为替顾客打抱不平，跟老板大吵一架后一气之下便辞了工，继续流浪。就这样，他离纽约越来越远。他只能边打工边找最便宜的住宿，出入于城市的暗淡角落。他完全被封闭了，他的思绪却异常地活跃着，那份孤独隔绝之感变得分外敏锐。这绝望的痛苦被他一笔一笔地写着。那焦虑真实地传达给小米，她可以体会到他的思念和客居异乡的压抑。

他看见哭泣的孩子，大人们把他们送到边境线上，对他们说："快跑！奔跑吧！"由他们自己能跑多远就跑多远。他们凭着小孩子能跑的腿，跑过了警察的追踪，可是往后怎么办？没有了父母长辈的保护，他们只能凭着怀里揣的地址，找到老乡和亲戚家躲避，或靠自己幼小单薄的身体，自谋生路。"他们为什么哭泣？"他写道，"因为他痛。""他为什么痛？""他病了！""他为什么病？""因为他是孤儿。"那些难以言传的语言，几乎带着挣扎、拼命的语言，使人感到他不是在乎非法移民，不是在乎那些孩子，而是借此表达生命的痛苦。天地之茫茫，生命之无奈，孤旅总能引发情绪和思索。怀想和瞻望，多显现在这种时刻。在他孤旅烦愁的时候，他体会到的陌生、隔绝、茫然、寂寞、空虚、暗淡等情绪，他都要写出来，写给小米。他勇敢、认真、老实地写这孤旅，小米从来不知道他这么个粗人，竟然会有这么一种情致。就像一场艰辛的精神跋涉，前途叵测。

每到一地，他都会在当地的教堂、宫殿和博物馆停留，设法在艺术中减轻他的焦虑……但这是徒劳的，一到街上，他又成了外来人。他在城市边上停了车，来到一个小修道院里坐下，一群鸽子从古老的钟塔楼上飞出，香草气味在小院里弥漫,夕阳伴着一阵缓慢的钟声,给他带来震撼。心灵的甜蜜竟使他满含泪水。他写道:"这种沉默几乎使我得到了解脱。"

渐渐地,小米开始期盼读杨帅的信,她觉得他不再像以前的杨帅了。渐渐地,他的心情似乎变了。他向小米展示了一幅风景画。他跟她聊一路上见到的人和事,聊纳帕河谷葡萄和酒寨;聊加州田野有多辽阔,一排排摘草莓的墨西哥女人撅起圆滚滚的屁股;聊德克萨斯州的草滩,小河,牧场,风车,一望无际的牧场畜栏,上百成千的牛群;聊他如何遇到了偷渡到美国的墨西哥人,他们如何轻易地跑过边境线,做鸟兽状四散藏身荒野;他还提到了"大篷车"马戏团……

有一天,他开着车,漫无目的地奔驰在公路上,半路上遇见一个名叫"大篷车"的马戏团。他们的车出了状况,杨帅停了下来,帮助他们修车。修车的时候,老板紧盯着他的脸,似有所思。见他面部表情冷淡,不露声色,动作协调,举止优雅,不像一般人,嗯,这个人不是个逃犯就是个艺人,也许是流浪艺人。杨帅一面修车,一面不断地变换着姿势,一面回答老板的问题……

老板热情地说,要好好酬谢他,修好车后要请他喝酒。他发现有个年轻女郎靠着离他不远的树,抽着烟。这女郎二十出头,衣着夸张,戴着火红的发套,霓虹灯似的服饰裹不严身子,百分之八十的肉体露在衣服外面。女郎描着黑眼圈,涂着鲜红嘴唇,两眼晶亮,脸上的红晕从厚厚的白粉下面透了出来。脸上有种锋利的陌生艳丽。据说她是马戏团的溜冰皇后。上台前她总习惯独自走开去抽一根烟。她抽烟的样子不像她在人前那样妖冶,彼时,她耸起双肩,倒像个大烟鬼在贪馋。

混血女郎在不远处瞧着他——他的眼睫毛黑得浓密,心事重重,密不透风。它们是她见过的最黑的一双眼睛。他目光中的神秘和伤感让她感觉新鲜。她看见他耳朵里有一层很明显的灰垢,浓密的头发残存着海风,眼珠里闪动着走夜路的光亮。他的皮靴早就被穿垮了,这是她见过的最顽强最无赖的一双鞋了。

杨帅穿一件灰西服敞开怀,露出黑红相间的裤子吊带,一副文武双全的样子。老板问他:"你是开修车行的?""不是。""你能跳舞吗?""你能演杂耍吗?""我们有个'小丑'病了,你能不能救场客串一下?""我是舞蹈演员,不会演杂耍。"

老板想也没想就让他上场,就这样杨帅成了大篷车的临时演员。看到他的演出,女郎的眉梢眼角都透着赞美。流浪的生活给了他一种随遇而安的气度,一种恰到好处的俏皮。他手指时时弹动裤子上的黑红条纹背带,眼神轻佻。这个流浪汉的到来使她每天早晨醒来都有个朦胧的期盼。

每到一地,马戏班子都在路边草地上支起帐篷,休整,搭台,演出。杨帅的车子也停在这片草地上。那个神秘的女郎总在离他不远处抽着烟。她的眼神,引起他的警觉,他嗅到了某种危险,爱情离他大概很近了。这正是他怕的,他原有的目标,人生的目标并不是爱情,而是复仇,把爱人重新夺回来。属于他的东西从来是属于他的。

年轻女郎坐在他身边,两人沉默地想着各自的心思。一阵叮咚作响的细小音乐如童话般飘来。她叼着烟抬起头,看见一只风筝在树丛后面。那是一只大雁形的风筝。有个粗矮的墨西哥老人,也在看风筝,老人仰着的粗脖子上凸着树瘤般的大喉结,他有张疟疾病的青脸。他沉默寡言,沿着边境一路流浪下来,听说是专门来找这个混血女郎的。人们不知道他是她的什么人,但是他自动担起了她的保护人的责任。

七 "老废物"

"杨,有你电话!"有人叫杨帅,但是等这个电话到了杨帅手上,对方却挂了,带着"嘟嘟"遥远的忙音。跟在后面的翠西歪着脑袋看着他,问:"你太太?"

杨帅愣怔着,没回话,闷头往回走。最近他经常接到这种莫名其妙的电话。他似乎知道是谁。

翠西怏怏不乐走在杨帅身后。

被称为"老废物"的那个墨西哥老头,鬼鬼祟祟地走在翠西身后。

这三人,成了马戏团的一景。

自从杨帅来马戏团做了替补,演出的票好卖了一些,团长很中意他。还有一个人,也很中意他,就是这个溜冰女郎翠西。她有着哥伦比亚人的傲人身材,前挺后翘,很性感。不到一个月,她起了个朦胧的双下巴,肌肤添了一层珠圆玉润。有一天,杨帅在睡梦中遭到了袭击,有人把他像拎小鸡一样拎起来,那人手中的一把匕首刀尖,离杨帅的太阳穴仅一英寸。杨帅就像被活捉的兔子那样飞快眨眼,语不成句。

那人说,别打翠西的主意,否则我饶不了你!

杨帅定睛一看,是"老废物"。

"老废物"个头不高,手很大,有一身的力气。这也是大篷车老板用他的理由。他的英语很烂,除了自己的名字——阮菲欧,别的说什么他都听不懂,但是他总是在回答,好像不管什么,他都答说"是"。这天,杨帅向老板问起阮菲欧,老板用手指着脑门,说这老头儿,这儿,有毛病,成天不说话,一说就是疯话。他说那翠西呢,老板用下巴一点,不远处溜冰皇后正在抽烟……那是他闺女,你信吗?

杨帅扭头看看女郎,她朝他嫣然一笑。杨帅马上垂下了眼,心里想,阮菲欧这个人在大篷车,就像卡西莫多在巴黎圣母院。

人们总是拿阮菲欧开心,反正他也听不懂。一会儿叫他老傻子,一会儿叫他老废物。他专门负责道具和搭台。一天杨帅和他在一起搭台,需要把很高、很沉重的一根钢管,在大帐篷中间竖立起来。结果杨帅指东,他往西,杨帅叫他名字,阮菲欧！他没反应,一声两声,杨帅急了,用上了中文:"真他妈的笨！你真是个老废物!"不料,阮菲欧此时却答应了一声。杨帅又叫一声"老废物",他又答应一声,他把"老废物"给听成了"阮菲欧",这两个词谐音有点像,以后杨帅便改口叫他"老废物"了。

杨帅在梦中惊醒,一看清是"老废物",就笑了:"放手！放手！抓错人了,我对翠西不感兴趣,不过我可以帮你盯着她,让坏蛋不能接近她!"

"老废物"不信,正色道:"别骗我。"

杨帅很难断定翠西是否真的好看,她有点风尘味道,摆不清风骚与风韵的关系,招蜂引蝶的,总有男人围在她身边,把"老废物"弄得很紧张。南美男人喜欢女人,是光明正大的,这一点在任何一个城市和乡村都一样,只要有女人出现,不管年纪身材,他们都会停下手里的活儿,向她们致以注目礼。大篷车靠的是卖票赚钱,衣服穿得少就是让人家看,不能不让人家看吧?

有人还趁乱上来吃翠西的豆腐,每逢此时,"老废物"就会异常骁勇地分开众人:"哎哎哎！看戏买票！上前台！去去去！"

"老废物"来历不明,他赖在大篷车,就是一个使力气的工友。他要求不高,管吃管住就行了。他六七十岁,个子瘦小,背略微有点驼;失去光泽的头发,稀稀拉拉,软得像小鸭子的绒毛,到处露出头皮;脖子上的皮肤是褐色的,布满皱纹,露出一根根粗筋,这些粗筋从颚骨底下钻进去,然后又从两鬓现出来。人对他说话,完全拿不准他听懂没听懂。他的两只眼白大于眼黑的大眼,总会露出白痴一样的眼神。这眼神只有看见翠西才会变,一碰见翠西,"老废物"就会笑。

"老废物"的笑是由一大嘴牙和无数皱纹组成的;而且"老废物"一个人长了两个人的牙,一张脸长了三张脸的皱纹。那是一种藏污纳垢的牙和皱纹。杨帅再也没见过如此龌龊的欢笑了。

"老废物"每次看见翠西,脸上就堆砌起这样的欢笑。

"老废物"和溜冰皇后就这么面对面站着,说着西班牙语。杨帅一句也听不懂,但看得出"老废物"变得柔肠寸断,翠西却用毛茸茸的眼睛,翻他一个白眼。

杨帅打趣地问:"你怎么又惹翠西?""老废物"说:"我不让她跟半道上搭讪的人说话,她就骂我'老废物';我说,我是你爹,她就说,我还是你娘呢!"

"你真的是她爹?你乐昏了头了吧?你什么样,她什么样?"杨帅手在空中比画着,又觉得徒劳,就放弃了。

"她娘漂亮,她娘是当年的校花……我是墨西哥人,她娘是哥伦比亚人……当年偷渡,躲巡警,碰到一起,就有了翠西。""老废物"费力地解释。

他问:"你为什么不跟她说?"

"说了,她不相信啊!"

杨帅看他不像撒谎。虽然翠西与他长相没有半点相似之处,说出来谁也不会相信。可凭直觉,只有父亲才会这样对女儿忠心耿耿的。

"老废物"把翠西看得很紧,不让她跟半道上搭讪的人说话。他说,当年翠西她娘就是这样才有后来的下场。这年头女孩子不安全。但他发现,翠西总跟杨帅说话,只要他俩待在一起时间稍久些,他就会适时出现。像一条忠心耿耿的狗,在那里摇着尾巴,意思是说,我在这儿呢,有事言语一声。由于长年的酗酒,"老废物"的眼睛总是泪汪汪的,泪光迷蒙。

他告诉杨帅,有一个时期偷渡很容易。那道"边界"墙是木头做的,一丈高,身轻如燕的小伙子们翻来翻去的,就像翻邻家院墙。翠西的妈妈是个漂亮的哥伦比亚姑娘,来投奔亲戚,自从跟了他,怀了孕才知道因祸得福了,因为在美国出生的孩子,有可能获得美国公民身份。这个使她安心了,可是"老废物"仍然要东躲西藏,他连出门打工都很困难。在一次大搜查时,他被遣送回国,不准再次进入美国。后来他打听到翠西的妈妈一个人带着女儿,在边界一个小镇子上的旅馆打工。等他再来找,她们母女却不知去向了。

一天,"老废物"请杨帅喝酒,酒后跟他掏心掏肺地说:"请你,把她带到她姑姑家。这是地址。我不愿她再在大篷车干了,你知道我们的语言里,大篷车就是跑马场的意思。我的女儿,她不是一匹马!"

杨帅没答应:"我既不是百万富翁,也不是人贩子,我自己都吃不饱,我怎么能带走你女儿?"

"你不用娶她,就当是救她,做做样子——你知道她喜欢你。"他到底笑了,那样扯开的两边嘴角,眼睛那样松弛地一垂,其中的善解人意、抚慰全有了。

一语成谶。第二天,"老废物"在搭台时,沉重的大钢管倒了,粗粗的大钢管打爆了他的头。伤是致命的,他只喊渴,可是水来了又不敢给他喝。人们说,喊渴,说明人没救了。他对杨帅说,务必答应带翠西离开。杨帅很为难,看着这张老脸逐渐扭曲变形,仿佛杨帅不答应,他就会继续变成更惨不忍睹的模样。他身上的伤在全面爆发,疼痛在撕扯着他的嘴角和眉梢,使他满脸的皱纹更乱了。

杨帅只好答应了他。

翠西闻讯赶来了,开始喊:"阮菲欧!"后来骂:"老废物!"再后来哭:"爹地!我是翠西啊!你睁开眼啊!"

翠西这一声哭得破碎无比,她一直不肯喊他爹地,这一声让"老废物"容颜发生了变化,一个舒展的笑容绽放在他的脸上。他最后的一个意念,大约是在心里叫闺女。他突然释放的父爱,使杨帅感到很陌生,杨帅心里"呼"地一下像踩空了。垂垂老矣,垂垂老矣,心里最放心不下的,是孩子,是后辈啊!

"老废物"死后,杨帅果然动了离开的念头,他要离开了,翠西怎么办?

杨帅开始慢慢对翠西透露走的想法:"我要离开这里了,你有什么打算?"

"我没地方去,除非,除非你带我走!"话是说出口了,但她不敢看他,只看着他的鞋,那是一双褪色褪得很狼狈的军用靴。那上头本来有棱有角的最漂亮的部分,现在像个八十岁老头的下巴,没牙的干瘪的多皱褶的,无奈地变了形。

这时却听他说:"我自己都吃不饱……"

"你也没人照顾……"翠西继续说。

"不要为我着想,为你自己。"他笑笑,装油条。

杨帅心里窝囊极了,夹在两个女人中间还不够,现在又插进来一个混血女人。

唉!

八　颜色的历程

不久人们发现,翠西比以前更用功了,一次杨帅路过时,教了她一个动作,在滑行中如何保持静止的飞翔,果然极美,还有伸展感觉。看到了她的进步,团长那张总是不满意、绷得硬邦邦的脸,也扯开一个稀有的笑容。不久,团长又发现翠西多了一些小动作,一时轻咬下巴,一时把下巴斜起来,一时又用手去绕耳边的碎发。她那些十分女孩子气的动作,只能说明她正在受一个男人的吸引。她假装认真排练,这些天她舞啊滑啊的,正是因为那道朝她投射过来的目光。她原来并不是平白无故地让肢体动情,并不是无端地浑身语汇。她迎向目光,笑了。

她练了一遍又一遍,卖力得一地汗珠子。团长已打了停止的手势,她还是停不下来,动作渐渐做过了劲,表情也是忘形的。团长喝道:"你给我站好,那只,不是这只脚,给我抬好。"他把烟头搁在翠西高高地控在空中的腿上,说:"给我控好,掉下来一寸看我烫不死你!"翠西便没命地控起腿来,别人换了动作她还控着。

她仰起脸,嘿嘿地笑,没脾气地笑,眼睛却没有离开杨帅的背影。她希望杨帅会再来,来指导她的舞蹈姿态。她今天做了一个很特别的发型,头发高高堆砌在头顶——她的手扬起来,做了个很讨人喜欢的神经质动作,看似无意地拂下来更多的碎发,它们曲卷着,飘荡着,拍打着她的脸颊。

杨帅确实是站在不远处,望着翠西出神。他在琢磨舞蹈中的动静关系,他自翠西的溜冰动作中得到一些启发:静止,有时是最好的动,它是一种动态的延伸。他想象一种舞蹈,像无声的雕塑,这是在看翠西排练时想象到的画面——一群仙女,她们在雾霭中轻盈出现,被搁在西欧古典神话般的背景中,成了世世代代男人梦寐以求的山林女妖。超越凡世的古典美,自然性感的天然美。必须是西方女人的躯体,丰满有曲线的,古典西洋画里丰乳肥臀的那种。只是,背景里缺少点什么,他寻找的东西在这个画面里缺失着,在等着他继续发掘。这个东西有了,一种勃然感就有了,他不要死的艺术,他在寻找一种活的艺术;也许,他寻找的东西要从其他艺术门类里去找。

在大篷车,杨帅适应了愉快闲散的生活节奏:早上睡个懒觉,打扫场地,喂好马戏团的动物演员。下午在沙滩度过,晚餐吃个饱,再喝点酒。夜里人家都回家睡觉了,他开始工作——拉大幕,并兼杂工、灯光、监督、场记、串场小丑……在这个带着迪士尼童话风格的、带粉色顶尖的蓝色充气塑料大棚下,他看到一场又一场人间喜剧。

他最珍惜的,唯一可以独处的时间,是下午在沙滩边的写生。有时,不在沙滩,而是农庄,或河滩,或是一望无际的农田。他拾起了久违的画笔。这天,他正在画一个长得蛮丑、又没有树冠的老柳树,是一幅阴天的风景画,一棵死树靠近长满芦苇的池塘,一节火车正从铁路上驰过,天空中飘着带光亮白边的灰色云朵,在蓝色的深处,云朵分裂成碎块……

"在干什么呢?"翠西不知从什么地方蹦出来,粗声大嗓地打断他。

他没吭声,出着神,想从刚才断掉的地方再拾起灵感。他举着那支画笔,悬在空中,犹豫着,不知再落到画面的哪一处……翠西并不知道他已经恼了,可即使看出来她也不怕,反正杨帅已习惯了她的毛糙、打断和继续。

"别画啦!陪我去散步!"她上来拉他。

"别烦人!"杨帅假装生气了,甩开被翠西缠住不放的手。

"人家叫你去练功的呀!是团长让我来叫你的呀!"杨帅自从指导了翠西一次练功,被团长看见了,就被抓住不放了。杨帅马上找个茬说:"嗯,今天省省吧,不练了,你就跟团长说练过了。"

"好了啦!那就陪人家散散步吧!一觉睡到现在,浑身紧得很。不练功再不散散步,今天晚上拉不开筋啦!"她拉着杨帅站起来,用他的一只胳膊当秋千晃来晃去。两人顺着池塘散步,她一路叽叽喳喳说个不停。

杨帅还在想着刚才的画面。若不是在那么寥廓的地方,他不会发现色彩的变化,有些东西在城市里是看不见的。"我应该把我对色彩的观察放在我的舞蹈作品里去……"他跟小米谈到他将来的作品,但她听不懂他在谈什么,是画画还是舞蹈?但是她被他的话感动了。最近杨帅正在读《亲爱的提奥》。这本书无非记载一些凡·高与提奥的书信。关于凡·高的传说那么多,一切的琐事与细节都不再新鲜。而当这些细节与琐事最少剪裁、最少整理地无意写来,内容却是那么格外的丰富,显示了凡·高的人生史、心理史、情爱史、绘画史。他注意到在这本书信集里,凡·高谈到了颜色的历程。

一天傍晚杨帅沿着一条小路散步,看到落日在松树后面映着红光,傍晚的天空倒映在池塘里,荒地是黄色的,又不是,还有白色、灰色和紫色的沙子,他被这些颜色的和谐感动了。这些晚霞、荒地、沙子有一种和谐,一切被黄昏神秘的气象笼罩着。凡·高在给弟弟提奥的信里写道:"看吧,生活往往有这样的时刻,那时每一件事物,包括我们的内心,充满着安宁的情绪,我们的全部生活,好像是一条穿过荒地的小路。"

他总是一个人散步,在跟凡·高对话,与他探讨着颜色的变化历程,后来是翠西跟着他散步。不管他走到哪儿,翠西都跟着,很乖,叫她闭嘴她就不声响。他总是背着画夹、颜料,还有一个折叠椅。"我帮你拿东西。""好啊,欢迎。"他说,可是一点欢迎的意思都没有。一天,他没带画夹也没带折叠椅,颈上挎了一个照相机就走了。实在没有借口跟着他了,翠西就说我帮你壮胆。路上,杨帅总是沉默着,挪动着角度,摆弄着照相机,观察着光线,试图找到最好的角度和正确的光线。她觉得他其实根本不需要——或根本不想要她的帮助。直到翠西忽然聪明地提议:"拍风景有什么意思,风景加人就有趣多啦!"杨帅一愣,下颌一偏,意思是默许了。翠西碎步跟上他,但他还是不说话。好几次,他吸口气,好像打算说话了,不过到头来说出的只是"朝右边去一点",或者"站到那棵大树下面去"。如果要走远路,他就不带着她了,自己一个人走好几天,人间蒸发了似的。

你去哪儿了?

去迪士尼了。

他本来没打算回答她,但今天碰上他心情愉快,就大声说:下次带你去!

他没指望翠西相信,可翠西说你去河滩了,她说打他身上闻到了河风味儿。

整个夏天,翠西都在孩子气地纠缠杨帅,要他带她去远处探险。最后他终于答应了。不过这事并不像想象的那么浪漫。他们浑身喷满了驱蚊剂,还是无法阻挡扑向他们的虫子,它们爬进头发、衣领、袖口,皮肤上像水墨画似的马上涌现出红疹包块,痛痒钻心。有时不得不跋涉过沼泽,靴子印一踩出,马上被水淹没。他们有时爬上覆满浆果藤、野玫瑰丛,和长满坚硬藤蔓的陡峭河岸,翻过光溜溜、斜斜耸出地面的光秃岩石,杨帅在翠西和自己脖子上挂了铃铛,以便分开时能听出彼此的位置。这是他小时候跟父亲爬山的经验,也是为了万一有熊的话,它们听到声音不会靠近。

他们遇到一堆巨大的熊粪,散发着热气,还很新鲜呢,里面还有一个消化了一半的野果核。

那些探险令翠西很失望,没有遇到一个阿里巴巴的山洞,没看见璀璨的宝石在黑暗中闪烁发光。只有一次,归途上遇到暴风雨,他们只能躲在一片浓密的树丛中。翠西不知是害怕了还是兴奋过度了,她在雨中上蹿下跳,绕圈子疯跑,挥舞着胳膊,对着雪亮闪电尖叫。他只好抱住浑身湿透的翠西,用身体弓成挡雨布,命令她坐下,安静。她暂时封进了一个人体的雨棚,他教她每次闪电后数到十五,判断雷声是否准时响起。

翠西感谢这场突如其来的豪雨,让她与杨帅如此接近。平时他总是那么难于接近,脾气古怪,有点吹毛求疵,有时容易厌烦,那就是忧郁吗?在翠西的词典里从来没有忧郁这个词。确实有一类人,你万分渴望讨他们的欢心,可这又是万难做到。杨帅只对感兴趣的事关注,在这类事中,对每样东西他都致以严肃的关注。除此之外,在世俗的世界,他只是个倒霉的怪人而已。

就在此时,雨停了,翠西从他怀抱里出来时,变成了一个陌生的女人——被雨淋得发亮的头发,苍白的肤色更洁白如玉,甚至那薄薄皮层下面浅色的细小血管,就像白里透绿的玉石带着天然的暗纹;那些垂落的碎卷发贴在她额头上,留下淡淡的影子;她定定地有点傻气地看着他,眉毛上像霜花似的挂着的水珠,带着虔诚和一种娴静贞洁,以至带点命定气息、也带点傻气的美,根本不是她平时的样子。杨帅被震住了,大脑一片空白,像看见了一块光滑的珍宝。他死死地盯住她,奋力地憋出一句:别动——别动!

手忙脚乱了一阵,终于找出了照相机。这张照片成了他日后的影展第一张人物像。

以后,翠西再也没见过杨帅那样的目光。她也不明白他在想什么,他谈画,谈色彩,她也听不懂,他只能跟她讲笑话,闲聊天。杨帅只能跟老马谈艺术——"我有一个重大发现,艺术问题有时就是一个色彩问题。"

回去的路上,他们比来的时候沉默了一些。他们一前一后,各自想着心事,又互不干扰。杨帅想的是,尽管他毫无线索,甚至也不知道如何向别人问起,但他总会回到他的小米身边——那娇小的她。她那双灵活的眼睛,她的柔软飘动的衣服,她曾碰过他的手臂,那带着早晨露珠般的水嫩和冰凉。这一切就在某个地方等着他。带着这有点儿盲目的乐观信念,他边走边忘情地低声唱起了歌。突然,他停住脚步,弯腰拾起一块石子,翠西好奇地看着他,只见一道暗色的微光从她头顶划过。杨帅的投掷姿势在铅色的傍晚定格了一瞬,然后,慢慢收住。

九　翠西

一天,杨帅对翠西说,你愿不愿意跟我走?

翠西飞快地扫了四周一眼,飞快地一笑。那是一个极难看、迷乱、低智的笑,但得意极了。

她压低声音说,是私奔吗?说着咧嘴一笑,露出一口又白又齐的小贝壳似的牙。

杨帅用更低的声音说,我跟团长说了,我去看一个朋友,你是探亲,去你姑妈家。

她很失望,可是为了不破坏这个宝贵的机会,她也没敢多问,怕使这个伟大的私奔计划落空。好像她多问一句,杨帅就会反悔。由于心情紧张兴奋,这天她一出场,就在冰上摔了一大跤。这两天她练功特卖力,动作做了一遍又一遍。

又隔了几天,她见杨帅毫无动静,耐不住了,悄悄地问他:你真的要去洛杉矶吗?

是的。我有个朋友在那里,他叫我去看他。

那我跟你一块儿去!

不行,我答应你爸爸,你要去你姑妈家,你要上学去。

那我们什么时候再见面?

显然她的声音是压抑的。他听出点什么,怔了一会儿说:你放假了可以来洛杉矶找我。每星期六,我会在博物馆街角画人物像。

我不信,万一那时你又走了呢?那我去哪里才能找到你?

我不知道。

你为什么要离开我们?

我不能跟你们这些人待一辈子,我只是在流浪,暂时在大篷车落脚。

那你在这儿不快乐吗?

我有自己要干的事。

你在这里不能干你的事吗?

我都不知道自己要干什么。

杨帅觉得与女孩的谈话很好笑,蠢话连篇。当然,翠西不在乎说什么,她在乎的是说话的对象是谁。而杨帅是在跟她放口风,在弄清楚自己要做的事之前,有一件很重要的事要先做完。那就是受"老废物"临终之托,把他女儿送到他妹妹家。之后,他就要继续自己的旅程了。

这天杨帅给老马打电话说:"我要离开大篷车了。"

"你去哪儿?你靠什么生活呢?你要做什么呢?"

"做人比做事重要,而做事比算计金钱重要。"杨帅自作聪明地跩起来。

"嘿嘿!跟我,你跩什么呀?"老马嘲笑道,又问,"你还在德克萨斯州吗?"

"不在了。"

"今后要去哪儿？流浪到哪儿是一站？将来打算怎么办？"

"现在嘛，我还没有流浪够，我也不知道到哪儿是一站。"他说，"走一步瞧一步吧。我玩够大篷车了，想换一个方式玩了。下一件我最想做的事，也许是当一个画家，一边在路边写生画画，一边晒太阳，一边赚钱。"

这一天终于到来了。

他开车上路。他的手懒懒地搭在方向盘上，车匀速前进，心里沉甸甸地想着老马问他的那个问题：去哪儿？做什么？

真的要出发了，翠西却拒绝去姑妈家，她表示要跟杨帅走。最后杨帅只好妥协，哄骗翠西说，带她一起去洛杉矶，不过先绕道去一个地方看一个朋友。他编出一个细致的谎言。翠西不再嚷嚷，开始抱怨。"要是再不让我吃东西，我就饿扁了。我要喝可乐加冰块，热死了！"

"再忍一忍，到前边镇子里有加油站兼零售店。"杨帅答道。他忙着一只手扶方向盘，一只手摸出最后一袋炸土豆片，扔给她，"甭像个娃娃一样嚷嚷个没完。"

他们一路谈着，慢慢地开出了又一个镇子。翠西一路上说得最多的是，好好吃一顿，她最希望的，是回到家，或像家一样的地方，吃一顿热气腾腾、实实在在的饭。猪排、香肠，或者煮牛肉、炸鸡翅，当然还有土豆，要么是土豆泥，加黄油和胡椒粉，要么炸薯条。她想象着，又昏昏欲睡了。因为幻想着食物，她的思绪变得绵长而轻盈，像水蒸气一样蒸腾飘忽。这辆老爷车是杨帅花八百美元买的日本二手车，一身毛病，随时可能在半路上趴窝。这就是为什么他不敢停下，在找到那个要去的地址之前，他必须谨慎地驱使它爬得更快些。

杨帅想起最初见到翠西时的样子。她娇小灵巧，穿着一身满是荷叶边的衣服，是用薄薄的、柔软的粉色绸子制作的，身上大部分的皮肤都露在外面。衣服上缀满刺绣和小小的、缝上去的亮片。她的样子令人想起小蜜蜂。不只因为她那上翘的屁股和丰满的上半身，而是因为她的全部：如铜丝一样的直立起来的头发；脸上长满雀斑，两只活泼的圆眼睛之间的距离比一般人都宽些；声音尖细，就像小蜜蜂一样嗡嗡不停，配合着她那唠叨有趣的谈吐。与其说她诱人，不如说她滑稽。

他茫茫然有一种感觉，现在他像是带着自己的女儿，而不是"老废物"的女儿，去长途旅行。自从目睹了"老废物"的死，孩子这个词第一次出现在他的词典里。自己的后代。他隐约中感到最近的忧虑，对艺术的专注，几乎绝望的专注，可能一部分来自潜意识，需要繁衍，要达到另一种形式的生命延续。西方雕刻家米开朗琪罗实现了永生，他把自己输入了一代又一代人，于是代代人都成了他的后代。浩大永恒的繁衍。

他渐渐地理解了"老废物"，他千里迢迢寻找女儿，吃尽苦头，女儿不认他，他也跟着大篷车，一步不离，直到在一次意外事故中，大钢管打烂了他的脑袋，结束了他的生命。在当时的光线下，他的脸色苍白，毫无血色，皮肤上的黝黑褪去，带着一种冷漠、无所求的哀伤。之前，老人曾告诉杨帅，我不希望我女儿在马戏表演场，你要送她回到她姑妈家。她应该上学、结婚，然后，生一堆孩子……

孩子，还是孩子。身边带着"老废物"的孩子，受他临终嘱托，把翠西交到他亲人手里，杨帅不知是失落还是高兴。

这时，翠西真像个孩子，在杨帅面前不由自主地显出小女儿娇态。她把杨帅不握方向盘的那一只手当成玩具，玩了一路。她把音乐开得很大，桑巴曲调里的热情搅得杨帅头疼。他就叫她把声音调小，自己戴耳机听不同的音乐。

翠西见杨帅不理她，就伸手把他的音乐耳塞拽下来，问他："你在干吗呢？"

"开车。"他又把耳塞夺回去。

过一会儿，她又把那耳塞拽下来，拽下来后，胜利地笑起来，再把它捞起来，插回杨帅的耳朵里去。再过一会儿，她把杨帅的夹克衫拉链当成玩具，一会儿拉下来，一会儿拉上去，还用手拍拍杨帅的肚子。

她把他当成一棵圣诞树，往上面挂东西。

这棵树她玩了一路，这棵树一声不吭。她自己在跟自己说笑，笑得东倒西歪。

他望着她那一对大圆眼想，幸亏她愚笨，不然这会儿她怎么会有心情玩。翠西的睫毛又黑又长，眼睛亮得像站在舞台聚光灯下，视野一片虚无，一片白热。眼睛里有一种光彩，是那种天真、明亮的蓝色。杨帅扭头不去看这双眼睛，不然他会心颤，那里有多少善良，而善良又往往混着蒙昧甚至愚蠢。

翠西见杨帅不理她，隔一会儿，才来一句："别闹！乖一点！听话！"

翠西说："你不爱我，我不漂亮？"

杨帅掉头看看她，很认真地，像鉴赏一件艺术品，"嗯，你很漂亮。"

"可是你不爱。"翠西很有自知之明，"但无论如何，你需要一张绿卡对吧？不然你就会像我爹一样，无头苍蝇似的四处乱躲；跟我结婚就可以拿到绿卡。"

杨帅懂得她说的，很多移民就是用这样的机会拿到绿卡的。杨帅想了一想，微微一笑。被迫认同地、傲慢却宽容地一笑，他的英俊简直要了翠西的命。

翠西看着他，然后长睫毛一垂，抿紧了嘴唇。

杨帅跟在一辆卡车的后面驶进了一个小镇。那辆敞篷卡车上装着一个硕大的运牲口的木笼。如果翠西此时醒着，她会发现这个镇子既熟悉又陌生。这个小镇已经变了。她母亲曾经干活的，有娱乐室和脱衣舞女的小旅馆，已不存在了。生意不断地转移到镇外的高速公路附近，那里有一些新开的折扣店和快餐店，用亮丽的油漆粉刷了墙壁。那个时候，年轻的女孩子都喜欢待在外面,待在阳光下,而不是坐在屋里,待在阴郁的、酗酒的、爱骂人的、在小镇旅馆里干活的母亲身边。翠西整日跟母亲待在昏暗的小旅馆里,与外面的世界隔绝。母亲干活的时候,身上像藏着兵器,满是灰尘的身上叮当作响,好像里面隐藏着盔甲。她抬起胳膊打扫灰尘时,翠西才知道原来那声音来自手镯——一大串手镯,粗的、细的、生锈的、闪亮的。有些上面镶着方块假宝石,褐色的或血色的。母亲坐在柜台后面,人们不会知道这个形容枯槁的盛装女人只是小旅馆的清洁工兼管家。

翠西出走前,就生活在这样一个功能缺失的家庭,爸爸不存在,从来没存在过,妈妈从来不提到他。妈妈成天抽烟、酗酒、发脾气,为了钱和翠西的逃学发火……对话几乎无法进行;所有必要之事都变为习惯性的姿态,每个人都感到孤独。直到有一天,翠西不吭一声地离开了家。

她那天本来只是不想上学,想出去走走。去哪儿,还不清楚。妈妈白天睡觉,晚上上班,这会儿正在床上,鼾声带着单调、均匀的节奏。她把书包抱在怀里,一点响动都没有地走出前门,又用钥匙把门锁好,让妈妈安全地打呼噜。

她想散散步,站在马路边。她不知道像她这样十六岁的妙龄少女,在马路边上站不到十分钟,就会遇到更诱人的提议。或许更危险,或许更有趣。经历了无数的颠簸,她最后在大篷车落了脚,遇到了寻找她多年的父亲,经过父亲的口,才知道母亲在她走后因病去世了。

他们前方的卡车慢下来,没打灯就拐进了一条长长的、两侧有树木的小巷。杨帅径直开下去,不过,经过小巷口看到两根门柱。它们很不寻常,形状有点像尖塔装饰着雪白的鹅卵石和彩色碎玻璃片。在回忆整个事情时,翠西可能会记住这个,交织成拱顶的树枝,突如其来的阴暗,汽车的颠簸。不过现在她还趴在车里睡着。

杨帅记得"老废物"提到这两根门柱。他把车子开到镇上,停在一家饭馆前,把睡梦中的翠西背在背上,走进饭馆,将女孩放在长椅上。他去打了一个电话，一边打一边看着长椅上翠西熟睡的样子。有两只苍蝇萦绕在她有些脏的脸周围，她的脸因睡梦而发热通红，一缕头发在鼻翼上忽悠忽悠地被气息吹起。最后他叫了两份食物。自己面前是一份火腿煎蛋三明治。

杨帅先下车，叫来翠西的姑妈。说明来意，把"老废物"的信交给了她。当翠西的姑妈一把鼻涕一把泪地抱住从睡梦中醒来的翠西时，杨帅躲在街角默默地看着她们。一团树荫半遮半掩罩在他的身上，他从枝叶间向外望去。接着他的身影不见了。

翠西懵懵懂懂地被姑妈拉着，一边忙不迭地跟周围人说着话，一边四下找人："杨，他呢？""谁呀？""跟我一路来的人。"姑妈拉着她的胳膊，大声地说："他早就走了，进城去了！"说着连拉带拽地把她拖进了车里。翠西被家人簇拥着，回头寻找着杨帅的影子，一遍又一遍地呼喊他的名字。

这会儿杨帅的车已经开上了沿海的公路，很快在西部荒蛮的太阳下缩小成路尽头的一个黑点……

十　浮桥

杨帅一个城市一个城市地走。他沿着公路走，顺着溪流走，穿过城镇，自己和自己对话。有时扮演一个流浪的笨蛋角色，有时则扮演一个精明的本地人角色。有时，给人家打杂，在餐馆收盘子刷碗；有时在流浪的大篷车队里，就像吉卜赛人一样的马戏团，演出一些类似舞蹈或杂技的节目。这种营养不良、居无定所的生活是他自己的选择。他的生活一路下滑。而高飞则是一路高升。

在路上，他也偶尔会想起亚娜。

那时亚娜刚到美国。最初的移民日子,每个人都很艰难,要从一针一线做起。杨帅比亚娜早来美国,亚娜在各方面都要靠他接济、帮忙。日子久了,连合租房子的邻居老马都看出来了,这两个人在一起,常像小两口一样拌嘴。亚娜相信,在开始的那段时间,杨帅也许是爱过她的。如果他对小米如火的爱情受到冰川地质期的干扰,如果他找不到小米,还会爱上别人的话,也就这样了。他当然知道她爱他。抛弃这样挚爱他的女人似乎也不公平。虽然他从来也没放弃过对小米的爱。

一天亚娜又来看杨帅了,还提了很多塑料袋,是从超市买的菜和肉,说要给杨帅做一顿红烧肉。杨帅说,算了,出去吃一顿西餐吧,开开洋荤。亚娜很意外,为了省钱,他很少出去吃饭。再说,这是他在邀请她吗?楼梯上,他走在她一步之后。似乎是意外或释然大量地消耗了她,她深一脚浅一脚地踏下楼梯。

"你的头发很厚。"他忽然说。

她转脸答道:"是吗?"

"像……"他没说出像什么。他的手掌碰了碰她背上的头发。他还是没说出它像什么。

坐在酒吧的高凳上,他点了根烟。她正在对付一盘蔬菜沙拉,一边盘算着如果自己做这盘蔬菜沙拉,该省多少钱。这中间他们没有间断谈话。话题扯到亚娜身上,他说:"这段时间安定下来了吗?你看上去还不错,瘦了一点,嗯,不胖不瘦,不能再瘦了。"她低下头,一下下用刀戳着残剩的几片菜叶,心想,他这么重视人的外在形象,大约是舞蹈演员的缘故吧。幸亏我点的是沙拉。说到今后的打算,"找工作好难啊!"她头抬起,见他注视着自己,手指间的烟顶着颤巍巍的一大截白色灰烬。缓了缓,他才注意到自己是在问她为什么来美国。

"你为什么来美国?"亚娜却先发制人地问,"为小米吗?不然你干吗不结婚?"

"我说了我是不婚主义者嘛！再说又没人喜欢我一个穷光蛋。"

"可你身边女人一直不断啊，可你心有他人。"

他说："……一些没心没肺的女人罢了。"轻微的烦躁中，烟灰簌簌落了。"那么，你为什么来美国？"他像只专注这个话题。

她犹豫地笑笑。

他马上明白了这里有他不该问的东西。

她说："爱情。"

"哦。"他难为情似的，一时不知说什么。

他窘住了。这令他们都明白，他们打探对方的意图暴露了。气氛越来越敏感，两人都想不出再进一步谈什么，因为已经是近得猝不及防了。

临别时，他将她的手放在手心里握了半晌。她说了谢谢晚餐，还说时间过得真快，三个月过去了，又说这段时间幸亏杨帅帮了很多忙，下周末请他到中国城饮早茶。都说完了，她的手仍在他的手里。他那凉凉的长手。

却是一场空等。已经到了中午，还见不到杨帅，她腹中空空离开餐馆，不知该往哪儿去，又不想回家，就那样在大街上盲目地溜达。渐渐地感到受伤，还有一点耻辱，似乎从杨帅那儿得来的所有创伤都想起来了，都涌上了心头，所有的创痛都一下子复发了。杨帅的背叛这点不寻常的情愫又变得平常之极，很多不同的男人在背叛这一点上做的都是一样的。她不露声色。直到又在路上碰见了杨帅，她装作没看见，脚下走得更快了。"刘亚娜！"他和气时从不连名带姓，她只得停下来，等在那儿。

"上次我和老马租了车出去玩，你听到我给你留在电话答话机上的话了吧？"他轻声地问。

亚娜违心地说："真抱歉，没听到。"

杨帅笑笑，说："你不用抱歉，这个周末还有机会，你去不去？"他似乎想弥补自己上次的爽约。

这次,他带她去一个风景区,天寒地冻的,没什么好看的,亚娜坐在车里昏昏欲睡。

过了一个路标,大约又过了半里路,他停了车,又熄了车灯。

"到了。"他招呼她下车,黑乎乎的四周什么也看不清。

"看到星星了吗?"他说,"我告诉过你。星星。"

四下一片寂静。寂静的边缘出现了一种嗡鸣声,可能是远处的车辆,还有你还没听清楚就消失了的细小的声音,可能是夜里觅食的动物、鸟类或蝙蝠发出的。

他打开他那侧的车门。

"下来跟我走走吧,脚都麻了。"

她照他说的做了。她走在一侧的车辙上,他走另一条。

路变成木头的了,两边的树都不见了。

"走上去。"他说,"去吧。"

他靠拢过来,拢住她的肩。好像在引导她。

她听见自己的肩胛骨咯咯作响。任凭她怎样凝神屏息,她的喘息声还是加重了。晚风的喧响,朦胧的夜色,淙淙流淌的水声都变成了能够听懂的语言。她已经在心里暗暗打定了主意:不管杨帅说什么,她都答应;不管杨帅做什么,她的眼睛和心都将保持沉默。

"真糟糕,月亮还没升起来。"杨帅说,"有月亮就不一样了。"

"现在也不错。"亚娜想说点什么,但是也不知道该说什么。

他悄悄地把胳膊伸过去轻轻搂住她,好像这样做是天经地义的,他可以随心所欲。他吻了她。她觉得这是她第一次参与接吻这样的事件。整个故事,完全独立。温柔的前奏,有效的压力,全身心的试探和接受,迟疑的感谢和满足的分开。

"哦,"他说,"哦。"

他把她的身子转过来,他们原路返回。

"这是你第一次走浮桥吗？"

她说是的。

他拉起她的手悠荡着。

整个世界都浮起来了，浑然已摇摇欲醉。

不要紧。

她感到的是一种晕眩和过度的兴奋，几乎就像是笑。一阵轻柔的欢快暂时战胜了她的不安和空虚。

十一　偶然

又是三个月见不到杨帅的面。亚娜把身上最好看的衣服脱下来，换成一件普通的衣服。亚娜要找个机会见到他，证明那天在浮桥，不是她在做梦。要是他的同室老马在，她会顾忌少一点，老马是个老实人；要是他和邱峰都在，她就说是路过，来看看杨帅在不在。要是杨帅一个人在，不过带一点茫然而放松的神情，满脸问号地朝她走过来，那或许这么微不足道的理由就不够了。编啥瞎话呢？要是他一个人在，不过并非一脸茫然——而且还有必要说点什么，她可以说，那天走后一直没见到你，我今天来看看你怎么样，不会太打扰吧。

原来，接近杨帅并不是件费力的事，她成了这里的常客。一星期总要来一两趟，老马和其他人都很欢迎她。一个年轻的女人，拿一块抹布或一只水盆在屋里忙来忙去，是单身汉合租户里的一道美景——亚娜是一个安静、温馨的女人，在这里，她又像半个女主人。有这样的女人在身边，让人安定。女人像水一样环绕着你，你不一定察觉水流的方向，但你能体会到水的温度和浮力。杨帅进门，换鞋，把那双歪脖子似的登山靴摆到门口……不像以前那样,随便一甩,或丢到墙角。这时,亚娜端来了热水盆,他只需把脚抬起来,放进热水盆里,洗完换上在家穿的袜子。于是那些袜子呀,鞋子呀,都自动地乖乖地跑到它们该去的地方了。

单身汉合租户的人都很羡慕他,可是他不领情:"她太爱干净了,有这样的吗?我在桌子上看书,她偏偏让我让开,她要擦桌子;我让开左边,她又跑到桌子右边,来拱我的胳膊,说该擦这边了。烦死了!"杨帅并不领她的情。"我对她说,你就不能静一静,歇一会儿?她就走到门外的走道里,发呆。她也不知道能干点什么。要不然,你猜怎么着,她就蹲在墙角那儿,睡着了!"

这些话像一阵风吹到亚娜耳朵里,她当然知道杨帅不爱自己,他不能忘掉小米。其实,自己还不是一样吗?无法掩藏自己的爱,无休止地索取一个男人不知真假的温存。这是一个落魄的漂亮男人,同时也是一个漂泊无定的男人,"感情骗子"。面对这个如此可疑的男人,自己已经洞悉了其中的玄机。然而即便如此,她也如飞蛾扑火般地奔了过去。现在她终于明白了,她不顾危险地去留恋这个男人的唯一理由就是,他对她有一点真。就那么一点点。为了那无所企图的一点点真,她不得不孤注一掷地爱,这种"死缠烂打"又是怎样一种执着与无奈?

亚娜看到杨帅一个人,在失败的爱情中漫长成长的种种复杂心理,这个蜕变后的男人,最终并没有获得想要的爱情。他就像爱情小说里的人物,他们爱的这个人不是真有多么的好,而是因为他无法完全得到,便将对方当成一个信仰,一个梦,然后让自己沉浸在这个梦里,不愿意醒来。那些漫长的等待、无止境的思念、遭拒绝的绝望只是加重爱的砝码,将其高高地举在头顶上,让自己无法企及。亚娜从他身上也看到自己的影子,那个影子顾影自怜,跟杨帅的一样,在孤独的耻辱下屈服。人,必须面对自己的孤独,不是所有婚姻和友谊都能够弥补那人生必然的孤独。

他多年来追寻的心灵的爱,只不过是现实中的一个幻影。在生命的孤独中，人用爱情来欺骗和麻痹自己。在爱情中藏身，在爱情中丧失自尊。最终，在自己的孤独中死去。

亚娜猜想，小米可能就是一个平胸、瘦小、高傲、苍白的女人，除了跳舞，其他方面都极乏味。杨帅爱上她是因为在他那青春期的幻影上，第一个打上烙印的是她，而不是我。她可能并不是那么的合适杨帅。如果她没有拒绝他，他也许就能辨别出谁更合适他。

其实，亚娜知道，杨帅的心死了，她以一个女人感性的聪明，等待他的恢复和苏醒。不过，她想不到，需要这么长的时间……

这天，亚娜又忍不住敲开了杨帅的门。门开了，他的脸阴沉忧郁，似乎心情不佳，有些不耐烦地说："怎么又是你？"好像她是陌生无关的人，无聊的人。她正要发作，突然看见了他脸上的伤疤，一条紫红印迹出现在他额上，一直延伸到腮部。这张带伤的脸却出奇地漂亮，因而带来一种有趣的对比。这伤疤的来历他从来没提过，也许是在监狱里打的，也许是自己摔的，也许是当初追小米让高飞打的。在短暂的快意之后，她心酸地想，这若即若离、欲发又止的感觉究竟是什么？她想起来浮桥，想起那个吻。唯一的一次，他吻了她。那天很凉，他的手是凉的，他的嘴唇。她哑了，有些感觉，开头那么好，却变质得那么快。

为了消解心里的恨，亚娜故意问起伤疤的来历。一提起小米，提起那段往事，亚娜处心积虑维持的和平就会被破坏。他们要争吵。"为什么我们争吵起来了？我们在相爱了。"杨帅说，"这是错误的，我这个人不会有爱情，也不会结婚。"亚娜当然不会忘记，"我是不婚主义者。"这是杨帅当年的宣告，这么多年过去了，她也假装接受他自欺欺人的理论。但是，实际上她做不到不问他的前程。她其实还是恨着他，将刀子捅进情敌的身体，这是何等的古典，何等的情种！这要多大的恨、多深的爱啊！若不知这件事，从表面上看，她会以为他是一个不把男女之情放在眼里的人。可见那个小米,在他心中是什么位置。

他爱发议论,但不喜欢撒谎。至少,对他真正感兴趣的事,他不撒谎。如果可能的话,他可以滔滔不绝地谈哲学的话题。他称一夫一妻的制度,实际上是利于社会管理的一种权宜之计。他说,你看美国人,实际上更顾家,很少在外面吃喝,一下班就回家。当然,他们有社交,大多在亲友圈子里,还有社区的圈子,社会管理,加上宗教的力量,使其社会安静稳定。法制管理的有效,那是另一个话题,暂且不论。他大有雄辩的劲头,对着手里拿着一块抹布的亚娜滔滔不绝地发着宏论。

"我不是这种人,我不在社会中心,我在边缘。我不是老老实实把自己放在篮子里的人。"

亚娜知道,他指的篮子包括婚姻。她把这一点看得很透。包括他的不安生,不会融入社会,不会赚钱,不是可靠的丈夫人选。他好似那贾宝玉,空有一个美好的外在坯子,内在只是一个不谙人世的婴儿。要照顾他的话,得花去一辈子。她何尝不是要一个安定。她希望把自己的全部生活安定地与她爱的人放在一个篮子里。但这不是她的命。

他一激动起来,就滔滔不绝,像对着一屋子的人讲课一样。他有讲故事的天才,就像在监狱里给狱友讲故事,把牢里犯人都迷住了。他天生合适当老师或导演之类的。这时他天性中的卑鄙渐渐消失了,出现了纯洁的神性。她也渐渐地进入了角色,不再去观察他那间充满了旧书、脏衣服、剩饭菜的居处。由于是地下室,长年的潮湿,它的寒酸不亚于她的屋子。她为她的观点辩护了句什么,他笑了,头侧偏,半走神地看着她。平时,她不会这么认真地跟他争论什么。她的表情有点陌生,她看出来他在想什么。他想什么呢?再次出来了那种眼神,让她心里悠了一下,像那天走浮桥。自从那天失态后,就再没见过他的这种表情。那么,是不是他又回复到"正常"了?过了好一阵子,他忽然停止了谈话。她从坑凹的沙发里站起来,才注意到墙上挂了不少画。

"你也画画?"她问。

"当然了,我不挂别人的画。"

亚娜很吃惊,想起了在国内他的房间那些画多得没地方摆。"你也喜欢画画?"他问。她摇摇头,想说,你真是个与众不同的人:那么苦的日子,生活都没着落,还要弄这么些没用的美术、舞蹈、文学、人生哲学,带着一种浪漫的热度和疯癫。

她当然没说这些,有些东西是无法用语言捋清的,即使捋清了,有些语言也不是能说出来的。她觉得务虚已经够了,该务实了,两个人总是要一起做一顿饭吃,像正常的情侣一样,在漂泊不定的生活中,吃是第一件大事。而这件事,多数时候会使杨帅感到安慰。除了看书,还有一些东西使他喜欢。

今天看亚娜做饭,好像是他第一次看到艺术之外的生活之美。

同时,他们进行着一种看似无关的聊天。

亚娜挑起一根面条看看熟没熟。杨帅时不时看看她。

他本来想问,她今天突然来了有什么特别的事。他看着她,她正煮一顿寻常的晚饭,用那种有点家常、心平气和的语气在跟他讲话。唯一不同的是,她在厨房里,比在任何别的地方都显得更加优雅、轻盈、驾轻就熟。

这种感觉只有在演员眼里才会显得特殊。

因为她没有经过任何修饰。

他接过盘子。她说,趁热吃,凉了就坨了。

他像看一个艺术品,端着盘子,不知咋的,定在那里。

"亚娜。"他终于说。

她知道什么要发生了。她感到她的长头发,每根头发都有感觉。如果他要碰它们,它们就要以百倍的温柔迎上去,回应他的手指。不过,这回他没有碰它们,却用手摸了摸她的脸颊,像个孩子头一次去触碰一件东西,触碰之前的紧张,触碰那一瞬间的好奇和满足,统统在他大而黑的眼睛里表示出来。他慢慢缩回手。他就那样苍白、僵硬地站着，像一个孩子，担心自己做错了什么。

她不愿意看到他退缩，不愿他退回他的洞穴里去。"一朵矜持的花，注定无法开上一条沉默的枝丫"，这是她在他书桌上一本翻开的书页上看到的。她上前握住他的手，她的唇贴上他的嘴唇，她的手握在他凉凉的手心里。他的唇也是凉的，有一丝烟味。

"杨帅，我爱你——你知道的！"她迎上去，看着他大而黑的眼睛。

接下来，她一字一句地说："让它坨去吧！"

"让它坨去吧？"他重复了一遍，接着他吃吃地笑起来，他的双手巧妙地、轻盈地抄在她的双腋下，从下向上捞起来，以标准的芭蕾舞托举动作把她举起来；于是她的双脚在地面上滑行，然后它们就飞了起来，在空中画圈。

她觉得云里雾里的，接着他像大力神似的向卧室旋转，边走边说："让它坨去吧！"

她惊惧地、孤立无援地发出惊叫，那叫声变成了快乐的、销魂的……

不久，面条坨成了面团。

在接下来的岁月中，亚娜将学会分辨爱情开始和结束的种种迹象。多少年后的某一天，她回忆说，我觉得最美好的部分总是在开头。就在开头的时候，那是唯一纯净的部分。或许就是可能性在你脑海中一闪的那个瞬间。那或许是最美好的部分了。

她相信她和杨帅是有爱情的，可是它被迫断裂，只因为它不合时宜。因为小米先于她出现，先于她刻在了杨帅的心里。她还相信小米得到的，是不同的杨帅，那个是青梅竹马的杨帅，奋不顾身的甘心付出的不计报酬的，甚至不是性的吸引；而这个与她有肌肤之亲的，是男欢女爱的杨帅，这个杨帅不会像对小米一样，对她有抽丝一样的爱，细细地用心疼的目光编一张网,把她包起来。

他那暗恋的心里的疯狂,是无形的野兽;这疯狂可以沉静而深潜,但会瞬间上涨,涨成黑沉沉的一片。黑沉沉的疯狂中,有时他会用其他的人,女人,做救命稻草。让他忘掉小米。

她记得,那种目光只存在了一瞬间,在她做面条的时间,只有那一瞬间。

后来的日子都可以忽略不计了。

十二　激情之爱

人生多么无奈,当你正喜欢一个人的时候,他的锋芒也随之而至。

那天,亚娜惴惴不安地把怀孕的事告诉了杨帅。之后,杨帅消失了几天。

再见面时,他一直沉默,脸上胡子也没刮。他们坐下约有五分钟了,他都没说一句话。亚娜发现他双眼布满血丝,眼睛周围的皮肤发皱,干巴巴的,仿佛才哭过。许久他才说:"我几天睡不着觉,因为我想不出一句话,既讲明白我的真实心情,又不伤害你。我懊悔得很……"

他确实被弄得很狼狈,他觉得自己变得卑鄙、渺小,越来越陌生,像走入了歧途,迷失了方向。经历了那么多希望与失望的折腾,实际上忧患早已腐蚀了最初理想那单纯洁净的光辉。舞蹈与爱情,这两个曾经的理想变得平凡甚至脆弱,在实现之前已破灭,或者已经变质。

"我一开始就喜欢上你了。"她说。

"我也是真心喜欢你。你知道,这么些年,只有你是一直在真的帮助我,我心怀感激。"他说。

她很清楚这一点。但她不满足。

她知道早就已经有了一个结论,无论违背她的心还是顺着她的心,它已在不远处等着了。

他沉默着。一会儿,他叹息一声,把手搁在她的脸颊上。"真的对不起,对不起,我不该惹你,你这么纯洁,这么好,我配不上你!"他说,"我感谢你,但是我只能做一个罪人,不配做一个父亲,我没准备好……我只能谢谢你,但我不能接受这个孩子,对你也不公平。"

这就是她等的结论了。

"这是我攒的钱,你知道我不会攒钱,不够……快去把孩子打掉,对不起!真的对不起……"他仔细观察她的神情,"你骂我吧!打我吧!"

她移开目光,泪水从她脸上淌下来。

"你看,我把你惹哭了,你叫我怎么办?来。"他拉着她的手,一下一下在自己脸上抽,一下比一下重。亚娜摇摇头,缩回手,仍是那种充满怜爱的目光。

这回,他不敢再看她了,低下头,慢慢地,泪水涌上眼睛,鼻尖红了,"我承认我错了,但我不能违心地接受这个孩子,接受任何人……我得等几年,我自己就是长不大的孩子,等我真的明白,我要的是什么,那时你还爱我,我就来找你。"他的声音迟钝,充满了无奈。"在这之前,我们还是朋友,好吗?"亚娜怕疼似的微微一躲,杨帅意识到,这句话比其他什么别的都更绝情。

他不久就消失了,到南方去了。

"我错了……"她一连去了三封信,说怀孕实际上是她的计谋,他是被她的阳谋给吓跑了。她每一封信都表白着自己的一往情深,每封信都寄去她的吻。似乎他从未对此作答,想到这儿,她心里一阵燥热和隐痛。

他也许在等待;同时也在等待自己,等待他的体温、血性、情感都逐一从那个幻象里走回来。杨帅想回复亚娜的信,几次提起笔来,但都不知该怎么回复她的多情,他头痛起来。她写道:"我的爱,就在那儿,在离你最近的地方,你要,就可以信手拈来。你不要,它也在那儿,是你的……"他的眼有一点湿润。即使她知道他自私、残酷、不负责任;即使是她恨他的时候,她仍是爱他的。她熟知他的敏感和善良,也洞悉他的霸道和吹嘘。她了解他的思想和转折,他心思的微小变化。

亚娜说:"我错了,我会改的。""对不起,亲爱的亚娜!"他向着黑暗叹了口气,可怜的姑娘,那卑微的口气,多么像我。难道人都是一样,在爱里面,便没有了自我,没有了自尊?他和亚娜一样,在爱情面前都像飞蛾扑火。他想说:"我不要你改,因为你没错。"

爱情最吊诡的一点是,它属于非理性范畴,是人性中非理性因素的一次或大或小的爆发。在爱情发生时,一切理性因素全都远远规避,违反现实的规范,违反世俗的观念,金钱、权力、社会地位全都不在考虑之列,就连根据身体特征建构起来的行为规范,如年龄规范、性别规范、美与丑之类全都被抛到一边。它像一股汹涌的水流,无坚不摧,一旦受阻,会变得狂暴,有杀伤力。杨帅一点都不鄙视亚娜。相反,他觉得亚娜应鄙视他,她看到过自己最倒霉的时候。这个女人比他坚强,在爱里面更纯粹,更不求回报。他鄙视自己的本能,都怪自己没有弄好,把一个可以做朋友的女人弄成了情人。这个朋友在他最倒霉的时候对他不离不弃。他不知不觉地依赖了她的友谊和付出。他恨自己的自私、无情。人生真是一场无休无止、无情的战斗,想做一点事的人,都得时时刻刻与无形的敌人作战——本能中那种致人死命的力量;乱人心志的欲望,占有的念头,心性中无序的骚动……他在卑微中始终觉得自己还是没有沉沦到底,这个底就是,他似乎还有出路或说使命。我这么个渺小、有污点的人还配说使命吗?他不知道自己的出路在哪儿。

一个人,远离家乡,远离热爱的舞蹈专业,远离自己本身的阶层、教育、文化,和与之有关的一切,他就只剩一点可怜的生物本能:吃,睡觉,生存,做爱；再吃，再循环，再生存。在这个移民者的国度，所有的人都是寄居者，都剥离了自己的外表，挣扎在最低的起点。为一块面包，为明天的房租，屈辱地活着。移民的生活实际上很封闭，很孤独。在封闭、绝望的情况下，一男一女，两人能干什么？最后造成爱情悲剧的都与时间和空间有关。

就在这样噩梦般的异国旅程中，寄居者们会在一些之前从不经过的道路上偶尔相遇，昙花一现的爱情故而萌生，明天能否再见也未可知。而后，这些短暂的相遇和偶然的邂逅也有了结果——新生命降临。孤独，好似爱情的温床。一切的罪恶，都来自孤独。

杨帅承认自己曾经屈服于孤独。孤独与孤绝不同。孤绝正是他此刻需要的。眼下他一个人出走，旅行，漫无目的，就是在寻找孤绝。罗曼·罗兰说，一颗超凡灵魂的成熟，所命定要经受放逐的磨炼，这是使灵魂无所归宿绝对孤独的极致。一个艺术家最需要的，是孤绝。在万籁寂静的旷世孤绝中，他才能奋起：如果他是一个音乐家，他会拨动神圣的琴上的每一根弦，弹出最细小以至最强烈最震动心灵的调子。如果他是一个作家，他就要像莎翁一样地包罗万象，他要在心里拥抱人生的每一个阶段、每一次见闻、每个题目，写下他的愤怒、不安和温柔；愤世到了不顾一切的辛辣程度，温柔到了优美感情的最纤细动人的地步……可惜现在，他什么都不是，只是一个负心的可怜的人。

杨帅认定自己负有使命，这个使命是什么还不知道，但是他为此而坚韧不屈。在他的使命还没有完成时，只要有软弱扶持，他就可以挣扎而起。

而给他一根稻草似的软弱的扶持的女人，他正在远离她。

亚娜改变了策略，她不是一味消沉、没完没了的人。她咽下了自己的骄傲和委屈，换成一种轻松的口气，轻描淡写地提及一些琐碎的事。她只谈爱，只字不提怀孕的事。

杨帅突然来信了。看来他在流浪途中安顿下来，安顿在一个叫"大篷车"的马戏团,在一个地方做夏季演出。他随信寄来一笔钱,一大笔,看来杨帅不是当贼了,抢钱了,就是在外面发财了:"你可以用这个钱去医院,把孩子打掉,也可以用它来养这个孩子,我会和你一道抚养他——只要你愿意!"

他没说随信寄上爱意。"多保重吧!"

看到信,亚娜心里一部分是乱七八糟的,但另一部分又安静得要命,因为不管他对自己有爱没有爱,情总是有的。现在她已经可以面对他,或面对他的信了。她相信,有了这个孩子,他就会一刻不停地注视着她。这一切早成了他的一部分,他对此毫无意识。这么简单的道理,却让她花了好长时间才想明白。孩子,子嗣,靠了他,世界才生生不息。

她抽泣起来,不是出于悲哀,而是一种猛烈的、突如其来的宽慰。

她回信说:"谢谢你!"她在三个字后面,表达所有的谅解和忠贞。

她说:"孩子打掉了……你不要有负担,这不是你一个人的责任。你要站起来。"

"你要站起来。"这也是老马的话。"用你的精神力量,克服你的疲倦和自卑,只要你神完气足,不为形役,你会做出你的那份创作,不管那是什么。"

癫狂不安的性格给杨帅添了许多麻烦,但他有天分和力量。他只对老马讲起自己的创作。到了洛杉矶,他在街头摆了画摊。他最终将自己囚禁在一个偏僻的农舍里,开始创作。他惊异地发现,自己有一颗陌生的,对他所爱所苦,对他整个生涯全不关心的灵魂……它把他当马一样使用,驱赶他。他筋疲力尽,老了很多,可是他得救了。他在绘画中找到了第二生命。

这个艰难行进的路上,只有女人才能给他安慰,可是这种安慰又是极大的危险,稍不注意就会消灭了意志,沉沦到底。一个灵魂若要坚持走完最终的道路,就必定要守住孤独。这是老马的话。

"我哪有灵魂,不过是混罢了。"他给亚娜的信中摘了一段诗,是一段德国的古老歌谣,"我感谢你曾经爱过我,希望你在别处更幸福……"他说:"我在这个世上只有两件宝贵的东西——朋友和灵魂,失去的失去,玷污的玷污,我变得一无所有。"

"朋友",亚娜不喜欢这个词。她不求名分,她抱幻想。她私下以为他会认这个孩子,会回心转意。她需要有一个杨帅的骨肉。

多年后,亚娜这一想法不断重现;在她努力延续的日日夜夜的流动中,它是一个停顿,是心跳漏掉的一拍,是一个短暂的、生硬的喘息。

十三　爱一程伤一程

后来的那些日子,过得风驰电掣。

晚上十一点,她走出打工的餐馆,比平时收工晚了半小时。她突然不知往哪里走。城市的一半被白天带走,一半让夜晚窝藏着。她累得直发抖,可心下茫然。不再寒冷的纽约的冬天,风没了。

一个妓女站在一辆停在路边的车前,她的腿奇长,笔直,在灯影下惨白得耀眼,使她的黑斗篷就像一把撑起来的白柄黑伞,她和她的客户正在谈生意,可是两人都停下来,关切地朝着亚娜看。越来越多的人看出了亚娜的迷茫。他们看出她观光者似的转着脖子,在找路。

在她掉头从一条路走回来时,一个少年拦住了她。从侧面出来的,有些像袭击。他不是白的,也不是黑的,而就像白天和黑夜这个晦暗的间歇。他问她要不要他的帮助。他的嗓音和他人一样细致,每个字都吐得精巧。她谢了他,说不。

她终于摸黑走回了公寓,全黑的纽约她是熟识的。公寓共四层,每层三个单元。她掏出钥匙,先去信箱取信。没有一封是杨帅的,除了要账的没有什么。她多么希望一封信是他的,他会给她一把钥匙,去开一扇屋门,把乞丐、妓女、垃圾、旧工厂残墙,以及在大雪天猝然敞开大衣,对她揭示原始雄性证明的男人们都关在门外;把她的打工餐馆、逛旧货店、买廉价菜的生活锁进档案柜。

拔下钥匙拉开门时,她的胳膊肘狠狠地戳在一个人身上。背后什么时候有了个人。这一戳显然戳到了要害处,像挨了一棒,那人矮了一截。

"哦,对不起。"她说。并没有去想,这个尾随是否可疑。

他说:"没关系。"她居然没有去想,她怎么可以把这个尾随放进楼。

他说:"谢谢了。"

声音非常好听,有点柔得诗意,又那么轻而怯,对楼梯上的黑色的宁静没有杀伤力。

他从她侧后伸出细长柔韧的胳膊,卡住她的喉管。

事情一下子变得简单了。

她摸出钱包,里面有近一百元,她把它往身后一摔。他接得很好。他们之间没有一个动作是狼狈的,袭击和缴械都很出色。

"对不起。"他听上去格外典雅柔弱。

他开始在她身上摸,摸到她胸前的项链坠子,他从上到下一抓。这个时候,楼下有人出门,他把她抱得紧紧的,在她耳边痒酥酥地说:"别让我掐死你。"

等楼下的人离开,他撇下她跑掉了。

"英语说得这么好,要是我,就绝不干这个,也不会去餐馆打工了。"这个时候,她似乎已没有了愤怒。

她定了一下神,没有进门,而是拔脚就跑,不知道要去哪里,反正不敢一个人在家。下意识地,她跑到了杨帅与老马合租的那个独栋房。

老马开门后,惊了一下,亚娜的样子很狼狈,她的衬衣被拉扯得一边高一边低,头发大乱,一看就知道那下面的脑袋瓜想法更乱。这个女人以前总是苍白,顺从,忍耐,柔滑……但还是圆润的。眼下好像干枯了,死灰一样,她的轮廓固定成一种僵硬、无助、无法忘怀的痛苦。

她颤抖地坐在椅子上,愤怒、恐惧,更多的是愤怒,还有后怕,使她很久都没有找到合适的词,对沉默寡言的老马,她似乎也不需要说明来意。她走进了门廊,想独自进杨帅的房间,在里面坐一坐,坐一会儿就走。但是那间屋锁着。坐一会儿,她捧着一杯热茶,不听话的眼泪就默默地淌下来了。最终,她也没提今天晚上发生的事。

她只是来这里坐一坐,安定一下心魂。

老马没说话,他不清楚她今晚登门的目的。"男人有时真的会爱两个女人。只是现实不允许,他只好一个也不要。"老马慢吞吞地开口了。这算是安慰吗?她觉得一切都很滑稽。她不知怎么回答好,听他弯弯绕绕地解释杨帅是怎么一个人。她并没有当头一棒的感觉,甚至没有觉得多少耻辱、追悔。老马还讲到杨帅给她寄来了一封明信片。他尽量不让她受伤。她只是努力地想,还要不要再见杨帅了,真的没有和他相知相近的可能了吗?

他以突然的消失来灭绝了他们之间的可能性。他对小米,还是忠贞的。在人们眼里,爱情是有属性的,世界就是这么物质,是物质就有属性。异性,女朋友,你有着那样的感觉,你只想要那个感觉,不要那个附属性,那就是杨帅。他不想被属性束缚,所以,他跑了。

她要是爱杨帅,就不能改变他,不能跟他要那份名分和安全感,要让他像以前那样,像个任性的孩子那样,无拘无束地飞,在天上飞,让他顺从他的心,做他爱做的事。她可以悄悄地,远远地,爱着他,尾随着他。

这不是人际的爱,是星际的爱。

谁说爱就要在一起?他不跟你在一起,而你可以与他在一起,一生一世。

除了明信片，老马还给了她一个电话。电话拨通，好久都没人来接。趁着这个时间，亚娜在翻看明信片，上面是一段诗：

  你我相逢在黑夜的海上

  你有你的我有我的航向

  也许你还记得

  但愿你已忘掉

  你我交汇时互放的光亮

这首诗取自徐志摩的诗《偶然》后半段，杨帅擅自改了几个字。

电话终于通了，是一个女人接的，她让亚娜稍等，她去叫杨帅。亚娜听见电话"吧嗒"一响，是话机被搁在桌上，接着，那女人说着西班牙口音的英语，拖长声音呼喊："Yang——你的电话。"可以想见，那片田野有多么阔大无比，那不知是什么地方，为什么如此寥廓。可以想见，杨帅的单薄、秀气的形影渐渐地近了，带着一丝烟味和低低的体温……

而她却挂断电话，眼泪哗地一下流下来。

失望竟是这样巨大，向她压下来。她一直向自己解释的那种星际的爱，全都不作数了。

十四　波西米亚楼

杨帅一个人坐在酒馆里，这个酒馆就在博物馆的街角，他默默地等待，门开了，门关了。"我不是在等人。"杨帅这么想着。不知道翠西怎么样了，上学了没有？翠西对他来说，不是恋人，倒像个亲人，或说像个孩子吧。如果她真是个孩子，一定是个问题少年，他大概会非常头痛，他们的再见面也没有什么意义。

一年后的这天,是之前约好的,翠西来找他的日子。自从杨帅把翠西送到她姑妈家后,他没再见过她。她在寻找杨帅,她说过要找遍洛杉矶所有角落。

他转动着手中的杯子,似乎白色的泡沫和翠西的脸一起隐去,连带她的声音:"你一定要等着我呦!放假的时候我一定去找你的,你要带我去迪士尼……"一只手轻轻地放在他肩上:"先生,你需要陪伴吗?"杨帅抬起迷离的眼睛,看到一个娇小的身影站在桌边:一个女孩,淡金色的头发,扎成一个马尾,脸上薄施脂粉,肩膀和脖子的线条优美,一双湛蓝的眼睛带着询问的神色。

这眼神绝不像翠西,翠西的眼神是空洞单纯的,这双眼睛却是老于世故的。

白眼球上有些红丝,是酗酒和熬夜的后遗症。

杨帅迟疑地点点头,那女孩傍着他坐下。女侍闪电般出现在桌旁,等候。"你喝什么?"杨帅伸手在口袋里翻着,有几张钞票,摸了摸纸币硬硬的边角,付酒钱和小费应该够了。"双份的马丁尼。"女孩挨近身来,把她小而结实的乳房靠在杨帅的手臂上。酒很快地送了上来,女孩举起圆锥形的酒杯,和杨帅的杯子碰了一下,"谢谢你,杰克。"女孩的声音带点沙,英语中混杂着一丝俄罗斯口音。"你叫我什么?我不叫杰克!""有什么区别?英国人都叫约翰,法国人都叫皮埃尔,德国人都是维特,日本人都是丰田,中国人当然就是杰克了。你知道杰克·陈吧?反正只是个名字,你总不希望一个陪酒女郎叫你先生吧。"

"哈哈!他不叫杰克,我叫杰克!来吧!陪我喝一杯!"马脸赶到了,一边打趣一边笑着帮杨帅解围。他是杨帅的朋友,叫杨帅到洛杉矶来的就是他。"他给我买酒了,他就是杰克!要不,你给我买一杯?"女子嗲声道。马脸挥挥手:"你该让地方了!"说着,他拍拍小姐的肩膀,把她请走。马脸本名李昂,因脸长而得名。今天他带来了几位朋友,几个人呼啦啦坐满了一桌,这些人是跟他一样的街头画家,都是波西米亚楼的邻居。

波西米亚楼是杨帅居住的那幢公寓楼的名字。刚到洛杉矶时,马脸向他推荐一处住所,说:"你这类人会喜欢那幢楼的——特别'波西米亚'!"他指的"这类人",意思是挣扎中的艺术家。他被带到了这座"波西米亚"公寓里,发现它的确和意大利歌剧《波西米亚人》的布景有些相仿。楼是普通的20世纪40年代公寓楼,但内部装潢很奇特:粗糙简陋的原木门窗,墙壁的砖石垒砌全然裸露,壁炉也是精心设计出的笨拙,两张荡椅被粗大的铁链吊在横椽上。所有的家具都显出质朴和灰暗的调子,楼中的气氛也是沉重而忧郁的,透着一层无可言状的颓废怀旧情绪。他马上喜爱上了它。

房东白思太太长着淡蓝的眼睛,险峻的鼻子,小而敏感的嘴唇,是那类十分严格的人。她曾赶走一个医学院学生,因为他暗暗揍过她的猫,并且常常将粗俗不堪的音乐放得很响。房东太太与杨帅达成了房租上的协议:一月六百元,包括家具、电视。六百元的房租对于穷画家,无疑是个沉重的数字,亦可见这里每一点貌似的朴素与陈旧都相当昂贵。房东太太六十岁左右,常把"庸俗"挂在嘴上,有次问她的"庸俗"定义何在,她说:"假花固然是一种庸俗。但对我来说,庸俗是一个人开奔驰车,但连买本书的钱也花不痛快。"

公寓楼里当然没有开奔驰的阶级。十二家房客里有一位作家、六个自由画家(包括他自己)、两个大学生,剩下的是几个职业面貌模糊的人。比如,卡拉在一个非营利组织做半工,那个组织为贫困户提供低价住房,但卡拉也同时做好几份杂事,编写教会印刷物之类,因此她对一生只学一门本事,以那专一的本事谋求一份薪水的人十分不屑。

波西米亚楼主要是由贫困的艺术家组成的。他们有自己的一套价值观念,与其说叛逆不如说较真,杨帅是跟着他们学着走进旧货店买衣服的。一对画家夫妇告诉他,他们结婚十几年,从来都是在旧货店为对方买礼物,自然为省钱,但更重要的是因为旧货往往独一无二,不带有大批量生产的新货的集体性和重复性。因此,他们的装饰总带一定的戏剧性,就像是从哪本小说里,或哪幅油画上走下来的人物。

他们吝啬,很珍惜时间。大学生和研究生及自由画家,视自己的创作、研究时间神圣不可侵犯,把为面包而工作的时间压缩到最小。马脸到美国头几年,没怎么打工,他的衣服几乎全是街上邻居搬家清理旧货时买的,比如十美分一条的牛仔裤等,尺寸不对也勉强凑合着穿。他的衣服不是紧绷在身上,就是松松垮垮,像披着一个面袋。有一次他遇到一个黑人向他伸手乞讨。他一眼看出那人拿着一罐果汁,那牌子是自己平时舍不得买的牌子,他心里哼一声:"你小子也配跟我装可怜?"马脸尽管生活窘迫,但从不多打工,只愿做自己喜欢的事,实在没有办法时就去打一点零工,但只要能维持生活,就不会干,他的理由是:青春不减价拍卖,艺术高于生命。

马脸是这群画家中比较出挑的一员。他矮小,不拘小节,精瘦,豪爽而善辩,挑食,皮肤灰黄,头发蓬乱,不爱笑,一双眼睛藏在厚厚的眼镜片后面,也掩不住一种轻蔑好斗之气。他和杨帅同一年考上舞蹈学校,分配在一个宿舍睡上下铺,一伙同学会抽烟喝酒,抽屉里的饭票菜票从不分家。他和杨帅都酷爱画画,常在一块儿逃课,翻墙去美院蹭课。两个小男孩,大瞪着懵懂求知的眼睛,满手的炭粉,脸永远是脏兮兮的。之后是衣着邋遢脸色苍白的少年,深夜骑着自行车,背着巨大的画夹,在昏暗的路灯下飞驰。夏天,闷热的小房间里,窗帘拉得紧紧的,两人都脱个精光,相对互画人体。偶尔遇到下场雪,相约结伴跑到乡下去画写生,生了冻疮的手都握不住画笔。暑假去西双版纳写生,偷鸡摸狗,一块儿追逐当地的苗族女孩,一块儿和乡民打群架,他俩互相之间知根知底,彼此间无话不谈。他智商第一,业务最末,由于在学业上三心二意,他终于放弃专业改拉小提琴了,本以为他会是个优秀的小提琴手,后来,他改拉大提琴了;又传闻他出国了,到了加拿大名校学物理,大家都觉得他会变成某类让人敬畏的科学家,这种工作是人们远远不能了解的。

结果是误传,事实是,他恋爱了,跟一个学物理的女孩子好上了,人家帮他办到了加拿大读书。当时学费很贵,不是一般家庭能应付的。女孩子好不容易考上了,他们在这里,或者在那里工作,坐大巴士绕北美大陆旅行,他们在俄勒冈海岸生活了一年,距离遥遥地跟父母重归于好。对他们的父母来说,弃学这件事简直相当于世界熄灭了仅有的一盏灯。

过了一阵子,他们就对流浪厌倦了。女孩的父亲在 20 世纪 90 年代初的改革大潮中捞了第一桶金,寄来了钱,条件是离开马脸。这个并不难,因为女孩儿爱上了一个老外教授,那人帮她在加拿大读完了学位,在学校得到了教职。而马脸,跟女友分手后一路辗转到了美国。

波西米亚楼的人都喜欢马脸。他虽瘦小,可是很有活力,体现他活力的,是他那又黑又厚堆在额头上的头发,自由自在,一根根发丝都有动作,有表达力。从脖子以上看,他像个钢琴家或者是话剧演员。他说话的节奏和音调或语气表情都在他的头发上。他虽瘦得皮包骨头,但眼睛明亮,很自以为是,但愿意随时准备倾听。周围有的人由于各种原因,没有身份或身份黑掉了,远离主流社会,不会讲英语。而他在学校混了一年,对刚刚兴起的电脑懂一点点,他愿意跟人家解释。所以他在自由画家里人缘很好。

不久,杨帅也拎着画架出现在街头。在这条街上的自由画家,大多来自中国各个地方,也有老外,来自不同国家的移民,有些还真是嬉皮士,卖画或卖一点手工艺品,比如做串珠项链或香料袋卖。这些人中藏龙卧虎,有教授、马路画家、马路演奏家。杨帅刚来时,不那么受人欢迎。人家觉得他太闷了,他沉默寡言,但一旦开口,就力量满满。他的画也根本不上路子,学院派的看不上他;他行事作风就像大爷,不高兴就不画,画好了不高兴就不卖。所以他的画摊前,顾客很少,门可罗雀。他喜欢睡懒觉,吃个饱饱的早餐,然后才溜达来到公园路,在路边摆好画摊,边画画边晒太阳,跟过路行人和左邻右舍聊天。

若不是靠了马脸的关系,杨帅在人家的地盘上占个位置是不容易的。他已经跟城市格格不入了,他从来没有喜欢过这座城市,洛杉矶被称为"天使之城",如果真的有天堂的话,洛杉矶大概是天堂里最丑陋的一位天使了。大而无当的身材,风风火火的脾气,庸俗而招摇的口味,整个儿一个恶俗女人。那么,他还赖在这儿干吗?美国之大,又没有户口制度,大可拔脚就走,天南地北,哪里容不下他一个流浪画家?他又不是没过过那种带了六十美元登上灰狗巴士的日子。只是也许,还没有到时候。

游人很多,画家们收工后到餐馆吃了晚餐,还喝了一点酒。他们会在这种时候谈谈一天的麻烦和快活。马脸喝多了,他和杨帅两个人都因不同的原因到处流浪,两个人带头说起城市的区别来。

马脸说:"在美国,我在纽约和洛杉矶的时间比较长,觉得这两个城市很不一样。刚来洛杉矶时让我大吃一惊。除了一些特别的色情场所之外,一到天黑,什么娱乐也没有,一些美国内地城市也一样,到了晚上八点多钟进城就找不到地方吃饭了,因为大家都睡觉了,这个跟纽约太不一样了。但是,纽约是另一个极端,纽约地铁让人形容成罪恶之渊,一开始我到那里都不敢坐地铁,后来我在晚上坐了一下地铁,觉得挺好的,我觉得自己在那里待着别人还挺害怕我的,这使得我很有安全感。我还遇到一件事情更能说明问题:有一天,我在曼哈顿世界贸易中心那儿独自一人行走,那里的办公区,一到晚上就没人了。看见对面有一个黑人走了过来,我有些心慌,但没想到他似乎也非常害怕我,隔着个街口他就绕着走了,我当时正担心如果让我绕,我会被绕丢了,想不到他先绕了。

"除了纽约这样的大城市,其他的中小城市倒是非常适合小市民生活,假如你只想过一份踏实日子,你只想'我不侵犯别人,别人也别侵犯我',那么美国是最好的地方。"

杨帅张一张嘴,想反驳他,但是终究没说什么。这时候,克林顿在台上干得还不错,美国一切都看上去很稳定。他没说什么,倒是被马脸的话勾起了对流浪日子的回忆——坐在汽车上,沿着陡峭的峡谷来到湿润的溪谷,沿途风景一一收入眼底——湿漉漉的小屋子上笼罩的烟雾,褐色的葡萄藤,带刺的灌木丛和拥挤的羊群。河泥湿雨混杂的天气,取代了纽约冬季的暴雪和冰柱。

马脸起身去上厕所了,坐在他身边的是一位大陆来的作家,开始介绍自己:"我姓张,我也在纽约待过。"张作家是一个和善的人,一种谨慎而冷漠的和善。他使杨帅想起老马。他说:"说来说去,我在美国也没有做什么事情,我如果是一个画家或者是音乐家,或许在创作上会有点作为。纽约那个地方有十几万诗人、十几万音乐家、十几万作家、十几万演员,也就是说有几十万艺术家群居在一起,之所以聚集在那里是因为那里对人没有压迫感,每个人都有自己的空间,所有东西都是可能被艺术化的。到美国之后我才知道什么是精神上的彻底自由,但是对一个写中文小说的,依赖文字吃饭的人,待在美国很麻烦。"

他朝杨帅举了举酒杯,先干了,放下手中的杯子,说:"写东西不算麻烦,麻烦的是,你要先活着,活着就要有钱,你要先挣钱,养你的写作。可是如果我养家糊口,过上了朝九晚五的生活,我就没法写作了。而且,如果在这里不看中文的东西,慢慢地,中文水平就会下降;但如果看中文的东西,那些闽南语就会慢慢地改变我的语言,这样,我写出来的东西会跟中国大陆读者有隔膜,他们会认为写的'不是我们这里的事'。我英语不行,就只能窝在中国人圈子里,为了保持自己文字的纯洁性,我在这里待了八年也坚持不学英语,我的这个努力还算好,但是也有点过分艰辛了。不但写不出中文的东西,连生活中的英文交流都不行。有的作家在美国干脆就干起别的事情了。比如我,只好在这儿冒充自由画家了……"

马脸喝多了,在厕所里冲了一把脸,转回来时头发湿漉漉的。他语气滑稽地说道:"无数革命先烈证明,离开故土,把自己几十年的根拔起,移植到大西洋这边美国的土地上,肯定先要死一把。有些人后来真死了,有些慢慢缓过来,开始窝窝囊囊地活下去。你们,都是窝窝囊囊的人。"马脸说这番话时,表情怪异地环视着周围的人,隔着餐桌盯着他们看,从这张脸,看到那张脸,脸上没有笑。

"不同意吗?那好,找个在美国待十年以上的人问问,或者自己到海外华人里看看,问问眼前的人原来在国内是何等人物,现在在美国又靠什么混日子。"

"在国内混得越牛×的人,来美国后死得越彻底。演员,教授,书记,体操芭蕾大美人什么的,多了,嗯,举例子,瞧我身边这位,"他指一指杨帅,"全国芭蕾舞比赛青年组冠军,舞团首席——怎么样,还不是跟咱一样在马路上练摊?"见杨帅不搭理他,他转脸朝向另一个人,说,"这位是牙医,外号牙签。国内好好的牙医,到美国文凭没人认,执照全废。这哥儿们后来干装修了,据说只有这行才能保留牙医的手艺——钻眼,打钉子,补窟窿,磨平,刷白什么的。""还有这位,"马脸指着牙签身边的人,此人一头油腻的长发,用皮筋在脑后边扎起一个肮脏的马尾,"大提琴手!国内好好的交响乐大提琴手,到美国后也干了装修,最擅长拉锯,拉得特别直,音色还好听,哥儿们一边拉锯一边哼着贝多芬 D 大调,偶尔借着弹烟灰时飞快地擦把眼泪,不细看根本看不到。这些人只能靠着说自己其实特知足才勉强不哭。"

马脸和大提琴手及牙签都是在一个工地上认识的,干了一段时间,大提琴手的手受不了了,就跟着马脸学画人像,放下刷墙的刷子,拿起了画板和上油彩的刷子。

"赶上你哪天感慨人生苦,有人噎你一句,说苦谁让你活着来这儿呀,你怎么不死呀。要是能重新活一把,还有多少人会盲目地往美国这条河里跳?"

杨帅远远地看着他想,马脸喝多了。

看看身边这些卑微的人物,怀揣着各自不同的伤残的心,要努力活出人的样子,多么不易。这些心地善良受着生活的折磨而意志消沉的芸芸众生,这些生命力衰退、茫然抓住一个什么做救命稻草的好人,犹如整个世俗社会的象征,使他窒息却警戒,他要奋发。

窗外飘起了雪花,越下越大,它们好像也有心事,在空中飘呀飘的,愁肠百结地,不想落下来。在杨帅胸中盘桓的东西,也许是油画,或许是舞蹈,或许是诗,或许是音乐,全都是一种倾诉的需求。这倾诉不是要对着某个人,而是要对着某种风景,比如窗外漫天的大雪,不离不弃的日月,亘古的河流和山峦。一世界的鹅毛大雪,谁又能听见谁的呼唤?

这时,马脸开始历数他所知道的熟人情况,杨帅最想他提到、又最怕听到的是高飞,突然,他听到了这个名字——"你听说了吗?高飞受伤了,他不能再跳了。这下他完了!"

听到这个消息,杨帅听见打自己心灵深处发出的一声舒坦的叹息,他觉得自己很卑鄙,觉得自己像一只蜷在命运的角落,舔舐伤口的瘸腿狼。

十五　亮灯的门廊

杨帅回到纽约,第一时间来到玫瑰公寓。玫瑰公寓因为门前有两株长得小树似的玫瑰得名。这个区域的楼很旧,很多都是因为 20 世纪 40 年代的婴儿潮及后来的移民潮盖的,敦实朴素的红砖青砖楼,三五层而已。街道也不宽,可是干净整齐,像那个时代的精神,务实而敦厚。

公寓楼门前延伸出一条狭长的深红色华盖篷。华丽的门廊,发亮的铜把手,老式的大理石格柜书报台,古典的小顶灯。再进去豁然开朗,是一个敞亮的大厅,占了整整一层楼的空间。透过落地大玻璃窗,可以看到里面种植了花草,安置着沙发,及整整一面墙的大镜子。萧瑟寒风,路人脚步匆匆,脖子缩在大衣领里。有一个亮着灯的门廊,人人都要看一眼,好像那里有自己没有的东西,温暖的床,炉子上炖着的热汤,喜欢的人……

住在里面的人,懒散地穿着印花的睡裙穿过开着窗的走廊,到厨房拿一样东西,又走回房去。有的人家连窗帘都没拉上,灯光从两块长方形里透出来,仿佛是舒适、安全以及休闲的。

他在外面站了很久,并不觉得冷。傍晚的街道有一种神秘的寂静。那一片连一片的红砖公寓楼,堆砌在楼上的欧式雕梁画栋,都使他感到新鲜和陌生。自从离开纽约去流浪,他还是第一次正视这个纷乱而甜蜜的人世,他在其边缘绕着圈子,此刻它杂乱无章而又各得其所,给他带来稳定安宁。在流浪的日子,在错误百出的日子,他无暇顾及观察。此刻,灯光是他记忆中,柔软而脆弱、不能触碰的一部分。

玫瑰公寓门前那棵小树,曾经像小孩胳膊那么细,一转眼已经长到两层楼那么高了,几只燕子落在穿过树枝的电线上。他蓦然意识到,已经过去五年了。院子里的玫瑰长疯了,长得超出了正常范围,如杂草般蔓延出来。公寓名字也变了,改成"普世公寓"了。真是面目全非了。

他站在路边发呆,想起以前,当普世公寓还叫玫瑰公寓时,他与小米有过一次惊喜邂逅。只是小米并不知道。那天夜晚他在一家餐厅跟朋友吃饭,在一个偏僻的角落刚刚坐定,突然在餐厅的大镜子里看到了小米。她和高飞以及另外两对老外夫妇坐在一张餐桌边,从他的角度正好能在镜中欣赏她那迷人的风姿。她化淡妆,举止自如,看上去很轻松。她正优雅地与人交谈,笑声如烟花一样消散在空气里。在晶莹的枝形水晶大吊灯下,她的美更加光彩夺目:爱丽丝再次走进了镜中。

他看到男人殷勤地跟她搭讪。餐馆的工作人员,从老板到洗盘子的波多黎各人都眼馋地觊觎着她。女人们也羡慕她那苗条优美的体形、长长柔韧的脖子、会说话的眼睛、纤细的腰肢、修长的腿和白皙的皮肤。杨帅屏息凝神,在暗处尽情地看她,看她吃东西,看她抿着一小口酒,看她跟人打趣。

他试图从小米的额头和微笑的眼睛里看到她真实的想法——她幸福吗？不管怎样，她看上去很快活。等他和朋友们出了门，他又找个借口折回来，坐在自己孤独的桌子前，与她共度她的人生片刻。在这一个多小时里，他悄悄地在周围走来走去，之后又要了两杯咖啡消磨时光，直到她随那群人一起走出餐厅。他们出门时走过他身边，他佯装看报，同时深吸一口气，想从那几个女人身上散发的香气中辨识出她独特的味道。

从那之后，他经常走进这家餐厅，坐在原来的位置，对着那面镜子发呆，因为他爱恋的形象曾经在那里待了两个小时。

后来杨帅发现小米原来住在离这里不远的"玫瑰公寓"。他又开始在小米的公寓周围徘徊，怀着多年前在舞蹈学校盘亘在小米练功房外时同样的渴望。他并非想让她发现，而只是想看看她。知道她就在里面，光是这一点就令他感到温暖和稳妥。

他靠在电线杆子上，望着门廊，街道灯光昏暗，起风了，树上的叶子开始摇动，路灯彻夜不眠地对视着天空。他踌躇地徘徊着。天上开始飘雨。他点燃了一支烟，他觉得自己很奇怪，身边不是没有热情的女人。

他再一次告诉自己，抽完这一支烟，就去敲门。

有人开着车，驶进了街道，停下车，熄了车灯，取下采购的日用品，查看信件，穿过黑暗的天色，阴冷的风雨，差最后一个冲刺就能进门了。那人进门之前，朝他看一眼。他脚边已堆了一小堆烟头儿。

如果他再等十分钟，他就会看见高飞出现。他会发现，高飞这天没有像平时那样开车。如果他细心，他会注意到高飞走路的样子有些异常……但是他失去了自信，"等下次再来吧，等我做出了足以令人刮目相看的事情。"他这样想着，转身走开了。

院落空旷，庭阶寂寂，树影浮动，麻雀在行道树后面的铁铸栏杆上站成了一排。

十六　不见光的魔鬼训练

高飞的空中大跳动作，总是不令人满意，为了要练成满意的"一"字形，他把后脚搭在把杆上，前脚尖点地，整个身体像扁担似的晃着、压着。两条腿不但变成了"一"字形，而且变成了反翘的"月牙形"。史蒂文森导演拄着拐杖走到他面前，不满地冲着他叫道："脚背！脚背！"说着，他伸出手中的拐杖戳高飞的脚尖。一股钻心的锐利的痛，使高飞"啊"一声从梦中惊醒……他睁开一只眼睛："我是在哪里？"他睡得稀里糊涂，拿不准自己是在上海，在北京，还是在波士顿，在纽约，这几处地方在他心里混在一起。在睡梦中，他都能听见有人用英语在喊："再来一遍！再来一遍！别停下！再来——再来！"现在他最憎恨这个说话的人——国际知名的芭蕾编导、以冷酷无情著名的史蒂文森。

睡前，高飞照例吃了一片安眠药，可是他还是一夜未眠。史蒂文森有一个绰号："法西斯导演"。他的排练厅不许安装窗户，白天晚上都亮着灯，从早上排练到半夜，几个月下来没有白天没有黑夜没有周末没有休息，直到演出那一天。这就是他最著名的"不见光"魔鬼训练。但是舞者都梦想着来参加他的舞剧，又都为他的残酷恨透了他。即便被挑上了也不一定就有登台机会，最少要训练一年才有登台资格。史蒂文森说："舞蹈是对神的献祭。"他不放过任何细节，以不可思议的较真劲头来挤压他们，他能够拧掉一条毛巾的最后一滴水分，似乎还不够，必要的话他可以拧断毛巾。没有一个导演像他那样不断地修改动作，直到上演的最后一分钟。每一个动作手位，他都要抠到发丝一样细致准确，他要求演员每次训练都像上台一样，倾其全力，没有轻重区别。

高飞尽力想睡,可他的脑子就像一部失去了控制的机器,一直转啊转啊……他梦见史蒂文森正在心情不好,看着他不顺眼就叫道:你马上滚蛋,你跳得这么糟,你一年来的训练白白泡汤了!

高飞醒了,浑身汗津津的。他感到胃很胀,枕头又湿又皱,好像洗好后绞过似的。他睡了多长时间?一小时?两小时?房内一片漆黑。他希望能睡够五个小时,他已经很久没有睡够五个小时了。小米坐在床边,她那苍白的脸在黑暗里就像一点冰冷的亮光。"别担心!我给你看着时间,你再睡一会儿,睡不着也让心脏休息一下。"她声音沙哑,像躲避什么人似的。过了片刻,高飞才明白她说的是什么意思。

他又睡去了。这次他睡得很沉。小米下了床,在黑暗中走来走去。一片泛蓝的亮光从窗外射进屋。夏夜已经过去。鸟儿同时都叽叽喳喳地鸣啼,像是在开会似的。高飞再睁眼时,从床头柜的镜子里,他看到自己的模样,扭歪的脸,揉乱的头发披在额头上,过量的训练让他瘦得两颊凹陷,一双眼睛微微眯着,带着敏锐而温和的神态。睡衣皱巴巴的,好像整夜都在跟人搏斗。腿上有几块瘀青,他摸摸肿块,"这是怎么了?"他问自己。难道在睡梦里也在练功吗?一定是昨天走台时碰的,一紧张就不觉得了。

接着,他闻到了煎蛋和烤培根的香味。"小米!"他带着睡意叫道。

小米应声出现在门口。她穿件米白色的睡袍,腰带的一头在地上拖着。她双手举着,嘴里衔着一根筷子;她把头发向后绾成一个卷儿,随手拿下筷子插在发卷中央,把它固定住。看看高飞脸上梦游般的迟疑,她说:"起来吧,早餐好了!你的拖鞋呢?是不是又踢到床底下去了?"她把掸子倒过来,探到床下去,用掸子把捞起他的拖鞋。

高飞起身穿好了衣服,打开了窗子。窗外一片清新。冉冉升起的太阳像刚睡醒的画师,在天空中留下稚气而随意的作品——一点点、一片片、一团团的各种色彩。公寓楼前的草坪上沾了露水,远处街道上笼罩着一片乳白色的薄雾。几只小鸟从鸟窝里探出头来,张大着柔和的小嘴,等着妈妈从自己的嘴里吐出一小口一小口的虫子和花茎喂它们。火焰似的朝阳把红房顶照得更加通红。一颗松果从松树上落下,准备在泥土里生长成一棵新的松树。

小米站在他的背后,带着温和的责备神态看着他,摇摇头。"做噩梦了？不要紧张。"她说,"你又不是第一次上台。"其实,小米比他还紧张。她担心的是他身上的伤。对舞者来说,伤痛是最大的问题之一。他的腰椎、颈椎、膝盖、背部、脚踝都受过伤,已做过几次手术,曾被医生警告过今后再也不能跳舞,但他都幸运地挺过来了。但是年龄不饶人,到了他的岁数,年轻时透支太多了,身上的新伤、老伤一起爆发的话,就没有康复的可能了——他的艺术之路就走到头了。真那样的话,她不知道到时高飞该怎么样面对生活。

高飞在刮胡子,浴缸里放着热水,浴室里充满了蒸汽。镜子里的他显得模糊,神情疲劳,很不自信。今天是特别的日子,他的手停在空中——万一演砸了怎么办？浴缸里的水几乎要溢出来了；小米在厨房里叫着什么,可能是提醒他快点关掉热水。高飞立即关掉龙头。温热的水蒸气使他神经放松,神思恍惚,沉浸在回忆之中……

他刚到美国大学读舞蹈系时,才二十几岁,可在班上已属大龄学生,到了"退役"的年龄了。几年下来,杰妮芙很喜欢他。杰妮芙是他的教授,她曾明确地说,他不仅是最好的舞者,还应该成为最好的编导,就像她一样。他的条件和悟性是她的学生中最好的。但逢放假班上总要少几个人,大多数舞者都会到外面找活儿,跑去参加演出,秋冬季是节日演出忙季,有时机会不请自来。班上的人越来越少,校方开始怀疑杰妮芙的教学能力。杰妮芙是过来人,她很理解学生。舞者是吃青春饭的,那些舞团也在拼命寻找好的年轻演员作为新鲜血液。这些新鲜血液就从课堂上流动到了各个舞蹈团体。有一次,高飞接到一个剧组通知,这个剧团正准备上演圣诞节传统剧目《胡桃夹子》,人家听说他在中国演出过此剧,请他参加面试。他想了很久,但等到毕业的话,他的年纪可能就不能再竞争主角了。

面试是在一个不起眼的欧式三层小楼里举行的。这样的小楼在SOHO区很多,外表破旧,楼层不高,几乎都没电梯,楼里有许多个大统仓,充斥着陈旧腐朽的木头味和石灰粉的气味,被改装、分租给艺术家作为排练厅。那天他迟到了,人家已经开始了一组一组的试跳。室内像是雾气腾腾的蒸气室,人们簇拥在大落地窗边和大镜子两侧。他进门后,马上找了个落脚的地方,包一丢,鞋一甩,旁若无人地脱起衣服来,外套,围巾,除了头上的紫色毛线帽忘了摘掉,身上脱得只剩下一条短裤,左脚上挂着一只袜子,另一只袜子落在裤筒子里。他三下两下穿好练功衣,原地拔旱葱似的蹦了几蹦,就听到了喊自己的名字。"Here(这儿)!"他胡乱摘掉头上的帽子,甩掉左脚上的袜子,匆匆跑上场。在接下来一轮又一轮的试跳中,他每一次都被点名。舞者被排成六排、五排、四排、三排,又被留下的人排成两排,最后排成一排,最后,只留下了两个舞者。

在车轮战似的试跳中,他几乎快被人气、汗气、水蒸气,被人的躯体砌成的墙闷死了。在短暂间隙,他坐下来休息,从人墙后面传来一阵强一阵弱的喧哗声,软底舞鞋在木板地上踩出强有力的节奏,踢踢踏踏的脚步声,没人说话,只有粗重的呼吸声。看不见的尘烟随着紧张的气氛在弥漫,偶尔传来咳咳的咳嗽声。他累得快虚脱了。小腿开始抽筋。这不是他第一次面试,他去过很多这种场合,通常没有这么大规模、这么多人。他怀疑自己坚持不下来了,是不是东方人的体力赶不上人家?但他对自己说,心理上要战胜才能在体能上战胜对方。他趁喝水的机会,悄悄调整呼吸——你是最好的!记住!

离他不远坐着一个瘦弱的女孩子,一绺头发粘在汗湿的额头上,她脸色苍白,瑟瑟发抖,巴巴地瞧着他说:"我可不可以喝一口?我快要死了!"

高飞瞧着她,笑了,把水瓶给她:"别紧张,上帝会保佑你的,为了你的爱,跳吧!不要想别的,别的都不重要。"

这些话是多年前，一位舞蹈前辈对他说的，那是他最景仰的舞蹈大师。

那女孩子瞅了他一眼。最后，她像挣脱了羁绊的小鸟，放开了跳起来。

最后被录取的两名演员，除了高飞，就是她，这个曾被吓得瑟瑟发抖的女孩。

最终，当他鼓起勇气，对杰妮芙说，这学期期末考试他不能参加了，要请个假，有个剧团正准备上演圣诞节传统剧目《胡桃夹子》，请他参演。不出所料，杰妮芙半天不说话，背过身看着窗外。许久，女教授的声音传来：要是你能签约，就别再学了。"因为等学出来也许没什么机会了。"每次想到杰妮芙的话，他都会一阵心酸。

洗漱过后，高飞似乎换了个人，显得神采焕发。小米觉得，他还是那个站在春晚舞台中央、长相清秀舞姿彪悍的少年郎。她端来了早餐，一个"一面黄"煎蛋，另一个是没有蛋黄的煎蛋，外加几片夹培根的面包和牛奶咖啡，还有一小碟草莓和半个橘子。他咬了一口夹培根的面包就把它放在一边了。他只尝了尝那个白煎蛋。他的胃口在演出前总是很差。这时她关切地摇了摇头。高飞的胃口变小了，他没有嚼就把饭咽下去了。离两点还早，可是他不断地看表。他半边屁股坐在椅子边上，好像随时准备跳起来似的。他的两眼似乎在盯着墙外的某个地方。

突然，他对小米说道："今晚，我要在大歌剧院舞台跳舞了！"

小米怔了一下，想起了他俩多年前的一个约定。

那是他们刚来美国的时候，生活很拮据，除了交学费，就剩不下什么钱了，他俩买什么东西都习惯先乘以八，在心里算计几遍，再决定买不买。他上午练功下午上课，小米上午上课下午练功，晚上两人一起看演出。纽约是舞林高手打擂台的最后一关，是终极 PK 的舞台。纽约云集了全世界最好的舞蹈大师，他们身上的钱不多，在吃穿上非常节俭，但看演出时他们绝不会省。不管经济上多拮据，都尽可能多地看世界各地优秀舞团的演出。

每次看到好的作品，他们都会兴奋地讨论很久。高飞不仅想成为最好的舞者,还要成为一名创作型舞者,不仅仅在技巧上要对自己的极限挑战,还要在文化素养和艺术修养上不断充实自己,同时对生活的感觉也须有极高的敏锐度。他说:"我发觉自己最需要的已经不再是鲜花和掌声,而是思考。我不再满足于舞蹈时转多少圈、跳多么高,而是希望舞蹈作品里有自己真实的思想。"

有一次他们去看歌剧,身上的钱不够,只能买站票。演出有三个小时,白天训练上课已经很累,两条腿像灌了铅似的,还要强撑着不要睡着。好不容易撑到中场休息了,老外都跑去喝香槟了,高飞叫小米找个座位坐下来,歇歇脚。小米马上趴下来,说,真累啊,真想打个盹儿呢! 高飞说:"可别! 可别! 票那么贵,好不容易来了,一定要仔细看。这样吧,老婆,我去给你买杯咖啡提提神!"他还没转身就被小米拽住:"不行! 歌剧院咖啡吧的咖啡太贵了!"两个人就跑到马路对面的小超市里,买了一杯最便宜的1.99美元的超市咖啡。天寒地冻,两个人只买了一杯咖啡,他们站在超市门边,跺着脚,高飞双手捧着咖啡杯,并不喝,只是暖手。小米让他喝,说:"你一口,我一口。"高飞常常会想起那一幕,他总会感慨地说:"你知道吗,那是我喝过的最棒的咖啡!"

走在回家的路上,两个人十分兴奋,疲惫全消。高飞对小米说:"老婆,我一定多多努力,以后买最好的票,让你坐在最好的座位看歌剧。"小米沉默不语,在暗淡的街道上,静默地走着,高飞以为她不高兴了,追上她,留意地看着她的脸色。幽暗的街灯在她脸上留下淡淡的阴影。过了一会儿,她叹了口气,轻轻地说:"这有什么,要是哪一天你能站在大都会的舞台上跳舞,我在台下看,那才好呢!"

高飞像被一声闷雷吓了一跳:"这怎么可能呢? 你是对我期待太高了吧?"

小米自嘲说:"我想想总可以吧?"

几年之后,这个玩笑就成了真。高飞成了美国最好舞团的首席独舞,今晚就要在纽约大都会歌剧院登台亮相。他觉得,他妻子对他的信心和了解胜过了他自己。他想着,放下杯子,转身吻了小米,把她紧紧地拥在胸口,说:"为我祝福吧!"他觉得他是世上最幸福的人,拥有最喜爱的舞蹈事业,和一个他最爱的人。

小米有点被弄得不好意思,脸红了起来,用调侃的口气说:"孩子,祝福你,阿门!"

十七　好风长吟

他们出门时已近黄昏,又下雪了。平时静穆的纽约街道成了素净的林海雪原。一阵寒风向高飞肩膀袭来,像故意戏弄他似的掀掉他头上的帽子,他在空中接到了它。小米穿着小礼服,紧紧地挽着高飞的胳膊。她的裙裾飘动着鼓了起来,像个气球。一不小心,她的一只靴子陷进了雪窝,靴子里的长筒袜也湿了。她一只手按住帽子,另一只手按住衣服的下摆。她朝高飞喊了一声,可是声音还没传过去,就被寒风撕碎了。

高飞一手挽着小米,一手提着鼓鼓的挎包。他不得不用尽全力顶住狂风。他头上身上全是雪。走到小路尽头一段短短的路,平时只需几分钟,今天像万里长征。小米冻得直打哆嗦,后悔为了显示郑重忘了天冷。她嚷着,跳着,想暖一下身上。高飞仰头看看天,偏偏今天碰到这么不寻常的大雪,这是预示着某种命运的力量吗?

他突然感到某种不祥。预约的出租车迟迟不到,原来是因为大雪来迟了,司机一个劲地抱歉,说还来得及,不会误事的。小米钻进了车,一坐下就从手提包里摸出一面小镜子,她望着水汽蒙蒙的镜子,用一只手把吹乱的头发抹平。高飞总觉得忘了什么东西,是什么呢? 又想不起来。他今天有点恍惚。她把手放在他的手背上,说你大概是没睡好,别紧张!

车停在剧院门前,从车窗望出去,高飞想起多年前那个夜晚,他想,这个建筑多么漂亮,一个真正的艺术殿堂。门厅的每一扇玻璃门都透出明亮又温暖的灯光,墙上挂着镶金漆框的画,地上铺着厚厚的美丽图案的地毯,枝形吊灯射出柔和灯光,随处安放的沙发和安乐椅舒适宜人。平时他专注于走台和训练,很少到前厅里来,几乎忘了作为一个观众来欣赏剧场建筑。

走进后台,剧场里紧张的气氛才是他熟悉的,但每一次重新感受,他都感到陌生和新奇。《罗密欧与朱丽叶》,这是多年前,他和小米第一次合作的舞剧。台下乐池里,游丝一样细微的音乐响起来了,各种乐器开始调音,声音渐进渐强。随着奏鸣曲般跳跃的节奏,他在脑海里预习了一遍当年的排练,真像南柯一梦,而真正的演出正要开始……

他化妆,舞台美工正在紧张地做最后的布景,小米也混在他们中间,不知在忙什么。其实高飞知道她在忙什么——每次演出前,小米都会到他跳舞的那块区域,把地板摸一遍,确认地板上没有任何异物。高飞的表演要完成很多技术性动作,小米总怕舞台地上面有不平的地方,或者从其他演员身上有东西掉到台上。每次高飞上场前,她都站在他旁边,他会把结婚戒指拿下来,放在她手上,然后她就跑到他下场的位置等候;他看见她就位了,就上台。这好像是一种仪式——他下场后,两个人总是先拥抱一下,然后她把戒指套回到他的手指上。

每次演出前,都重复一次,这像一个仪式,不寻常的仪式。

此刻,小米站在台侧等他。多年了,他们一直保持着这个习惯。小米闭着眼睛都知道高飞的脚落到哪里。在这种时刻,她会恍惚,好像在台上跳舞的是她,她的脚会交替地使劲,手指会不由自主地上翘。当他结束了,走向她的时候,她的脸上泛起两片红晕,一双眼睛会变得愈加明亮,充满了骄傲和快乐。但是她察觉今天晚上他闷声不响,有点不在状态。

她不安地望着他,隔着河流一样宽阔的舞台。

舞台上,这一幕舞蹈已近尾声。高飞正在跟人搏斗,挥舞着宝剑,举在半空。在做一个简单的旋转时,他的一只脚踩在一个什么东西上,滑了一下,扭伤了。看不清是什么,可能是演员道具上或演出服上一个很小的珠片或细屑。另一只脚猛地踏空,地面远比他想象的要低。他没有重重地摔在舞台上,而是失去了平衡,心不甘情不愿地晃了晃身子,甚至有点怀疑的样子,倒下了。他跌倒的时候,外人看不出出了状况,因为在剧情中,他正在被人刺中"身亡"的那一刹那,他正在倒下——人们以为这是表演。不过导演发现了——因为他倒下的时间早了一点点,姿势有点滑稽。他的表情也有点奇怪。他跌倒的时候,那只滑倒的脚被压在另一条腿的下面,很奇怪的姿势。他摔下来的时候,把宝剑也抛了出去,这个动作本来是没有的。导演最讨厌临场发挥的演员。看我到时候怎么敲你的头!他愤愤地想着。

高飞的宝剑并没有抛多远,它重重地打在他扭伤的腿上。好在他没有直接倒在那把剑上。高飞的跌倒动作几乎像深思熟虑、精心设计的慢动作。这可能是因为平时的训练,他正在撑着做一些动作,尽管这些动作变了形,有些夸张,他还是在按照剧情,慢慢地,慢慢地,倒下了。

事情发生得很突然,这是演员经常碰到的最为普通的失误,也是最令人难以置信的。但是从来没发生在他身上,从来没有。

这时,高飞躺在偏向侧面靠后的位置,没人知道发生了什么。此刻他是"死人",所以他老老实实地瘫在地上,动弹不得。激昂跳跃的音乐,悲伤的家人,群舞演员围拢过来,又散开了。他仍然躺着。他不敢相信这一切是怎么发生的——他滑了一下,跌倒的方式这么愚蠢、笨拙,这么难以置信,简直不知道会有什么荒诞的后果。

演出还在继续,剧情出现了转折,朱丽叶出现了,她看见罗密欧死了,极度悲伤,痛不欲生,她上仰小小的秀丽的脑袋,足尖碎抖,愁肠百转,围着他转了一圈,等她再转过来,她的表情变了。这时,她看见高飞已把头以特别缓慢的速度转到舞台背面，背对观众，不停地在那里喘气，他的脸色由于疼痛变了形，朱丽叶过来接戏的时候都傻了。

终于，大幕落下了。后台乱成一团。脚步匆匆。小米的脸煞白。所有的人都知道高飞出事了。导演叫 B 角演员立刻换装，上场接替高飞。有人叫了救护车。高飞必须马上离开舞台，给下面的演出留出时间。他慢慢地抬起身子，试着把全身的重量压在一只脚上，另一只扭伤的脚只是碰了碰地面。他在别人的搀扶下，直起身子，结果又差点摔倒。疼痛从脚底升起，一直冲到他脑门。他尽量伸展这条腿，异常小心地在地上试了试，试着把重量压上去。钻心的疼痛。他不愿相信有这么痛。脚踝一定不只是扭伤，韧带也拉伤了。难道断了吗？他不相信首演会出现这么倒霉的事。他终于回过神来：今天他必须去医院。今天再回到舞台，不可能了。

救护车呼啸而来。小米坐在车里紧攥着高飞的手。雪花发怒般扑向车窗。撕碎的梦满天飞散。

十八　多雪的冬天

离开舞台才半年，一切恍如隔世。

高飞走出舞团大门，来到冬天洒满阳光、熙熙攘攘的大街上。冬天的太阳装出虚假的热度，敷衍着人们；路边久存不化的发黑积雪，像储存在路边的大冰库，凉气从脚底袭上来，浸过心田，透心凉。他唯一的念头是——"天啊，我失业了！"

刚才在导演室的一场谈话，宣判了他的命运。离开舞团。他大脑一片空白。他终于明白他摔倒的那天，他不仅仅错过了这辈子最重要的一场表演，也错过了所有的舞台。这些天他的心情，就像出事的那天，在摔下去的一瞬间,他仍然是不相信厄运降临、心存侥幸、不敢相信又不甘心的心态。他以为跟以前一样,他曾受了那么多次伤,还不是一样恢复。没想到,腿筋断裂拖了半年多,刚刚恢复了一些,腰伤复发了,筋膜炎、腰肌劳损,他不得不又躺了半个月。大半年下来,他不运动胖了不少,身体素质根本达不到以前的标准了。他心存侥幸地想,我跳不了主角,领舞总可以吧?再不济,群舞总可以吧?

老导演今天是很少见的慈祥,他看上去很疲惫,声音沙哑:"我很遗憾,你已经不适合这个舞台了。坦率地说,我们团有几十个演员,都像饥饿的小鸟一样盯着每一个位置,他们都很棒,随时准备填补空缺的位置。我们不是慈善机构,我们需要的是最好的演员。"像平时一样,他的眼睛一直盯着高飞的眼睛,面无表情,似乎在狠心地考验他能否一直这样站得笔直,在残酷的宣判中一直这么直挺挺地撑下去。随着这个老头一句一句的话,高飞那可怜的信心一寸一寸地矮下去,最后几乎贴到了地面。

他茫然地沿着百老汇大道向前走,他心里难受,想对人倾诉,可是向谁倾诉呢?好像没有一个人可以谈一谈的。人们都是那么的忙,谁有心有空闲听别人的苦恼,他不是也从来没有这种时间吗?他想给小米打电话,想听一听她的声音,又怕小米接受不了这个现实,为了使高飞跳舞,她早早放弃了自己的专业。他是一个人在为两个人跳舞。他没有想过不能再跳了怎么办。似乎他永远会如此幸运。他以为身体这个东西就像机器的零部件,坏了修一修,抹点油,就又恢复正常了。他不肯相信这个"机器"有年龄的限制。他觉得老导演也许过于严苛无情了。

他走过几个电话亭,都有人在用电话。他又向前走了几个街口,所有的电话都被人占着。第一个是个男人,他边讲边做着手势,好像对方能看到他似的。第二个人在发表长篇独白,滔滔不绝。第三个边说边抽烟,同时把下面时间所需要的零钱排列起来。第四个是一个女孩,一边哈哈大笑,一边不断地晃着她左手的红指甲,好像在跟对方讨论她指甲的颜色和上色程序。

好不容易一个位置空出来了。他刚拨号,小米就接了,好像她一直守着电话似的。

"小米。是我。"他的声音有些沙哑。

小米不安地问:"你怎么了?"

"挺好。"他的声音有些犹豫。

"你在哪儿打电话?"小米停了一秒,似乎听到了背景声音。

"哦,我在团里,在排练。"他心想,话多了就会露馅了,就随口问,"佳佳怎么样?"佳佳是他们的女儿,已经两岁了,快上幼儿园了。

"她好着呢,就是不知道她上了幼儿园以后能不能适应。"

这句话把高飞拖到现实中,要交托费了,房租也要交了,自己的医疗费已经是很沉重的一大笔债务——先把那辆车送去修修,卖了吧,反正在纽约存车费、保险费需要一大笔钱,可以先省下来,应急吧。不然还能想出什么办法?

他匆忙挂了电话,来到地铁站。今天站台上非常拥挤,人头攒动,有的人只能站到台阶上去。空气似乎凝固了。人们提着大包小包,互相挤着,眼里冒着怒火。前几天,有个醉鬼趁乱把一个无辜的人推下了月台,那人不幸丧命。被害的是一个中国人。大家惶惶不安、提心吊胆地挤在一起。呜!火车一声汽笛奔进站。车厢里已经挤满了乘客。不等车厢里的人下车,站台上的人们就开始朝车门拥过去。他感到一股抵挡不住的力量,他被人抬起来,同时又扔了出去。人潮就像海潮一样,人很难控制自己的无意识行动。突然,他脚下一滑,右腿不偏不倚地滑进一条看不见的缝隙中。他突然矮了半截,坐在地上,膝盖以下的部分被死死地夹在车门与月台之间那条窄缝里。没人知道这里发生了什么,别人的屁股、胸部、胳膊肘挤着他,硌着他。他像风中渺小的一粒灰沙,被风扬来扬去。

人潮涌过来又涌过去,他被埋没了。他在自己蜷缩的角落里大喊着,他的胳膊徒然地胡乱扒拉着,想分开人群,从夹缝中拔出自己的腿。可是四面八方都是人,有人在尖叫、呼喊、对骂,同时都在力图保持自己的平衡。有人的手碰到他的毛线帽,觉得就像抓住手边的一块不小的毛绒物件,在忙乱中根本没发现它是什么。这是一个矮壮的男人,当高飞想把脑袋探出人群时,他们的目光确实相遇了。他想把头伸上来,可是右腿却被水泥与钢筋夹得死死的,他如同锅里煮沸的团子,身体在车下徒劳无益地虚弱挣扎。那人听不见高飞在喊什么,但是他看见高飞的眼睛睁得大大的,里面充满无奈和恐惧。火车马上就要开了,然后就是高飞的一条腿,或者半个身子,或者,全部身体被飞速驶出车站的列车卷入轮下。整个事件可能不会超过两分钟,也许是一分钟三十秒。

他闭上双眼,束手无策。

突然,车门"砰"地关上了,人群像雨后的阴云,忽然从车门前散开了,这时,人们才看到了这戏剧性的一幕——比别人矮了半截、坐在地上的高飞,有一个人——那个矮壮的男子——此刻正在费力地用双臂反钩住高飞的双肩,想把他从夹缝中拔葱似的拔出来。人们惊呆了,不知所措。

不过,火车并没有启动,沿着轨道开走,出现了一个小小的延迟——火车门"咣当"又打开了。它像一个狡猾的钢铁兽,张开大嘴,像死神一样瞪着自己的手中猎物,犹豫地停在那里,似乎没想好该拿他怎么办。这个小小的延迟,给了高飞一线生还的希望。

一个穿红衣的女人像火鸟一样,从发愣的人群中飞出来,她抱住了那个反钩高飞肩膀的男人的腰,又一个人冲上来再抱住她的腰,一个套一个,像童话故事里小兔子拔萝卜一样,终于把高飞拔出了水泥与钢筋的夹缝。就在他的腿被拔出来的那一瞬间,汽笛鸣响了一声,车厢"哐啷"一震,巨兽般地带着傲慢而粗暴的轰鸣离去了。高飞右腿关节突出的部分,在速度和力的强劲撞击下,在这一瞬间,骨肉挫伤,一眨眼就肿得像发面馒头。

人们走马灯似的来问他:Are you ok？Do you need go to hospital？(你

还好吗？需要去医院吗？)他痛得浑身出汗,说不出一句整话,只顾点头,头捣蒜似的点着。花了好长时间,他才战战兢兢地用一条腿站起来,一瘸一拐退到墙角,靠着墙坐着。他应该还能行走,他想:不能去医院了,他没保险也没钱！他看着这条腿,已经肿得像大象腿了,"还算幸运——我还活着！"等他回过味儿来,一股辣辣的热流呼呼地冲上了头顶,又慢慢下沉,停在鼻窦,刺穿眼睑,兵分两路从鼻子和眼睛里流出来。

列车隆隆远去,那列车的两盏尾灯在幽暗坑道里明明灭灭,就像命运之神魔鬼狼眼一样发出绿色幽光。

高飞回到家时,小米正在做饭。从厨房传来炒菜的叮叮当当的声音。他闻到了菜的香味,还有红烧猪肘的香味。

小米过来摆碗筷,高飞想帮忙,但他的腿像被锥子猛刺了一下,痛得他一下子跌坐在椅子上。

小米猛一怔:"高飞你怎么了？"

他像个受了天大委屈,突然见到了妈妈的小孩似的,嘴唇打着哆嗦,眼泪差点滚出来。

最终他随口编了一句:"没事,今天练功练得太猛了,腿有点痛。"

吃着饭,小米问他排练什么节目,他正在吃一大口东西,闻言差点噎住。他想不起在电话里或回到家跟小米讲过些什么令人高兴的话题。他的心情更糟了,但他随口应道:"啊,是啊,导演让我担任一个群舞领舞。"

说着,他用汤勺舀起一块小排骨,上面有一些青葱和香菜。他刚要把它送进嘴里,就停住了。今天他刚鼓起勇气找工作,希望重返舞台却又受了伤。这是命运在开玩笑吗？他的身体怎么会像一根稻草一样脆弱？以前他是多么强壮啊！他的双腿像两条钢筋做的,人家都叫他"高一腿"。他的劫数到了？为什么身体会不堪一击？

他用汤勺反复在碗里搅和着,用汤勺的边把小块的豆腐切成更小的块,却不知道送到嘴里。"我是不是该对她说实话?"他问自己。这一天把他弄得筋疲力尽。不久小米就会发现真相。这个家房租、水电费一样不能少,再说他还欠了一大笔住院费、医疗费。现在他背了一身的债,又无一谋生之技,除了跳舞——嗨!他能找个什么工作呢?洗碗这样的活儿,他都做不了,小米从来不叫他做家务。

"是哪一段领舞?"他看见小米的嘴一张一合,在问他。

"什么哪一段领舞?"

"你说导演让你担任一个群舞领舞。"

"还不知道。"他说不下去了,推开碗,"我累了。"

小米说:"你脸色不大好。你累了就去躺躺吧。"

他回到房间,躺在床上,没开灯。小米在水槽里放水,开始洗碗。外面的冷风呜咽着想钻进窗户缝来。这一天似乎比他记忆里的任何一天都要长。水暖工把暖气烧得要爆炸,他感到纳闷,温度这么高,这房间怎么没着火?他想象火焰突然从天花板、四壁、书、被子各处冒出来。他摊手摊脚地躺在床上,时而昏睡,时而惊醒。尽管他这样穷途末路和无用,小米和佳佳还要依靠着他。

他睡着了,等他醒过来的时候,已经是晚上了。他听见小米悄悄走进睡房。半暗不明中,小米说道:"你睡着了吗?"他没吭声。夫妻相背,一夜无话。

十九　昼夜之交的黄昏

高飞准备出门。他撒了谎,说是要去舞团参加排练。他本是个性格迂讷的人,不会说谎。谎言需要不断补救,越补窟窿越大,搞得他疲于奔命。

他对小米说,他把车卖了,因为在纽约存车很麻烦,不如乘坐地铁方便。这个借口也是站不住脚的,他开车不是一年两年了。也许小米已发现了什么,只是不戳破他。整个行动充满了危险,他要在上班的时间离家,在平时下班的时间回来。不能早也不能晚。

其实,他瞒不过小米的眼睛。他们的生活起了变化,这似乎是命运的安排,他和这个家靠小米一个人支撑。风水轮流转,他三十六岁以后的岁月,不再如烟花绚烂了,过去的传奇果然是传奇,他一路奋斗到达了顶峰,结果呢——如烟花一绽,烟花固然是绚烂的,却不过一个眨眼的工夫,过后便是满地的碎屑了……

无奈的高飞再次给导演写了一封信,希望得到一份工作,"我请求当个普通配角演员,如果不能当个普通配角演员,我就请求当个管剧务的工人,我不想离开舞蹈,我不能想象摸不到、听不到、看不到舞台的感觉;只要让我离舞台近一些,看到那些来来往往的身影,让音乐弥漫在我身边,就行。如果连剧务工人都不能当,让我修鞋吧!我会修舞鞋!求你了!"作为受了伤的一个首席舞者、顶尖演员,高飞在骄傲与克服饥饿之间艰难跋涉。

导演不再见他,并把他的信交给剧院经理。经理是一个非裔女人,她召见了高飞。她看上去很像一个标准的家庭妇女,细钢丝一样平庸的短发,硕大的耳环,金光闪闪的戒指,臃肿的身材,她的头与一般的胖人无异,肩膀以下就如气球膨胀,横向比纵向更宽,而她的臀部则超出比例,相当于别人两个或三个臀部,以至于她在前边时,他有种错觉,她像要把整个楼道都填满了。她嗓音浑厚低沉,显示钢筋水泥般的力量和干燥无情:"你们中国人有很好的传统……中餐很好吃,"她并不善于谈话,连举的例子也不是可以类比的,她接着说了一个真理,"但在美国,任何事都是按规矩来的,干什么事都要业务证书,我们雇任何人都要他事先有经验,有能力。比如,剧务工人,他要事先干过剧务,有工作经验,有介绍信,有体力。"她说话时并没有看看高飞,等她转头看了眼这个清瘦单薄的东方男子,就不由自主地加码道,"还要能举二十五磅到五十磅的道具。"她略一停顿:"你能把这个文件柜抬起来,挪到那个墙角吗?"高飞觉得屈辱,那个柜子多少分量他无从知道,但不幸的是,这时他的好奇占了上风,他就像一个蚍蜉撼大树的小丑,竟然去试图挪动那个柜子。

她三句两句就把高飞打发了。

此刻,他坐在咖啡馆里,附近的高架火车飞驰而过,发出震耳欲聋的轰鸣声;窗子连带他面前的桌子也跟着晃动;汽车在路口疾驰而过,发出刺耳的鸣叫;街上到处是人群,这一切都使高飞不适。他重新体会到了自己是一个寄居者,并不是这里的主人。

有人说,有两个美国:一个是纽约,一个是美国。对于他住了多年的这个城市,他终于有了新的看法。原来,这里也有两个纽约:一个是有钱人的、成功者的、旅游者的、艺术的、讲究的、上中城的纽约,一个是灰色的、老百姓的、脏乱的、穷人的、下城的纽约。

他要了一杯港式奶茶。伙计送来一份报纸,他拿起报纸在"找工"一栏读起来:中餐请人,口餐请人,越南餐请人,马来餐请人,泰国餐请人。他想,一个旅游城市餐饮业是最需要人的,我应该在中国城找份工作。揣着这张报纸,他来到中国城,走进一家餐馆,说明了来意。庭堂虽小,但很干净,只有一个男侍者,穿着黑衬衣黑裤黑色软鞋,精瘦利索,一个人照顾这餐馆里八张桌子。里面走出一个胖子,头顶油光发亮,他瞥了高飞一眼,瓮声问了一句,他没听清,也没有反应,胖子又问了一声。高飞听见了,但不知道他说的什么,似乎不是英语,又不是普通话。他只好说:"抱歉,您说什么?"这下,胖子的脸一下子拉长了。他不知道什么地方说得不对,是"抱歉"不对?还是"您说什么"不对?

胖子停顿了一下,开始用一种很蹩脚的普通话开腔了:"是中国人不会讲中国话,还找什么工?"他用轻蔑的口吻问,"会说广东话吗?"

这下,高飞听懂了,一阵尴尬,难道普通话不是中国话吗?

但他知道不能这么较真,他忍气吞声地说,不会。

这下胖子彻底恼了:"不会广东话找什么工作?切!"说完他转身走了。

又一次,他见到一家餐馆门口的招人告示,明确指出:要有经验。他学乖了,就说有经验。这是一个好心人教给他的:"在美国,你说没有经验,就什么工作都找不到了。咱中国人这么聪明,什么东西不是看一眼就学会啊。"他走进餐馆,接待他的是一个中年人,瘦瘦小小,脸色青黑,一副无精打采、营养不良的样子。瘦子没马上拒绝高飞,让他"做做看"。这倒是出乎高飞的意外,他脱掉大衣,挂在门口衣帽架上,卷起衣袖,瞥一眼旁边正在接待客人的伙计,看人家怎么做,他就怎么做。瘦子不断地在一旁教训着:"快,收盘子!""快,擦桌子!""多端一点,所有的在桌上的碗筷必须一次拿走!""怎么?拿不了,看着人家怎么拿的。"

高飞好不容易把碗筷摞成一摞,像杂技演员一样,哆哆嗦嗦,端着高高一摞碗往厨房走去,还没进门,"咣当!"就迎面被一个人撞个满怀,手中的碗筷碎了一地,杯盘狼藉。顾客们都回头看,瘦子赔着笑对客人说:"对不起!对不起!"一边压低声音对高飞吼:"快扫干净!没长眼啊,走哪边不知道啊?右进左出不知道啊?现在是高峰期。快,扫完了接待客人。"

高飞感激地点点头,马上去接待刚进门的客人,记下菜名,递给瘦子。瘦子似乎脸色好看一些,因为高飞的英语不错,发音比店里其他伙计好多了。就这样,高飞走马灯似的应付了几个小时,午餐高峰时间一过,瘦子就让他走人。白干了一上午,连工钱都没给。

问原因,瘦子说,你自己看看!看你样子挺聪明,你会写中国字吗?高飞愣住了。这是从何说起呢?

瘦子把另一个伙计的正确答案给他看,你自己看,"宫保鸡丁"你都不会写!高飞凑过去,看到纸上写了四个字:"工包几丁",只有一个字他觉得是对的。

瘦子再问,"炒三样"你会写吗?

高飞看到纸上写了三个字:"少三羊。"

"熘三样"你会写吗?

高飞马上觉得有了八成把握,写了,可是答案还是出乎他的意外:"六三羊。"

高飞丈二和尚摸不到头脑。瘦子振振有词地说出了经典的结论,看你样子挺聪明,你连中国字都不会写,还想打工?此时他发现自己的灵魂开了小差,脱离了肉身,飞上屋顶,俯视着另一个自己——一个在正常生活中无法生存的人,正在内疚地低垂着脑袋,就像犯了不可饶恕的罪行之后在受训一样。屋顶上的他认为这简直是污辱,而现实的他只觉得好气又好笑。

他又被赶出来,不但没挣到钱,还赔了打碎的碗盘钱。他拖着疲惫的步子回家。地铁拐上高架桥,进入了从薄暮转入黑暗的城市森林。疲惫的乘客,各自默默沉思,假寐或呆望着窗外。道路两边是千篇一律的幢幢楼影,微弱的昏黄灯光。蚁穴一样的水泥森林陈列在他眼前。他映在窗户上的脸上写着疲倦。他凝视窗外浓密的黑暗。黑暗之上,另有黑暗,一层层黑暗,就像在画布上涂了好几层的黑暗。这就是佛教里说的无明世界吧?他进入了内心的黑暗之旅。

二十　丁香似雪

这天,高飞特意请教邱峰,"你见多识广,我应该向你讨教一下,为什么我连端盘子的工作都找不到?"他把找工的事对邱峰说了,邱峰先不说话,而是后退一步,上下打量了他一阵——他穿着像过去一样一丝不苟,又有艺术家的随意,一件质地优良的咖啡色呢子大衣,细细长长的黑色弹力裤,轻松的运动鞋,开司米蓝格子围巾潇洒地在大衣里垂下来,衣摆下面露出一双仙鹤一样修长的腿,修剪蓬松有形的发型,整个儿是文艺青年的"范儿"。

邱峰说,难怪你找不到工,你根本不像打工仔,太没有诚意了!谁愿意雇用一个气宇轩昂、像从舞台上走下来的人,在身边,像镜子照出自己的猥琐、矮小?你得装出可怜的、求人的样子,这样才会满足那些老板的自尊心,明白吗?说着,他随手就把那条开司米的围巾从高飞脖子上拽下来,搭在自己的脖子上,像"五四"青年那样,一甩头,摆了一个潇洒的姿势,说:"这条围巾归我了!"接着他把自己那皱巴巴的、都脏得看不出颜色的围巾给高飞围上,再把自己的小老头似的毛线帽扣在高飞头上,再往下一拉,盖住他那双明澈的眼睛。邱峰看着此时的高飞,心里一震,一个在唐人街上混的打工仔出现了——只是差在眼神,这个东西是不对的,那里没有在唐人街常看到的:布满血丝的眼睛,粗浊的呼吸,黯淡的肤色,麻木的神态。

高飞跟邱峰说起那个"工包几丁",邱峰笑得前仰后合。笑够了,他说,我比你还惨,我是北方人,人家一看我的样子就知道我是说普通话的。那时中餐馆做饭的大厨很多是台湾老兵,跑堂的很多都是文化不高,更重要的不是文化问题,是他们的工作节奏太紧张,根本没时间写那么多字,大师傅根本没工夫看,你写得再漂亮,跟书法家似的,没用!人家说你不会写中国字。他们只写偏旁就懂了。哦,还有更可笑的——我采访过一位访问学者,他自以为英文很棒,客人点的菜是"芥蓝鸡",他下菜单时写了英文菜名"Chicken and broccoli",被厨房的人破口大骂,当天就被炒了鱿鱼。老板让他明天别来了,给了他两小时工钱——十美金。他高傲地拒绝了,扭头就走。

高飞感慨地说:"我生来是为了舞蹈的。有一个弗拉明戈舞后,名叫阿伊达,你看过阿伊达的舞蹈吗?你应该看看,什么是愤怒的舞蹈。我觉得痛苦在艺术中最直接的表现就是舞蹈了,弗拉明戈舞那种遒劲有力的特质,能把痛苦呈现得极具冲击力。那种痛苦是痛苦到心碎,上肢和腰肢之间的回旋舞动,是纠缠和搏斗;鞋跟敲击地面,发出的雨点般的声响,犹如心碎的声音,然后,在这心碎中产生狂悲与狂喜、柔情和杀心。弗拉明戈舞者的面部表情甚少带有笑意,几乎总是充满了愤怒、反问和万般不甘。"

邱峰静静地听着,感到平日讷言的高飞,此时完全浸入了他疯狂的艺术境界了。高飞又说:"阿伊达的一句话相当打动我,她大概是这样说的:'我不太喜欢现实。当我跳舞的时候,我就可以忘记现实。'这是一定的,一个杰出的舞者,他必定是不喜欢现实的,他能在创作的过程中逃离现实,灵魂出窍,带领他的观众一起从现实中逃走。"

"你是在逃避——你多幸运,几乎没有人能够找到这么好的逃避场所。逃到艺术中去。你真是要命的幼稚,但是你真好命!"高飞还沉浸在自己的话的余震中,他恍惚地望着邱峰。他听不出邱峰这是真心的羡慕,还是惯常的讽刺。

邱峰话题一转,把高飞从冥想中拉回现实:"小米怎么样?"

"她很镇静,对我没有说过一句怨言。我在生活中是一个低能儿——我不会做饭,只会泡方便面,哦,还会鸡蛋炒饭,我连汽车上的油过滤器也换不了,邮票贴不正,电话号码也时常按错。连窗帘的帘子也不会拉,一拉就连横梁的钉子一起拽下来,还是小米想到办法,让我用一根小细棍子伸上去挑开窗帘;不这样的话,被我拽下来的窗帘,她又得费力登梯子、踩椅子才能上去把它修好……我只会跳舞。我在舞蹈上的这份机灵不是机灵,是笨功夫,上帝看得见我的苦功。"

他想起自己的父亲,打心眼里对他生出一份敬佩和理解。他现在知道,一个家里只能有一个艺术家,另一个则应像父亲那样,用爱筑起抵挡风寒的大厦或草棚,才能让另一个人能从事她热爱的文艺工作。现在他和小米是父母情况的对调,他在搞艺术,小米帮他遮风挡雨,让他安心专注于艺术宫殿里。这个女人承受了多少困难,她薄冰履过、烈火煅过,现实的考验从来就没停止过。她不说,别人踩了她的脚,她不吭声;踩出了血,她不吭声,她自己忍着装作没事一样。女人,真的是比男人还强。

"你遇到这样一个千里挑一的女人,真是有福。"邱峰由衷地感叹。

一位年轻当红的芭蕾舞女明星,因为丈夫和孩子的原因,悄然退出舞台。她自然地接受了,毫无怨尤。有时他在舞团封闭式训练,几星期才回来一次。一次周末,他回家,妻子加夜班还没回家。疲惫不堪的他,倒头便睡,黎明时分发现妻子通宵未归,走到窗前才发现,她正坐在门廊台阶上打盹,丁香花正在她头顶上,纷纷扬扬地飘落。一问才知道,她在午夜时分就回来了,怕开门惊动他,才坐在门外等待晨光的。

"那是几年前的事了,那时我得到了一次重要的演出机会,她比我还紧张。后来搬了家……再没有机会去看看那个居所,不知那个门廊下还开着丁香吗?"高飞停顿了一下,眼前似有一大片丁香花突然在他面前盛开了,异香扑鼻,那花熏得他呀,眼泪哗哗地冒出来。他想去看什么丁香花吗?不是。他只是想证实什么。一种证实的情绪,犹如一股热流从胸中涌起、升腾……

邱峰也沉默着,就像看到了一幅画:丁香似雪。

邱峰对高飞说:"看来你不适合在餐馆打工,你只适合做白领。你会电脑吗?现在这工作可吃香了,权威的职业预测说,未来五年最热门的职业,一是电脑程序员,另一个是投资理财管理人才。"高飞说:"我哪里懂电脑,我又没有学过。"

"那投资呢?在美国最流行的一句话就是——在家做工,给自己打工是美国梦。"

"别提了。我的投资赔大了,不敢再试了,这阵子我把老底儿都赔光了。"高飞说,他曾经找到一个新的机会,一家刚成立的投资理财公司给他提供了一份工作。穿着白衬衣,坐在窗明几净的大办公室里,面对着电脑。

真有一种梦想成真的感觉。据说老板是摩根家族的犹太人,这个公司有很多业务,唐人街这家只是其中的一个分公司。他们需要高飞投一笔钱,所有工作人员先要入股。高飞借到了钱。因高飞的新工作,小米表示怀疑,虽然她兴冲冲地替他熨烫衬衣,对高飞终于要做白领而高兴,但她感觉高飞越来越受他们控制。他们没教他什么投资理财知识,只要他从家里拿更多的钱"入股"。

这家公司经理名叫贾精兵。此人在年轻时一定长相不俗,高个儿,大脸,凸肚,几缕稀疏的头发掠过油亮的头顶。他很有领袖口才,曾到家里来找高飞,动员他加入这个新兴建的公司,保证他不出半年翻倍捞回老本。高飞呢,则是急于赚钱还债,那些欠债是压在他心上的大山。

小米则说:"贾精兵你了解吗? 十年前我见过他,他是做传销的,穿白衬衫,很有风度的样子;后来做婚礼主持人,在婚礼上看到过他,也是穿白衬衫,也是很有风度的样子;后来做民选官员的助选人员,还是穿白衬衫,很有风度、信誓旦旦的样子;后来为下届民选助阵;后来在电视新闻里看到他,混在广东人同乡会,可他明明是上海人嘛……我看他就是一个混子,你千万要长个心眼。"

高飞说:"我刚去,有很多不懂的地方,人家肯收我就不错了。"他嘴上没敢说什么,但也觉得有点不对劲,这个公司为什么只有几个人、几间办公室? 办公室里像舞台上的布景,连水杯子这些日常用品都没有,空荡荡的大屋里只有一张大长桌,几把椅子,几台电脑。每个人的谈话都是单独的,很神秘的样子。一个月后的一个早上,公司大门紧闭,里面的东西都被搬走了,他被告知这是一个诈骗人家钱财的所谓投资公司。他又气又急,病倒了,害怕自己卷进什么犯罪程序里。一点钱都没留下,这个家被弄得一贫如洗了。

那天他回到家,一脸的沮丧,骨折过的地方像被锥子猛刺了一下,痛得他腿软了,还没到门口就瘫坐在楼梯上。

小米听到声响,开了门,猛一怔:"高飞你怎么了?是不是咱们的钱都赔了?"

他说不出话来,嘴唇打着哆嗦,眼泪滚滚而下。他双膝一软,跪在小米面前说:"大事不好了,投资的钱全都被卷走了!"

她说:"我本想告诉你的,昨晚上,哄佳佳睡,我也睡着了,我梦见你在爬,就知道,你出事了……我早跟你说过吧,贾精兵就是个骗子……"

高飞现在明白了,自己是一个彻底没用的人。

"你懂投资吗?你不就是只会跳舞吗?你干吗去干你并不擅长的事?"邱峰不无感慨,"有多少类似的把戏,都是为你们这些蠢家伙设计的。是的,生活残酷到你无法想象,再强大的人都无法保证可以不被人伤害。作家史铁生说过:人所不能者,即是限制,即是残疾。如果不懂得起码的自保,那么世界顷刻会变成地狱。不要觉得人世无情,没有人可以如此彻底地毁掉你,人都是毁于自己的愚蠢、无知、贪心、软弱、固执、偏激、冲动。"

"好了,教训够了,不要再来一次了。"高飞叹气道。

两个人都不说话了。不管他们是以何种身份和原因来的美国,他们都感到了共同的又是个体的孤独。他们感到的不仅是可怕的孤独,更是寄居者的尴尬,这是更为深远的孤独。

强者在舞台上是虚幻的东西,只有孩子喜欢虚幻的东西,高飞一直生活在艺术的世界,一个充满想象的世界,而不是西红柿多少钱一斤的现实。每天翻开报纸,会看到周遭每天发生的奇特的事。艺术家只有在他的温室里,从远距离,从那闪光发亮的玻璃罩里朝外看,才能从大街上找到灵感,他的精神就像田野一样伸出去,散发自由的气息。他的世界是彩色的世界,而老百姓可能看到的是黑白世界,是柴米油盐,病老弱残,生命的无奈、弱小、人类的丑陋,兄弟反目,暴力、血泪和不堪,人的遭际,命运的叵测。一个在艺术环境里培养出来的人,沦落到街头徘徊的人群中,这个落差让高飞觉得过去的苦简直不算什么,现在心里的苦才是赛过黄连。

他在现实生活中还没怎么挣扎呢,就已碰得头破血流,气若游丝了。之前还是大剧院的顶级演员,刚刚还在珠穆朗玛峰的,现在一眨眼,掉进了马里亚纳海沟。而且他没有防人之心,不懂人心有多么深不可测,人性的底线之低。

这天高飞请教邱峰的目的,是想让他替自己想个办法。不料,邱峰的办法是:"那你只有和小米分开,分家,分财产,把一切都给她和孩子,变卖一切值钱的东西,车子和股票……"邱峰的话冷酷而缓慢,高飞惊得喘不过气来:"车子早卖了,股票就是一堆废纸,我的投资从来就是赔,赔光了,谁爱要谁要——我还是不明白:你出的是什么主意啊?"

邱峰明确地说:"你最好马上跟小米离婚,这样才能给她娘儿俩留下一点财产——不是我的主意,大家都这么干。大难临头,要么宣布破产,要么夫妇离婚,保住财产。你不想每天讨债人来敲门逼她们母女没地方躲吧?"邱峰简直换了一个人,冷静而果断,"你马上办离婚,把全部留给小米和孩子,在所有人知道真情之前,彻底消失,连佳佳也别让她知道爸爸去哪儿了,千万别让她说出,昨天晚上半夜爸爸回来了这类的话。"高飞完全没了主意:"不行,小米不会跟我离婚。"

"办法倒是有一个,"邱峰阴险地说,"让她对你失望,让她恨你,离开你。"

高飞感到一阵晕眩,同时皮肤上起了一层小疙瘩,就像夏天湖面上的小雨,无声而疾迅,传遍全身。

"你要逃到外地去,能多远走多远,美国各州的法律不同,即便讨债人立案,律师也不管外州的案子;只要钻了这个空子,假以时日,马上想办法把钱还上,还能过关。"

高飞说:"只能这样了,可是我连打工都不会打,没办法挣到这笔钱啊!"

"倒也是,你小子空有一副好皮囊,手无缚鸡之力。"

"就算是拼了,我必须把钱还上!"高飞既像给自己鼓劲,又像是表白。

邱峰叹了口气:"你们舞者,是多少人中才挑选一个,又从多少年的训练中才能培养一个人才,是天之骄子,也是无腿之鸟。只能飞,要一直飞,不能落地。因为一旦不飞了,就是一只草鸡,甚至连草鸡都不如,因为没有腿,不能在世间行走。你们的专业要求和生长环境注定了,你们比别人多活一辈子,年轻时是艺术家,年老时就要转业,学个手艺,做个普通老百姓,从艺术宫殿落到人间。"

此刻他想到一个人,此人三十来岁,是个精明强干的福州人,外号黑眼。福州人个个能干,懂生意经,吃得了苦。他们比广东人晚来美国整整一个世纪,却迅速在广东人天下的唐人街占据了一席地位,他们的店铺迅速蚕食了广东人的地盘。

黑眼自己在外州买地皮,雇人,盖房子,自己经手一切,人晒得像一块黑不溜秋的地瓜干,很少在纽约露面。他最自豪的是有一对双胞胎儿子,他以零存款、有两个孩子的理由,把自己说成是"低收入的穷人",跟政府申请租金非常低廉、等于白给的"政府楼"公寓。而他赚的钱,鬼才知道他把它们藏在哪里。据说就像很多华人一样,他把钱和贵重东西藏在银行的保险柜里,而他的存折上永远只有二百美元。他把老婆和孩子们安置在窗明几净、一应俱全的两间卧室的"政府楼",自己去外州盖房子,据说盖一座,卖一座,卖得很好,挣了大钱。

黑眼脸上长了一颗很大的黑痣,长在右眼下眼皮,就像一颗黑蚕豆,又像是他的第三只眼,给人一种阴森的印象。他心狠手辣,生意只赚不赔,高飞跟他绝不是一路人。可是现在没办法了,只能把高飞介绍给黑眼,让他跟这人试试干,也学一点江湖本领。

二十一　东劳西燕

高飞从楼上下来了。

他手里提着一只灰色箱子,胳膊上搭着灰风衣,顺着楼道的台阶,一步一步走到院中。正是深秋时分,庭院闲寂,树木萧瑟。院子里地上已堆积了很多叶子,还挂在树上的半黄半绿的叶子,已被晒得干瘪。在门前的花园里,靠墙边的一簇海棠已花衰叶败,落地的残花久未清扫,被风吹得满地都是。整个园子里的玫瑰都没了。一点都看不出这里曾是玫瑰公寓。

小米没有下楼,女儿佳佳还睡着。

最近他俩很少交谈。他每天很晚回来,小米跟佳佳睡,他搬到客厅去睡了。这段时间,他严重失眠,既没法工作,也没法思考。

作为丈夫,高飞不知道怎么适应飞速下滑的生活,也不愿依赖小米;可他羞于表达,又口拙,顾不上关心小米,顾不上沟通。

他俩几星期不说话了,一说就吵。昨夜,高飞告诉了小米他的还债计划,要实现这个计划,必须先离婚。

你为什么一定要搞邪门歪道,搞什么假离婚？ 为什么一定要搞什么投资？ 盖房子？ 你懂吗？ 你为什么不安心治病,不想着早点恢复身体,趁着还不太晚再上台跳几年？

我这个岁数,这个身体,还能跳吗？

为什么不能？ 导师当年就是你这个岁数还在跳。

高飞不说话,他一直在抱着脑袋。她的话何尝不就是他一直在扪心自问的话？ 可是他不能,他欠的债务必须先还清才能谈其他。"我没有办法,我不能跳了,又没有别的本事……"小米觉得他陷入了死角——他可能正在放弃,或让放弃的想法进入了他的脑袋。他一动不动干坐着,像一截木桩。静默。突然哭起来的是小米:"不要这么傻!"小米哭着重复着一些不连贯的词。幸福。帮助。可笑。"不要再傻了,好好治疗,专心你的事,家里的事由我来管。"小米作为妻子,在自己事业顺风顺水的阶段,选择了放弃自己的梦想,一心协助丈夫。为此高飞也心存愧疚。

但是他管不住自己,刻薄地说:"你自由了,现在你可以去找杨帅了。我知道他一直对你念念不忘,我知道他一直在给你写信,我只不过是装作没看见。"小米气愤地打断他:"我是一件你俩抢的东西吗?你到现在还在忌妒他吗?你难道不知道那件事已经把他一生都毁了吗?跟他争风吃醋?他就是给我写了信又怎么样?男女授受不亲啊?"她越说越气,"我也是一级演员,为什么我总是付出,我付出也罢,为一个不争气的懦夫和笨蛋付出,我的前途在哪儿?凭我的样貌,再找一个,怎么也能比邱飒嫁的那个老外强!"

争论爆发了——他们不知不觉中对彼此说出最残忍的话。他们原先还扯着嗓子,后来变成了一种微妙厌恶的低语。

高飞说,你瞧不起我,你早就瞧不起我了是吧?

高飞说,你本来就瞧不起我,我早就知道,你跟杨帅吵架后,到我房间来就是为了气杨帅,后来那傻家伙以为你跟我好了,就跟我拼命——我是你气杨帅的武器。

小米说,并不是那样的,你怎么会这么想,咱俩好是后来的事,跟他有什么关系?

高飞说,我就是那样想的。

小米坐下来,用手捂住嘴。她的眼神说明她蒙了。他的话惊到了她。

小米说,你有病,心理阴暗!

高飞的嘴角抽搐着。他看起来好像无法停下抽搐,便把它变成一个小小的、讽刺的、抽搐的微笑。

高飞说,后来我被他捅了一刀,我就想,我要报仇,把他的女朋友抢到手,气死他!

小米说,不,这不是事实,你不会这么卑鄙。

高飞说,是的,我一个人躺在医院的病床上,我失去了出国演出机会,我在病床上就是这么想的。

高飞半真半假地激她,为了让她死了心、下狠心跟自己离婚,好好带孩子。

在情急之中,高飞却说出了让双方都受刺激的话,自己也被自己的话气得要命,可是覆水难收。这么多年,他何尝不是觉得自己当年因祸得福,杨帅刺伤了他,可是他得到了小米,就更是刺伤了杨帅的心。

这种时刻在任何一对夫妻之间都常会发生,就像一场地震或火山爆发。这就像一种地壳运动,就像地球会发作一样,人也会发作。很长时间发生一次。也许有人会说,地震或火山爆发并非偶然事件,要是你管那叫发作,它也是一种定期发作。人会定期发作,尤其是结了婚的人。

又说了一些这样的话,他们自己不禁笑起来。那并非一种突破僵局进入和解的笑,并没有扑向对方,嚷着我说什么呢,我不是那个意思,你呢?我也不是那个意思,当然不是。他们带着残忍的快乐,颤抖着,因说出的话覆水难收而激动,又不知所措。他们因为发出的攻击,也因为受到了攻击而狂喜。后来小米说:"这是我们认识以来第一次说真话!"那些话虽多少出于当时的冲动,却似乎势在必行,因为话到嘴边不择言,却也是真相,它一直以来都蠢蠢欲动,寻求破土而出的机会。

高飞不知道该怎么办,气恼中一步走过去把她抱住了。小米并没有推开他,相反,她把头枕在他那于她来说非常合适的肩膀窝。他的有力的胳膊紧紧勒住她就像要把她勒死,他疯狂地亲着她说,原谅我原谅我我是气糊涂了!让我看看你我好长时间都没好好看看你了!他却又顾不上看她,因为他必须亲她。他亲着她一迭声地说着,我离不开你我实在是离不开你!

他吻着她,他的力量迫使她狠命把头向后仰去,她就像要头朝下地落进一个深渊。然后他又猛地托住她的后腰扳起她的头。她喘息着说来吧来吧!他们比任何一次都尽情,他们比任何一次都放纵,他们比任何一次都野蛮,他们比任何一次都赤诚。她搂抱着他说咬我一口你咬我一口,我要我的身体上留下你的牙印!

他明白她让他走了,让他去外地。她同意了!

可是他更难过了。不想她这么快就同意。

他把她咬得遍身青紫,他伸出一只大手遮住她的脸又轻轻抚摸着她的眉毛鼻子和嘴唇,他说,小米小米,你怎么同意啦?你让我怎么能够不看见你?你说你让我怎么能够不看见你?他们迷糊了一会儿,又几乎是同时醒来。他把她揽进怀里,她把脸贴在他胸上。

她说你是太自私了高飞。他说是这样。

她说你根本就不顾别人的痛苦。他说是这样。她说你还缺乏一种勇气,缺乏重新站起来,和我共同面对生活的勇气。他说是这样。

我不想再连累你了!她说你也很冷酷,我用一生的爱你都不相信我。他说是这样。她说你就不想反驳我吗我说的是反话!他说不,我不想。她说我真想掐死你掐死你。他说你掐死我吧你现在就掐死我吧!他抓住她的小手把它放在自己脖子上,用着力。她奋力拿开自己的手,她亲着他的颈窝他们又来了一次。

两双眼闪动在夜的湖底深渊。从吵架到做爱距离并不远;他们正是这样做的,这一切都无法收回了。

他乘灰狗巴士去了弗吉尼亚,因为乘灰狗巴士比较便宜。在这个伤心、漫长的早晨,他坐在长途汽车上,沿着陡峭的海岸线,来到湿润的蓝岭山脉和切萨皮克湾,落叶林和常绿林使蓝岭山脉地区的景象变得不同,呈现独特的色彩斑斓的景象。在那里,湿润的小房子上笼罩着烟雾,还有褐色的葡萄藤和带刺的灌木丛。他人生的巨变就发生在这个秋天。这里淤泥潮湿混杂的天气,代替了纽约持久的寒冷。但是马上,像追踪他似的,冬季大范围的北方冷空气穿越山脉,给弗吉尼亚带来大雪天气。他整个人十分迟钝,他感冒了,手脚抽筋,精神无比低落。他遭受着精神和肉体的双重打击。他没想到抛弃一个家是多么的荒唐,生活归根到底不过是有一杯像样的咖啡和一间能够舒展身体的房间。

他在桌上留了一张便条。给我两年时间,我还了钱,伤好了,再回舞台,你先安心带好佳佳。

就此,他从小米生活中消失了。

二十二　闯入者

三月过去,四月降临。

迟来的春天终于来到了纽约。白杨树上,在树叶之间垂下一绺绺的白色花蕾,就像女孩子的耳坠。

尽管佳佳的姥姥一直要佳佳回国一段时间,小米没让。她不愿意把丈夫欠债的事,传到家人耳朵了。她想,还会有一些人说关心她,邱飒和爱琳没这么说。她们只是说,还没到要走投无路的时候,总会有办法。她要是现在就垮掉,高飞就没有人支撑了。她们还说,她们会来看她的。结果,先是邱飒病了,卧床不起,接着爱琳摊上了官司,似乎是一个大麻烦,比小米的麻烦还大。实际上,每个人的生活都一样,每个人都在自己的水深火热中扑腾着、煎熬着。

日子开始肃静,开始出现一种清淡的苦闷。她不时感到窒息般的痛苦,就好像体内有一棵树在伸根展枝茁壮生长并强行扩张,从而压迫自己的五脏六腑、肌肉皮骨。这种感觉使她一阵阵的胸闷,甚至无法成眠。

高飞逃跑了。他以为这样做是为了她和女儿不受他连累。小米完全蒙了。婚姻到头了?就像正在上升的电梯里,电源咔嗒一声——关闭。欲望吊在半空,或者,自由落体,回到最初的起点。最低点。恐惧。忘记了哭泣。她很怕去想她的生活究竟是何等的凄凉和琐碎。

之前,生活只有冷酷和清晰的欲望,还有偶尔闪现的希望。此前,她那么依赖高飞。他总是说我们,说到安排,他和她都用"我们"这个词,现在字条上清清楚楚地是"我"和"你"。那天晚上他说道:"我要离开了。"这个意思当时她不懂,现在她知道了,是一个落体空中没有抓挠的感觉。

这天,她早早起床,找到什么就穿什么,头发胡乱地一扎;忙着把饭做好,哄佳佳吃好,给佳佳穿上白天的衣服,送她上幼儿园。她幼儿园出来,漫无目的地乱走,遇到马路口,过马路,遇到高架桥,过桥,路过一个工地,"叮当""叮当",敲击声捶打着她脆弱的心脏。

小米在疾走中停下来,四下无人,憋着的呜咽变成痛哭。直哭得浑身瘫软,伤心的号啕声在寒风中被撕成一片一片。哭完了她发现已走出了两站地,一辆汽车正在进站,她打算坐公共汽车回家。这时,她看见了杨帅。是杨帅。她总能认出杨帅的眼睛,那双电光一样的眼睛和如火一般的热情。而高飞,则是他内心的震动与和谐,努力做到的善良和隐秘的忧虑——这些只有长年共同生活才能了解到。要是她能够把对两个男人的爱合而为一,又同时得到两个人的长处,她将是一个快乐的女人。相反,她当年抛弃杨帅,使他失心致昏、犯罪入狱,如今高飞又抛弃了她,是遭报应了——她受到的是一个貌似荒唐的双重打击。

一个货物堆得高高的货车从他们中间穿过去,那人走了。她不知道自己在下意识中寻找杨帅。

高飞走后,小米发觉在她这个公寓之外,还有另一个"外面的世界",这个世界是沉默的,而且大得没有边际。原来,她是把高飞作为这个世界的边际的。

更令人烦恼的,是她要一个人独自面对"外面"那个世界。她每天要去餐馆打工。餐馆的活儿会引起脱肛、上火、膀胱炎和腰肌劳损之类的职业病,以及奴颜媚骨的笑、忍辱负重的站立行走等,这些都令她生厌。她昨天进门时,几个工友围着桌子在折餐巾。阳光给小米的脸上涂了一层好看的颜色,当然也因为她习惯了化淡妆,无论是由于职业习惯,还是为了遮盖她长期失眠造成的苍白。而这几个人的脸上红扑扑的,是真的山里红的新鲜。他们说,折餐巾的人够了,现在需要有人去冰库扛冰。小米的心里突然冒出一股愤怒。她的腿细得像仙鹤,加上失眠和心情不佳,走起路来轻飘飘的。她搬第二桶冰时,她觉得腿很沉,就把桶拖在地上走;搬第三桶冰时,她摔倒了,沉重的冰桶砸在她脚上。工友们围过来,说:"她的小身板太弱了!趁老板娘没回来,赶快帮她清理好,不然又要挨母老虎骂了!该没完没了了!"她没想到自己的身体这么虚弱。

小米送女儿之后回到家,就接到房东的电话,说是一会儿叫人来修房子。她坐了一会儿,"笃笃!"有人敲门。

"谁?"

没人回答。

从门镜里望了一下,一个年轻男人站在门外,手里拿着什么东西,楼道很暗。

她领着来人看看厕所,厕所的墙上掉了灰,房顶出现细微的裂缝,"我早已跟房东说过多次了。"她又带来人再转到厨房,看看墙面和壁橱,还有窗台木框,"有点掉漆了……"来人说,"你的房东够差劲的!"小米觉出有什么不对劲,但想不出是什么。从侧影看得出,此人个头很高,腰板很直,像行伍出身。宽大的工装紧紧地扎在大板带里,可能干体力活的,都是这样保护自己的腰吧。只见他长腿收腰,似乎又不像是真的干活的。他的面相不错,鼻梁挺直,可惜戴着一个棒球帽,帽檐被握成一个半圆形,压得低低的,还戴了一副特大墨镜,盖住了眉眼。从侧面看很像一个人,像谁呢?想不起来了。

气氛有点微妙,小米越是想,越是想不起来在哪里见过这个人。慢着,他手的动作——用指尖磕磕敲什么的习惯,他那笔挺的身形,身上隐隐透出某种自命不凡的气势。他不再看什么,也不再说话。小米用眼角有意无意地捕捉他的这些动作,脑子里仍转不过弯来。

"房子是旧了点,但布置得很不错。"他停在一张照片前,背对着她,似乎在端详照片。

她感觉被什么击了一下,心脏好像有点跳不动了,胸口有点闷。

"谢谢。"她说。

他转身,吹了一声口哨,摘下墨镜。"杨帅!"小米用干涩的声音失声叫道。

他动听的口哨声省了寒暄、客套的时间。

"好半天才想起来吗?"停了一会儿,他不无好笑地说,"对不起,我这么开玩笑可能太过分了,不过我真的以为你永远也想不起来了呢!我老成这样了吗?"

她不响。他的笑容有了不同的内容,眼角聚起别具魅力的细细的鱼尾纹,但是更动人的是他那一丝丝的不自信。

记忆中他一直是一个瘦高、结实、脸庞瘦削的男孩,现在他变成了一个高大、敦实、脸型棱角分明的男人。他的头发变短了,比以前略稀疏了些,仍然有点曲卷,变化并不明显。永久性的晒斑代替了当年的婴儿红。他的脚步变得沉迟、稳重。他说话时,她能闻到威士忌的气味,不过他声音里没有醉意,他的眼神是清澈的。

她突然抽泣起来,不是抽泣,只是长长地喘了一口气,伴随着一种猛烈的、突如其来的宽慰。一切回到了原点。

她多么希望高飞在场,她还希望一切都回到从前,三个人,没有打架,没有争吵,三个人都还年轻,还在舞台上跳舞,扮演罗密欧和朱丽叶的 B 角……一切都没经过时间大手的触动……

杨帅慌了,他不知道小米为什么哭泣。他看着小米的脸,发现她双眼布满红丝,眼睛周围的皮肤发皱,干巴巴的:"我知道他跑了……想来看看你,需要什么帮忙的吗?"

"没有。"

"嗯,这么说不对——是我需要来看看你。"

"我需要你。"这回,他说得很坦率。他想说,这么多年,他在自己孤独的旅程里,一直把小米当作一个坐标。他想说,她是"过去"的代表。她代表着过去与现实的关系。她代表着"我们的时代"。他想说:"我是个怀旧的人。我有病——灵魂的饥渴症。我总想我们当时的年代,并不是它多么好,可能因为我们正年轻,正在经历那个年代。每当我听到优美旋律,往事便浮上脑海,那个时候我们过得算不上多么幸福,物质上得不到满足,很多欲望无法实现,可是我们年轻、饥渴、孤独,但确实单纯,就像清澈见底的池水。"

他想说:"当时听的音乐,学的画,看的书的每一行都能深入肺腑,神经如楔子一样尖锐,眼里的光尖得能刺穿对方。想起当年的日日夜夜,我就能想起出事那夜我自己映在镜子里的眼神。"

但是他什么也没说,只说:"我去找过你,"他顿了一下说,"也打过电话,还到你家门口守着……没敢进门。"

她眯缝起眼睛看着他。

"那么,真是像人们说的了,你在跟踪我吗?"

"我也不是跟踪,不知道为什么,总觉得那件事毁了我,如果得不到你的原谅,我就永远不能从过去走出来。"

"那么多年的事了,别提了!"小米迅速转换了话题,"谈谈你,这些年,你是怎么度过的?"

"没什么意思的。"他说。

"没意思也行,讲来听听。"

他把经历大致讲了一遍。出国前交了一个朋友,不是真正意义上的,但最后伤害了她——详情他没说,只是说发生了一件事,而那件事伤害了她。后来,又结交了几个女性,但自己全然没有幸福的感觉;没有真正意义上的朋友;没有真正喜欢的人,一个也没有。若说对女人全然没有过好感,也不全对,但说自己的心被一个女人强烈吸引,却不至于。他承认长得漂亮的女人对他还是有吸引力的,甚至产生过类似缱绻的情思,但那都是短暂的;若问是否从漂亮女子身上发现了能有力摇撼自己心灵的东西,那么回答是否定的。而小米身上却有。跟亚娜在一起的时候,他一直想着小米。不能不想。一想到小米,他的心就像现在这样摇颤。这里有兴奋,有仿佛用一只手轻轻推开地底千年石窟门、心灵深处一扇门的那种像发低烧似的兴奋。和任何其他女子在公园散步,他都未能感觉这种兴奋和震颤。在她们身上感受到的,仅仅是某种共鸣和平和的温情。在餐馆那次偶遇了小米后,他就时常后悔,心想若能同她见面交谈——哪怕一个小时也好——该是何等美妙。他这么一说,她微微一笑。

那忽然闪现的灿烂笑容,如雨后初晴时,阳光从裂开的云端泻下来的微笑。

好一张楚楚动人的笑脸,但是,笑脸又旋即被收了起来。

他想捉住那道阳光,希望能打包装进口袋里带走。

她只是淡淡地问:"你说常想我来着?"

"是的。"

"我也是,常想。对我来说,你是我曾经无话不谈的朋友,我觉得。"说罢,她一只胳膊挂在台面上,手托下巴,重心挂在上面放松似的,像是在听音乐,闭上了眼睛。她手上一个戒指也没戴。眼睫毛时而微微颤动。忧郁的疲倦和下垂的眼睑。身体深处细密地哆嗦着,最终,无端地,她发出一声隐隐的、悲伤的、沉闷的叹息。

少顷,她缓缓睁开眼,看了下手表。他也看了下表,梦醒似的说:"嗯,我该走了。"

她说:"我该打工去了,见到你真好。"他嗓子噎住了似的动了动,没找到话。

第三部 | 远方,河水正在流淌

花朵儿的芳香已经散尽,
它像你的吻,曾经向我吐馨;
花朵的彩色已经暗淡,
只有你在时,它才鲜艳!

——雪莱

一　一朵玫瑰的距离

杨帅看着小米,与梦中情人隔着一朵玫瑰的距离。

这一刻,他已等了太久。房间里只有暖气管发出的噪音,就像有千言万语在空气里嘶嘶叫着,堵在喉咙里出不了声。使他不敢轻举妄动的,是他的最后一个记忆,永远也消除不了的记忆——他记得高飞一点一点矮下去,倒在小米身上,小米惊慌的眼神,除了恐惧,还有害怕、愤怒和慌乱,两小朵金色的火焰在深潭似的眼瞳里闪耀。

"我、我恨你!"她语无伦次地叫着,声嘶力竭地叫着,面无血色。杨帅被几个人抓住手臂,他高喊:"我不是故意的!"声音越来越小,最后变成了呜咽。从此,他觉得在小米面前,再也抬不起头来了。他是杀人犯!他是人渣!此后他进入了恍惚,一下子恍惚了很多年。在恍惚中自暴自弃。他们分别在自己的命运里越走越远。无论杨帅转向何方,总有黑浪迎面打来。追求小米,赢得她的原谅,已经不是他一时的狂热和心愿,而是一个自我肯定,在这个荒原似的世界,他要抓住的点。

自从进了这个屋子,他注意到小米已有一个成熟女人的风韵,没有了从前的尖锐和青涩,眼神里有一种过来人的透亮和淡定,只是皮肤不如以前那种牛奶一般的润泽,脸颊上失去了绯红,双手也不如以前那样光滑,大约在洗涤剂和洗碗剂里漂得失去了颜色。她穿了一件宽松的淡蓝绒布格子衬衫,衫长过臀部,水洗蓝牛仔裤,头发绾着,随便地插着一根红色圆珠笔充当发簪。她还是过去那个小米,只不过看上去有了一些风霜,他注意到她的眼角那儿已有了些皱纹。他还看见她的脚踝上有一块黑紫。她下意识地把这只脚藏在另一只后面。她的生活已像洋葱皮那样被剥去了,露出一些过去没看到过的。

一只小立柜上有一张旧照片。照片中的小米坐在一座庭院的椅子上,庭院里开着向日葵。时值夏季,她身穿粗纹布短裤和白T恤。她的确漂亮,正朝镜头送出妩媚的、无与伦比的微笑。有点青涩、不太自然,却是属于年轻人的微笑。她那时一定非常幸福。

他许久许久地凝视着照片。它使他真切感受到自己失去了多少时间——那是永远不可复得的宝贵时光,是任凭多少努力都无法挽回的时光,是当时当地的金子般的时光。

"照得不好。"小米说。

他转过身来,看着她的眸子,但那里只是平和的沉默。眼睑下那条细线,使他想起远方的地平线。小米的淡然,让杨帅有点失望。他有点怀疑,他珍视的、栩栩如生的回忆,是否只是他一个人的幻觉?

回忆这东西是否靠得住?

他的信呢?他在流浪路上给她写的信,是不是已经被烧了?

当然他也没有抱过多的幻想,因为他没有忘记小米二十岁时反复无常的性格,令人无法预知的反应。

为掩饰自己,他开始没话找话,聊起了彼此认识的人,共同经历的事。有次排练一个舞剧,几十场的巡演遭遇状况不断:"舞台好玩就好玩在每天都会发生不同的事情。"他说有一次在巡演时拉肚子,平均每五分钟上一次厕所,情况紧急,甚至有人提出了纸尿布的"馊主意",最后是吃四种止泻药才勉强止住。还有一次演出,罗密欧死去后躺在地上,不知道从哪儿飘来一根羽毛,不偏不倚地落在他的鼻子上,"特别想打喷嚏,但我已经'死'了。我在台上使劲地偷偷掐自己大腿,后来我就把头以特别缓慢的速度转到舞台背面,背对观众,不停在那儿吹,想吹掉那根羽毛。你过来接戏的时候都傻了,本该很悲伤的,结果你差点哈哈大笑。"

小米突然大笑起来。她面容顿时变了。她的眼睛闪烁着杨帅从没见过的,或许已忘记的快乐的光芒。她的左颊上浮现了一个酒窝。有那么一会儿看起来像一个调皮的姑娘。

她终于笑了。他站起身,她也站了起来。

你这就要走?

你心里巴不得我快走呢,是吧?

我得赶快打工去了。

她边说边朝门口走,杨帅跟着。她手放在门锁上,扳了两下,只听"噼啪"开锁的声音。这是公寓里唯一的响动。杨帅就在她身后,他身上有威士忌的气味,她能闻到无眠之夜加上一个难挨的白天之后的苦味呼吸。她还闻到一阵熟悉的皮肤味道,那些年在汗水淋淋的练功房里,跟湿透的衣服粘在一起,舞者身上的味道,无论怎么洗,都不可能把这种味道清除干净。但这又是她不熟悉的、明显不受她控制的身体发出的味道,而且这人身上还有着新鲜的、咄咄逼人的气息。

屋里静得出奇。门厅的灯没开。他听得见自己的咚咚心跳。他的手没地方放,就一下子抱住小米的臂膀。她的丰腴悄无声息地枯萎了,她的眼皮显露出风霜的阴影。"我没有能力,难道高飞也没有能力保护你!你看看你周围都是些没有用的男人啊!"沙哑的伤感从他的话里透出来。他的嘴唇就在昏暗的近处,吐出的每一个字眼都能碰到她。"你不要再去做这类苦力活了,让我帮助你吧!"

"我没事的。"她头偏向一边。

杨帅的手松开了："我还能见到你吗？"

"大概能吧。"她嘴角漾出淡淡的笑意，带着一种微微的、隐隐的起伏，犹如无风的日子里静静升起的一小缕烟。

四下寂静。

使人觉得真可以天荒地老。

稀薄的沙漠在那里渐渐形成，并向他俩蔓延过来。

他尽量控制的脚步，成了这沙漠里的风暴。

突然涌起一种缱绻的情思，他凑近一步，在她嘴唇上嘬了一下。

小米来不及反应，他人就消失了。

二　丰乳肥臀

爱琳知道小米在餐馆打工昏倒后，建议她做点"含金量"高的工作："跟男人睡觉含金量最高。""这个活儿，你也干不了！"她知道小米保守，"不然，你找些时薪报酬高的，比如演出。"她的话一时停住了。

"演出？我早就不能演出了。"

"那么做模特吧，纽约模特经纪公司很多，总在招人！"

小米一边听一边自嘲："我瘦得像一根棍似的，哪里能让我做模特？"

"不是 T 台模特，还有各种各样的模特。比如服装公司的试衣模特，还有服装周里刚出头的小设计师的展厅模特，拍广告的平面模特……多了去了。现在还有公司需要小号的模特，给东方人做衣服的，需要像你这样的。"爱琳停了一会儿，报出一个电话，让小米记下了。

小米心下高兴，原来还有这么多可能性，尤其诱人的是，时薪竟从三百到八百美元不等。第二天，她如约来到百老汇一家大公司，随着人流走进大楼。敞亮的大厅占了整整一条街,落地窗边的沙发上坐满了衣冠楚楚的男男女女,高跟鞋,仙鹤般的长腿,天使一般的面孔,显然他们是早到了,为了自己的面试在楼下等待。

进了电梯后,电梯里的美女们让她感到明显的压力。

出了电梯,她随着人流进了另一个大厅。那儿摆满了衣服,挂在金属杆上的、穿在木头模特身上的、挂在衣架上的,甚至干脆铺在地上的。人走路要绕着走……

人们现在分为两队,男女分开。小米站在女队,人们顺着一面白色移动展板向前移,她看到队伍尽头有几把椅子。在人们的背后,是另一些人的背,她看不清前面的情况,只觉得队伍移动的速度比想象的快得多。

那些男孩子——有的脸上还带着可爱的婴儿红呢,他们随着移动的队伍,开始在大庭广众之下宽衣解带。脱下外套,脱掉牛仔裤,脱掉套头衫……最后脱得只剩一条三角裤,手上拿着自己的外衣,神色坦然地跟着前边的人移动。

两条队伍相隔不到十米。女模特也在做着同样的动作,脱下外衣,脱掉牛仔裤,脱掉衬衫,到最后只剩一条三角裤……还有胸罩,手上拿着自己的外衣,神色坦然地跟着前边的人移动。她们偶尔会看看大厅里的另一边,男生的队伍也是一路在脱衣,彼此都神色坦然。到处是人,人体,人体的各个部分,鹤腿,蜂腰,肥臀,丰乳,细长柔韧的天鹅脖子,波涛汹涌的曲线。令人眼花缭乱的人体展览,白色、褐色、棕色、黄色的人体……

小米在演出时,需要男女演员同时化妆、换装,对此很习以为常了,但是在一个房间里穿着这么少,彼此不避、坦诚相见的,还真不多。人们似乎并不在乎,有的人跟站在超市买菜的队伍里似的,跟前后的邻人聊着天;有人抓紧时间交流信息,记下队友的电话,商量着这个面试结束,下面去哪里再面试。

有一个穿 T 恤的光头站在队伍边,发放表格;另一个戴眼镜的正在给人发服装,人们一边移动,一边填表,一边把规定的服装穿好;一个其貌不扬、留着络腮胡子的人,坐在桌边,一直低着头,偶尔抬一下头,也不说话,朝应试者看一眼,或凝神片刻,朝身边的另一个人,点一下头,或扬一下他的留着络腮胡子的下巴。"这人是谁?""你不认识?这是纽约大名鼎鼎的模特经纪公司的经理,魔鬼似的人物。他长得丑,可是决定着哪个人可以上T台……"前边的两个女孩在耳语。走在小米身后的女孩,一屁股坐在地毯上,劈开"一"字形,开始压腿,做准备,看来她和小米一样,也是个舞者。小米心情紧张起来,她盯着那个络腮胡子的脸。明亮耀眼的射顶灯的灯光,射到这个容貌丑陋的经理秃脑门上,他忙得冒汗,带着些微的烦躁。他低着头,毫无表情地问一位应试者:"姓名?""身高?"然后略略抬头,旋即摇了摇头,那女孩一撇嘴,丧气地离开。又一个女孩站在他面前,他下巴朝旁边一点,女孩即被领到一块大白布前,坐下,拍照,闪光灯闪过后,有人说:"请等候通知!""下一位!"

轮到小米了,那个络腮胡子照例问:"姓名?""身高?""胸围?"

小米答:"34A。"

这回络腮胡子抬起头来,直盯着她大声说:"开玩笑?"但他的表情不像开玩笑,而是被骗的表情,他喊着:"34A?谁放她进来的?我们这里需要C罩杯,懂吗?"他掉头去跟那个正在发表格的光头喊道:"她太单薄了!不但个儿矮,还平胸!腿不错,很直。跳芭蕾的吧?"最后一句是对小米说的。小米声音颤抖地答道:"是的,我是舞者!"

小米觉得自己像一棵不合格的小白菜,被买菜的从菜堆里挑出来,扔出去,还挨了一顿羞辱。她乘电梯下楼,发现一层大厅又被另一群来应征的男女挤满了。

她跟在一个男孩身后走出大门。这是一个身材单薄的黑人,穿着格子窄口裤,修身呢子外套,瘦肩膀,敏感的眼神,带着一种阴柔的气质。他出了门,四下看看,一时不知往何处去。午后的好太阳照在他身上,但并没有使他温暖。他怕冷似的竖起大衣领子,犹豫着,站在大街上,彷徨的背影,就像一个旧上海的名伶;他显然跟她一样,也是刚被刷下来的。她从这个男孩身上看到自己的孤寂、彷徨,她心痛坐火车的钱,不知该去哪儿,这时,爱琳来电话了,根本没问她"怎么样",就好像被刷下来是意料之中的。爱琳坚定地下达了一个指令,小米只得朝另一家公司走去……

三 灯塔礁酒吧

小米今天穿得很少,黑色吊带背心秀出苗条的曼妙身材,"灯塔礁"酒吧的女侍应生一律穿低胸背心,耳朵上有个耳麦,一副能文能武的样子。杨帅不喜欢。但这是"灯塔礁"酒吧的规定,说是不止增添性感系数。女侍应生里小米的小费最好。不仅是因为她最漂亮,她接受的舞蹈训练,加上她身上的东方味道,使西方男人感到她像改良过的中餐一样容易接受。她内敛的性格,不卑不亢的、平视着人的安静眼神,都有别于其他女侍应。

杨帅一进门就看见了小米,他带来了一朵不同寻常的花——一朵小向日葵!

他忘不了小米旧照片里的向日葵。

小米闻了一下花朵,是夏天的味道!

杨帅好久没敢来了,因为经理宣布他是不受欢迎的人。曾有一个客人总跟小米纠缠不休,那天又借酒劲跟小米套近乎,寻衅闹事,正好让杨帅撞见。他把那人扶到溜光水滑、装潢讲究的卫生间,用那人的衣服蒙住头,臭揍了他一顿。酒鬼告状,被经理推脱说是另一个酒鬼干的。但是,后来杨帅就被经理挡在门外。

小米也笑他多管闲事,她说,自己有一套自卫的本领。"别小瞧我!"——她向他秀肌肉的样子差点把他笑死——他当时正在咬一口汉堡,就停下来,听着她说:"我曾看到一个退休警官告诫女性如何防身。记住,你上身部分最有力的地方是胳膊肘! 我让一个酒鬼尝了一顿胳膊肘三截棍!"小米轻描淡写地把一场劫色经历说成笑话,可是他却感到心痛!

"我真要对你另眼相看了——这肯定是个经典场面,肯定很有戏剧性!"

在他的眼里,这个女人面对威胁时,仍是"半狮,半童,平静,安详"。她一边在吧台内洗杯子一边告诉杨帅,她选择这里是因为爱琳跟经理很哥儿们,这个经理很照顾她,不会看着她受欺负不管,闲时她还可以在吧台外面坐一坐,歇歇脚……

"还有一条,这里美男子很多!"杨帅以挑剔的眼光绕场一周。

"是的。里面的人都是业余模特、影视界二流演员,平时在这里打工,演出时就请假。"

"我保证这个经理也很喜欢你!"

她说:"是的,但他是个同性恋。"

她朝经理看了一眼,经理是一个高眉深目白人美男子,他的粗布蓝格衬衣下摆露出一截白毛巾。他似乎知道他们在谈论他。这时一群客人慕名而来,说是专门来品尝他配制的鸡尾酒。他挤进吧台,把小米换出去,说,去招待你的朋友,但是,别让我再见到他! ——打我的客人还了得!

这时小米就坐在杨帅身边的高凳上来了,享受下午"happy hour(开心时刻)",忙碌到来之前的短暂时光。

杨帅坐在紧挨着小米的高凳上,对小米说,好奇怪啊,他腰上挂着一块毛巾呢! 像陕西农民扎在头上的那种白羊肚毛巾。这时,他朝她侧过脸来,台子上的蜡烛映在他眉弓下两汪深深的潭水里。"你身上什么味这么香? 酒味?"她突然感到了他们肌肤的接触。这些高凳摆得太靠近,小米想,她不曾听到客人的抱怨,大约客人喜欢这种挤挤挨挨的感觉。你挤着我,我挨着你,才能聊得近乎。奇怪的是,只有心里有了什么,肌肤厮磨才有意义。所以一切都是心理在作怪。小米马上朝旁边移了一点。没有用。他的体温和气息仍和她的交融。一阵燥热来了。她的避让只能让他更敏感。

她跳下高凳说,不能陪你了,我该忙了。她低头钻进酒吧圆吧台的板子,"下午这段时间最忙,你走吧!"

她刚一离开,一个女人飘然而至,落座在她刚才的位子上,朝小米扬起两根手指。女人转向杨帅,眼睛一眨不眨地看着他;而杨帅的眼睛,则一眨不眨地看着小米。小米正在往一只杯子里倒酒,加冰;又在柜台上铺开一张纸,然后专心地在纸上撒盐。她从倒吊在天花板的玻璃杯中,取下一只,杯口朝下,在盐上轻轻一沾,杯口上便沾了一圈晶莹的白粉。她朝杯里倒了酒,又在杯子上插了一片绿柠檬。

做完这些,她款款走来,一手夹了两只杯子,另一只手捏了一沓纸巾,给杨帅和那女的两人面前放了两杯酒——一杯是杨帅的,沾了白粉的是给女人自己的——"喏,她请你喝酒。"说罢,她转身走了,从后腰上抽出一条毛巾,擦了擦面前台子上微小的水迹。

隔着这个女人、吧台,还有瓶瓶罐罐,杨帅看着小米忙碌。除了他,有谁知道这个女人曾经是一流的芭蕾舞者——她给你们这些猪猡倒酒!一些风啊雨啊雾时间刮进了他的眼睛,使他眼睛充血、发红。他为了掩饰窘态,说:"我送你回家吧!"

小米用与爱琳有约会为借口,拒绝了杨帅的护送。杨帅很痛快地接受了自己的失败。

两个星期后,他又来了。

他遵守"约法三章":不许跟她讲话,不许让人看出认识她。他每次进来喝一杯,看看她,看见就走。他不断地来,来了只跟别人聊天,对站在柜台里的小米视而不见,但有人欺负她,他就上来解围,然后观其后效;再不行,就再打一架。经理对小米说,再出现打架事件,就扣她的工资!小米因此很怕杨帅再来惹是生非。

这天,他又来了。他已经摸清了经理每星期三晚上都不在的情况。为了跟小米近乎,他还讨好她周围的女侍应,人人喜欢他。很快,他跟客人、男侍者、女侍者、大厨、调酒师都熟了,他开始用名字招呼别人。别人跟他提过的事,他都记得很清楚。

"你和这些人熟吗?"

"熟!"杨帅说。

她心想,反正只需三分钟他就能把这儿的任何人变成熟人。

他跟高飞很不同,跟人有一种自来熟的本领,说话有魅力,很会讨女人喜欢。

"你又来干吗?"小米噘着嘴。

他装作情场老手那样一笑,说:"我来赔偿你的损失。"

"我不要你赔!"小米在恼他的同时,已经被他逗乐了。他才不生气:"我要陪,我当'三陪'。"又是那种可亲而无赖的自家表兄模样。他把你先逗急,为的是捞到再把你逗笑的机会。

小米说:"你把我当成什么人了?"

"自己人!"他笑嘻嘻的。

今天小米见他发着呆,带着少有的一副皱眉凝神的表情,从背后绕过去,坐在他身边的圆凳上,问:"想什么呢?"

"想舞台……"他叹了口气,说,"你想过没有,咱们常演出的剧场,是不是跟这里很像?"

你说人们为什么要去剧场?穿得堂而皇之,花钱花时间大家挤在一起,看神经病似的作者创作出来的舞剧歌剧,难听懂的台词,别扭的心理状态,乱伦杀戮传奇,夸张的化妆,做作的表演——那是因为人们的生活太平庸了,平庸得令人作呕,平庸得让人想自杀,所以要去那么一个地方,好像一个"虚拟场所",在那里看别人的故事,流自己的眼泪。轻松了,就回家。

有一次剧场散场时,我看见一个女人哭得红红的眼睛,就鬼使神差地跟了她半里路。想上去搭讪,又无话可说,总不能问你为什么哭。是吧?万一,我说万一,她呸我一口,说是跟男朋友吵架,你管得着吗,这不就把我打回丑陋的现实了吗?

对于那些从没来过美国而又满心向往的人来说,美国是个天堂;对于曾经生活在美国和正在美国打拼的人来说,这里也有车来车往的嘈杂,有为了一日三餐而奔波劳累的辛酸。

美国人为了上大学负债累累,大学毕业就欠十几万贷款。毕了业,学贷尚未偿还完毕,车贷房贷接着来了,还要成家养孩子,于是穷其一生最终只剩下房子,甚至很多人到老都还欠着银行大笔贷款。不少人把这种生活方式理解为超前消费,听着很潇洒,真正走进美国人的生活,才会发现,他们其实活得很累。

这就是人们为什么需要一个地方,比如,咱们的"灯塔礁"酒吧,比如电影院,比如演唱会,比如咖啡馆……他说着朝小米侧过脸来,兴致勃勃地调侃起来——就像作家头脑中的虚拟场所,他在那里栽花,造喷水池,流动的小溪,转动的风车,东方的斗笠,蓑衣,古代武士的盔甲,空调调出的微风,造非常精致非常逼真的池塘,池水中游动的金鱼,这一切好比空中花园。还有乐队,钢琴三重奏,布鲁斯,萨克斯,蓝调,更加逼真的异国情调。这种地方好比酒吧,你说为什么人们来这里喝酒、听音乐、发呆或聊天,为什么那么多人每晚每晚花大把钱特意来这里喝酒?在家喝不好吗?也可以说他是看妞儿的,是的,像你这样不解风情的异国女子更撩人心。好,我说正题——那是因为大家都或多或少地在寻求虚拟场所。不是人人都会花钞票去最好的剧场,看最好的歌剧,人们也不再会到小说里去寻找梦境了,这儿多近便啊——他们是为了来看巧夺天工俨然空中楼阁的人造庭院,为了让自己进入虚拟场所才到这里来的。

这时,杨帅换了一个话题:"我就是要弄一个这样的地方,我的虚拟场所……也许不在舞台,也许是在博物馆,或是在一个废弃的旧仓库,总之是在一个虚拟的场所……"他滔滔不绝。小米没有打搅他,边听边想,这个怪人,还是那么偏执,热心艺术,天马行空。单身汉的偏执。她不能想象,他身边有一个太太,抱着小孩的场面。看他玩世不恭地打趣一切,小米想起了高飞,他背负着父母的希望,他为此努力让自己尽善尽美,把别人的理想当成自己的理想。杨帅不一样,他不在乎别人,不在乎一切标准,他歪着头,把人家的一切标准打碎,再按自己的喜欢,重新组装一遍。

杨帅还在滔滔不绝,他不会想到,此刻小米心里想的是,幸亏我有高飞,一个实在的男人。杨帅认为自己的想法小米是理解的,他跟她是那么的有话可说,很多事谈得很投缘,这也是他坚持给她写那些信的原因。他在信里谈艺术,谈人生,谈色彩,谈哲学,一点都不觉得生硬。说实话,在这个时代人们早已不屑写信,为了不引起高飞的不满,她早已把这些信烧了,结果在烧掉之前,她又一口气读了几遍。

那些对人生、爱情、死亡的思考,这些想法曾无数次像夜间的小鸟一样,扑扇着翅膀从她头顶飞过,当她动手想抓它们的时候,它们就飞散不见了,只剩下片片羽毛。而如今,它们就在这儿,清晰明了,就如她自己本来想表达的那样。由此,她发现了一个陌生的杨帅。他的风趣,他的见识,与他年轻时的轻率炙热鲁莽不同。他的话更像出自一个智者之口,或是一个布道的人。

此刻杨帅坐在"吸烟区柜台"边上,跟站在吧台里的小米说着话。旁边坐着个浓妆女人一直在盯着他看,就在杨帅说到得意处,身子一晃,歪到一边时,两人打个照面。她朝他点点头,从小包包里掏出一根卡碧,她挑起柳眉冲杨帅一笑。杨帅不解其意。

小米把柜上放着的打火机朝杨帅一推,他这才梦醒般,忙双手凑到女人面前给她点烟。女人眯缝起眼睛,火苗的影子在她眼瞳里摇曳。

女人吸了一口,像是在品味,少顷,仰脸冲着杨帅喷了一口烟,把他笼在一股清新凉爽的香味里。

杨帅朝小米挤挤眼:"我知道,这妞肯定想让我替她买杯酒喝,蹭酒啊?也不看人……"说完就像脑子里断片了一样,突然换了话题,"哎,我说,不对啊!我怎么不知道你已经学会了抽烟,不学好!学点其他的解压方法,也比抽烟好啊!"

"哪里是我的啊,我是给客人准备的,一天得有多少人在我这儿抽烟啊,我这儿是抽烟区——熏死人了!"

傍晚,天气突然变坏,天空被含有水汽的沉甸甸的阴云遮蔽起来,看样子随时可能下雨。小米后悔自己没有带伞。七点下起了小雨,静悄悄的春雨,看样子要稳扎稳打下个没完。时过九点,客人渐渐少了,杨帅还不走,他悄悄对她说:"我就知道你没带伞,我带了,我送你回家。"

他买了酒,要了一盘墨西哥开胃排叉,坐在那里慢慢品,与身边的人聊天,好脾气地对谁都是笑嘻嘻的,包括跑堂的,收盘子的,不过他一笑起来就有点夸张。唯独小米不笑。他一边谈笑,一边不时地朝她眨眼睛。那眼神很复杂,似乎要与她为那个不说话的承诺达成一个默契,或者说,共同保守一段秘密。即便不抬头看他,小米也能觉出他的眼睛亮晶晶的,好像他所说的话变成了另一种完全不同的语言,从湿湿的眼睫毛里飘溢而出,浮在晦暗的光线中。他身边有个女人在喝酒,好不容易挨到杨帅把笑话说完了,却不料那女人忽然愣愣地问道:"那只熊怎么会有两只爪的呢?"看来她根本就没听懂,杨帅又笑了一场。

酒喝光了,他依然赖在那儿不走。他歪在椅子上用牙签剔着牙,剔完牙又去剔指甲,把十个指头都剔了个遍,最后又把那牙签咬在嘴里,伸手拿了份报纸看,一会儿抬头看着天窗,像是在琢磨着什么事。过了一会儿,他从怀里摸出一盒烟,身边的女人凑上来给他点了火,他点点头谢了,烟头一明一灭地抽了起来。看见经理从前门进来,他就溜到厕所把烟掐了。

小米下班后,杨帅很小心地替她撑着雨伞,让出一大块地方,宁可自己半边身子淋在雨里。两个人都对同撑一伞、单独相对的气氛感到莫名的兴奋与不安。

一道车灯从对面射过来,杨帅的太阳穴一跳一跳的。她从没有注意到他脸上会出现这些脱出他控制的小动作。他与刚才在酒吧里的样子判若两人。他问,你冷吗?要不要进去暖和一下?他指着路边的小咖啡馆。

小米想起他少年时的神经质和过分敏感。她觉得恍惚回到了少年时代,在国外人这么杂,天南地北,什么人都有,很难碰到一个可以说话的人。正像爱琳说的,"在纽约,碰到一个对的人,比登天还难。"

她记得他信里的一句话:"难以实现的爱情更加伟大而高尚。"她曾经为此心跳不止,后来才觉得这个人本性太狂傲,那些信里尽是这样的句子。他的信只有一些有趣的见闻和好玩的调侃,而叫人不安的却是那种令人头晕目眩的力量。有这么一个有趣而无害的人送她回家,也未必是一件坏事。突然,她停下了脚步,目不转睛地凝视着他。她还是第一次注视他这么久。他变得健壮了一些,面容更俊朗。他个子比高飞高一些,身材均匀紧凑,迈着自信而有弹性的步子,看得出从来没有放弃过练功或某种锻炼。这使她确认,他不像他所说的那么放任自己。在他身上,她突然看到了高飞,或者说看见了他的面影重合在杨帅的面孔里。她不由自主地伸出了手,把他被雨水打湿、趴在脑门上的头发揉松,让它堆在那高高的额头上。假如这头发没有自然卷,杨帅的某个侧面很像高飞。

她的眼睛还是如多年前一样明亮,眸子里汪着两个小水潭。她朝他凑上来的时候,他以为她会亲一下他的面颊。哎哟!他觉得像被玫瑰的花枝刺了一下,竟分不清是痛还是快感!实际上,她只是伸手在他头发上刨了几下。很平常。他的头发平时总是怒发冲冠、肆意飞扬,现在被雨水浇了,呆里呆气地扣在头皮上,小米只不过使它恢复了立体的形状。

他感觉到她的手指蜻蜓点水般掠过头皮。仍然是凝视他的目光,炯炯有神但心不在焉。杨帅的大眼睛马上聚焦,等待着下一步的动作。她的脸被他盯得一团火热,三步两步从他的伞下逃出,跳上台阶。她抬腿上台阶时,他入迷地看着那被丝袜包裹住的、匀称动人的小腿的曲线。那是唯有成年累月的复杂训练才能产生的优美。

他久久地停在大门口。她刚才说"别再这么干了"指的是什么?是不要他再护送她回家?还是指他帮小米出气,打客人的事?小米亲昵的动作,很短暂也很令他意外。他知道回家也睡不着,便沿着大道走下去。"你应该做点正经事,回到原来的生活轨道上来,你不是一个小混混,这世上少了一个小混混不会变得更坏;可是,你不愿意成为原来的杨帅吗?"

他唯一感兴趣的是,她终于允许送她回家这件事。纽约是一个白天和晚上分为两个世界的城市——白天丰富而妖娆,夜晚黑暗而充满了危险。一个女子半夜回家,没人护送怎么行?这正是他期待中的转折点。剩下的就看他了。杨帅知道接下来他该怎样做了,感谢上天给了他一个机会。高飞主动缺席,这是个好机会,他要证明给小米看,他是一个可造之才。

他十分确信,自己那持续了十几年的爱,画地为牢一般的爱情,还要经受更多的考验;而他也准备好了,带着前所未有的热情和爱去面对它们,因为这将是最后的考验。他感觉小米还在身边,就在这条灯火如闪烁的信号灯一样的辉煌的林荫大道上。这些灯火在静谧的黑暗中显得神秘莫测。如"虚拟场所"的场所,既璀璨夺目又缥缈悠远。

四 芭蕾畅想曲

清晨,趁女儿还睡着,小米一丝不挂地站在穿衣镜前,一,二,做了几个基本位动作。她停下来,望着镜中陌生的女人——她试着小跳、大跳、一字跳、倒踢大跳，每次她都像一个沉重的秤砣砸向地面。她的欲望狼奔豕突的同时，她的狼狈、失望痛苦到了极点。然后，又一次开始，再次开始。重复着循环——激动和绝望、激动和绝望。简直就像每周都悄悄怀孕，旋即流产一样。

不过，这完全是悄悄的，不能与人言的笑话。在这种新移民、单亲妈妈的现实生活中，文化沙漠的环境里，它只能使她的灾难显得更为可笑。佳佳醒了，从一声试探的小声呜咽开始，接着便是一声歌剧咏叹调般的号啕。这好似投石问路——妈妈在哪儿？她为什么又不在身边？佳佳最近老生病，动不动就哭，老爱缠着妈妈不让她上班。这哭声传到小米耳朵里，可是她没有动。对她而言，没有事业和舞蹈了，剩下的只有刺眼的白墙和女儿的哭喊声。女儿的哭声就像把刀子，从她生命中割去了所有没有用的东西。对小米来说，那是如生命般的东西。

这时有人敲门。小米忙穿上衣服，打开了门，原来是杨帅。他进门就直接跑到佳佳床前，抱起她哄着："怎么了？女儿？谁欺负你了？"他欢快地、带点挑衅性地嚷道。他总是称佳佳为他的女儿。小米安心了，杨帅的出现让小米感觉不错——她可以安下心来，继续想自己的心事。她懒懒的没动，听着他们的谈话，顺手拿起掉在地上的一本童话书，想象自己是一个女巨人，虎虎有力，从床上一跃而起，骑着一把扫把，在屋里横冲直撞，砸碎家具。她出了一身冷汗。

她自问，什么时候，你觉得身边特别需要一个男人？还记得读书时，她下飞机到纽约已是晚上十点了，风雨飘摇。她提着一只大行李箱，一步一步地往前挪，准备挪进地铁站。一个黑人小伙子走过来，非常友善地说，我帮你吧。然后面带微笑地接过她的箱子，健步如飞地前行，然后变成快跑，然后就变成一个远处的小黑点……剩下风中零乱错愕的她——箱子就这么没了，本来她打算说谢谢的。

不知怎么，现在她跟杨帅提起了这件行李被抢的事。这时，他走进厨房,从桌上拿起一只苹果,洗都没洗就往嘴里送,边吃边说:"下次,不管多晚,不管你在哪儿,哪怕是半夜,都给我打电话。我去接你,不要一个人提着很重的箱子在街上晃,你他妈又不是大力水手……"她把这句话记住了。你他妈又不是大力水手!他有时说话特别粗鲁,像个野蛮人。

她现在的酒吧工作,最大的困难是下班太晚,小费很好。她干得很卖力。从不想这个工作能否满足她过去有过的任何兴趣,或者是否具有她曾经推崇过的任何意义。像所有的华侨一样,说到"兴趣""意义"这种词,她会一笑了之,那是一种最辛酸的自讽的笑。不管是清华讲师,是研究生,是舞团头牌演员,若是没有身份,都要放下身段,从头开始,一美分一美分地挣钱开始生活。打工,这个词她以前是不懂的,出了国才懂。意义当然是没有的了,仅是为了生活,为了女儿,为了让这个家过上有电冰箱、电视机、保姆,有幼儿园上的生活——这种她相信她和高飞都不感兴趣的生活而已。当然,更重要的是——还债。要是她仔细想一想,就会对自己和高飞的这种逆来顺受惊叹不已。

杨帅开始佩服小米,她这种愉快的甚至可以说是勇敢的逆来顺受,令他惊奇。

不过他还是觉得心痛——这毕竟是男人该做的。

最近一段时间,老师说佳佳老爱哭,家长应该注意观察,看她是不是有什么病了;或者,是孩子需要爱,需要更多的关注。杨帅跟小米说,在酒吧打工既下班太晚不安全,又不利照顾佳佳。小米同意了,正在考虑换一个正常下班的工作,正巧"灯塔礁"酒吧新来了经理,因为一个酒鬼砸了钱柜、偷了钱,他转嫁责任,开除了小米。

小米需要出门找活儿干。要是雨下得不太大,她就会买一份报纸,坐在咖啡厅,一边喝咖啡,一边看报上的广告。然后哪怕还是下着小雨,她都会坚持步行去招聘女服务员、女售货员或女工的地方——任何不需要打字技能和工作经验的地方。若是雨太大,她就坐地铁去。杨帅说,不要为了节省路费而走路,你省钱的时候,别人没准就已经抢先得到了那份工作。

其实那正是她暗暗希望的,对于这种结果,她其实没有真正失望过。她不喜欢任何一个工作。有时,她会在到达目的地后,在街对面的人行道上站一会儿,看着有着大镜子和米色地毯的女装店,敞开雕刻木窗的阴暗的中餐店,看着从招聘办事员的办公室里蹦蹦跳跳跑下楼吃午饭的女孩子们。她甚至不会上楼,她知道自己的英语发音、打字速度、穿旧的平底鞋都不会使她有机会。她对中国城的衣厂也没什么信心——她听到从那一个个破旧铁窗里传来机器的噪音,就已经开始头痛。她芭蕾舞演员的纤长细指,在成衣车间里一无用处。她的平底鞋倒不成问题,她身上沾满了灰屑和线头也不是问题,可她美丽而不灵巧的手指会招来不停的斥骂和嚷嚷。这些不停的吼叫、训斥会穿过机器的噪音,一直在她头上爆炸。它们会跟着她,来到她的家门口,甚至跟她上床,陪她睡觉。

还有更糟糕的。她在几家衣厂做过工,在第一家衣厂做了三天半。车腰带不行,就车袖子;车袖子不行,就车口袋;还不行就车大片,前后片大针一趟走直线。小米连手缝衣服补丁都没缝过,哪里懂车衣?笑话!可是这个在衣厂可不是一个笑话,是一个奇耻大辱。她相信勤能补拙,人家吃饭去了,她就守在缝纫机前,跟那片烂布继续不屈不挠地做斗争。在衣厂,老板娘会为工人准备大米饭,工人只需带些炒菜,放在铁饭盒里。这些饭盒会放在锅炉边暖着。做饭的温老师(他在国内是某大专讲师,因探亲签证拒签多次,随访华团来美后留下来,身份黑了,因语言、身份和年龄原因,只能在中国人的衣厂打打零工)会清点人数后,按人数做一锅大米饭。开饭的时候,一人一碗,就着自己的菜,围在一堆吃顿饭,像 20 世纪 70 年代的中国农村。因为大米饭是泰国米,特别有嚼头,所以总剩不下来,谁落后,谁就会捞不到米饭吃。温老师在大家吃完饭后,把剩饭刮干净,洗锅,清扫地面。他一扫帚一扫帚地扫到小米身边,说,快吃饭吧!饭凉了!他不会说,晚了就没饭了。最后,他只能给小米先留出一碗饭,藏起来给她吃。第三天,他扫地扫到小米脚边,故意去扫她的脚,眼睛并不看她,而是朝着地面小声说,后门有道铁门,出了事就跑!

第四天,一个高大的白人男子出现在铁栅栏门前,砰、砰、砰地敲门。他说是卫生局的,找老板。谁信啊——看他满身肌肉、穿制服的样子,就像是个警察。老板娘高声应着,脚下就像粘了胶皮糖,磨磨叽叽去开门。温老师不知从哪里来的力气,以与他年龄不相符的步子,拔腿就跑,还有一干人马也紧随其后,拥向后面那道铁门。就像洪水来了,长江决堤,大家夺路而逃。平时这道门前堆满了布头、布料、破纸箱。小米也踩在破布、破纸板上跑啊跑啊,脚上的鞋跟掉了都没察觉。两个月后,她突然收到一美元三角五美分,才想起,这是她干了三天衣厂的车衣工钱。

那天奔跑的奇迹,还有呼哧带喘的狼狈、莫名的羞耻——一个高高在上的芭蕾舞首席,裹在非法移民中,逃窜。事后她想,她原不必跑的,她又不是非法移民。可是整个衣厂人都在跑,像被追逐的狗。

从此,她对工厂也没什么信心了——她能听到大楼里开动的机器的轰鸣,能感到车间空气里纷飞的毛屑,令人窒息的、通风不良的、没有空调的龌龊空气,像裹着一层毛毯似的热燥温度,传送带上的永无止息的罐装饮料,从未装修的仓库天花板上挂下来的光秃秃的灯泡。她的笨拙和丑相准会招来斥骂。她会遭羞辱、被开除。她觉得自己连收银机都学不会。有一次她对一个老板娘直言了这一点。她本来好像真的想雇用小米了。"你觉得你明天能学会吗?"她问。小米回答说不能。老板娘的眼球向上翻了一下。小米觉得她不可能学会什么,至少不能很快地、在公开场合学会。她会手足无措。她唯一能够轻易掌握的,只有像空中倒踢紫金冠这类没用的玩意儿。

当然了,她也不必这么急着找工作。她不必逼着自己走进外面的世界。可以靠男人。找个有钱的男人就行了,像爱琳和邱飒一样。男人没选择。养不起老婆是男人的耻辱。可是她又过不了自己这道坎儿。女爷儿们不是被世道逼的,是被自己逼的。没有男人的时候,她们就变成了大力水手。

她已经下决心,打算找个安静一点的工作,比如诊所。但是很多诊所都需要年轻、英文好、拿到过护士文凭的人。她打算明天再试试。下午时分,她在中国城与下城之间一段偏远路段上独行,这儿只有高楼的幢幢魅影、酒鬼、流浪汉、可怜的老人、懒洋洋的路人。没人对她说粗话。她又走过工厂区、仓库、杂草地,四下空无一人。再走到华尔街,这里的树木更美,草坪上种了行道树、桦树和法国梧桐。接近中央公园,这里的房屋风格多变起来,有都铎风格的横梁,乔治风格的对称,哥特式的尖顶,土耳其式的圆顶建筑,伊拉克式的大铁门,科隆大教堂似的庄严建筑,以其高大体积和高压态势,使她觉得自己更加矮小。然后她乘坐高架地铁,穿过皇后区某段红砖房地带,红房子里塞满了像她一样住得挤挤挨挨的人们。住人的地方已经亮灯了,然后街灯也亮了。高天大雾似的灰暗云层在西面裂开,映出落日的红晕——她迂回着往家走,穿公园而过,公园里的潮湿空气使她为之一振;在那些整齐油绿的灌木叶上,发出淡淡的玫红色光辉。

五　按摩女郎

这家小小的美容店在闹市区的二楼,两扇掩着蕾丝花的雪白窗帘后。

刚开张不久,客人忽然不可思议地多了起来,有人就直接往楼上跑,都是问,有没有韩式按摩? 小米忙说没有! 那么泰式的呢? 根本没有什么按摩!

客人悻悻而归。

小米满意这份新工作,它能在正常时间上下班。没有客人的时间,她负责打扫卫生,或者与金姬在收款台前坐着。窗前,安放着两张绿色小桌,上面放一条长长的圆形海绵——用来让客人把手臂垫在上面,做手指甲的美化。桌上摆满香蕉水、软化水、上光油、底油、颜色油,各种瓶瓶罐罐;还有白毛巾,和一个用来计时的小钟。另一侧有一个漂亮的圆茶几,上面摆了许多读物:美容,美甲,晨报,晚报,侨报,星岛日报,世界周报,纽约时报等。

生意不如想象的好,经理说我们要另辟蹊径,把流走的客人拉回来。

小米撒了一个谎,说她会美容也会做指甲,这才被录用。她书包里有美容书,也有美甲书,照着做没有什么难的。

她从美容店出来买午餐,后来,在楼下门口,又看到了杨帅。

"这么巧。"她知道那不可能是巧合。

"你上次说过,新店在莱肯瑟大道。"他穿西装的样子好潇洒。

"一起去吃饭?"他问。她犹豫了,打工仔吃饭就像小偷一样,需要趁没人注意时速战速决。像推销员、办公室人员那样大摇大摆,坐在餐厅用餐的方式不适合她。但她还是跟在他身后,走进一家街拐角的咖啡店。这家店面虽小,但顾客盈门,法式快餐和速食午餐一应俱全,琳琅扭曲地手写了满墙的食谱菜名,给人一种异乡文化的不俗感。小米看菜名看得眼花,转身杨帅已速速点好餐,店员已提来了咖啡壶,摆上了餐具。他好像对这里环境比她还熟呢。她捧着温暖敦厚的咖啡杯,对自己无声地笑笑,她是个没什么主意的人,巴不得别人事事为她做主。

他隔着桌子,把她手里的杯子拿掉,把她的手握在自己的手里,眼睛晕乎乎地直视着她,像是微醺。他在她手心里放了一件东西:"小米,送你一个礼物。"那是一个当年新款的手机。"很贵吧?"她惊喜地看着他。她下狠心不用手机,已经撑了很久,撑得很苦,对别人的嘲笑,她假装充耳不闻。她说:"我不要,我决定在这个工作稳定之后,自己买一个,我早就选好样子了。"杨帅按住她的手,好像要把它和手机绑在一起,他按住她的话头,"我知道!"他热切地说,"你倔,你要强。可是你一个女人,带个孩子,多辛苦啊!你就用它给我打电话,随时随地,只要需要我帮忙。"

她几乎没吃什么,欠了他的什么似的。有什么东西不同了。可是又有什么呢?一个手机而已,她会还他的。她意兴索然地叹了口气,"时间差不多了,我还得回去上班。你慢慢吃,我去埋单了。"他说:"怎么能让女士埋单?你先走,剩下的交给我就好了。"他怔怔地望着她走出玻璃门,走过大窗,消失在街角。似乎忘了跟她说什么了,很重要的事情。他内心一阵懊悔,一阵瞧不起自己。

午饭后,店里来了一个客人。一个戴礼帽、满脸麻子、穿浅咖啡色亚麻休闲装的老头。其实这个老头来了几次,每当他高大魁梧的身子堵在门前,房间就会暗上一些。他开始就只是问,有没有按摩服务?

他很有气派的样子,穿着西服。不像有的人,噔,噔,噔,跑到楼上,一只脚还没进门厅,就粗声大气地问——你们这儿,有没有年轻美丽的小姐,胸部,这样的?说着双手朝空中打开,又拢回胸部,做了一个托起乳房的动作——那种具有天使面孔和伟大"胸怀"的小姐?

小米和金姬站在那里,丈二和尚摸不着头脑。

后来,她们明白了这家店的前身,原来是一家泰国人开的按摩院。

总有一些老顾客找来。

不。没有。

她俩同时回答。

可是这天,还没等她俩回答"没有",经理在身后抢先回答:"有!全套专业韩式按摩。"接着,她开了一个天价。

小米和金姬愣在那里,不知经理什么意思,是想用天价吓走老头?

他答应了。经理一愣,又加了码。成交。

他转身走之前说,一周后,我要她,给我做全套韩式按摩。

他的手指向小米。手指上一颗大戒指金光一闪。

这是开张以来第一次接到预约。现在经理明白了,为什么接不到客人预定了,因为做按摩的金姬不愿给男顾客做按摩。小米也暗中帮金姬回掉来找她按摩的客人。

可是这次,这个肯出大价钱的客人点名要小米做按摩。经理说,这是命令,我们是新店,没有回头客,好的服务才能拉住客人。别的店能做,我们为什么不能做?谁说按摩是黄色的?放心,不会出事的,出了事我顶着。

小米连逃跑也来不及了。金姬说,我教你,别担心。金姬是个胖胖的韩国人,面如满月的脸上长满了青春痘,此起彼伏如丘壑高原。她皮肤的状态让她给客人做美容很没有说服力,所以经理只让她做按摩。她的眼睛是典型韩国人的细眼睛;由于眼睛太小,几乎找不到里面的瞳仁,蓄不足精神,使她看上去就像总睡不醒似的。小米接触过的韩国人,瞧不起任何其他族群,成日枕戈待旦,等着跟人打一架。说起话来气壮得很,就像是宣读自由宣言。可是金姬不一样,说话声音迟疑低沉,像是从一团湿棉花团里漫洇出来的。

星期二,戴礼帽的老头又来了。他从人行道上朝这边走过来,步履蹒跚,脑满肠肥的,看着还挺正经八百的。树叶上折射的光不停地闪动着,他的眼镜在树影下反着光,看起来像两个小水池子。"我写了一张纸条给小米,让她好有一些准备。"他紧盯着小米,"你看上去穿戴整齐啊,你在干什么?难道平时你们的客人真的这么少吗?"

他递过来一份打印得整齐的文件,上面写着满满两页纸的注意事项。

加上星期一那张纸条,已经三页纸了,简直就像一份公司销售预案。

金姬有些不可告人的职场经历,她谁也没告诉,包括她丈夫。韩国人本来就是一根筋,不小心会让那些客人吃不了兜着走。一次,金姬被老板

"试钟",说是亲自教她"推油方法诀窍"。老板是日本人,娶了个台湾太太,平时很少来店里,在家吃吃玩玩,偶尔来店里管管账。老板说,教她的是一种中国式按摩。此种疗法根据经络穴位和脏腑部位,用点穴方法,从脏腑着手,调理脏腑气分,恢复脏腑机能。他要按照《脏腑图点穴法》这本书教她。

老板口若悬河,中文日文俱佳,他生于台湾,母亲是日本人。他把按摩说得头头是道。金姬佩服之至,学得用心。她的手很有力气,按老板的要求推来推去,老板很满意。老板手把手地教她,推着推着,就推到了老板的命根子上去了。说,这是最后一步,做也得做,不做也得做。此时,老板娘钻进来了,说,金姬你出去!很快,金姬被开除了。

六天,戴礼帽的老头每天都来造访,周日的按摩已被人们期待;那价钱开得吓人,前所未有。按摩时间也从一小时提到两小时、三小时。

六　香薰灯

小米慌了,给杨帅打了电话。

"我要辞工了!"她仰起脸来望着天空,云层低低地压下来,那么低,以至于夜色中全部的气味和声音都挤在了一起,挥之不去。她觉得心快跳不动了。

他正在一家自助餐厅吃饭。

他冲出自助餐厅。他忘了把账单还给那个收纳员。她在后面大声叫起来,他把单子扔给了她。

"他是想叫你帮他,打飞机。"杨帅一边说一边就恼了。

小米说:"也许我想多了,也许他真是得了严重的失眠症,要用按摩配合治疗,像很多女客人一样。"

"你上当了!到这种地方来,哪个男人是好东西。"

"唉!不要这种脸色嘛——我不是说你在,这种地方……"之前,她的世界里只有课堂、排练厅、大剧院、音乐、舞蹈、艺术,不存在"这种地方",她很少了解其他华人是怎么生活的。

杨帅说:"你太书生气了,华人在唐人街多数是开餐馆、做衣厂,但实际上地下妓院一直存在。你看华人的报纸,上面有各种广告,比如说送小姐上门到旅馆,那得有司机来送,而司机肯定不是女人。司机会来敲门,看情形不对就逃了。"

小米没说话,这不关她的事。但是她讨厌他这种冷静得像社会学家的腔调。她在石阶上坐下来,觉得特别无力:"你到底什么意思?"

"干脆就辞了这份工,再找别的吧。"他一边挠头一边说。

她倒是不甘心起来:"可是我费了好大劲儿才找到这份工,离家不远,工资不错,还可以早下班,利于照顾我女儿。"

"你可以办舞蹈班嘛!"

"本来是有这个计划,跟邱飒合作——她有身份,我没有身份办不了执照。"说到邱飒,两个人都不说话了。他们都知道她可能不久于人世了。

"你可以跟有身份的人结婚,一切不就解决了?"这句话早就等在他嘴边,一直没有机会说。它就像一个守着树洞的猎人,看到猎物溜出了自己的洞口,杨帅一阵狂喜,"别忘了我是有身份的特殊人才啊!"他总拿这个自嘲,可今天它是一个重型武器。阳光刺眼,他看不清她的表情。

杨帅的情谊在异国他乡对她很重要,但现在小米宁愿什么都不想,就这么坐在夏天的虫啼里,一瞬间就从俗世中抽离。一棵巨大的樟树在她头顶张开绿色棚顶,把她拢在它的宇宙之下。从黄昏的宁静里,在丁香花的轻柔里她似乎触到婴儿般轻柔的呼吸,还有虫声和潮气。多么好,这片草地,这个时辰。有一种缓慢、纯粹,有一种独属于她的好的孤独。她只想深陷在樟树的浓荫里,用这里的一枝一叶,搭建一座云中的庭院。她想藏身在这个没有人知道的专注里。这是她的花园小径,她不想从这里抽身回去。

在这里,她最是自由和幸福。这里使她想起一个地方——舞台的后侧布景区。以前演出结束,舞者往往忙着卸妆、洗澡、喝酒、吃饭。她卸完妆总是慢慢地往回走,会路过后侧布景区,她发现在灯光灭了之后,这里另有一种缠绵蕴藉的灵异气氛。她像一条蛇,在黑暗里游来游去,这是她一个人的舞台,她情不自禁一个人在这里起舞,就像仙鹤、鹭鸶,很美。

现在她没有伴侣也没有朋友,没有宗教也没有信条。她过着自己的精神生活,不与任何人交流。

杨帅不知道她在想什么,但是他肯定自己被排除在她的思绪之外了。当她冥想的时候,比如现在,她的眼睛眯起来眼神邈远,忽而眼神扩散又显得有些混乱,但瞬间又变了。杨帅能从中看到她感情丰富的变化。

此时,它又归于平淡:"我要回去了,佳佳醒了找不到我会哭的。"她站起身来,杨帅抓住她的手:"别怕,有我呢!"他抓住它,捂在自己的胸口上。"你相信我,对不对?我可以为你死,这点小事算不了什么。他要是耍咱们,咱们就耍他!看谁玩得过谁!"有一股丁香花的味道融入了她的呼吸,他那么用力,像在掐她,她的血液在他的手掌下猛烈流动,不堪重负,几乎抽筋痉挛了。她甩开他,走开了两步,她必须大口喘气才能呼吸到一点空气。周围都是浓郁得化不开的丁香花的味道。

周末。戴礼帽的老头终于来了。

他交了一半的钱,躺下了。说另一半我会事后给。

"按摩提纲":"你应该放一些音乐,最好没有电话声和孩子们的吵闹。最好放一些香精,在空气中袅袅上升,有助于营造一个较好的按摩环境。"

小米放了音乐,舒缓如潮水似的音乐一浪又一浪拍着海岸。

门开了,经理递进来一盏香薰灯。

绿色的芭蕉树叶覆盖了海岸边的小船。

按照他写的"按摩提纲"的程序,他将进入宇宙太空那样的永恒寂静……

"按摩提纲"很长,像教科书那样的行文。从第一条到第十条,三页纸,有一些书面语言很生僻。

"你在开始前,需要清洗三遍手……用那种护士用的毛刷子刷你的手指。"小米回忆起曾经在演出后,用厚厚的凡士林卸妆。记得那是第一次演出,女孩子们舍不得卸妆,顶着一颗华丽的头,披一件军大衣,走在北京寒风萧瑟的大街上,好多人看。那时,她们个个像天使下凡!

香薰灯让她想起小时候看的《宝莲灯》,那带着香气的渺渺烟雾,使那些穿绿裙扮演荷花的舞者像天使一样美丽。她的艺术之梦就是那时候开始的。

他并没有直接躺在按摩床上——这是一个有经验的客人。他光着上身,一条宽毛巾围在腰部,坐在按摩椅上。他在等什么?小米大脑一片空白。在观摩了金姬的速成按摩指导,读了按摩教程书,加上阅读了客人打印的"按摩提纲"之后,小米还是不知道怎么下手。"摩手令热"这个词先蹦出来,于是她先把手互相搓热,把柔长的手指轻轻地放在客人胖胖的脖子上——"用两手拇指的指面按揉风池穴,沿颈椎两侧向下按揉。先用两手食指、中指、环指三指指面,从枕后部向锁骨上窝部按揉。然后,从双枕后颈推两侧向颈肩部用两手小鱼际揉颈部。"

接下来,她用两手的外侧缘,书上称"小鱼际"按在客人的颈部,缓慢地做颈部左、右旋转,然后顺时针和逆时针方向揉颈部。接着她用两手中指按压客人的肩井穴。客人双目微闭,从他的面部表情看,效果不错。他躺下后小米就开始全身按摩。屋里灯光调得幽暗,背景音乐似有若无,像海风池波,香薰灯飘散出一阵阵微弱香气,令人如身处园圃,鸟语花香。他

的"按摩提纲"里,对他的推油按摩服务提了很多细节要求:

"当你推到一小时,我若没有睡意,你应该顺应我的要求,做那些令我更为兴奋的动作;当你推到两小时,你应该保持室内的绝对安静,这时我可能已进入了睡眠,这正是我要达到的效果;你应该让我沉睡,而不应叫醒我,或弄痛我,使我醒来。不要打搅我的睡眠,不要出任何声音,不要接电话,更不要走出门离开我,不要停止你的按摩动作……

"不要有开门声,房间必须隔音,不许有人声、小孩的哭声、吵闹声、上下楼梯声、按门铃声、汽车喇叭声、水管漏水声、电视广播声、交谈声、放屁声等自然和非自然的声音……

"你不能走动、咳嗽、喝水、接电话和行走,这些可能会使我好不容易产生的睡意消失……

"你只能陪在我身边,坐着,让我进入一种只有在太空才能得到的安静,像在宇宙里的那种永恒……"

她俯身察看,发现他根本没进入"那种永恒"。

他的肌肉绷着,明显不习惯这种按摩;手臂僵挺着,耳朵竖着,眉头皱着。可能他发现上当了,哪里是什么"韩式按摩"!怎么办?小米想起他的"按摩提纲":"给我按摩,从脚开始"。于是她转到床的另一侧,开始按摩他的脚……这时,他的神情放松了,甚至发出一些声音,似乎是表示高兴——一种咕噜声,以及深深的吸鼻子声。到了中途,他的眼皮开始耷拉下来,他胸部的起伏更加明显。她会停下来,看他是否睡着了。这么一来,他会发出另一种声音——一种粗鲁、责备的声音。等她习惯了,这种声音听上去就不那么像责备了,更像一种提示:他这会儿还没睡着呢。他会在她眼睁睁地看着他的时候,突然睁开眼睛,吓她一跳。其实他已经进入了睡眠了,就像死了一样,起码是半死不活的了。他的眼睛虽睁着,可是人已像是一颗沉在水底的石头,一侧的嘴咧开着,露出一口烂糟糟的牙齿。潮湿的牙釉质中,黑乎乎的填料闪闪发光。他身体壮硕,有一颗超大的脑袋,宽阔起伏的胸部，像一艘航空母舰；不同的是，该停泊小飞机的地方长满了棕色的杂草——胸毛茂盛。无力的胳膊耷拉在盖着毛巾的光腿两侧。他就像一个遗迹，一位来自荒蛮时代的远古武士。

他身上有一种残留的烟草味，那皮肤如厚厚的皮革一般，淌着汗水，散发着动物的热量。还表明一种古代的特权。一个老男人的身体。让她厌恶。

时间过得很慢，小米瞟了一眼小钟，香薰灯需要加精油了。门开一道细缝，有人递进来一盏新的香薰精油灯。那灯飘逸着一股奇异香气，令人立刻觉得头昏神迷。这时，一个穿蓝色护士服的女人闪了进来，点头示意她出去。这女人化了一个大妆，在香薰灯摇曳的微光下，像个聊斋里的女鬼。小米没有停留，悄悄溜出去了。

老头显然困倦了，他不记得自己什么时候睡着了，这是他失眠二十天后第一次深睡，只是不知道是不是得到了全套的推油服务。三个小时过去了，真的？我怎么没感觉？他还要重来，她说："时间到了……"他觉得她声音变粗了，而且，刚三个小时，她的脖子下面就长出了那么大的喉结。

"你的房间里放了什么，我怎么会这么快就睡着了？我怎么不记得一点经过和任何细节？"

女人一边低头在放浴缸的水，一边飞快地说："放心！你得到了全套的推油服务，物超所值……现在，请您更衣沐浴吧！"

她边点头边倒着退去，他的目光贪婪地追随着她。他没有注意到她粉色护士裙变成蓝色了，只是越看她越不像他进门时看到的女人。她的声音不再纤细颤抖，而是洪亮坦荡。他的目光从她护士帽下光光的额头，溜到平坦的胸部，再到她平直的背影……裸露在蓝色裙摆下的一截小腿，竟然显得肌肉饱满、雄武有力。他吃了一惊，没来得及说出他的疑惑，因为他的眼睛模糊得看不见东西。他只是问："我的眼镜呢？"

美人已闪出门外，戴着口罩的脸上，透着一丝嘲笑。

七　白夜

对那天的按摩事件，小米得到的印象与众人不同。她只记得一个身影闪进门后，把她推向门外，又把她拉回来，同时迅速将她察看一番：她的喘息、眨眼，她纤毫未损，他才放心地把她送出门。离开他汗湿的怀抱时，她看见他的眼神发生了变化。浓妆的掩护下，他就那样看着她。他把一种保护式的专有权就这样用目光烙印了下来。他的鼻息这么近，混着香薰的味道喷在了她的脸上。

杨帅对于整个事件的记忆则不同，它在杨帅快乐的时候是加倍的浪漫。他把她抱在怀里的时候，惊异地发现她是那样细，细弱得让人心痛。他从来没有那样心痛过谁。他要好好想一想，要好好走正路——按小米的话是走正路，像一个正常人那样挣钱。因为他看不得小米吃苦，因为钱的原因受人欺负，要是他有钱了，就可以救她于水火了。

按摩事件之后，周围的人对小米的态度也改变了。人们不敢再轻视她。经理也不要求她给客人按摩了。她做了美容师，上班时间也更宽松了，几次因为女儿而请假，也没被训。就这样，他们踏进了2001年纽约的9月。一天早晨，杨帅又到店里来找小米，"小米，快趁热吃！这是真正的油条！跟当年学校门口小铺卖的油条一个味道！"他捧着吃的，一溜小跑上楼来。小米不好意思当着众人的面吃，就找个借口，说是送毛巾到洗衣店，因为店里的洗衣机坏了。两个人下了楼。那天阳光很好，秋高气爽。

忽然听到了人们的尖叫声，警笛拉长了的鸣叫，惊恐喧嚣的声浪，从四面八方传来。这样的声音从来没有听过，不是从一个人嘴里发出！不是从一扇门、一扇窗里面发出的，而是从各个街道，从每个窗口，每一个喉咙里发出的——令人恐惧的、悲惨的、匪夷所思的声音——啊！啊！啊！

街上每一家商店所有的电视都打开了，把声音开到最大——电视上，纽约世贸中心连续发生了撞机事件，两幢一百一十层摩天大楼（双子塔）在遭到攻击后相继倒塌，除此之外，世贸中心附近五幢建筑物也受震而坍塌损毁；五角大楼遭到局部破坏，部分结构坍塌……夸张的声音，是从电视里传来的。人们聚集在商店、洗衣店、酒馆、咖啡店的电视机前，看到了纽约历史上最惨烈的一幕。小米茫然地看着屏幕，一个念头突然划过心间：在十一个小时前，她和杨帅正站在被飞机撞毁的地方！

昨天晚上，杨帅邀请她观看了一场他担任编舞创作的舞蹈演出，地点就是双子塔。那里搭建了露天舞台，每年夏天都有艺术家在那里举行义演。昨天晚上虽是义演，但他比正式演出还郑重，这是他第一次在小米面前展示编舞才华。

看完了演出，杨帅带着小米和演员们一起收大幕，装道具，和大家一起在旁边的小贩摊子上买饮料，碰杯……她好像回到多年前。当时，无意中她瞥见一个奇怪的庞然大物，那东西怪异地矗立在花好月圆的平台上：一个圆形雕塑，黑色的被烧焦的丑陋家伙。问起来，有人说，几年前有人炸了这里的地铁站，连门口的钢筋雕塑都被熏黑炸坏了，于是，这个地铁站被关闭，而它被摆在这里警示世人。小米和杨帅并肩走到平台的尽头，进入玻璃走廊之前，杨帅突然停下脚步——他想再看一看世界贸易中心一号楼，也称北塔——想让他的这次演出记忆更深刻一些。

杨帅走到双塔一号楼下面，伸手摸着那个水泥钢筋的庞然大物，随口说，这个东西真是钢筋做的吗？它以一种美学上的菱形图案，形成拱形弧度抹向塔尖，凌然地俯视着这两个小小的蚂蚁般的参观者。小米仰着头，在寻找那黑暗尽头的塔顶。"我要搞一个舞蹈作品，它要像它一样，永远像丰碑一样耸立，让人仰望和铭记。"他雄心勃勃地说。小米也学着他的样子，把双手搁在那金属大楼的身体上，到了这一刻，她并没有觉得有什么了不起的兆头——在十一个小时之后,一架美国航空公司的航班,于2001年9月11日7点59分从波士顿洛根国际机场起飞,飞往洛杉矶。8点46分40秒,这架遭劫持的飞机就以大约每小时四百九十英里的速度撞向了世界贸易中心一号楼。9点3分11秒,又一架美国联合航空公司的航班撞向世贸二号楼。同时,另有两架飞机正分别冲向五角大楼和芝加哥西尔斯塔……

小米看着电视上这些恐怖的画面,愣怔着。杨帅把她拉到自己对面,"听着——"他像操练士兵那般认真地说,"万一,我说万一,发生了什么,不管什么——你听着呢吗?"他的眼睛睁得很大,瞳仁黑白分明,"不管发生了轰炸、火警、天塌地陷——你就在这里等我,我带你回家!"

经历了这个纷扰不宁的上午,她有点心不在焉。他不耐烦地把她的手握在一起:"你要认真点!什么都可能发生,万一失去了联络,你就站在这里等我!听见没有?"她假装捂住胸口说:"你这么啰唆,我要晕了!"

这一天终于来了,几天后,曼哈顿又出现了另一次全城沦陷——大停电,大停电影响了全城的交通、股市、学校、工厂,各种正常的交易活动全部停止。全城交通受停电的影响,全面瘫痪。手机信息也不通畅了。每个人都在寻找亲人。回家的路被封锁。纽约人成了惊弓之鸟,人们以为又一次"9·11"来了,慌不择路,街上拥满了人。小米站在路边,越站越冷,脚指头从疼痛到麻木。她站累了,就坐在马路沿上东想西想。小佳佳,幼儿园,保姆……谁都联系不上了,怎么办?

美容店和这条街上所有的店一样,提前关门了,经理和其他的人准备搭公共汽车或步行走到大桥,翻过大桥再找机会搭车回家。她们没有把握能够找到车辆,因为整个曼哈顿,甚至整个纽约已全面瘫痪。没有公共交通工具,没有联络工具,没有开业的商店,甚至没有水……这个城市正处于非战争的战争状态。

小米只是坐在马路边上。

一个小时过去了,小米还在马路边儿,手搭凉棚,朝远处张望,她就像一个傻女孩,相信午夜十二点的马车会来载她。她甚至没有意识到,她等待的不是高飞,而是那个多年前已被她从心里淘汰掉了的杨帅。

杨帅终于出现了,他走了很远很远的路,来到她的面前。她一下子扑到他的怀里,嗅着他身上的气息,眼泪差一点落下来。杨帅没说话,攥着她的手,捏在手心里,一声不吭地往前走。他们一起穿过空旷的大街,走向皇后大桥,置身于成千上万的狼狈跋涉的人群中,就像正在拍摄一个著名的历史战争大片。人们不断地翻越陡峭的两拳宽的桥栏杆,爬上上面一层的桥面。站在大桥回头望去,纽约好像着了大火,不是好像,是真的着了大火。夕阳西下,世贸大楼双子座像两颗门牙被拔掉,豁口处浓烟滚滚,直入云霄。天气闷热,空气里弥漫着一股呛人的焦煳味儿。夕阳不似烟霞,红得像火一样,使水泥丛林的大厦燃烧,千百块玻璃呈血红色,黑鸟盘旋,好一幅末日景象。

初秋落日的余晖照耀着大桥,和如蚁爬行的人们,将柔和的金粉撒向衣冠不整的西装人士和穿着运动鞋、手上提着皮鞋的人们;余晖在所有移动的人们身上摇曳闪烁——包括穿梭在人群中的奔跑呼叫的孩子们。每一个人脸上像蒙上了一层阴影。街角和灯柱旁的一个个小小的祭坛,烛光摇曳,有失踪者的照片和文字,散乱不堪。小米有点伤感。哀愁笼罩了整个城市。

"你是不是饿了?"

杨帅变戏法似的变出一瓶水,向她举了举,似乎是在向她致敬。

这时候的水,十分珍贵。

"喝吗?"

她摇了摇头。

"还有一块巧克力。"

"我们可能需要靠它顶几个小时,所有的商店都关门了——没电,食物全坏了,有好心人把剩余的饮料摆在自己店门口,无偿送给'逃难的人'。我顺手拿了一瓶,没敢多拿!"

她喝了口水,来了点精神,还是不舒服。
"你的脚怎么啦?"
杨帅从她一瘸一拐的姿势,看出她的脚出了问题。
问题倒是没有——如果说女人穿高跟鞋显得挺拔性感,今天性感会要了她的命。
走的时间太长了,很多女士干脆把鞋脱下来,光着脚走路。
小米不敢脱鞋,满地的碎石和瓶子碎片叫她发怵。她只能默默地匆匆赶路。疲劳袭上来,笼罩在人们脸上。周遭的人静了下来,脚步周围的寂静中有一种不安。游动的、不声不响的人影使她困扰。
杨帅的手悄悄地伸到她的手肘下,做她的拐棍。
他开始搜肠刮肚讲起笑话来。这是他的拿手好戏。孩子气的挑衅表情占据了他的脸,他还在傻笑。
小米摇摇头,手按着嘴巴。她笑不出来,脚痛得要命。
他说:"你等一小会儿。"说完不见了。
不一会儿,他兴冲冲地回来了,手上多了一双黑色网状绣花拖鞋,说:"这是我从一个路边摊上买的,你可没看见,这种唐人街老太太上街买菜穿的拖鞋,有多抢手!那些穿高跟鞋的女人简直拿它当救命鞋了!"
他蹲下来,给小米换上这双不伦不类的花拖鞋。这鞋让小米的脚像踩在棉花上。他们终于走上了皇后区大桥。视野突然开阔起来,天空河水层次分明。大桥桥头站着几个荷枪实弹的国民警卫队大兵,他们的眼神疲惫而冷漠,忧郁地打量着人群。车辆禁止通行,以利于人群疏散。阳光在玻璃和金属管道上闪耀,皇后区大桥像巨大的机器传送带,人们被吞吐着,像消化不了的残渣。满视野都是人,全是人的后脑勺,黑色、黄色、红色、灰色、咖色的头发。人们沉默不语。通常,住在纽约各区的人到曼哈顿上班,用交通工具,要花费一两个小时。今天没有了交通工具,可能需花去四倍甚至五倍的时间,也许半夜也回不了家。人们处于极大焦虑和恐慌中。

在金粉色霞光映照下,河水变成了蔷薇色。也许是光线,也许和天气变幻、河水折射、道路壅塞、行人疲惫、独特的末日气氛有点关系,小米下意识地抓住杨帅的手,怕被拥挤的人冲散。这种场面使人想到人生无常,横遭变故。

而杨帅甚至有点感激这次全城大停电,它使他与小米有了一次堂而皇之的漂泊。这次漂泊与以往的任何一次都不同又都相似,相似的是都是被迫的选择,不同的是——在全城沦陷的情况下,他与小米有了一次手牵手的约会。

这时人群里出现了一阵骚动,人群拥向旁边的栏杆,有人差点被抛出桥外。小米和杨帅被冲散了。云层遮住了太阳。人们在她身边拥来挤去,像湍急的溪流绕过石头,她想站住,可是人潮裹挟着她,推着她往前走。她在人群中磕磕绊绊地摸索着。她呼叫杨帅,她颤抖的声音在嘈杂的空气中被抻细、拉长,变成长条形,最后被撕碎了。她挤到桥边站住,踩上几尺高的铁栏杆,攀住另一条横栏,使自己比别人高出一头。她想看看杨帅在哪儿,突然,在她手边发亮的铁管上,出现了另一个人的手,"啪!"又一只手攀在铁管上,接着从栏杆外钻出一个汗津津的黝黑的脸,一个墨西哥小伙子轻捷得像一只猴子,从栏杆外跳进来,接着更多的人攀上来。原来他们走了半天并没走出多远,还在引桥部分打转转。黑压压的人流把上下两层的桥面都填满,人流像黏稠的黑色液体一样从桥面上要漫出来。在桥下面的人以为上层的桥还有空间,就攀着栏杆往上层钻;有人从上层向下层去,一时间乱了套,人们上蹿下跳。有的人像耗子一样蹲在铁管上,似乎想找一个插得进脚的地方。"杨帅!"当她的声音被风和嘈杂人声撕碎时,只有杨帅一个人听到了。这声呼唤隔了二十年,穿过了他所有漂泊的日子,穿过了德州大沙漠、旧金山金门大桥、渥太华的丽都运河、日本横滨市中华街,穿透桥头人们的呼叫、警车鸣笛、头顶穿越的飞机轰鸣,刺进他涣散的听觉,直达他的鼓膜。他突然看见小米在人潮的另一边,做着与他同样的动作,扒着栏杆,正在伸出脑袋四下观看寻找他。

隔着万水千山似的。

他举起一只手,在另一只手心上交叉——做了一个"停止"的手势,然后跳下桥栏。金色的落日渐渐隐去。他敏捷地在人群中闪来闪去,横插过来,穿过那些聚集如虫蚁般的生命,在荒凉的、幽灵般的人流中像影子一样前行。

他五步并作一步地来到她站的地方,伸出手,示意,我保护你,你跳下来!

她摇了摇头,保持着微笑。

她想靠自己的力量跳下去,可又觉得自己特别虚弱。她提着长裙,像受到惊吓的公主;羞怯使她踌躇不前。杨帅仰起汗津津的脸,让她的手搭在自己手上:"跳!"

她在颤抖,出汗,脑子里嗡嗡响,好像两只耳朵之间拉着锯。

她不好意思承认自己腿软得抬不起来了。杨帅站在她面前,还是那个矫健男人,只是眼神却换了另一个人。一个跋涉了半个地球追寻她,得而复失,生怕再失去她的男人。他有一种恍惚、忧伤的眼神。

他给她另一只手,说:"快下来喽!"

曼哈顿下城仍旧浓烟滚滚,呛人的烟一缕缕飘过,晚霞浓浑的血色光调,似有若无的圣乐般旋律贯通在空间。她抬起眼,看着风尘仆仆的杨帅。她眼里的泪水集到此刻,已沉重至极。

他的手触在她腰上,掌心一送。

她把自己交到他那里,麻木绵软得就像一片羽毛落到杨帅的怀里,被男人热切的气息包围。嘈杂和混乱都退避了。小米一动不动。她又怕又兴奋地融化在杨帅温情的凝视中。火一样的目光融化了她,在几秒内,周围世界消失了,人人雕塑一般固定在那儿,甚至风息、雀哑、鸟坠、云凝。

他们终于走到大桥尽头的十字路口。太阳下山了,夜幕正在降临。天空晴朗,云层正在消散。一只狗无心叫了几声,说明他们走到有人家的地方了。它跑出来看看,巨大的人潮正从这条本来寂静狭窄的街上经过。人太多了,黑压压的一大片,它失去了警觉和兴奋。

他们走到坡道最下面,跟大多数人一样等公车。路上几乎见不到出租车。偶尔出现一辆出租车,也早已客满。众多的人群。猛烈的热气。人们为争抢出租车的吵闹声。为了维持混乱的队伍,发音像吵架似的汽车站的广播声。人们被激怒了,因为排几个小时的队,终于弄明白了,难怪这么慢,原来只有一辆车来来回回地拉顾客。好像全城的车都消失了。"这要等到猴年马月啊?!我还要到幼儿园接佳佳呢!"看见小米如此着急,杨帅第三次消失不见。这次时间比较长。

平时,纽约人很斯文,现在人们卸下了斯文。好不容易等到一辆公车进站,车站人群就像一个千手千脚的庞大生物,轰隆隆地朝公车冲去。小米不是这千手千脚的庞大生物的一部分,她每次都落到后面。她一直等到人潮彻底退下,另一股人潮尚未卷来的空当,才挤上了一辆公车。门关了,还没有杨帅的影子。在路上,车辆和行人边走边停,走走停停,行人比车辆还多,行人的速度比车辆还快些。那些跟小米一样挤上了车的人,在短暂的得意之后,又后悔了。悔不该上车,被困在车里,还不如路上行人走得快。顾客开始抱怨。

这时,杨帅终于出现了,他就像马前卒走在公车身边,一会儿走在它的左右,一会儿落在它后面,寸步不离。这时小米拿出手机,想试试看能不能给他打电话,手机还是没有信号。他俩一个在车上,一个在车下。杨帅似乎是在跟踪着这辆公车。而它慢如老牛,似乎比走路的他还慢。

突然,杨帅横插过来,走到车头,"啪啪"地敲车门。

车上的人闻声紧张起来,就像惊弓之鸟。

"Are you crazy?(你疯啦?)"司机吼道。

大家好不容易挤上车来,哪怕它像老乌龟一样的慢,大家也宁肯坐车。

杨帅坚持不懈地"啪啪"敲着门,又朝小米比画着——下车!

"不到站不能开门。"司机坚持。

杨帅像疯了似的又一阵猛敲。司机终于在一个路口把车门开了一条缝。杨帅把小米拽下了车。小米忙着整理头发:"你干吗?"杨帅兴奋地说:"我发现了一个更好的办法。"小米看到他精疲力竭了,处在某种混乱魔怔中。那是一种浅度休克,体力、汗水流失过多所致。"我一直跟着你,这车慢得像老牛车,你猴年马月也到不了家,幼儿园关门了怎么办?——我给你拦车。"说着,她才发现他的眼睛一直在街上扫,同时伸出手做着拦车动作。

这时候街上车辆稀少,好不容易被众人堵截下来一辆出租车,司机开了天价,收双倍的钱、三倍的钱,还拼车,爱拉不拉的样子,但是还是不断地有人往车里钻,有的人只能坐在别人的膝盖上,或钻到别人的脚下空当里去坐着。小米被挤得喘不过气来,杨帅连连说,好了!不能再加人了,我出四倍的钱!

司机一听,马上关上车门全速前进。只见他猫着腰,弓着背,急速转动方向盘,躲来闪去,好像避开炮火,灵巧地躲过纷纷上来拦车的人们。杨帅一问,原来此人是从前线下来的塞尔维亚人,他的车开得像"风暴作战"一样。那是战争经验的延续。他两眼发直,脸上是既焦虑又得意的神情。

小米紧紧抓住前排靠背,身子被车子晃得左右摇摆。从后视镜里,她能看着司机忧郁的眼神。杨帅在小米耳边小声地说,纽约出租车全部包给第三世界,特别是来自战乱贫困地区的弟兄们,他们的车开得像打仗也在情理之中。没准这样开车会让他们有种深入敌后的感觉,他们直插美帝的心脏!

小米终于笑了,这一路杨帅为了逗她开心,想尽办法故意卖关子讲笑话,曲尽奇妙,卖乖弄巧,胡行乱闹,真是一枚大难之前的开心果。

走到皇后大道,还有很长一段路,司机死活不再往前开了,说还有事,留下小米他俩在路边,掉头,一溜烟似的跑了。现在,他俩只能又靠腿走路了。

这时,紧张气氛似乎随着那个车开得像打仗的司机的消失,不见了。他忽然停了下来,转过身来,看着她。他们眼看着就要走到家了。月亮已褪去了赤红色的浮晕,像被水洗过一般。她听见流水不知在什么地方响着。"你今天是不是害怕了?"杨帅柔声问她。他的嗓子里似乎卡了什么东西似的。"害怕。"她的声音低得自己也听不见。杨帅就把一只手搭在她的肩膀上,说:"不要怕。"在这一刹那,她又闻到了他身上那股烟味。她听见自己的肩胛骨咯咯作响。任凭她怎样凝神屏息,她的喘息声还是加重了。

在路边,他俩斜长的影子合而为一。杨帅记得这个时刻,多少年后,他还记得这个充满慌乱的初秋下午,他们走在皇后大道的一座教堂前,几只鸽子栖息在夕阳染红的白色十字架上。这里充满了安静祥和,在靠街的教堂拱廊下面还映照着夕阳的余晖。他更愿意是在一个春天的夜晚,或者一个夹竹桃、牵牛花疯狂开放的夏夜,他和小米信步走在林荫大道上。他们漫无目的地走着,在微风中。他寻思着,黑夜是不是永远不会到来?会不会像俄罗斯或一些北方国家一样,出现永远不变的白夜?最初的人生和最后的死亡一样,都是人生的必然;最初的晨曦和最后的晚霞一样,都会光照人间。他愿意时间就停在那里,时钟永远指向同一时刻。无生,无死,无昼,无夜,无白,无黑;没有爆炸、浓烟、慌乱、恐怖,甚至没有家庭、孩子、责任、生存,去哪儿已经不重要了,只要他和小米在一起,他愿意永远待在那里,直到时间的尽头……

八　蓝血婴孩

他们终于来到佳佳的幼儿园,但那里早已大门紧闭。这时手机信号已经恢复,老师留言说,已带佳佳到了自己的家。他们终于找到佳佳老师的家,接回了佳佳。

等一切安顿了,他在小米家洗了澡。小米感到惊讶的是,疲劳了一天,杨帅洗漱完毕之后,越发显得年轻、神采奕奕、精神愉快。她端来了热面条,杨帅闭眼,在碗边上闻了一下,嗯,有葱花、香菜和香油的味道,上面还卧着一只鸡蛋。它搅起了他的馋虫,他们几乎一天没吃饭。他端起碗,呼噜呼噜地连汤带面一扫光,面条在嘴里来不及嚼一嚼就被咽了下去。但是他的两眼,却落在小米身上。他魂不守舍地看着她,又好像盯着她脑后的某个地方。

她问:"你想什么呢?"

他回过神来,他说:"想你呢!"

小米打岔说:"我不懂你在说什么。""你干吗要懂呢?"他突然摆脱了这种心情,用轻松的口气说,"这是第一次,在你家里,跟你在一个桌子上吃饭,就像一家人一样。"

"吃饱了吗?要不来点饮料,橙汁?柠檬茶?"

"好吧,来点橙汁!"

电视还开着,静音状态。

"有什么新闻?"

"啊,他们说,本·拉登还活着……"

小米想起了什么,对杨帅说:"今天佳佳的老师说,佳佳的手和脚指头不像一般孩子那样红润,而是泛着蓝色,嘴唇也是蓝的。"她走进小屋,坐在佳佳床边,眉头扭在一起。"这个孩子不知怎么了,从去年底开始就病恹恹的,一直瘦,还特别嗜睡,吃着吃着饭就睡着了,脑袋一耷拉能耷拉到碗里,到了床上更能睡得昏天黑地,叫她也叫不醒。不会得了什么怪病了吧?"

说起女儿,小米声音越来越小,心痛到没了力气。"别担心,明天给她请假,我陪你带佳佳到诊所去查一下,就知道了。"

第二天去诊所,护士把杨帅拦在了外面,佳佳很害怕,哇哇大哭,小米怎么劝也劝不住,自己差一点也跟着哭了。杨帅小声赔笑脸对护士说:"让我进去,我是小孩她爸!"

报告出来了,病理检查发现,佳佳的血液竟是蓝色的。医生顿时紧张起来,赶紧叫小米带佳佳到专科医生那里去会诊。经过心脏外科诊断,佳佳患有一种先天性心脏病,血液含氧量只有常人的七成,临床表现就是血色青蓝,嘴唇、手指脚趾泛蓝。心脏外科专家说,患病儿如果不在早期做心脏手术,性命堪忧,即使幸存,以后也很可能因为心脏衰竭而死亡,而且概率很大。

她说:"血液是红色的,血液因为血红蛋白的铁离子而显现为红色,铁离子主要用来运输氧气。如果这个蛋白质变性了,铁离子无法运输氧气了,会造成带血功能的障碍。带血功能低于百分之十五,血管会呈现为很明显的蓝色,低于百分之二十至百分之三十就呼吸困难,低于百分之七十就有休克死亡的危险。你的孩子带血功能出现了严重的障碍,患有正铁血红蛋白血症,俗称蓝血症。"

小米着急地问:"我的孩子一直都好好的,怎么会得这种怪病呢?"经过询问才知道,幼儿园阿姨今天给佳佳喝了菠菜粥,菠菜中含有较高的硝酸盐,可能因为佳佳的胃液酸性太低了,很多食物没办法消化。以后像苋菜、胡萝卜、甜菜头、菠菜、花椰菜等含有硝酸盐较高的食物，就尽量少给她吃了。

回到家，小米寸步不离地守在佳佳身边。

"别担心，小孩子都爱生病。"杨帅故作轻松地劝慰她，但是马上，他不说话了。他看到了小米的眼睛——它可以属于一只母猫、母狗或任何母畜的眼神，既温存又愚蠢，并随时可以扑向可能伤害孩子的人或物。这不是一个芭蕾舞演员的眼神，这是一个母亲的眼神；这是一个漠视自身的女人。小米的眼睛一刻不松懈地转向身边这个孩子。一股近乎绝望的神情出现在那略显焦虑和痛心的眼睛里。

幸亏杨帅，小米得以熬过了一段日子。这个男人，成了她唯一的依靠。在医院的长椅上，他叫她靠在肩膀上眯一会儿。他们之间的亲近是必然的，也是被迫的。之前她从未想过，杨帅的殷勤，甚至轻浮，会变成她的救命稻草。他对佳佳简直就像自己的女儿，一口一个"女儿"地叫，生怕别人不知道似的。

后来的几天，他们就像一对真正的家长那样互相依靠，像情侣那样凑在一起吃饭，不分你我。他们坐在一起守在佳佳病床边，杨帅给佳佳讲故事，小米给佳佳削苹果。佳佳的膝盖无意中掠过杨帅卷起来的裤脚——因为嫌热他把裤脚挽到膝盖，可以看到那黑而浓密的腿毛——某种男性的荷尔蒙气息，在他身上放肆地挥发。她一时走神，想起这个男人从前的样子：英俊，浮夸，轻佻，微卷的头发上抹了过多的发蜡。他曾是她的舞伴，他们一起演出，他是她的罗密欧。那时，他们彼此熟悉，她知道他的聪明和善良，也熟悉他的霸道和虚荣；她了解他任何细小的心思和情绪转折，他情绪微幽的变化。他们曾经亲密无间。

那是过去的、年轻的杨帅，现在的他已经微微发胖，但也更迷人了——他表里如一的痴情，他那奇异而温情的优雅，他那永远谦和的、顽固的、恳请一样的关心……

九　金蛇狂舞

　　杨帅一直对"你到底在干什么"讳莫如深,今天,他几乎是急切地要带小米去"一个神秘的地方"。在曼哈顿与皇后区之间的过渡地段,有一片较为荒芜静僻的旧楼区。这曾经是一个热闹的区域,后来,商业凋零,工厂搬迁,一片片无人问津的楼房变成了仓库。小米跟着他,迷迷糊糊地上车、下车、上楼、下楼。她深一脚浅一脚地走在一个黑暗的过道,脚下被什么绊了一下。杨帅拉着她的手,提醒道:"小心,瞧着脚下,啊,可怜的小手,这么凉……"等她进了门才知道,原来这是一个放置货物的仓库。望着她失望的神色,他扬起眉头,兴奋地说:"这个地方是我在华人报纸的广告栏找到的,招工的条件很简单:有车,有绿卡,有力气。具体工作是看库房。我一看,足足可以当一个大排练厅。我就应聘了这个工作。"

　　"哇?看库房你也做?"看库房的,多半是年老体弱的单身老头。小米打量着周围环境,这个仓库很大,杨帅轻快而浑厚的声音在空旷的库房里回荡,他那张俊气的脸、帅气的服装、抢眼的卷发、利落的表情,若放在舞台上一定很吸引人。可是,他与这个破仓库是多么不协调啊!

　　仓库潮湿暗淡,大白天也开灯,任何物质都失去了光彩。杨帅把灯线牵到合适的高度,让灯光忠实地将他的身形投射在一面粉墙上。没有镜子他只能用灯光投影来端详自己,就像演员在演出之前的对镜上妆。她有些心酸。但是他似乎不这么想,反倒是挺满意。"我从来不停留在伤感上。我有很多事要做。我下一个目标是舞蹈界的奥斯卡——尼金斯基奖,它的评奖是国际舞坛的华山论剑。我要搞创作,租不起排练厅,就找了这个不要钱的排练厅,老板的要求很简单,会开车,有力气,会英语,晚上有时需要住在这里——免费的排练厅,多好!"

仓库像一个黑黝黝的大山洞,但细看之下,货物都是整齐而有规律地、而不是随意摆放的。在一个角落里竟然摆放着一个老式留声机。"这是老板扔掉的东西,我把它捡回来了。"他吹吹留声机上面的灰,问她,"你想听什么?"他小心翼翼地从纸袋里取出唱片,不让手指碰到细纹,放在唱片盘上。唱片开始转动,他并不马上放唱针,而是弯下身子,把脸凑到唱片上——拿起一只小小的细头刷子,刷去唱针头上看不见的灰尘。他以极其专注的神情,一丝不苟地进行着这一系列动作,眯起眼睛,屏息静气,像侍候一个小动物。

他又脱下自己的大衣当垫子,铺在一只旧沙发上,让小米坐得舒服些。他把唱针慢慢地、轻轻地放在唱片上——流水般的音乐在山洞般的仓库里叮咚响起来了,他才如梦方醒般地冲她一笑,就像它们是有着生命的艺术精灵。他说:"跟我跳舞。小米!"

"在这个世界上,我最不想做的事就是跳舞了。"

"你最放不下的,就是跳舞。"

"我从来没这么觉得。"

"我最了解你了。"

她低下头,静静地说:"我不。"杨帅碰了一鼻子灰,只好走开,走到墙角,从地上一只皮包里掏出一瓶葡萄酒,给两个杯子各斟了小半杯。小米接过酒杯,试着抿了一小口,那酒口感平滑柔顺,带着一点点奶香。她心里笑道,这家伙跳舞还要借酒助兴。她可没有这个兴致,只想早点离开。音乐由弱渐强。"我能一个人喝酒,就能一个人跳舞。"他说。他开始围着她转圈,一边跳,一边说:"我渴望自由自在地跳,看着我!"然后他高高跃起,"你不是吗?你不是做梦都想跳舞吗?"

地上铺着一块圆形油毡,好像虚拟的圆形舞台。他围着它跳起了舞。为了逗她笑,他做出许多滑稽、夸张、奇怪的动作,不断地傻笑。他那灵活的眼睛东张西望,不停地眨巴。先是几个小步跳跃,然后行了一个女性的屈膝礼;接下来,那双细长的腿来了一个相当利落的击腿跳。他看见小米身子晃了一下,他知道她身体内在的那条"蛇"开始苏醒了,就如听到舞蛇人的笛声,藏在草篮子里的蛇开始冒头,并会随着笛声翩翩起舞。他来了一段搞怪式的斗牛舞,接着又跳了一段变奏宫廷舞。他姿态优雅地旋转,跳跳蹦蹦,挤眉弄眼,向虚拟的观众席一再点头致意。

小米知道他在逗她开心,就如他一直以来的努力,但是她此刻有点发怔,这种地方居然有无上优美的芭蕾舞?天啊!芭蕾舞是什么?它是舞蹈的皇后!

看来他一个人总是在偷偷地练习舞蹈,只有在这种时刻,他才是原来的杨帅——他的身材轮廓清晰起来了,舞蹈完全回到了他身上。所有的冗赘已被削去,他的意志如刀一般再次雕刻了他自身。他缓缓起舞,粉墙上的身影像一条漫长冬眠后的春蛇在苏醒,舒展出新鲜和生命。

这时杨帅感到热了,上身脱得只剩一件背心,全然不顾那上面还有一个小洞。他眼里放光,腾空跳起,双臂张开,胳膊和腿向后弓起,形成了一个不可思议的反弓形,像一只凌空飞翔的雄鹰。他穿着一双普通的白色跑鞋,却像芭蕾舞者那样踮起脚尖,旋转跳跃,让双脚足尖立起来连连敲击地面,弄出"咚咚"的响动。他在幽暗的灯光下跑动,像是一个被舞蹈附体的精灵,奔跑在一个无日无夜、无边无际、从天空到地面、虚虚实实的舞台,一个满场奔跑的、欢腾的影子。他以一种天才式的激情,用超乎常人的速度,做着足尖旋转。足尖旋转!足尖旋转!足尖旋转!无论腾空做任何动作,跳得多高,落地时都不会失去平衡。小米嗅到一股复苏的霉味,屋内所有的东西在冬季霉潮中发出气息来。留在墙上的石灰、油烟渐渐被潮湿溶解,从忘却和遗弃的阴暗里游出油烟味和霉味。气味不只有这些,还有滚热发黏的体温的气息,以及舞蹈者的脚汗气味。舞蹈者痛苦的舞步就在脚汗的浅浅臭味里。

这时,杨帅突然停住,正在谢幕。他好像跟一群演员站成一排,向前走了几步,然后一边鞠躬一边后退,脸上笑容可掬,同时伸出手向着两边码得整整齐齐的货箱送去一个个飞吻。

她的心被一种奇特的感觉搅得乱糟糟的,她好像看到了一个既可悲又可笑的幻象。它是逝去的陈旧的影子。她又想笑,又恨不得哭。

他们并没有经历真正的灾难,即使是"9·11"事件,他们也没有出现在惨案现场;他们没有经历过战争,没有从死尸上跨过,没有经历过大自然和人类的那些残酷的暴行。但是一些小事,一个偶然的场面,也会令他们难受,身体打一阵寒战。虽然这些偶遇并不是那种强烈的、可怕的、令人震惊、生离死别的痛苦,而是轻微的、深刻的,会勾起那些藏在内心的悲伤,会让他们想到命运的捉弄,会激起他们许多痛苦的回忆,在他们面前打开那扇神秘的大门,看到里面种种错综复杂、无法治疗的精神痛苦。它们看上去是轻微的,却是更深刻的,因为难以察觉,所以更激烈。它们在他们心头留下悲哀的痕迹,留下一种苦味,一种久久不能摆脱的破灭的感觉。

杨帅朝着小米转过身来:"小米,现在,你乐不乐意跟我跳一段舞?"他站在她面前,一只手背在身后,另一只手伸向了她。他的胸脯在衣服下起伏不止。他的脸色因为刚才的舞蹈而兴奋得发光。

她不安地朝四面看了看,好像那些暗处游动着一些不安的舞蹈精灵,已经齐齐站好了队形,就等着两位曾经的《罗密欧与朱丽叶》主角走上舞台。

她没说话,走到他的对面。

于是,他们开始了一次未曾排练的即兴舞蹈。开始,小米敷衍地拖着脚步,像是不熟练的初学者。他们前进,后退。旋转,跳跃。她动作稍欠灵活,就像八音盒子上跳舞的假人,靠这古老机械开动的跳舞木偶。但渐渐地,虽然这古老机械有点损坏,但可以看出是来自一个心灵手巧的工匠之手。她跳着,仿佛不是靠着记忆,而是靠内在的古老机械。他把她托举起来,她比自己想象的还要轻盈,轻盈得像一片鹅毛。他们围着油毡,转了一圈又一圈。他一腔的自豪,专心致志。他的情绪把她感染了。她笑起来,散发出轻微的酒味,混合着香水还有汗水的气味,她觉得好像自己是在舞团的排练厅,只是缺一面整墙的大镜子。她胳膊下面的衣服已经湿了。汗珠沿着她的上嘴唇往下淌,悬挂在贴近她嘴角的、细小的柔软的汗毛梢上。

空气好像都耗光了,让人透不过气来;她有点醉了,脚步开始趔趄,但是越跳越欢畅,似乎,她真的如愿以偿回到了舞台。闻声起舞的蛇,从舞蛇者的草篮里伸出了脑袋。她上仰的小小的秀丽的脑袋,像一颗雌蛇的头,由于吃力地仰起,那没有一根碎发的脑门上聚起一组又细又密的皱纹。她的激情被唤醒了,旋转、盘环的肉体逐渐演变,化为逼真的美人蛇。杨帅看在眼里,他被激情和惊讶呛得微微咳嗽;他用一只轻握的拳头抵住嘴唇,很斯文地咳着以掩饰那内心的震动。

音乐结束了。他们面对面地,立着不动,浑身颤抖,像从一场暴风雨中钻出来一样。小米的头发如女巫的长发般一绺绺地挂在脸上,杨帅的头发像一条条短而黑的尾巴贴在额头。

他们蹙紧眉头盯着对方,接着他们抱在一起痛哭起来。

这一对平凡的男女,昔日的情人,过气的天才舞者,不合时宜的移居者。在仓库昏暗的灯光下,他们跳着幻想中的舞蹈。像失去希望的流浪者,在异乡陌地徘徊。这幻想就如昏暗灯光下拖得长长的、变幻莫测的影子,一直萦绕在他们的脑海,纠缠着他们,折磨着他们,像创伤似的留在他们的心头。因为夙愿难偿,因为种种错过的机缘,它在心中纠结缠绕,挥之不去,以至成为他们生活中最重大的梦想之一。这一支舞蹈,就好像在某天清晨醒来,发现自己做了个充满思念的梦。她的梦第一次苏醒了。天花板上一个断了的蛛网在空气中游动。她不知该拿这份似是而非的思念怎么办。全身变得无比的敏感,曾经所有的触碰都留下了痛感。

杨帅怜惜地把胳膊伸过去,轻轻地搂住她,先是胳膊,然后是肩膀、脖子,他的触摸是克制的,不仅仅是安慰。接下来,他吻了她。这短暂的拥吻,温暖而奇妙,更像是庆祝他们再生的舞蹈之梦,而不是身体的需要。他们的嘴唇彼此滑过,彼此的泪水交融在一起,光滑而冰冷。拥抱的压力让汗湿的衣服贴在一起,运动后冷却的身体让他们有点发冷。她觉得,在自己灵魂深处,有一种新的搅动,一种新的赤裸浮现。他那迷醉的神态,对舞蹈与爱的痴迷使她有点惊讶。对这种美他几乎是欣喜若狂的。因为只有热情才可以意识到它。温暖生动的接触之美,比视觉之美要深刻得多。

杨帅发现小米受伤了。"啊,你的腿流血了!"闻言,她才看到自己小腿有划伤,大概是进门时碰到什么东西了。杨帅想到街上去买药。外面刮起了风,他让她穿上自己的大衣,告诉她站在那里别动。"不需要买药,我不要紧,不用去了。"她说。

"在这里等着我,知道吗?"他看出了她的恍惚,以为她是一个人待在这里害怕。"杨帅。"她在他身后轻轻地叫他,声音轻得似一个幻觉。他回头。见她迟疑地挪动了步子,下了几级台阶,然后在最后一层停下来,像要跳楼那样先吸了一口气,紧紧地把眼睛闭上,扑上去抱紧了他。

他感到这里有一种诀别式的悲怆——"你怎么了?"

"我就是想在你肩上靠一靠——我累了!"语言是多么乏力的东西,它怎么能说得清那些她都搞不清的东西? 在那片狭窄的昏暗里,她用力地呼吸,就好像置身于沉重的睡眠里。他的胳膊加了力度,紧紧地箍住了她的背,就像要把她那几根纤细的肋骨压挤进身体里。两个人都感到了痛,痛楚到无言以对。她不小心一眨眼,夕阳就像一滴泪那样,温热地从她睫毛边滑下去了,沉到了暗紫的虚无里。

十几年了,黄昏一点也没变。或者,它一直是那么苍老,它可以原谅所有的事情。一切还来得及。

十　邂逅

　　杨帅开着车,小米抱着佳佳坐在副驾驶座上。杨帅一边说着话,一边开车,一只手暗中握着小米的手。她把手从他手心甩开,全无抗争之意,而是带着一种有节制的兴奋。显然杨帅忠实地对她说了自己的打算,小米则小心地不让他发现自己的想法。因为她对他的感觉就像女人对男人一样,一种温柔、膨胀、专制、荒诞的感觉,甚至是对自己的不满,还有怕女儿看到。杨帅不怕,因为他几乎把佳佳认作自己的女儿了,一副甘心情愿,又执拗的样子。

　　他现在就像一个心满意足的孩子。小米觉得他与世隔绝,他接触的唯一世界就是舞蹈,这对他来讲是独特的、能得到滋养。他的爱吹嘘和对自己有过高的期望,会招致超自然的危险。但真正把他俩拉近和绑在一起的正是这些希望。他们对彼此既否认又承认,既讥笑又尊重,恰如回到他们谈恋爱的那个时候。此刻,他把手缩回来,放在方向盘上,冲她咧嘴一笑,另一只胳膊架在窗口上,透着一种满足而慵懒的优雅。

　　在医院的登记窗口,杨帅正在填表格,他琢磨着怎么在佳佳的病历档案上签字,他希望小米不要心有芥蒂,因为他在与病患的关系一栏里堂而皇之地填上了"父亲"。忽然有人叫他:"杨帅!"中午的阳光很好,一道道的强光射进窗户,在楼道地上留下一格一格的光影。那人影曝光过度,看不真切。

　　是亚娜!

　　亚娜变了,说不出什么地方变了。

　　首先变的是她的头发,额头上立着一簇簇小卷。

意外的相遇,杨帅只是咧着嘴,不知道说什么。

亚娜想象过很多种遇见,但从没想到他们会在医院遇见。她宁肯是站在更好的地方,像一朵盛开的夏花,让他看见。

"呀,你知道虎妞生病了?快帮我一把,这孩子死沉死沉的……"一见他,她就絮叨个不停,好像不是几年未见面。她怀里抱着一个哇哇大哭的女孩,女孩的一条小胖腿被亚娜勉强拽着,另一条小胖腿掉下来,一晃一晃地挂在空中。这个孩子很胖,小拳头半握着,胖胖的手背上,像被人按出了一排小酒窝。

他忙着从亚娜手中把孩子抱过来,跟着她小步跑起来:"怎么回事?"

他想问,这孩子怎么回事。

亚娜说:"虎妞肚子痛!"

嗯,杨帅知道了孩子名叫虎妞。虎妞见到了医生后,停止了哭泣。医生做了一番检查,又观察了一阵,没发现什么。孩子说肚子不痛了,想回家睡觉了,医生就允许他们一家人先回家,继续观察。杨帅来不及通知小米,就赶紧开车送亚娜和孩子回家,打算送她们母女平安回家,再折回医院,因为佳佳还需要进行一些必要的检查和化验。

回到亚娜的家,他一进了门就被指派干这干那,一直手脚不停地忙活,好像他就是这家的人,从来就没有离开过。亚娜突然意识到自己在指使他,忙说对不起。"没关系。"他后退一步,这也给他一个机会,看到了另一个亚娜——他在观察她。她干活的时候,你最好选一个角度,既不被她的大刀阔斧式的架势碰到,又不影响欣赏。她是那种使足了力气的实在人,把每一件眼下的事都当作当前最大的事来干。

在很多人找不到工作的当下,亚娜换一个雇主都很难,因为每个雇主都不愿她离开,当然了,他们也不愿给她涨工资。他们会说,你英语不好啊,你不会开车啊,所以你找不到可以给老外做保姆或管家的那种高一截工资的事做。实际上他们恨不得让亚娜在他们家里待到永远,不光是要带第一个孩子,还要让她带第二个孩子,等他们都上学了,还想请她留下来照顾家里的老人,或七大姑八大姨,如果谁家雇用了亚娜,这家所有亲戚都会羡慕。

你几乎不能对亚娜这样的人抱以同情,同情对他们是带污辱性的,自上而下的,小瞧了她的。她从来是做着体力劳动,因为她从开始就是盲目出国的那种人,不得不靠力气而不是语言和文凭在美国立足。她干起活儿来是一种享受,在她焦虑、忙不迭地要面对重重困难,单调又小有惊险的平庸生活里,只有干活时,她才可以放下这些思虑上的重负。这种体力上的艰苦劳作甚至是有治愈作用。干活时,她可以放下对心上人的思念、对孩子的担心。

干活的时候,亚娜总爱唱歌,这不是她天真,也不是她有力气,这是她的一种下意识调节。就像工人在抡大锤前,先冲半握的拳头吹一口气,她的作为就如这个道理——可有点事干了,生活似乎因此有了一些意义。她呼哧带喘的呼吸,简直可以看作给她自己打拍子:一、二、三,嘿!一、二、三,嘿!有一种节奏。这是接近于农民干活的方式。在农村干农活的好把式,他们的从容,驾轻就熟的从容,让人会觉得那些动作并不机械,非常协调,有韵律感,甚至能与舞蹈媲美。当然,不是"反弹琵琶"那种,而是"倒踢紫金冠"式!

体力劳动的另一个作用,也是最直接的作用就是疗伤。她喜欢所有艰难的、机械的、让一般人害怕的活计。干这种活儿,身体会累垮,思想会沉寂(尽管有时精神倒是出乎意料地轻快)。到了晚上,料理完家务和孩子,她累得倒头就睡;否则,她基本上会大半夜睡不着,在凉风敲打窗户时就恍惚觉得有人来家,思念和回忆抚慰着她的寂寥。

杨帅见刷房子的工具放在墙角,就上手帮她刷房子。这活儿也很累人,但他们都笑着。亚娜很高兴能跟他一起干活。这时干活不像干活,倒像小孩子玩,两只小手不闲着,一会儿在铁栏杆上乱砍乱刻,一会儿偷偷掐一朵花。她就是这么个心态。以前的亚娜,和现在的是截然不同的两个女人。看来她很充实,完全从消沉里醒过来了,日子过得不错,关键是她可能有自己的另一半了。

他想找个机会问问,这些年她是怎么过的,孩子是怎么回事,她嫁人了吗?

他想起,刚才在医院,亚娜要自己替她给虎妞填表,他只好替她填了表,护士接过表格叫了起来,因为她发现他是两个孩子的"父亲"——这两个孩子同时出现在医院,这个护士马上展开了想象力:

You have two daughters？Really？(你有两个女儿？真的?)

With different woman？Ex-wife？(跟不同的女人？前妻?)

杨帅忙不迭地点头:"嗯,嗯。"转身逃了。

亚娜英语不那么好,当时没反应过来。但后来,她回过味来了,那个护士在问他:你有两个女儿？跟不同的女人？前妻?

她没有吭声,只是痴痴地想:他真的跟小米结婚了？自己不知道,还对他痴心不死,一直保持着单身。

有一些男人在追求她,比如现在有一个建筑工程师。她明白,她找的是不一样的际遇,跟年龄没关系,跟有没有孩子没关系。她追求的是"坠入"爱情,不是寻找丈夫。

坠入,这意味着有时间的跨度,渐渐下滑。不过,也可以是迅速的、瞬间的,也许只花了一秒钟,就掉进去了。现在,亚娜爱的并不是建筑工程师。滴答！好了,她爱上了建筑工程师,是掉进去了,并不是被拽进去的。这才是她等待的感觉。她经历过,眼睛与眼睛之间会刮起风暴,突然之间,爱情降临。

她走了一个多小时,看见一家小咖啡馆开着,她走进去喝了杯咖啡。是加热的,什么都没放,很苦——味道像药一样,这正是她想要的。她已经感到解脱了,感到幸福了。独自一人的幸福。下午的阳光照在人行道上,落光了叶子的树枝投下稀疏的影子。她听见从商店后面传来的球赛的声音,是给她端咖啡的男人在看电视。人群的喧嚣像沉重的心跳一样传来,夹杂着遥远的、几乎是轻微叹息的声音,好像是在赞成或是惋惜。

这是她想要的,她的生活,她需要关注的是她自己。她不需要任何一个男人。这个很容易做到。在国内不容易,因为人与人的关系,像网一样缠在人的身上;在纽约不一样,每一个人都是一个孤岛。

就在她自觉地把自己关在"无人岛"的时候,在她相信自己在与男人的斗争中取胜,终于从男女感情中得到了解脱的时候——在医院楼道的拐角,在没有预警的情况下,她看到了走来的杨帅。杨帅跟她握手,讲些可有可无的场面话。他的眼睛没老,还是单纯如孩童,眼神满含歉疚,嘴角却是一个牛仔式的笑,是在一个地方,丢了一个恋人的牛仔。

窗外,是纽约金风送爽的秋天。

十一　一仆二主

晚饭后,亚娜怀里抱着虎妞坐在杨帅对面的沙发上。虎妞抓着亚娜的左手拇指在把玩,两只眼睛滴溜溜地看着杨帅。他很想接近虎妞,可小家伙的眼神十分警惕。

杨帅看着妞妞的手,它太小,只能一把攥住亚娜的大拇指,然后他的目光落在她整个儿手上。那是一双怎样的手啊!好像跟眼前这个美人身体不是一体的。这双手怪异,骨节突出,皲裂粗糙,手背上的皱褶像八十岁的老太太——大概皮肤在什么腐蚀性的颜料里泡久了,还生着茧皮。自从进家门,她一直没歇着,杨帅看着她在屋里走来走去,洗啦,刷啦,擦啦,忙个不停。她的小腿肌肉发达,像石头一样坚硬,臀部圆圆的,不像一般中国女人那样扁平。

"你想问我什么?"她看着他。

"我不知道问什么?"

"你不问问,这孩子的爸爸是谁?"

"这孩子的爸爸是谁?"

虎妞忽然把嘴巴张得像她的眼睛一样圆,像在回答大人的问题似的,她的小嘴清晰地一张一合:"爸——爸!"亚娜惊奇了,这孩子从来没叫过爸爸,她也从没教过她。亚娜觉得有点窘,呼地起身说要上厕所,把虎妞朝杨帅身上一放,躲在厕所里面不出来了。剩下一大一小两个人大眼瞪小眼,在客厅里互相端详。虎妞长着一颗对她身材来说超大的头,黑葡萄一样的眼睛和上翘的嘴角。她忽然发现妈妈不见了,自己正坐在一个陌生人的怀里。她费力地扭过头来,看看杨帅的眼睛,好像在分辨此人是敌是友。但见他愣愣地看着自己。她产生了怀疑,撇撇嘴要哭。杨帅见状,马上放出一个和解的信号,把嘴咧大,露出上下两排牙,努力露出一个大笑容。虎妞一愣,放松了警惕,表情也松弛下来。接着,她发现一个好玩的地方——杨帅的身体像一条横在沙发上的船,他平躺在长沙发上,把小家伙举到胸前,托着她,让她在他胸前跳足尖舞。妞妞玩了一会儿,累了,后来干脆把脑袋贴在他胸上,她的小手正好覆在他的胳膊上。

听到屋里没有了声音,亚娜从厕所出来了。妞妞在杨帅身上睡着了。她的长睫毛覆在粉嘟嘟的小脸上,她的小手垂放在他的胳膊上。杨帅屏息静气、表情僵直,他低头看着妞妞,小心翼翼地张开两只手,想去抱她又不知从何处着手。他轻轻地捏了捏她肉肉的屁股蛋,眉毛一扬——没想到小屁股就像刚长出来的果子,新鲜得叫人不知道怎么办才好。妞妞放在他胳膊上的小手,像个小火炉。隔着一层布,他的内心什么东西被焐化了。

看到眼前这幅图景,亚娜心里一阵发热。她抱起妞妞坐在沙发上,这时妞妞醒了,转着脑袋睁大眼睛,安静地看着他俩。杨帅看着虎妞,遏制不住地走神,最后,他忍不住问:"这孩子的爸爸是谁?"

亚娜注视着他:"她没有爸爸。"她似乎又想放弃这个话题了。她的表情显然是嘴上说的一件事,心里想的另一件事。她拿来单子铺在沙发上,又抱来毯子,说都半夜了,你就在沙发上将就睡一会儿,明天再走吧!

这一夜杨帅睡得很不踏实。天刚亮,他起身走到窗户前,想看看外面的街景。几条街外,大海汹涌澎湃。窗外,传来了初秋早晨的嘈杂声。随着潮涨,空气里飘来一阵阵鱼腥味或说不上的什么气味,一股带腐烂味的恶臭。亚娜说,快关上窗吧,我都很少开这边靠海的窗户。

杨帅心里想着小米。自从昨天与小米不告而别,他就没有跟她联系。他不能在这里久留,再说虎妞已经好了,肚子不痛了。他想到这里,就顺嘴说:"我该走了,火车十一点开。"亚娜一直以为他是听说了虎妞的病,到医院来找她娘儿俩的,到此时又觉得不那么确定了。

"你现在做什么工作?要去哪儿?"

"我?做推销,要出差,去外州。坐火车。"他边想边一字一字地说。

"火车什么时候开?"

"什么?十点开。"

"你刚才说十一点开。"

"十点过一点。"(他恨不得钻地缝里去。)

"你要去哪儿出差?"

"你是说费城啊?"(我没说费城吗?)

"费城在哪儿啊?"(她真的很少出门呢。)

"在美国啊!它还能在哪儿?"他终于恢复常态。

"远吗?"

"坐火车几点到?"

"虎妞再见!"

杨帅忙不迭地"嗯"了几声,向妞妞摆了摆手,就冲出公寓,奔下楼梯,奔跑起来,就像有生命危险似的。他若不很快地溜掉,说不定就露馅了。但是马上,他又于心不忍起来,她对他是那样的一往情深,像一条狗一样忠心耿耿,他却还是在欺骗她。可是他怎么办?只能对她编瞎话,回到小米身边。

公寓外,一些人坐在长凳和折叠椅上,在聊天。杨帅走下摇摇晃晃的楼梯,为了避免跟楼下的邻居碰面,在他们还没有看清他之前,他迅速向右一拐,来到大街上。这条街上有浓郁的东欧风味。墙上贴着犹太人用自己的语言写的公告、广告、会堂唱诗班的领唱者的名单、重要会堂节日座位价目表。亚娜的出现除了对他是一个冲击,对其他一切都没有影响。从饭馆和自助餐厅里飘来鸡汤、玉米粥和炒肝片的香味。面包店出售俄国黑色的大列巴面包和鸡蛋小甜饼、薄饼和洋葱卷饼。一家家商店,像中国城那样,在外面摆了很多水果摊,和一个一个打开盖子的木桶,一些俄罗斯胖老太太,正在桶里摸黄瓜泡菜。阳光照耀在一篓篓、一筐筐的橘子、香蕉、樱桃、草莓和西红柿上。大街小巷都挂着希伯来语学校的招牌。为了房租便宜,亚娜似乎深入到了犹太移民的社区。杨帅想,小米一定已经回家了,他怎么解释昨天的不告而别呢?他拨通了小米的电话:"你在哪儿呢?我正要找你,你的车呢?我要托运一些东西,借你的车可以吗?"

"可以。"说完了他才想起,他的车在亚娜楼下,他匆忙出门,忘记拿车钥匙了,它留在了亚娜的桌子上,他只能坐地铁先回家,再骑车去小米家了。

打完电话,他脚下顿时轻松起来,走上史迪威大道,向右一拐,甜滋滋的爆米花香味迎面而来,一些人站在路边,吆喝着招揽人们去逛游乐场。他走上高架铁道,地铁站月台上挤满了人,年轻人尖叫着、奔跑着,像小牛犊一样互相冲撞。那些臀部宽大、胸脯高耸的墨西哥女孩,紧身裤紧紧地包着屁股,让不对称的宽臀短腿显得更夸张。

他回到家,骑上自行车就匆匆往小米家赶去。路上天色大变,刮起了东北风,气温骤降。寒风迎面吹来,衣服鼓胀,肚子冰凉,耳边呼呼作响,仿佛腾云驾雾。路上厚厚的枯叶在他脚下嚓嚓作响,东北风已经停息。几点冰冷的东西掉在他脸上,像雨点又不像雨点。他看到门厅透出的光亮里,有一些银白的颗粒轻飘飘地落下来。见到小米,他兴奋地说:"下雪啦!"

小米说,不是雪,是冰雹。

关于他昨天突然在医院消失,她没问一个字。冰雹越来越密集,暗夜里一片窸窣之声,仿佛无数春蚕在啃吃桑叶。

他把车停在门廊前,也不上锁,扛起米袋就进了门,小米回头看看他的自行车,"你怎么没开车来?"

"自行车也能驮米啊,正好!"

小米没觉出他话里有什么错。"你就把它放在外面?"

"怎么啦?怕人偷走?"他笑一声,"这么冷的天,傻子才出来!"

不一会儿,厨房传来炒菜的刺刺啦啦的声音,飘出肉、大蒜、炒土豆丝的香味。小米心情愉快,像往常一样,没完没了地做菜,好像家里不是两个人,而是来了很多客人。每次到她这里来,他都食欲大振。

这时电话响了,是亚娜。他忙跑进厕所,关上了门:"你在哪儿?"

"在费城。"

亚娜停了一秒钟,"你什么时候回来?"

"我明天会回来。"

她没说话。

"你听清了吗?"

她已经把电话挂断了。

他意识到她大概找他有事。

小米端菜上桌,问:"谁的电话?"杨帅正在吃着一大口东西,差点噎住:"唔,一个朋友。"

她问:"出了什么事?"

他已经习惯了这种即兴式发言:"啊,那什么,朋友叫我帮忙去接机。"

"可是你没开车来啊!"

这时他才想起谎话没编圆。

"唔,在家里,没开车来。"

杨帅慢慢地嚼着,食而无味。电话又响了,杨帅赶忙去接。他悄声说:"亚娜?"沉默了一会儿,接着亚娜才说:"你在哪儿?是不是在小米那里?"她在电话里,用一种如此平淡、平静,几乎是欣然的声音说,仿佛她因为自己不曾流露出震惊和愤怒而自豪着——下一秒钟,她在电话里听见了一个小女孩稚嫩的声音,像是在替杨帅回答。

杨帅拿电话的手颤起来,他说:"对不起,我说了假话。我确实在小米这里。你有什么事吗?妞妞怎么样了?"他对自己的话感到害臊。他陷于一种需要解释、辩解和找借口的境遇,脸上带着欺骗和担忧的神色,这些都被小米看在眼里。

他意识到亚娜的电话可能跟虎妞有关系,他还记得虎妞那天留在他臂弯上的小手的温热。他又说:"记得照医生的话做,继续观察虎妞,有什么不好赶快给我打电话。"

午夜,亚娜躺在虎妞身边,她的眼睛在黑暗中瞪着。她的房子挨着地铁高架桥边上,每过几分钟,都有一辆地铁轰隆轰隆开过高架桥——高架桥上的交通一直到半夜时分还频频晃动着她的床。

刚才这个电话证实了她的推测。什么东西开过来了,打破了静默,是一列隆隆路过的高铁——还有一个更庞大的、更重的事实扑面而来。它并非来自别处——它一直就潜伏在心里,自打她醒来就开始轻轻地推她,或者很多个晚上都不曾放过她。虎妞。她曾想用这层关系拴住杨帅,话到嘴边她又咽了回去。随后她放弃了,她从没想、也不屑于用这个拴住杨帅,她知道他不是想进入婚姻的人,更何况她早知道小米在他心中的位置。她一直为自己多年来努力不打扰他、不自私而自豪。

她想象着自己与杨帅之间展开了一场戏剧性的、狂风暴雨般的唇枪舌剑——"妞妞是你的孩子!"她此时应该尖叫,对!她的声音应该像被撕裂成很薄的竹签一样,一根一根刺过去,或者应该像用一块厚木板冲他猛地一击——"孩子是无辜的,她是你的亲骨肉,你以前不知道也就罢了,现在你知道了,还要去当别人的孩子的父亲吗?"

但是,她什么也没有说。

她不想这样做。但是这压抑是一种锐痛。它会变成慢性病。慢性意味着它将挥之不去。你不会因它而死,你也不会摆脱它;你不会每分钟都感觉到它,但不会一连好多天都免遭它打扰。她一直学着掩盖和驱逐这种痛——被抛弃,被忽视,被不屑一顾。这不是他的错,他不知道自己有这么一个女儿,他仍是一个无辜者,或者一个野蛮人,他也不知道世界上有这么一种经久不衰的痛。

可是它是那样痛啊!这也许是她自己的错。当初她应该一直缠着他,告诉他,我们有了女儿,直到他发愁不知如何打发她为止。

可是她不会,她爱他爱到心疼,为他,她能忍得下去,习惯它,直到它成为一段令她悲哀的过去,而不是任何可能的实现。

她坐下来写信,因为有些话她永远说不出口,也不会像写的那么有条理。她找到一张纸,用圆珠笔写道:

"我知道如果我不说,别人永远不会知道虎妞的身世。"她试着记住他直挺的鼻子和像在嘲笑什么的嘴角。当嗅到某种不安,他就会迈开他的大长腿,匆匆逃离,就像昨天他几乎小跑着躲出去一样。他应该猜得到虎妞是谁。

最后,她把这张纸撕成碎片,她慢慢地、耐心地撕,先撕成长而细的窄条,再撕成方块,用半只手指捻着,撕成更小的细条,恍惚着,这种哗啦哗啦的声音充斥着房间。她把那些纸屑扔进纸篓。她似乎在销毁什么历史遗迹。

亚娜记得杨帅给她朗诵过《基督山伯爵》的结尾："人类的全部智慧就是等待和希望。"可是在她看来，等待的价值是什么？等待的全部价值，就是等待的失败。

十二　回肠千叠

杨帅周旋于两个女人之间。

小米猜得到，电话的那一头，一定是一个女人。其实，在电话的那一头不仅仅有一个女人，还有一个男人。杨帅接到亚娜的电话后，马上拨通了在国内的老马的电话。老马说："哈哈，老弟，我正想找你呢——国内有一个很大的文化项目，让我找一个最好的编舞，你必须马上回来……这件事等着你来做。"

杨帅截断他的话头，劈头就问："虎妞真是我的女儿?"

对方没有出声。

杨帅又问："对吧?"

电话那头停了一会儿："你知道了?"

然后他才对杨帅一五一十说了他知道的一切。

杨帅放下电话，觉得心里堵得慌。小米又把汤热了一遍，叫他："别发愣了，有什么事，赶快吃完饭再说。"他从汤盘里舀起一个肉丸子，这个丸子圆圆的，上面有一些香菜。他刚把它送进嘴里，又停住了。天啊！他竟然有了一个女儿，可是他却坐在小米的桌边，这是命运早给他备好的玩笑吗？他没法忘记，亚娜在公寓里等着他，正等着他给予帮助。他用勺子把那个丸子一切两半。"我要不要跟她说实话?"没有答案。这件事把他弄得六神无主、筋疲力尽。他的双重生活很快就会被揭出来。小米很快就会叫他滚蛋。他的喉咙开始绷紧了,不管什么西红柿鸡蛋丸子汤红烧肉他都咽不下去了。

这时手机又急促地响起来,他的勺子"当啷"一声掉进了碗里。他忙不迭起身,匆忙中把椅子带动,椅子发出了刺耳的摩擦声。他顾不得小米的满脸狐疑又跑进厕所,电话那头先是一阵沉默,接着亚娜带着哭腔的声音就传过来了——"虎妞又病了!杨帅——!"

杨帅顾不得解释,匆匆离开了。他的异常举止令小米感到奇怪,她默默地面对几乎没动的饭菜——杨帅情绪的变化太大了,昨天还是热情洋溢的样子,今天却不知被哪个人牵着,变得吞吞吐吐。她有点受不了这样的他。

杨帅回到了亚娜楼下,他仰头看着她的窗口,他无法开车去小米那里,也不能上楼。他承认自己是疯了,是一个十恶不赦的坏人。他要是回到亚娜那里,她会原谅他,但他忘不掉小米。

还没上楼,虎妞撕心裂肺的哭声破门而来。只见她嘴唇紧闭,手脚乱动,脸色苍白,表情痛苦。杨帅抱着虎妞,一路猛跑,他感觉自己像抱着一条冷黏湿滑的鱼,或者一个小火炉。他开了车门,让亚娜坐在前排,再把虎妞递给她,自己绕过车头,坐在司机座上。在他给亚娜系安全带的时候,虎妞意外地安静下来,不哭了,就像突然被催眠了一样,小手举着,脸上的扭曲表情也消失了。亚娜以为她昏过去了,大声叫着,虎妞!虎妞!仅仅五分钟后,妞妞又哭闹起来了。一路上,如此反反复复,直到进了医院急诊室。

经过一系列的填表、询问、检查、初诊,一位头发纷乱的女医生出现了,她很年轻,穿着宽松肥大的蓝色短袖手术服,脖子上挂着听诊器。她脸色苍白,但眼睛明亮、神情沉着。她说,发现虎妞的肚子上有个肿块,沿结肠上下移动。又问患儿有没有便血,最近吃了什么。她平静地说,据诊断,病儿是患了急腹症。看着亚娜不解的表情,她解释说,这个病也叫"肠套叠",就是一段肠子套入了相邻的另一段肠子里,造成肠道梗阻而不通畅。多发于婴幼儿,可能由于婴幼儿吃了什么以前没吃过的食物,不能立即适应食物的刺激,导致肠道功能紊乱。她又问患儿肚子痛几天了。亚娜怀疑地看着这个像大学生似的女医生,说,一天半。女医生说,需要马上手术,因为再拖下去,套入的肠管血液循环受阻,随着肠蠕动肠管越套越紧,会发生缺血性坏死、穿孔,危及患儿生命。

亚娜吓得抓住她的手,说:"做手术,我们做手术,怎么做?"

女医生简洁地回答:"空气灌肠复位。"

开始手术,亚娜觉得上当了!一个年轻医生拿一条软管,从妞妞肛门插入,然后他们开始注入气体,电脑上显示出肠套叠肿块的各种影像,还能听见像地下水管道般的声音。

妞妞的小肚皮突然隆起,鼓成了一个大皮球,这个大皮球表层下,一些网状的或圆形的充气回肠套叠,就像在肚皮下面展开了一场"地道战"。妞妞的眼睛突然睁开,张大,凸出。她翻着身子,鲤鱼打挺,"妈,妈,妈"地叫起来。就像是一群小鬼进入了她的肠道,以千钧之力,全速挺进,在她肚子里群魔乱舞。

亚娜完全吓傻了。虎妞的头扭来扭去,扭到杨帅的一边,她的眼睛瞪成铜铃般,那里面写满了恐惧、疼痛、惊吓、求助。他从来没有听到过一个孩子的哭声会有这么大,手术室因为她的嗓音无缘无故地恢宏了、明亮了。虎妞撕心裂肺地大声号啕,声音里满载着冤屈和申诉,好像是求杨帅把她从这个刑具般的手术台上救下来——因为杨帅正在配合着医生,用力按住她乱踢乱蹬的小胖腿,她的嘴就靠在杨帅的耳边——"爸,爸,爸,爸……"地叫起来。

这是女儿的求助!

开车回家,一家人都松了口气。虎妞睡着了,她粉红的小脸上,鼻翼微微开阖。杨帅沉默不语地开着车。他的沉默,让亚娜很不安,好像自己做错了什么。突然,杨帅猛打方向盘,没有任何征兆地换了车道,在路边把车停下。他拉开车门,跳下了车,走到了路边,把亚娜母女留在了车上。

亚娜不知道他为什么要停车。看见他咳得不停,一阵猛烈的咳嗽,使他费力地弯下腰,然后是腿,人跪在地上继续咳,似乎要把整个肺都咳出来。亚娜看不见的,是他的脸,他仿佛一下子崩溃了,眼泪像喷水一样地射出来。刚才虎妞压在他腿上的重量还在,虎妞踩在他身上的小胖脚使他柔软。

虎妞的出现对他来说,是一件始料未及的事。他涌出一种从来未有的感觉,心里满满的。

他觉得自己像一具行尸走肉,屈服于原始欲望。不然怎么会留下一个女儿? 一个小小的,小得不能再小的精子跑错了地方,一个流体一般的选择,毫无知觉的选择,它像现实一样真实,像水泥一样沉重,像被倾倒在地面的水泥,瞬间凝固了。哎呀! 后悔太迟了,它已凝结成形,不容变更了。

十三 吾与谁故

虎妞的出现似乎改变了杨帅的态度。杨帅对亚娜充满了内疚,他说:"这个孩子不该生下来……""可是——她是我们的女儿!"亚娜十分激动。自从有了虎妞,她觉得自己圆满了:这个弱小的生命,就是她的全部,是整个的世界,是连接杨帅和她的生命纽带。若没有这个孩子,她反倒要恐惧了。

"我对不起你……和虎妞。"他的声音低下来。亚娜内心也软了下来,她不再纠结了,也不打算盘问他了,因为不愿看他为难的样子。

"我对不起你和妞妞。"有这句话就够了,一切辛苦都值了。也许,这是和解的开始。可能他还需要时间,比一般人更长一点的时间,因为他是一个没有家庭观念的人。没想到,他接下来的话却是——"但是我不能结婚,我已婚了。"

他奇怪自己的急智,话到嘴边还不知道下一句是什么——它自己就冒出来了。尽管他常为自己的行为感到羞耻,但在紧张窘迫中他竟然有点欣赏自己这种永远面临灾难的紧张感。在流浪漂泊中,练就了他流浪汉的性格:他既计划又临时凑合自己的行动。他的话几乎是脱口而出,只是事后他才意识到自己想出来的是什么对策和托词。在这种疯狂的感情大杂烩后面,一个正邪两赋、恃才傲物、个性自由、有叛逆精神的情种,他在感情与责任的旋涡里扑腾着。他在世道上不大合别人的拍,而他的聪俊灵秀之气又在别人之上,又兼朝气蓬勃,这就注定他总能打破常规,不走寻常路,不由规矩牵制。他的道路、方向跟绝大多数人不一致。他满脑子与众不同的奇特想法,生发出锐不可当的个性魅力。当然,这些都不能为他的错误开脱,却也吸引了不少女人的目光,比如亚娜。她刚刚被杨帅的话打动,他后面的话又兜头朝她浇下了一桶凉水。

亚娜愣住了,以为他又是在编瞎话——但这次是真的——他不能跟任何人结婚,因为他在婚姻中。

亚娜以为杨帅结婚,要么是因为爱情,要么就是因为惧怕孤独。其实完全不是那么回事。只是因为一句玩笑。刚到美国的初期,他与一个名叫坎波琳的美国女子结了婚。那场婚姻对于他来说,无现实意义。用他自己的话说:"我没有碰过这个女人。"他妻子坎波琳,是他在学舞时的同学艾利克的女友,当时艾利克和女友因为纽约房租太贵,想与杨帅合租。他跟坎波琳开玩笑说:你和我结婚,你有免费的地方住,我又可以拿到绿卡,这不是两全其美的事情吗？两天以后玩笑成真，三个青年人嘻嘻哈哈去登记了。新娘完全当新郎"哥儿们"，新娘的男朋友倒成了证婚人。一出登记结婚的市政府大门，三个人就哈哈大笑起来。从此再没有见过面。直到最近杨帅在纽约演出成功的消息在报上公布，他变得有名了。突然有一天，他接到了"太太"坎波琳的电话，要求离婚。"我终于找到你了，赶快帮我办离婚吧！因为我已经怀孕并打算跟心上人正式结婚了。""祝贺你！是跟谁结婚？还是跟艾利克吗？""当然不是，我早已离开艾利克了！"杨帅早把结婚的事忘得干净，因为他曾经以为，在美国只要两个人七个月不在一起居住，就可以自动离婚，但其实情况并非如此。他与坎波琳的玩笑婚姻，竟然延续了很多年。

杨帅又准备出门，说要出门去办理离婚手续，并告诉亚娜他得先参加美国的一个舞蹈大赛（他真的是参赛参上瘾了），然后再回国，在中国参加一个大型文艺演出。"我需要去处理一些事情，我需要一点时间。"他信誓旦旦又匆匆忙忙地跟亚娜拥抱告别，这个姿势避免了面对面——他把脸扭向业娜的背后。拥抱的时间很长，在他是少有的。他嘴里说的，却不是心里想的，但是也说得真切，连自己都酸酸地难受起来。

她笑着说："我不是一直在等你，你还是娶了别人？"说着她眼泪落下来。她笑得越灿烂，心中越痛。她去洗脸，看泪痕狼藉的脸又觉得好笑。她知道这可能仍是他的一个站不住脚的借口。但她还有所期待，他已经跟"前妻"准备离婚，期望九十天的法定等待期限一过去，她就能跟杨帅结婚。她这次有了十足的把握，因为有了虎妞，一切都不一样了。

杨帅终于开车上路了。过了一会儿，一阵带着青草、树木和汽油味的微风从半开的车窗吹进来，一时，他觉得心情愉快。远处的山影和树影消融在暮色中，他把手臂搭在车窗外，紧盯着沿途的每一棵树、每一片树叶、每一块石头，就好像末日来临，他一定要把每一个细节印在脑海里。他曾经读到过，说整个宇宙都在逐渐膨胀，而且正在趋向爆炸。夜间的忧郁来自天上。星星闪烁,就像灵堂里的纪念蜡烛。

开了一个半小时的车,他两腿僵直,但还是抖擞起精神,鼓起勇气敲响了小米家的门。

小米出现了,她化了妆,头发变了式样,直直地披下来,显得年轻了。她向他奔过来,挽着他的手问:"你饿吗?"

他没有看她的眼睛,咕哝道:"这三天,我跟亚娜在一起,我们有一个女儿。"

小米听得有点糊涂。

她说:"请进,请坐,慢慢说。"

"没了。"

"没了?"

…………

"你既然向我摊牌,"小米说,"我也跟你摊牌。你跟亚娜结婚可以,但你也不能让她娘儿俩拖你后腿——你有大事要做,等做完要做的事,你们再结婚,反正她女儿也是你的女儿,你跑不了。"

"不行!"

"什么不行?"

"我现在既不能跟你结婚,也不能跟她,我有妻子。"

小米蒙了。

于是,就好像他还嫌不够乱——他交代了和另一个女人坎波琳的关系。这下好了,三个女人,三角关系。

他说完,小米默默不语。他突然感到她的青春似乎消失了,她脸上的红晕似乎也褪色了。她的眼睛下面甚至出现了黑影和隐隐约约的眼袋。

后来杨帅听到流水声:流动的小溪,还是排水管?他的肚子咕咕作响。他的脑子一片空白。然而,有些想法还是在他脑海里活动着。突然,他说:

"小米,我想问你一件事。"甚至在他说话的时候,他都不确定自己要问什么。

"你能不能给我一点时间,等我办完了与坎波琳的离婚手续之后,跟我结婚?"

"这个跟我没有关系,你应该跟亚娜结婚。"她几乎怒气冲冲地说。她转过身子,面对着他,她的鼻子几乎碰到他的鼻子,他看见她的双眼闪闪发光。

"不,不要!我会马上办好离婚手续,过了九十天的法律等待期后,我就会跟你结婚——除非是你不想。我会等你——我熬过了一切:监牢,流浪,自我监禁,自我放逐。我晚上睡不成觉;我站在你家楼下望着你的窗口;我不知道自己哪儿来那么大的劲——我既然已经等了半辈子,我还可以等一辈子!我还有下一辈子。我不会结婚的,我不会傻乎乎地给自己套上一个枷锁,然后心里想你,再为你连累那个跟我结婚的女人——我才不会那么傻,你也是,最好别犯傻!——不要毁掉我们的未来!不要跟高飞复婚!你听着——等着我!等我办完离婚手续再来找你。"

这个承诺像闪电一样击中了她,像闪电一样劈开了她,可是她仍然稳稳地站着。那其实不是什么来自外在的震动,只是血管内部流动的很小的变化而已,或心跳微小的律动。

小米端详着镜子里的自己,似乎可以看到杨帅正站在自己身后,也在和她一样注视着镜子。在镜子里,是一对穿着白色婚纱、黑色大礼服的男女。

小米视线离开了镜子,又看了回去,这次有了心理准备了。她看到一个圣女。云鬓高耸,绾起来的头发用簪子固定,像一个鸟巢——杨帅说过,我多想做一只栖息在鸟巢上面的小鸟——发亮的头发,苍白的花朵,垂落的蕾丝在她脸颊上留下淡淡的影子,一种虔诚、娴静,以至带点命定气息、带点傻气的美。她做了一个鬼脸,好打破这张脸的模子,可是不奏效——

仿佛新娘就诞生在镜子里,她才是掌控全局的人。想起他若是再找不到自己,他会是什么反应?想起那天他谈到流浪,说到走遍世界就为了追寻或躲避她,她有些黯然了。

"你在给你的流浪找借口,可别把我拉上。"小米说。在她看来,男人太外露,动不动就说爱不爱的,很可疑,靠不住。就像诗人或流浪艺术家多半是被自己心中的影像迷惑,这种承诺带有某种游戏性,不可认真。而男人能够打动她的品质多半是沉默、农人般的执拗,就像高飞那样的。

在与高飞不得不分开的日子里,她得以有时间思考婚姻的不可能性。来自不同家庭、不同背景的人要用家庭的形式扭在一起,抹杀区别,这是不可能的。这就是为什么"分居"后她会怀念他,因为"分居",他二人能不抹杀彼此的个性,也许人站在宽松的、合适的距离里,才能保全婚姻。

她想着杨帅的那句话——"我记得最清楚的就是我没办法碰你。我一直在问自己,这是为什么?"

为什么?

就是镜子里这个女人捣的鬼!

是的,她理解了,最初她就设计了一个结局。开始她还傻乎乎地抱怨杨帅,他没有越过一个大洋、一个大陆来触摸她。实际上那是她自己的原因,就是小米让自己变成的东西——一个巨大的、发光的、结结实实的物质,某些地方痛苦地鼓成一个山脊,另一些地方却平铺开去,化为漫长、迟钝的距离。杨帅就远远地位于它的边缘,只要小米愿意,随时可以把他消减成一个喧嚣的小黑点。而她自己,则能够这样拓展开来,又能微缩进她的领土中央,彻底凝缩,好似一颗小珠子、一粒小扣子或一只小瓢虫……

数天后,杨帅回来找小米。没人应门。他一个人站在小米楼下。他觉得自己好像是跟三个女人待在一起,虽然第三个女人是充数的,跟他没关系,可是她把他跟小米、亚娜的关系搅得更乱了。他想知道她们对他的想法,唯一可以肯定的是她们都恨他。他想到在地铁看到的一句诗:Love is a reciprocal torture(爱是一个相互的折磨)。在天主教和犹太教里,"受苦"是进入灵魂天堂的唯一途径。灵魂飞升与精神解放经由"苦"与"虐"来完成。在它的魔法里,爱情在互相折磨虐待中上升到顶穴。爱情是两条绞缠在一起的蛇,越是缠绕,越贴得近。

他走在街上。街道空荡荡的,行人稀少,静得出奇,树叶怕冷似的窸窸窣窣随着每一阵风往下掉。他又等待了数日,确信人去楼空。他问过爱琳,爱琳答道谁让你不追,你不追她就跑了;他又找到邱峰,但邱峰似乎也不知情。

一个下午,当他心事重重,渴望找个人谈一谈的时候,邱峰来了,说想聊聊他在纽约得奖的事。其实邱峰已经把他和高飞、小米的故事写进了他的小说,正在一个海外文学网站连载,需要采访杨帅取得细节。但杨帅没有谈什么。他曾试着跟邱峰谈谈小米,但最终放弃了,因为他发现,他们的谈话成了七拐八歪的曲线,那么乏力地、凄惨地延伸下去,倒不如自己闷着好。他敷衍着,笑着,假装很投机的样子,但心里渴望邱峰离去,让他静下来,一个人静静地享用属于自己的寂寞。

两个人一起喝酒,杨帅是想喝到醉死的那种喝法,邱峰虽不知道发生了什么,但也一改往日向醉疾行的模式,他没有喝那么多,却装作醉到无法走路。于是,杨帅暂时还不能死,他还要扶这个不能走路的朋友回家。在路上,杨帅的焦躁慢慢得到缓释,内心慢慢恢复宁静。是,痛苦有时候像火山,有时候又能慢慢化作潜流。

他领悟到,有些事情是不能告诉别人的,有些事情是不必告诉别人的,有些事情是根本没有办法告诉别人的。他就是没办法在别人面前提到小米的名字。那个名字,他说出一次心里就揪一下——小米走了,他的心也跟着空了。

午后的太阳拖着黯淡的步子,渐渐西斜,屋角的浮尘在毫无目的地游动着,檐下的蜘蛛在那里忙碌地结那些囚禁自己的网;暮色四合,默默地爬上窗子。那种寂寞的感觉越来越沉重地向他心上压下来,压下来,直到他呼吸困难,心跳迟滞;他觉得自己涨得无限的大,大得填满了整个宇宙的空间,全是寂寞。同时,还有一种向下坠落的感觉,向着那无底的幽暗之中坠落。最后,夜色密密地涂满了宇宙,在上下前后左右都是墨一般的幽暗里,他感觉不到自己是否仍在继续地坠落,他所知道的只是——那沉重的、无边的、墨染的、死一般的寂寞!

十四　双雄对决

这天,杨帅早早回到了纽约的住处。他正在写下一个节目大纲,但他写几行就停住了。两只眼皮打架。他的双脚交叉,跷到桌子上,似乎他宁可用脚思考。窗外树枝上有两只鸟,一只正在给栖息在它身边的另一只鸟上课。那个被教育者内疚地低垂着脑袋,就像犯了不可饶恕的罪行之后在受训一样。

电话铃响了。

他跳起来:"小米?"他已经几个星期没有她的消息了。他拿起听筒,急切地说:"喂,小米,你在哪儿?"

他听到了一个低沉的男人的声音。那人顿了一下,变得犹豫;这是一个刚要说话,却被人打断了思路的人。

杨帅想说对方打错了电话,而那人却说要找杨帅。杨帅拿不定是不是要把电话挂断。最后他问:"是谁啊?"

对方咳嗽了一下,清了清嗓子,然后又咳了一下,像一个演说家在准备做报告:"我不是小米,我是高飞。"

杨帅觉得口干舌燥。这是他第一次与高飞通话。这么多年过去了,电话里的声音显得陌生,带有江南一个小地方——位于上海周边——的特别口音。每个字的结尾都略带拖音。

杨帅说:"你怎么知道我的电话号码的?"

"这有什么关系呢?"高飞停了一下才继续往下说,在杨帅记忆中他是个审慎的人,深思熟虑,行动起来不慌不忙。"我们能碰碰头吗?"

"有什么事吗?"

"有点个人的事。"

"他又要跟我交锋了!"这个想法一闪而过。"这对我来说太不愉快了。"杨帅听到自己结结巴巴地说。"谈我跟小米之间的事?我不明白这有什么必要。你已经离婚了,而且……"

"如果对咱俩都没必要,我就不给你打电话了。"

"如果谈,也是我们三个人一起谈。"他想把小米找到再说。高飞截断他:"有些事最好我们男人当面谈。告诉我你的地址,我到你这儿来,或者我们可以在某个自助餐厅或咖啡馆见面。"

"你至少得告诉我要谈的是什么事。"杨帅坚持说。从声音听起来,好像高飞正在咂嘴,而且正在和要说出来的话进行搏斗似的。他说:"她可以说是我们之间的纽带。我确实和她离了婚,但是我们曾经是夫妻。小米告诉了我你的一切。"

杨帅费了好大劲才说出话来,他告诉了高飞会面的地址,但还是满腹猜疑。多年前,在酒精作用下,他把刀戳进了这个人的胸膛;这么多年过去了,他又为了同一个女人和这个人面对面。谁知道呢,保不准他也许会带一把刀,或什么凶器。杨帅匆匆忙忙地洗脸、修面。他决定穿套好衣服,他不想在这个人面前一副寒酸相。"一个人必须讲究出场姿态。"他嘲讽地想,"哪怕是见他女友的前夫。"

杨帅又给邱峰打了电话:"我得去百老汇大道的一家自助餐厅会一个

人。"他告诉他,"这人你认识,是高飞。"尽管邱峰没问他什么,他还是把自助餐厅的地址详细讲了一番,想着如果高飞袭击他,邱峰会知道他在哪儿,而且如果需要的话,他还能出庭做证。

杨帅看看手机,计算了一下时间,免得到太早,高飞路远,应该会迟到半小时。这天阳光灿烂,天气暖和,但是所有的游乐场都已关闭。街上除去上了锁的门和褪色脱落的广告之外,什么也没有。那些曾光鲜的店面已经因日晒雨淋而破旧不堪了。海鸥在海洋上空翱翔、尖叫。

走进餐厅,尽管过了多年,他还是一眼认出了高飞,高飞现在的样子只是一个普通的人。他的肚腩越来越大,头发越来越少……哪里还有过去那个少年的影子?他和蔼的神情使他那稍微有点粗俗的外表变得温和起来。"他不会谋害我。"杨帅用眼角打量着高飞,不能相信,这个落魄的男人曾经是小米的丈夫,处处占他上风的Ａ角罗密欧。真是风水轮流转啊!但是这些并没有令他放心。高飞面前放着一杯咖啡。烟灰缸上搁着一支烟(他竟也学会了抽烟),烟头上的烟灰足足有一寸长。看到杨帅,他似乎想站起来,但是马上又仰靠在椅子上了。

他伸出一只粗大的手:"你好!"杨帅发现他手上有茧。

"你不是我想象中的样子,小米曾把你说成是个十足的英雄。"他并不存心想贬低高飞。高飞低下头,想说什么,努努嘴,什么也没说。最后他只说了一句:"你和小米的绯闻应该结束了——她是我女儿的妈!"

他知道一句就够了:"这是事实。"

杨帅也不示弱:"那要看你配不配得上她!"

"我考虑了很长时间,到底要不要来拜访你。你知道,一个人要做这样一件事并不容易。我有一切理由成为你的敌人,可是我要直截了当告诉你,我来这儿是为小米好!请你不要打扰我们的生活!"

杨帅说:"我以人格保证——哪怕是用我的生命为代价——我会给她你给不了的幸福!"他用深沉的嗓音说着,不慌不忙,似乎毫无怒气。"瞧瞧,你看看事实——你把她的生活折腾成了什么样?"高飞没有被吓倒:"我想让你知道,小米是我的妻子,佳佳是我的女儿,这你改变不了。你想追小米,这是你的自由;但是在你碰壁之前,我提醒你,这个格局多年前就定了,也许现在我还在倒霉——你不会得到她的。"

高飞说话的时候,杨帅觉得很热,便拉了拉领口,又觉得耳朵后面烧得慌。一股冷的东西沿着脊背往下淌。趁高飞点烟的时候,他用压抑的嗓音问:"是她叫你来的吗?"

"是的,她告诉我,我要再赢得她,必须再上舞台,成为原来的我!不要把自己的才华,浪费在世俗的愚蠢上。不要像一个胆小鬼!"他开始跟自己推心置腹起来,这一点杨帅倒是没有准备。"事实是,小米是一个诚实的女人,她说了你对她的感情。我也知道我的处境。这里到处是美国人在做生意,尤其是犹太人。中国人做不过他们。我说这些话并无抱怨,我几次投资都失败了,作为一个舞者我能干什么呢?在外州工地上我拼命干活……经过那些艰难的岁月,我也想让小米母女吃得好些,穿得体面些……可是我生性不会做生意,我也不能待在家里,靠小米打工过日子。很多搞艺术的人,混得很惨,还有一些人比我更惨,这是现实。但是,她会回到我身边,这只是时间问题!"

杨帅无言。

他无法嘲笑一个失败的对手,因为他很可能再爬起来。

十五　阁楼夜话

杨帅又喝醉了,他觉得自己浑身发抖,头晕目眩。好不容易到了小米楼下,楼上黑着灯,所有的房屋都在黑暗的笼罩下,街道黑漆漆的。他是如此恐怖又如此渴望见到她那无比熟悉的身影,那娇小自信、柔韧苗条的身躯里,有这个世界上所有令他痛苦或满足的东西。敲了好久没有应声,他几乎绝望了。

他回头却发现有个包裹,留在了门边,不打自招地泄露了楼上人的名字。

他摸到了门铃按钮,他甚至没想做什么,就靠在按钮上,让它响,响到自己不能忍受为止。这种声音让他如释重负,他可以尖叫了。于是他叫:"小米,我知道你在那儿!我知道你在里面。"没有人回答。过了一会儿,他紧握拳头,尖叫,按铃,砸门。他失态地继续胡闹,想怎么做就怎么做,在某种程度上说,他颇为享受自己的胡闹,几乎都快忘了自己为什么要这么做了。他有节奏地按着门铃,同时大叫道:

"小米!"

"说句话,小米。回答我。我知道你在楼上。"

小米悄悄下楼梯,站在门廊,贴着门。

"我听到你了!"

"我能从锁眼里闻到你的味道。是你,小米!"

"开门!"

小米回到楼上,打开阁楼的窗子,看见杨帅缩在门洞里,抬头向上看着她。"我终于找到你了。"杨帅在下面做了个胜利的 V 形手势。

她说:"我搬家没告诉你,算我对不起你了。"她先向他道歉,然后又数落他,"你有没有脑子啊?半夜三更跑到这儿来乱嚷嚷。先回去,有什么事明天再说吧!"

"我钥匙丢了,让我在你这儿过一夜,行不行?"

"不行!"

"为什么?"

"你醉了!"

"没有!"

杨帅在楼下沉默了一会儿,嘀咕了一声:"不仗义。"他愤愤地走到街上,又朝楼上的窗子看了一眼,这次加重了谴责。他说:"我算认识你了!你这个人没良心,没良心啊!"他失意的脸被无声而迅疾的闪电一照,面色惨白,胡子拉碴的,英俊与憔悴结合在一起。这时一阵疾迅的雨声传来,由远而近犹如蚕食声,大雨突如其来,雨脚直上直下,密不透风,天和地交融在一起。"你看这雨太大,让我明天再走吧?"他的声音在雨中变得微弱,随风飘零,显得可怜。小米敲着窗户说:"自己开门。"她把钥匙用抹布包好,从阁楼窗子里扔了出去,落在地面上。噗!一声闷响。

她先把杨帅安置在楼下的小房间,紧挨着厨房。她谨慎地用一只纸箱子放在楼梯口,象征一扇门。之后,她关上灯,四周安静了。这个夜晚有点古怪,她睡在阁楼上,他睡在阁楼下……

窗外雨柱密集,雨声如潮,瓦檐上水流如瀑。浑浊的雨水往窗缝里灌。心情烦躁加剧了屋里的闷热,小米打开窗,灰绿色楼群便扑进窗口,望得见这无边无涯的灰色钢筋的海洋,低矮的云团卧在耸立的楼群的浪潮上,喧哗的声浪持续不断,浓重的土腥味和青草的气息混杂在一起,灌满房屋。

杨帅在楼下,大雨使他心烦意乱,一阵麻酥酥的感觉像蚂蚁一样遍体爬动。雨水像箭杆般射到邻近的房顶上,一部分飞溅出去,一部分汇集到房檐底下,沿着灰暗的排水管,流到地上汇集的雨水里。焦虑不安的水面爆豆般跳动着。杨帅一动不动,感到从来没有过的燥热。他把上衣脱掉,只穿一条短裤。这里处处都透着女人的气息。杨帅想把窗户关上,结果木框被泡涨了,他几次用力,窗户终于"砰"一下落下了,在深夜里,那声音大得出奇,好似一声枪声炸响。

小米头发蓬乱地噔噔跑下来,看看抱着膝盖坐在床上的杨帅,溜了一眼窗户,看到没出问题,转身要走。

一股灼热的气流冲到杨帅的咽喉,他顿了一下,吃力地说:"别走,给我一点水喝。"

小米取了水杯,递给他,咬了一下嘴唇,灰暗的房子里像亮开了一团金色的光,窗外嘈嘈杂杂的雨声像被一道绿色的墙壁挡住了。杨帅看着她蓬乱的头发、半透明的精致耳朵、丰满的胸脯说:"你胖了。"

小米最在乎别人评论她的身材:"唉,早不练功了,当家庭妇女了,没办法。"

又说:"你没事吧?没事就好。"她扭身准备离去。

"你是在乎我的,对吗?"

"在乎。我怕你自杀(她指那枪声似的声音)。"

两个人不约而同都想起二十年前的大雨之夜。于是,窗外嘈杂的风雨声就如急速撤退的潮水般遁去,其他一切无非幻影而已。一切像纸糊的舞台背景,真正存在于此的只有他和小米。

黑夜带着一片凉气,漫进窗户,包围着小米的身体,她不由得打了个寒噤。"你恨我吗?"杨帅轻蔑地问。小米没回答。

他觉得他有权辩解,可惜,生活中没有人给他机会告白。他记得看到高飞房间里的小米,她眼睛里蒙着一层蓝色的烟雾。他记得屋子里到处燃烧着黄金一样的火苗,在满屋黄金火苗里,有两朵蓝色的小火苗跳跃着。黄金火苗烧着杨帅的身体,蓝火苗烧着他的心。

就像现在,只要有小米在的地方,就有黄金火苗蓝色火苗……房子里的金黄色和天蓝色涣散时,他又像当年那样着了魔——他忍不住一把抱住小米:"让我跟你跳最后一支舞吧!"

起初,杨帅并没有贴她的脸,贴住的是身体。他用身体抵住她往前走,不像是跳舞,像是一种稚气的恶作剧。她能感受到他的胸肌、髋骨和大腿从上而下的压迫,还有紊乱的毫无节奏的冲撞。他平时的灵巧都没影了,只有一个醉汉的蛮横。她敏感地留心他下体的动态,幸运的是,那个区域,暂时风平浪静。她熟悉各种舞步,如此愤怒的舞步于她,是罕见的。她见识过暴力,如此绝望的暴力却是她无法反抗的。她最终选择了忍受。

他的面孔突兀地贴住她的左侧脸颊,久久不动,像一块石头依偎着悬崖,像一个受惊的孩童,无助地依偎着母亲。然后,他凝视着她的左侧脸颊,几秒钟后,他的目光下垂,落在她的肩胛骨上。她觉得从肩胛往下,有一种被烧灼的感觉。他的呼吸突然急促起来,混杂着酒气,热乎乎地喷在她脸上。在一阵强烈的反胃之后,他开始吐了。他在小米的肩头嗷嗷地吐起来,不停地呕吐。小米任凭他的呕吐物滴落在身上,垂手站着。过了一会儿她拿来一块毛巾,仔细地擦去肩上的秽物。她又拿来几件男人的衣服给他说:"没事了!吐了就好了,换了衣服赶快睡吧!"

十六　骰子人生

门虚掩着,小米可以看见杨帅额头上闪亮的汗珠子。此时,萦绕不去的男人气味为何如此熟悉,那正是杨帅的头油、体味和脚臭混合的气味。

小米想起他几个小时前还在贴着自己跳舞,脸上一阵热。在她帮他换衣服的时候,他还在醉态中,上身裸露着,健壮,宽厚,有一片水渍在他的肩膀上闪闪发亮,像一片银饰。她看那片水渍穿越他粗壮的上臂,慢慢流下来,干涸了,上面的刺青在灯光下显得清晰起来,他的左臂刺了两个字:小米。

这刺青一定是刚刚刺上去的,不然不会这样扎眼,有两簇暗蓝色的火焰在他皮肤上燃烧,写着她的名字,突然的窒息感,让她的腿发软,她赶紧上了楼。

杨帅后半夜醒了,上来敲门要跟小米说话,见她不吭声,侧耳听听,里面没动静,也解嘲地笑笑:"咱俩就像探监的,隔着一道门说话。你考虑好没有？跟我走吧！"

小米不能否认杨帅对她是极具吸引力的。女人喜欢这种主动和热情，一种生机勃勃、纯男人的激情，它包容了对性爱与暴力的迷醉幻想，以狂野不羁的野性生命力为其根本；还有他的自由精神，那种浪漫精神是独特的，对女人有致命的吸引力。每个女人在内心中都渴望有这样一个情人，好比《罗密欧与朱丽叶》中的罗密欧，《泰坦尼克号》中的杰克，但中国人中很少有这样的情圣，我们的古典文学只善于描绘压抑含蓄的情感。他最可贵的一面是，总在说心里话。别人怕受到伤害，就遮遮掩掩，他的脸皮厚，就大胆起来，少了计较。

但小米却说："你现在应该在亚娜身边，而不是在我这里。"小米的话把他拉回现实。这类理性的说教往往会让他出现被激怒："我不是高贵的人，直说吧！我不合适结婚，没有爱情的婚姻对我这种人来说，就是枷锁。退一步说，我如果真的结婚，那也只能是和你，不能是第二个女人。为了你我愿意改变，不会为别人。"

"你说过，活着就像一条荒原的野狼。你怎么会适应家庭生活？"

"你说对了。你这个人真的不合适结婚，尤其是跟我结婚，因为我不能看着你改变个性，而你不改变，跟你生活的女人会受不了你；但是你改变了，也会是一个悲剧。因为那样，你就不是你了。婚姻会改变你，不要以为婚姻是爱情的结果。"

"你真是个蠢女人——我跟哪个蠢女人结婚都会被改变啊！"

"那就让别的蠢女人去改变你好了！"

"那高飞呢？"

"他不同——他是佳佳的父亲！"

杨帅愣了一下。

"而且，我们还有孩子，佳佳。她的病把我和高飞拴在一起了。"

杨帅默然。追求小米或许只是他自我肯定的一种手段，在这个荒漠般的人世上，他似乎抓住了一点什么。可是他环顾着这个陌生的屋子，他更看清了，这一切已经与他没有半点关系了。

爱不是目的，只是一场旅行。他厌倦了，要离开了，他渴望着另一场旅行，走得越远越好。从小米身边再次逃开。爱是什么？爱是人间之幸福，但拥有幸福并非人世所追求的全部。爱是相聚，但没有相应的分离就无所谓相聚。也许一旦聚成一体，爱就不再澎湃。爱就像一股潮水，瞬间涌动、涨潮、升华，随后必是退潮、低落、平静。

爱是无限，爱是永恒，爱是狂喜，这是他和大多数人一样，对爱的看法。爱就是在创造的愉悦中使精神与精神、肉体与肉体相吸的引力。曾有人说，旅行胜于到达。爱，是手段而非目的；是一种凝聚的力量，是对力量的相信。爱是向目标的前进，爱是朝天堂的旅行。现在他到了临界点。

他在想，我到底要什么？一个世俗的婚姻，哈哈！他自己也不相信，他顶多是一个糊里糊涂的情人，死缠烂打的情人。他一边想着，一边把玩一个骰子，把它翻来覆去地抛到空中，再接住。他在亚娜家看见虎妞拿着它玩，玩着玩着她又拿着骰子往嘴里送，他就一把抢下来，跟她玩"变变变"，顺便塞在裤子口袋里。想到虎妞，他手一抖，骰子掉到了地上——他想起虎妞的眼睛——他应该和虎妞的妈妈结婚，给她们母女一个家。他突然想到，何不让骰子替自己做决定？他心里暗暗地给自己定了 AB 面，决定按照投骰结果行事。如果是单数，就是小米；如果是双数，就去跟亚娜结婚，此后不再纠缠小米。于是，他抛起那枚骰子，看那骰子在空中翻了几个跟头落下来，一个指令出来了。

——双数朝上！

他站起来，拍门，门开了，这一瞬间，小米看见杨帅脸上出现了某种新的神情，仿佛他在短时间去了远处的什么地方，把什么放在那里之后又赶了回来。他说我该走了，说着，他把骰子塞回兜里，噔噔地下了楼。

在门口，他伸出手来，她的手落入他那多肉温厚又有力的大手——他的手心里卷着一张纸条——"要是你累了,你需要我的帮助,这是我的地址。"她也许会怀念这种恳求式的关照,谦和的、顽固的、细碎的恳请一样的关心。杨帅叹了一口气说:"我记得最清楚的是,我没办法碰你。"她与他隔了一道篱笆,它太浓密、太难爬了,无法翻越。"今天我要离开纽约了。我真的走了。"他移到了她身后,作为一种起码的告别仪式,他试图抚摸她的肩膀,手在空中虚晃两次,最终还是谨慎地缩回去了。

接着听见路面上响起他的脚步声,又听见他在街角渐渐消失,也许从此将不再出现。她的目光转向屋外,她觉得凄楚莫名,真想痛哭一场。突然,一个奇异的景色使她呆住了,数百只也许是上千只蝴蝶落在她面前的树上,这也许是它们穿越大洋的长途旅行之前的休息。它们落在那里,在朝阳映照下,薄薄的翅膀变得金黄,像金属制成的叶子,像扔出的金箔落在了枝头,就像《圣经》里的金雨。

十七　　天妒红颜

经过二月中旬的一场五十厘米厚的暴风雪之后,纽约强劲的冬天终于减了势头,气候慢慢温和了下来。三月初的一个早上,高飞站在书房的窗口望着后园,发现邻居家屋顶上厚厚的雪都融化得只剩薄薄一层了。那本来松软的积雪现在呈现出冰的晶体,底部开始有淙淙融雪水流淌着。那些树枝已经泛青,还在严冬的时候它们的芽苞就已经悄悄鼓起。再过上个把月,冰雪就会不见踪影,郁金香和黄水仙会最早开放,接下来,苹果花樱花都会悄然绽放,周围一带街道两边会被争先恐后出现的花团锦簇所包围。

三年过去了,高飞的大部分债务已偿还,为了保护妻女不受法律上的牵连,他和小米还在"离婚"状态。这些年中,因为各自的困境,他们夫妇也不知不觉渐行渐远。小米日渐缄默,她一个人带着生病的佳佳,似乎走了一段孤寂而艰难的日子。这中间,那个若即若离的第三者,使高飞与小米的关系若即若离。他们之间一直都紧张着,没有机会弥合矛盾。

小米已经开始了一份新的职业,其实是毫无悬念地当了一名舞蹈老师。她扎实的舞蹈功底,为她敲开了一家退休俱乐部的门。她在里面教芭蕾舞。几个月后,她发现很少有人愿意学芭蕾,与此同时,尊巴在美国很吃香。尊巴是一种时尚的健身舞蹈,融合了热辣活泼的拉丁舞,比如萨尔萨、桑巴、弗拉明戈、恰恰。于是,她参加了一个尊巴培训班,培训班的课一结束,她便在一家健身会所教尊巴。

其实,与其他兼职工作一样,这份工作非常不稳定,像滚滚大江上的一叶小舟。有朋友问,干吗不自己开业当老板?励志的范本她也听了些,那些激动人心的故事跟自己有多大的关系呢?有人租了明亮宽敞的舞蹈室,位于市区交通繁华地段,广告也打出去了,但就是没有客源,干了几个月就撑不住了,不得不关门。小米只是苦苦支撑罢了。

高飞一直想跟小米好好谈谈,他觉得他们夫妻之间的隔阂越来越深。去见小米那天他似乎比第一次约会还紧张。按门铃的时候,他汗流不止,嘴巴干得无法开口说话。开门的是小米,她只说了一句话:"我不想见任何人。"门就关上了。

她是不是还挂念着杨帅?是不是还在生自己的气?他自认无能,不能给心爱的女人提供她需要的一切。高飞走出了院子,阳光白花花的铺天盖地,他的心跳得像要死去了,可头脑却异常清晰,他甚至注意到白色的栅栏上,有一只笨头笨脑的小蜗牛。

一年后,高飞终于重新回到小米身边。他靠着自己的努力,靠着爱琳的法律专业帮助,终于化解了债务纠纷,他的生活回到了原点。他暗暗感谢自己的对手,杨帅是主动与小米分手的。他说到做到,果断地离开了小米,不再与她有任何联系。

这天晚上,高飞在一家中餐馆吃饭,餐馆里人声鼎沸,人们不时举起酒杯,烟雾缭绕,人们把痰吐在地上。把一勺汤送进嘴里时,高飞的手突然停在空中。他盯着报纸上的一篇报道,之后他把筷子放下,仔细阅读起来。最后,他干脆将盘子推到一边,把那张报纸对折起来捧在手上,凑近眼睛,将那篇报道翻来覆去读了又读。炒牛肉丝已在盘中积起冷白色油脂。服务生问:"先生用完了吗?要不要打包?"他说:"不用。"急忙付账,走了出去。

　　顶着暮色,他快步向前走去。报纸还抓在手里。在一条行人稀少的行道树边上,有排木椅。他放慢了脚步,想坐下来读又怕环境太吵。一到家,他就立刻在沙发上坐下,再一次摊开报纸读起来。他并没有出声,像读唇语那样轻轻移动嘴唇——在美国舞蹈节获得"最佳编舞奖"的杨帅开始为自己寻找新的舞台!他在意大利电视台编舞,在比利时皇家舞蹈学院做教授,举办个人作品晚会——高飞从头到尾读了一遍,又读了一遍,然后把报纸仔细折好,压在书桌最下面的抽屉里。

　　此时,高飞已经离开舞台了,由于在手术中的一个失误,他左边的小腿被压了几个小时,小腿肌肉到脚趾神经全部坏死,医生说:你很难再站起来了!他不相信,又开始了正规严格的专业训练,只为回到他热爱的舞台。小米一面照顾他,四处寻医问药,一面担心他。她知道高飞心里苦,又不愿说,他有时嗟叹人这一生真是短暂,一辈子其实没多少时间。小米知道,这中间还有一个因素,就是那张被高飞藏起来的报纸。杨帅的成功是一剂药丸,这两个男人一生都在较量。看到那个心中的对手站在一个新的高度,对高飞是一个很大的刺激,让他重新行动起来。他毕竟已人到中年。他苦练舞蹈基本功,有时训练竟长达八小时,但他渐渐脱形的身形、皮、肉、骨已不能统一和谐地运力,弹跳性差了,落到地板上就像砸夯一样,演出反响平平,人们大而化之地跟他握手:"这个岁数了,不容易不容易!"其实,人们都觉得他没希望了。

高飞也灰心了,直到有一天遇见了他学生时代的偶像。一天上古典芭蕾课时,他看见巴里奇尼科夫,俄罗斯非常著名的舞蹈大师。他实在是太激动了,巴里奇尼科夫在他心中,一直是一个高傲美丽的舞神。现在巴里奇尼科夫活生生地站到了他面前。

巴里奇尼科夫站把杆的第一个位置,高飞站第二个位置。那堂课好像是高飞练舞以来最认真卖力的一堂舞蹈课,一套把杆动作做下来,他把自己两条腿都练抽筋了。他汗流不止,手脚不停地哆嗦。巴里奇尼科夫已经五十多岁,还在演出。但是他的身体机能已不能与盛时相比。他已不是多年前那只高傲美丽的雄鹰了。当年高飞对美的认识很简单,现在则不一样了,他对这样一个把一生都奉献给舞蹈的前辈,除了崇拜,还有种惺惺相惜的感觉。舞蹈是很残酷的艺术,它对演员的生理机能要求特别高。很多舞蹈演员在他最能跳的时候,不明白自己在跳什么,但等到他明白他在跳什么的时候,他又跳不动了。

回到家,他还沉浸在自己的震惊之中,小米开门时,他就急切地说:"我看见巴里奇尼科夫了!"小米应道:"是吗?""可是他的身体状态,让我有种美人迟暮的悲伤。"下课后,高飞远远地看着他,自己崇拜的舞蹈大师,拖着疲惫衰老的身躯,走远。他想,我必须在四十岁前重上舞台。就在这个时候,他看到了杨帅成功的消息。

十八 火鹤之舞

最近,来找杨帅的人很多,杨帅对自己的名声在外有点莫名其妙。虽然他在纽约有了点声望,但穷艺术家的境况并没好转。每隔一段时间,总有些日子他不得不束紧裤带。有了钱,他便拼命吃个饱,补偿过去的饥饿。

但日子久了,这种饮食的习惯是会伤身体的。

他除了画画,就是编舞。没钱的时候,他就替朋友跳舞演出,或在中央公园为游客画像。有时他一口气地画上几周,或者在家替一些"画家"改画——他为别人加工人物画像。这天他熬着夜替别人做完了一件乏味的改画工作,到天亮才上床,倒头便睡。十点左右,送信的来了。平时按铃不应,人家就把信塞在门下。这天早上他却继续敲门。杨帅倦眼惺忪地去开门,完全没注意到邮递员微笑着,唠唠叨叨跟他讲起报上的一篇文章,他拿了信,连瞧也不瞧一眼,把门一推,没关严就上了床,一下子又睡着了。

过了一小时,他又被屋子里的脚步声惊醒了:邱峰站在床前,一声不吭地看着他。他不禁大为诧异:"你怎么进来的?""大门开着,我就走了进来。"杨帅愤愤地从床上跳起,嚷道:"你来干什么?"他抓起枕头朝邱峰扔过去,说:"下午再来,现在我要睡了!"邱峰赶紧说明来意,作为华文报记者的他,为了《文化时报》上的一篇文章特意来采访他。

"什么文章?"

"你没看到吗?"邱峰把那篇文字的内容告诉他。杨帅重新躺下,要不是瞌睡得迷迷糊糊,他早就把来人赶出去了。他钻入被窝,闭上眼睛,装作睡觉。他很可能弄假成真地睡过去了。可是邱峰非常固执,他提高嗓音,开始念文章了:"如果国际舞蹈界来一场华山论剑,杨帅已经是'东邪西毒'这样的宗师级别了。他获得过有舞蹈奥斯卡之称的尼金斯奖,美国创造性人才最高奖'麦克阿瑟天才奖',被赞誉为'我们时代最伟大的艺术家之一'。"听了最初几行,杨帅就竖起耳朵,人家把他说成当代舞蹈天才了。杨帅从床上坐起,道:"他们真是疯了。纽约的天才不够了吗?"

邱峰趁此机会停止了朗诵,开始了采访。对他的问题,杨帅都不假思索地做了回答。他捡起那篇文章,好不惊奇地打量着印在上面的自己的照片。他还没有时间看文字的内容,又一个记者跑进房里来了。这一回杨帅可真恼了。他的房间里摆满了画稿、画框、钉子、锤子和工具,排笔、颜料、油彩、调色板和脏衣服……他命令他们出去；可是他们没有把室内的布置，墙上杨帅平时照的照片、画的画，艺术家的脏乱差的面貌迅速地拍摄下来以前，决不肯照办。杨帅又好气又好笑，衣服也没穿好，推着他们的肩膀，把他直送出门外，赶紧上了锁。

然而这一天他是注定不得安静的。他还没梳洗完毕，又有人敲门了，而且是用只有几个朋友知道的方式敲着。杨帅开门，发现是一个白人，他决心直截了当地把来人打发走，不料来人立刻分辩说，他就是今天报上那篇文字的作者。对一个捧你为天才的人，有什么办法拒绝呢？杨帅懊恼之下，只能领受他的崇拜者的热诚。他奇怪这种声名怎么会忽然从云端掉到他头上。是不是他之前哪天给人家跳了什么连自己也没觉察的杰作？他可没有时间追究这些。这位记者是不管他愿不愿意，特意来拉他出去的，想一边谈一边带他上报馆：大名鼎鼎的总编夏洛特等在那里要见他，汽车已经在楼下了。杨帅推却了一番，但对于人家好意的邀请，他是磨不过情面的，终于不由自主地听人摆布了。

四十五分钟后，他就被介绍给了夏洛特。他是一位媒体大亨，一位谁见了都害怕的无冕之王。夏洛特是个身强力壮的白人男子，年纪在五十上下。矮小，肥胖，又圆又大的脑袋，灰色头发，留着平头，红红的脸，说话干练，指令清晰，用短句，命令式，鼻音重，爱浮夸，口若悬河大发议论。他既是老板又是总编，既会做买卖，又会利用人，自私自利，又天真又狡猾，又热情又自负，他把自己的事业跟美国的，甚至和全人类的合而为一。他的利益，他报纸的发达，是和公众的福利息息相关的。除此以外，他也不乏宽宏的度量。他是个理想主义者，喜欢模仿上帝，不时从沟壑中提拔几个可怜的穷人出来，表现他权势的伟大，可以凭空造出一个名人；只要他愿意，他也能制造君王，废黜君王。他的神通是无限的。倘使他高兴，他也能制造天才。这一天，他来"制造"杨帅了。

华人报纸并不看重艺术，报上都是满版的广告和社区大佬的所谓"社区新闻",但是美国大报就是另一回事了,发动这件事的其实是无心的老马。不做任何钻营事,痛恨宣传而避新闻记者如避瘟疫一般的老马,为了他的年轻朋友却是另一种做法了。他就像保护小鸡仔的温柔鸡妈妈。

老马已经在华人文化界很有名望了。在杂志上写文章,和许多批评家与爱好艺术的人接触的时候,他是一有机会就提杨帅。但实际上也不是只他一个人在提,一段时间之后,他发觉纽约艺术界对杨帅的名字已不陌生。除了老马和邱峰的帮助,还有第三个神秘人物,那人暂时没露出水面。当时是2002年。但是第二次他引起人们注意已经是三年后了。此时,他已获得学位,并着手组织自己的舞团。当时还没有一个华人以自己的名字组团。如果说,先前的宣传得益于朋友和神秘人物暗中相助的话,很快,杨帅连续不断地发表重要的原创作品,就已经证明了他自己有实力。这一切,引发了主流媒体的关注。媒体称其对当代舞蹈艺术的重要贡献,是发展了一套"自然身体发展"的独特技术体系。舞蹈语言融合多种媒介元素,包括舞蹈、绘画、声音、雕塑、剧场、影像等。他对东西方美学与文化深入、创新的融合有研究,及其舞蹈与前卫行为艺术的交集要有体现,他将艺术语汇拓展到大型多媒体装置、影像与动画、特定场域实景创作等领域。

通过学习绘画,他了解了西方文化和历史,现代绘画艺术影响了他对现代文化的认识。中国传统文化强调"没有规矩,不成方圆",而西方艺术则不同,也就是这个时候,他开始对现代艺术产生了浓厚的兴趣。如此众多的、综合的现代艺术的复杂熏陶影响,他已不再是一个芭蕾舞者,而是转变为现代舞编导。

他在纽约创办了首个以华人人名命名、全体西方成员的非营利舞蹈艺术团体,身兼艺术总监、导演、编舞、画家、设计师。他受邀巡演三十多个国家和一百三十多个城市,他的实景多媒体行为舞蹈《离合》在纽约公园大道军械库五千五百平方米的大厅出演。三十三位裸身舞者周身沾满颜料,在白板上留下不规则的痕迹,舞台因舞者们的"行动绘画"很快变得凌乱不堪,舞者脚下的地板开始发光,心电图、脑电波、血管透视依稀可辨。观众也并没有被固定在座位上,而是穿戴齐整,自由穿梭于舞台上。

美国主流报纸对杨帅有盛誉:

华盛顿时报:他是我们这个时代最伟大的艺术家之一。

纽约时报:当今舞蹈界可谈论的焦点之一,就是杨帅作为一个在中国成长的编舞家,他的作品有令人难以抵制、惊讶的想象力。杨帅的作品带有美术性、逻辑性以及异质的特点,他的理念和策划是与众不同的。

新苏黎世报:杨帅带领观众进入一个奇异又美丽的意境,并融合东西方传统及创新美学,将舞蹈和视觉艺术推向极致。

纽约太阳报:他的艺术才能是艺术界最珍贵、最非凡的。

华盛顿邮报:他的作品是现代舞艺术中最重要的新声音。

听到杨帅正在为一个新舞剧选拔演员,赶在敲定角色前,小米来找杨帅。经过了时间和新闻的冲刷后,杨帅就像一片新大陆,出现在她的面前,辽阔而坦荡。她以前没有发现他是如此一个他。

在飞机场到旅馆路上,杨帅拒绝了小米的求情。他说,我的团不用亚裔演员,都是白人。你回去吧!

她哭了,问,你能不能换一个思路,忘记他打了你,你打了他——天啊,我没有机会再上舞台了。能不能,就让他,替我,替邱飒,再跳一次?

十九 雨夜合欢

他俩吃了顿不知滋味的饭,还喝了酒。他趁着酒劲还没发作,开车送小米回到了旅馆。在房间里,小米为了缓和一下气氛,提到了巴里奇尼科夫:"你知道吗？高飞遇见了巴里奇尼科夫。他心目中的舞神,在上芭蕾课的时候就和他在同一个教室。高飞激动极了。可是巴里奇尼科夫老了！雄风不在。连舞神都会老去。舞蹈是年轻的艺术,再美的舞神,也敌不过时间！"

"我再也不能跳了。"小米转向杨帅说,"我要让他,高飞,替我跳舞！也替我们这群人,再上舞台,再跳一次！"

杨帅的心,咯噔一下。

他不响,默默注视着她。

"是他派你来说这些的吗？"

"不是他派来的,是我想说的。"

"那,我有一个条件。"

他的鼻孔里喷出两缕烟雾围绕在她周围。

"好吧,我答应。但你必须跟我睡觉。"

她的手开始有些颤抖。她想把手藏在身后。

"就今天晚上,只能今天。"

"杨帅。"

"你知道我指的是什么。"

他在烟灰缸里仔细弹了弹烟灰,他的动作很慢很细致,仿佛在削一支铅笔,他小时候削一支铅笔要花好久时间。她的手不颤抖了。

他突然快速把那个烟头扔进烟灰缸,从沙发上一下子跃起,他动作飞快,烟头还没落到烟灰缸里他已经单手抓住她的两个手腕,他的另一只手伸到她的颈后,她只觉得自己并不难受只是全然被他压在了身下。他的劲头加上酒的劲头,全都在那一抱上了。他重重地紧紧地抱着她,就像扳手拧紧螺丝帽那样,紧得微微哆嗦。他和她都穿着厚厚的衣服,但那哆嗦还是哆嗦到她的肉体里。在这个时刻,一切都打乱,理性非理性,愿意非愿意,有些东西是扯不清的。

他们互相盯着对方。

"快别这样了。"

"我比你强壮多了。"

她纹丝不动,身体直挺挺的,不服从,可是很安静。

他用手扼住她的喉咙:"你到底爱谁?现在你说他的名字!"

她说:"杨帅!放手!"

他觉得一股热血先涌上她的喉咙,她的脉搏猛烈地加速跳动着。

"再说一次!"

她把视线移开朝天花板望去,那种枝形吊灯发出惨白的光。他的手按在她脖子上,就像死人一样冰冷刺骨。

"你闭上眼睛。"

他抱住了她,将她拥在了双臂里,抱得那么紧,那么久。她被他围裹着,力气一点一点消失。两个人的心里翻腾着,跟着匆匆岁月倒退着跑,跑到那个年轻人登高跳楼,迎面看见彼此的一刻。然后,他抓住了她的手,用一个一个孤零零的轻吻覆盖了它,从棱角分明的手背,到纤长灵活的手指,透明的指甲,再到那沁着香汗的手掌上象征命运的掌纹。她的手没有抽回去,被他引导着在他身上游走,直到她感到一头赤身猛兽的炽热气息,没有固定形式,却热切而高昂。

她不知道外面的天色,只觉得这个时刻很长,她喘不过气来,有点心慌气短。他的身体既强壮又灵巧,同一时刻既是索求又是施予,仿佛在告诉她,她放弃他是错误的,一切皆有可能。接着又说她没有错,他不过是想要在她身上留下自己的印记,然后就要走开的。

这时,他的手机响了。该死的手机!他松开了她。

接完电话,他说他有事要出去一下。她能感到他站在那里,她闻到他湿答答的衣服散发的味道。

很快他就转回来,一脸新鲜的表情,实际上,他的酒早就醒了。刚才是在装醉,酒后胡来。

"你酒醒了吗?"小米问。

"我清醒得很,倍儿清醒,就跟一张崭新的一块钱美元一样。"他点了一支烟,也不抽,就那么擎着。他就看烟在她脸前缭绕。沉思和沉默在这一会儿非常的美味。她也不吱声,也看着那蓝灰色的烟。她知道这沉默结束,一切都结束了。他和她,结束就在这沉默的那一头。

"我是一只狼。"

"我是花心大萝卜,对别人的女人是!但对你,我不敢。"

他握起她的手,将掌心压在自己的嘴唇上,舔了舔,然后松开了。

"你以为我堕落到趁机占你的便宜?"

"没有啊!"小米假装没事似的说。

"说实话,我就是想和你睡,想了好多年!"他总是很诚实又让人很难堪,仿佛她刚才回答了"是的","不过今天却不对。我觉得不对。你今天是有备而来,不是自愿的,你像坐在一座教堂里似的。"

"跟我说说,这些年你都是怎么过的吧?谈什么都可以。"小米觉得他的声调起了变化,换成了亲切、坦诚和轻声轻气的了。好像刚才他是身体不舒服——不是说病得有多厉害,只不过是打不起精神来。可是小米沉浸在刚才的感觉里。方才他的身体压在她身上的感觉,接着他的舌头舔在她皮肤上的感觉,好像还在继续,在她皮肤上跳着祈求之舞。

临走前,他说:"我答应你。"他眼珠清澈而无底,如同最深的井。"真的吗?""真得不能再真了!"他声音轻得像自言自语。她不知道该说什么。

他们走出门外,雨停了。

次日下午杨帅开车送小米去机场。两个人都从阴郁的气氛里解脱出来了。他开车,小米看着窗外,似乎在寻找闯到公路上来的野鹿,或者在找兔子。这一带从来没有野兽在公路上出没。她再也没有说什么,更没有再提高飞的事。车里很静。杨帅感觉他的生命从车里飞了出去。这是下午的最后时分,天色渐渐变暗,变得陌生,令人绝望。他最喜欢也最害怕黄昏。仿佛一幅风景画,被施了魔法,它看起来熟悉、平凡、亲切,但一转身,就变成了另一幅场景,变成不同的各种各样的天气,以及根本无法想象的距离。

二十　如影随形

老马到芝加哥来找杨帅的时候,惊讶地发现了高飞的名字竟出现在演员表上。

遥想当年,这两人为争一个女人闹绯闻,满城风雨,一个获罪下狱,一个远走他乡。当时老马在外地一个电影制片厂,正为自己的事业起步和夫妻分居两地而焦头烂额,对此事虽有风闻,却不知详情。多年后在异国再遇到两位当事人,高飞已是一个大舞蹈团首席主演,杨帅则是个徘徊低谷的落魄人。谁知世事难料,高飞踌躇满志时,现实不动声色地收紧缰绳,给了他致命的一击;杨帅则借机接近心上人,极尽聪慧与狡黠、蔑视心中道德定律地努力折腾,却也慢慢找回自信和失去的事业。

更令人意外的是,杨帅竟让一个使他下狱的人担当主角。老马诙谐地说,听说你在排一个意识流的芭蕾舞剧啊,听说这个戏不大好懂,票卖得出去吗?杨帅说,我不在乎卖不卖得出去,反正我是一个艺术总监,我不理"朝政"。这好处就是可以专心做艺术。你只要跟钱打交道,只要跟斤斤计较的东西接近,你就会在乎它,顾忌的东西多了,做的东西也会不纯。反之,做纯了之后,自然会打动人心。别人知道你推出了好东西,自然就会找上门来。

"这话不错,我就是一个找上门来的人,国内的艺术市场很热,不想回去看看?"老马回国几年了,现在已是一个名望很大的导演。杨帅说,刚出来不久回去过,当时因为语言和文化的障碍,孤苦思乡,但是回去却发现环境与气氛已非常陌生了。过去搞艺术的朋友纷纷改行,要么搞装修,要么做装潢,要么开广告公司。到处都在盖楼,需要的东西不一样了。这些朋友都是很有艺术才华的人,如果不是大环境,他们不至于此。

"现在气氛不一样了,艺术市场化了,但也不都是你看到的这些,你应该回去看看,把你在国外学到的东西拿到中国去。"老马听说杨帅办舞团并不顺利,也有意要把他介绍给国内艺术界,让他园外开花园内也香。虽然杨帅的演出排得满满的,也占据了国际舞蹈界的顶尖位置,但是他依然保持固有的生活方式。杨帅从不接商业演出,不接商业广告。为了维持舞团,杨帅把自己的房子卖掉,如今还住在斗室。"幸亏你没有老婆,不然饶不了你。""是啊,有也离一百回了。我这种人不适合婚姻……你要是同情我就算了,省点力气。"

"我不是同情你,是有一个机会,希望你回去跟我一起搞个大的!"

"大的?难不成你叫我拍电影,瞧我这刀疤——"他用手往左边下巴上一指,"破相之后,我根本不上台了,除非你让我演一个江湖杀手。"

"当然不是,我让你给我排一个大的舞台剧。"

"你改文艺路线了?"

"我们可能搞一个综合的形式,这方面你擅长。"

"再说吧。我不知道我还能不能适应国内的气氛了,国内办事还是靠社会关系,靠面子,多多少少得被束缚。我不习惯。我在这里没有束缚,没有圈子,从来不参加任何团社,用不着附和谁,也无须跟着你们心照不宣不出一声。"

老马用他惯常的温和语调说:"在光明正在熄灭的地方,可能会有一部分人正在断送我们这个民族的文明,但也还有成千上万的人在竭忠尽智,孤高淡泊,充满着爱,力求上进,秉着孜孜不倦的毅力,默默无闻地在苦干。"

"嗯,你说话真的越来越像书记了!"

"艺术家最好还是扎根在自己的文化里,才能做成事。"

"可是国内有做事的风气吗?跟国外的艺术家比起来,真正做艺术的人在中国太少了。"

"事实是,哪里都有精英,哪里都有败类。你不要管那么多,感叹再多也没用,把时间花在干自己的事上,表现你的理念,同时又为大众服务,这不是好事吗?"

"什么时候国内的风气变了,我再考虑回国的事。"

"别幻想了,跟我走吧。"

"你是我的影子,你得跟我走。"

"咱俩究竟谁是谁的影子?"

两个人大笑。

在饭桌上,老马又提起了这一段往事,回忆起他俩如影随形的日子:"每次国内有朋友来访,咱俩都爱请客人来家,咱俩就负责买菜做饭,用面条、羊肉泡馍这种陕西食物招待客人。没有擀面杖就找铝棍;没有案板,就在柜子上擀。有一次做好了面条下了锅,那面条竟然把锅盖顶起来了——原来我不识英文,把人家做面包的面粉买回来做了面条。哈哈!"

杨帅听到这里,笑出了眼泪,有一种陌生的温情在胸中升腾。

刚才杨帅站在路边上出了神,手插在大衣的兜里,看到无数的人从他身边面无表情地走过,偶尔有人停下来对他微笑,灿若桃花。他知道这些停留下来的人终究会成为他生命中的温暖,看到他们,他会想到不离不弃。他知道老马曾坚持不懈地推荐他的作品,然后他的另一个朋友,一个美国人接着把他介绍给更多的美国主流媒体。有几次,杨帅都想对老马说:"谢谢你,我的朋友,你已经为我分担了痛苦。当许多人和我在一起时,幸福便会把我的痛苦淹没。"但是他很难开口,他们之间很少表示情感,也很少有拥抱什么的。他不习惯。他突然明白,男人之间只交换思想和匕首,不交换同情和关爱。

二十一　古老玫瑰

高飞忽然从梦中醒来,床边的提花浴袍上织着文字图案:巴黎丽池饭店。他看到一道朦胧的光透过窗帘。是黄昏还是黎明?他纳闷着。

此时他觉得一身温暖,精力充沛,这是他最近以来唯一一次睡得好的觉。他缓缓在床上坐起,这会儿他明白惊醒他的是什么——那个奇怪的想法。杨帅怎么会想到邀请我做首席主演?

他怎么肯给我这个殊荣?

是小米告诉他的?或者是他找到小米的?有可能吗?他久久没动。下了床,他走到大理石淋浴间,让强力喷射的水柱打在身上,按摩他的肩膀。那个想法仍萦绕不去。两个人还有联系,却是为了我?

不可能。

二十分钟后,他走出了饭店,天色尚暗,他睡得有点迷糊了,以为是夜色。本来他是打算在饭店餐厅喝杯咖啡牛奶醒醒脑的,然而心神不定的他,早就清醒得不能再清醒了——每一次重要演出之前,都会这样。

此时,杨帅也醒了。他转头疲倦地瞪着房间那头的穿衣镜,回望他的那个人很陌生——头发蓬乱,满脸倦色。这几个月来,他为了排戏元气大伤,虽声名鹊起,但是他并不乐意在镜子中看到其代价。他昔日锋利的眼睛,今天显得雾浊而憔悴。大片胡楂掩盖了他强壮的双颚和有道伤痕的下

巴。他脑袋昏昏地坐起身,皱着眉头瞪着床头桌上的一张发皱的节目单:

  巴黎大剧院

  竭诚邀请

  舞蹈家杨帅和他的舞剧《蝙蝠》

  今晚首场演出

  巴黎?简直不敢相信,他的舞剧要在巴黎上演,而且小米也会赶来巴黎。他浑身充满了肃穆的麻刺感,浑身不得劲,就像第一次约会的早上一样,紧张不安。有一种发现的期待,有点神经质,还有胆怯、谦卑和警觉。这种感觉,似乎是离他很久远了。

  他双脚溜下床,感觉到脚趾深深地陷入厚厚的灰色地毯中。他披上饭店的提花浴袍,走进浴室,在一阵冷水喷射下,兴奋与期待的感觉让皮肤刺痛起来。

  经过一番洗浴、刮胡子之后,他看起来相当精神体面,但一切都无法平复他内心的不安。他信步走到塞纳河边。数月以来他把自己关闭在排练厅里,现在他渴望清冽的风吹在脸上的感觉。雪已经开始融化,冬天眩目严酷的风景已经破碎了。灰色的天空下,街边一堆堆满是孔洞的雪。然而,即使在风景萧瑟的冬天,塞纳河仍然景色秀丽,像一幅美丽的自然画卷。建筑色彩分明的罗浮宫、奥赛博物馆、巴黎圣母院、埃菲尔铁塔一一尽收眼底。在巴黎演出《蝙蝠》这个戏是最合适不过了。《蝙蝠》具有浓郁的法式风情,特别是马克西姆餐厅的段落,展现的就是法国上流社会的绅士和淑女们平时嬉笑玩乐的场景。不过他更喜欢的还是它的剧情,它很适合芭蕾舞演出。

  他沿着小香榭街往前走,觉得越来越兴奋。他又向南转向了黎希留街。王室宫廷的花园里,蜡梅盛开,疏影横斜。他继续走着,直到看见了著名大剧院的拱廊。他想起了什么,折身往回走,记得刚才的路边有一个花店,他进去选了一大束玫瑰。这会儿,他手捧鲜花,拾阶走在高高的数不完的剧场台阶上,大理石楼梯在金色灯光照射下闪亮夺目。他感觉自己就像一个没有指望的求爱者,或肥皂剧里的好丈夫。穿过休息大厅时,他放慢了脚步,似乎怕惊扰了这里的神秘气氛。整个大厅富丽堂皇,堪与凡尔赛宫大镜廊相媲美,四壁和廊柱布满巴洛克式的雕塑、挂灯、绘画,豪华得像是一个首饰盒,装满了金银珠宝。一批举世著名的绘画和雕塑像老朋友一样,朝他微笑。

在这个美丽的地方,看见美丽的小米,真像一个美丽的梦——她站在罗马式柱廊下,笑吟吟地望着他。今天她穿了一件红色小礼服裙,脸上扑了粉,裙子又短又鲜艳,像一股久违的春天气息。她今天看上去精神很好,抬起胳臂挽着他,她的皮肤和呼吸发出淡淡的新鲜香味,像刚剪下的花茎在水里浸泡的气味。

演出倒计时开始了。厚重的大幕徐徐落下了。后台的气氛越来越紧张。演员们在化妆,场记跑来跑去,剧务人员在布置舞台。台下的乐池里,游丝一样细微的音乐响起来了,各种乐器开始调音,声音渐进渐强。这种熟悉的声音场景给了杨帅一种幻觉——他迷失在了另一个地方,熟悉的场景飘升显现,被遗忘的历史在阴影里浮现——他回到了当年的排练场,小米就在他身边,一起站在侧幕,等待大幕拉开。他透过那一片耀眼的灯光,一片泛红的雾影望向小米。

这时,一幅普通又奇妙的景象如魔法一般出现了。小米在大幕合拢的舞台边上,四下环视着犹如洞穴一样又大又深的空间,确信没人注意到她,便蹲下来,然后跪在舞台上,像个虔诚的教徒,不是出于崇敬,而是出于必要——她双手拂过地板,睁大了眼睛,不放过任何细小的裂缝或沙砾。她的动作有些迟缓,有些力不从心,也许是因为骨癌,疼痛使她笨拙。杨帅紧盯着蹲在地上的小米,无法移开视线。在舞台的灯光下,她的皮肤像桦树皮熠熠生辉。她站起身,手指拈起什么,随手放进手包里。是不是她掉了什么东西?她的戒指掉了?

不,她是在找小石子,或其他什么可能会影响到高飞跳舞的东西,每次在高飞演出前,她一定都是这样先摸一遍地,确实没有硌脚的小石子,或木板上的细小裂缝。因为高飞之前发生过一次意外,在演出时崴了脚,他坚持跳完,可是脚趾都肿了,还流着血。以后小米再也不相信别人,总是自己亲自动手,为高飞清理场地。

开始他猜不透她在干什么,现在终于弄明白了。他觉得胃里打了一个结。她到底是爱着他的!埋在心底的那个隐痛,再次发作起来。此时高飞出现了。他穿着黑色紧身裤和飘逸的丝绸王子衫,维多利亚式紧身丝绒背心,扎着白色领结,静静站在前台。他低着头,静一下心,默默地摘下左手上的结婚戒指,交给小米,然后深吸一口气,仰起头,一只脚倒退,另一只脚踮起,双臂张开,像大鹰飞起之前先托掌起翅膀。灯光在他的头顶洒下一道光圈,模糊了他身后的一切。此刻,他像神一样融化在一团圣光里。

杨帅一动不动地看着他俩。这会儿小米接过结婚戒指后,快速跑到高飞下场的另一侧大幕旁边的位置;而他一看她就位了,就上台。好像这是一种仪式——上台前他要看看最爱他的人在那边等着他;他跳完一段舞下场后,两个人轻拥了一下,高飞抓住小米伸过来的手,紧紧地握了片刻,然后放开。他把戒指套回到自己的手指,这个过程他们没有说话,只是静静地站在台侧。音乐还在继续,他们交换了一下眼神。体贴,私密。谨慎而细小的关切,无声的鼓励,夫妻之间的一瞥,亲切随和又有淡淡的亲密。

这个场景像一个幻觉那样真切地出现,杨帅像被施了魔法一样定住了。他想,这正是我需要的。这么能干又体贴、温顺又可靠的女人,没有虚荣,实实在在,对一切都心满意足。没有不切实际的幻想和攀比。这正是他要娶的那种女人。一个可以接管一切的妻子。

他仿佛被电击倒了。他的愤怒像潮水涌上来——这个女人不属于我,从来就不属于我。

好了,他想,我们永远不要再见面了,也都会是老一套——我一直都是高飞的替角,就像亚娜,她在我这里,永远是小米的替角。

一个人只要心里有了爱,一生就会被弄得半死不活。深知本分的人不会拿这种可笑的爱情来冒险,它只能变成笑料。它就像一条隐藏在地下的甜蜜的涓涓细流,不受惊扰地潜行千年。而新的见面不会改变它的流向,只会如新的沉静封印压在其上,将它封存。

二十二 梦断巴黎

大幕落下,掌声如雷。演出成功了。杨帅却顾不得这些,在演员们拥向台前深深鞠躬,在观众用掌声赞美中享受成功的时刻,他趁机抓住小米的手,像落水的人,捉到绳子的一头,全力挂上:"小米,跟我走吧!"或者是因为周遭嘈杂,小米只是怔然,然后微微一笑,就像对着空气而微笑。她说:"杨帅,你成功了!"

小米的声音很微弱。

"你答应过的——你跟我走!"他知道自己很卑鄙,但还是说了实话。

小米摇摇头:"来不及了,下辈子吧!"她脸庞边际的轮廓模糊,好像消失在白光里,无法看到她的眼睛。

灯光亮了,舞台上方的所有大灯都打开了,发出越来越刺眼的强光。但是,在他眼里整个世界完全黑了下来。风雨在他周围弥漫开来,雾气聚集在他的眼睛里。像真的受了伤,他浑身发冷。他接触到了本质。这样的缺乏希望——真正彻底的、并非没有根据的、永远也不会有所改变的缺乏希望。他仰头向黑暗凝视。他仿佛看见自己成了被虚荣心和爱情弄昏了头的、可怜的被嘲弄的人。他的双眼燃烧着痛苦。他面若死灰,两眼全红,鼻孔张开,嘴咽唾液,在失望中生出一种愤怒。

正在人们寻找导演出场谢幕,接受法国观众的热烈欢呼、掌声、鲜花、飞吻和演员们的簇拥时,杨帅已不见踪影。人们都说在巴黎叫出租车不容易,可是他见到一排出租车在剧院门口静静等候。他跳上一辆白色的出租车,车内一尘不染,司机穿着整齐,正在打盹,他愣愣地看了看杨帅,以为他是哪一位等不到散场、提前离开的观众,用英语问道,请问先生去哪里?

随便!

哦,是个游客,那么好吧,算我捞着了。司机心里高兴,便把他带到了游客最爱去的地方。此时天空开始飘雪,窗外的巴黎正逐渐曲终人散——街头卖糖衣杏仁的小贩正在推着手推车,慢慢朝家走;餐馆穿着白衣的侍者提着垃圾袋,放在人行道边;一对午夜情侣紧紧相拥,在一缕月季花香中,留住最后的温存。

出租车加速,往南穿过巴黎市区。埃菲尔铁塔被照亮的轮廓映入眼帘,在他右手边的远方插入天际。埃菲尔铁塔真是个见证浪漫爱情的地方。他头脑里情思弥漫纷乱就如这个北风飘雪的天空。满世界都是小米的声音和她跪在地上的身姿。他想起今天早上,他信心满满地走出旅馆,在去剧场的路上走着,决心要对小米好,希望她能跟自己走,哪怕她时日不久,也要陪她走完生命最后一程。

"你上过她吗?"出租车司机开口了,望着远方。

杨帅抬头看了一眼后视镜里的司机,不知是自己听错了,还是碰到了正牌的法国浪漫主义:"你说什么?"

"她好美,不是吗?"出租车司机指指挡风玻璃外的埃菲尔铁塔,"你爬上去过吗?"

杨帅翻了一个白眼:"没有,我没有上去过那个铁塔——我真希望我上去过。"后半句他含在嘴里。

"她是法国的象征,我觉得她真是完美。"

"快点开!"他应道。出租车来到希沃里街的交叉口,碰上红灯,但出租车并没减速。那个法国司机开着车直冲过十字路口，驶进了卡斯提留街的森林大道，由北面入口进入了杜勒丽花园——巴黎版的中央公园。正是在这个公园，莫奈进行了他的形式与色彩实验，开启了印象派运动。

杨帅跨出车门，呼出一口气，享受着突然的寂静。外头，车前灯惨白的光柱掠过碎石车道，车轮发出的起伏嗡嗡声催人入眠。"从公园尽头的广场，可以看到四个举世最佳的美术馆——东南西北，各有一个。"原来法国司机是一个美术爱好者，他在杨帅的身后热情地介绍着。

"嗯，我就到这里吧！"司机望着他孤单地站在寂静空旷的夜里的背影，疑惑自己什么地方得罪了这位顾客。

十二月的清冽空气掠过巴黎歌剧院和凡登广场，往南扑进塞纳河，来到了杨帅潮湿的眼帘。他呆立在河边，神经麻木不觉得冷。雪下得越来越大了。他身心迟钝，身后的音乐远去了，成功与掌声，艺术与女人，亲吻与泪水，真真假假的人生都过去了。银白和灰暗的雪花在灯光的衬托下斜斜地飘落。雪花落入塞纳河，随着它从东部朗格勒高原，从西向北流过巴黎市区，曲折向西伸展，穿过巴黎盆地，经鲁昂最后在勒阿弗尔港汇入英吉利海峡。整个世界都在下雪。它深谙人世间的一切语言，一切啼笑。他听着雪花隐隐约约的飘落，就像慢慢睡着了似的。雪花穿过宇宙轻轻地落下，落在阴晦平原的每一片土地上，落在没有树木的山丘上，落在山丘上孤零零的教堂墓地的每一个角落，落进远处大洋汹涌澎湃的浪涛之中。

二十三　无人独舞

真是难以置信。多年之后，杨帅又回到了中国顶级的大舞台——在北京的一间办公室里，杨帅与那位大名鼎鼎的谭耀明导演坐在一排，参与一次大型国际艺术节的筹备,坐在他周围的都是智囊团的成员,几乎囊括了文艺表演界的精英。几个月前,杨帅获得了美国创造性人才最高奖——麦克阿瑟天才奖之后,老马作为此次活动的顾问,把他推荐给了国际艺术节总导演。会见很顺利,谈了半个小时,导演就说可以看看他的编导作品。两周后,杨帅带着他的美国舞团及新的作品《玫瑰罗盘》,呈现给了总导演。

大幕拉开,空旷的舞台上什么也没有,一些影子一样的舞者出现了,在倾斜的舞台上轻盈地奔跑、跳跃、翻滚、云手、碎步、卧鱼,东方和西方不同的舞蹈动作,难以置信地融合在一起。这些影子时而迅如脱兔,时而静若处子,浮雕般的人体,浮现出一种古代与现代世界的古怪融合。

现场鸦雀无声,杨帅担心现代舞不被接受,因为它没有中国舞、芭蕾舞好看,也没有其他形式,如道具服装剧情故事的支撑。看完了,没有人讲话,只是总导演随口问了一句:"怎么这些洋妞看上去不像女人,男舞者也半男半女的?"杨帅不知道怎么简单地解释,其实这正是他从西方艺术里学到的东西,真正好的艺术家就是雌雄同体的。达·芬奇把自己的画像变成女性画像,连"蒙娜丽莎"这个名字,也是古代埃及语中的男神与女神的变位字,这正是蒙娜丽莎的神秘笑容的缘由。

舞蹈结束后,在三十五度倾斜的舞台上,留下了一道道的印迹,这些印迹又像墨迹,又像水迹,还像一种形状奇特、纵横交错、令人遐想的笔画。杨帅平静地说:"正如你们所见,纷繁复杂的自然界隐藏着规则,而舞者脚下无规律的印迹,也可以展示空间律动的印迹。"谭总的眼睛睁大了,拍手叫好:"这种方式把中国文人的山水画全部带出来了。这正是我们正在寻找的——我们需要在世界性的舞蹈中,找一种可以与之交汇的、中国式的现代舞。"

山水画?杨帅听了有点诧异。"是的,这些痕迹看起来有点像罗盘图。"谭总继续说,"又像行云流水的舞蹈书法。"杨帅不太确定这一点,他再一看,也大吃一惊——地面上那些模糊缭乱的笔画轮廓,在他的眼中变得渐渐清晰起来——这印迹就像神秘的生命的昭示。他的西方现代舞,其蕴含的东方意义自动呈现在他面前。这些线条换一个角度看,确实像是"草书"呢。

谭总鼓掌说:"这是一个极好的点子!应该成为一个让人惊奇的舞蹈!你可不可以把这个舞蹈与中国书法及山水画糅到一起?"这种做法还没有人做,能不能成功杨帅也没把握。但是他自信,他的舞蹈视觉带有美术性、逻辑性以及异质的特点,他的理念和策划是与众不同的。但是一周后,杨帅却收到了导演组的否定意见,他很意外,不是作品通过了吗?回答说不是作品不行,是演员不行,不能要外国演员表现带有中国文化内涵的作品,一定要找中国演员。

"但是在中国受训的舞者,他们的训练不够,我要身体训练好,又内心强大的人。"他说。

"那么,你有其他合适的人选吗?"

他摇摇头,但同时,一个面孔在他脑海中闪过,带着优越感和宿命感。

一天,老马走进杨帅的排练厅,身后带了一个人,老马一闪身,让身后的人自己出来亮相。来人显然也没有准备,和杨帅来了一个照面,愣住了。

高飞!

虽然杨帅心中的人选实际上正是高飞,可是他不愿承认,他对老马说:"我需要的是更年轻的舞者。"

老马说:"他虽受过伤年纪又大了,可是你看看,他的技巧和表演都是无人能达到的了。你需要把他变回当年的样子。不过要记住,你和他都只有两周的时间。"

杨帅继续跟在老马身旁,唠唠叨叨,以十来种不同的借口提出高飞不适合跳现代舞。

"你能不能不这么较真?杨帅,你先是不同意用中国舞者,高飞是在国外受过良好训练的舞者,你还不同意,你简直跟所有的人都闹翻了。"

"你不必这么说,别人都可以,但不能是他。"

"你牢骚、挑剔的事太多了,小心惹恼了谭导。你与高飞之间的事纯属私人恩怨,不去提它不行吗?"

"有什么办法?"

"我知道,你是个蛮子。"

"你去年能帮助高飞登上巴黎大剧院的舞台,为什么现在如此不容忍他?"

杨帅摇摇头,不愿多谈。他绝不会提起自己在塞纳河边的悲痛。

见杨帅不语,老马说:"赶快开始排练吧,不论你怎么努力都不会换人了,你的这个编舞成功与否就看你们的合作了。"

周末,高飞搬进了演员组的旅馆,跟杨帅住对门。对他来说,这样的景象谈不上宜人。他安顿下来没过一会儿,杨帅就来敲门,说有一些事要给他解释清楚——"你的食谱要完全按我的要求……吃什么,怎么吃,吃多少;晚上几点睡觉;不要与外界联系;外出要请假……作息时间表在这里……"他把一沓资料放在茶几上,然后走到卧室,接着是浴室。他四下走动着,似乎在寻找什么,把所有的东西都看了一遍后,以一种讽刺的口吻说:"对一个来度假的人来说,这里绝对不算是舒服的地方。"

他自己都不知道,自己在寻找什么蛛丝马迹。而高飞很清楚,这是杨帅的地盘:"对我来说,够好的了。"他有一种习惯,就是想讨好或安慰自己不喜欢的人,也许在生活中吃过苦头的人,都有这种倾向。有的时候,他处心积虑地表现自己的谦恭态度,似乎是希望杨帅快点走开,好让自己清静一会儿。杨帅并没有走的意思,他摸摸一把结实舒服的皮转椅,说:"这个要移走,因为你用不着,你接下来根本没有坐的时间,不是在排练就是累得像孙子似的只想睡觉;你不需要一把坐着舒服的椅子,可以坐在上面等待灵感。我们没必要把这儿装饰得更像一个家。"

家——他不小心泄漏了自己的心情,就像击剑手无意中向对方展现了自己的软弱部位;他本来是表现自己的优越的,却被对手抓住了把柄。

高飞接口道:"说真的,我并不希望这里像家。"他站起来,走向窗口,透过百叶窗的缝隙,俯瞰绿荫覆盖的花园,躲开杨帅那张冷淡又脆弱的脸。

杨帅忽然想起小米,已经好几个月没有梦见过她了,他最后一次见到她,只是一年前的事而已,却感觉好像过了几十年。

"我需要的东西这里都有,谢谢你告诉我时间表的事。"高飞的声音打断了他的回忆,"你还有别的事吗?"

杨帅仰起头,从那遥远的想象又回到了现实。他匆匆走到门边,停了下来,一字一顿地说:"我绝无打搅你的意思。"一种演讲的精准态度,表现的却是冷淡的恶劣心情,"我只是为了你能胜任角色,提几个建议。要是知道打扰你了,我早就走了。"杨帅带着浓重的硝烟味离开了。

他走后,高飞感到了几分兴奋,这种救世主的嘴脸,反正迟早得打,不如开始时就做。

二十四　如梦之梦

杨帅知道高飞在想什么,他是多么希望摆脱自己;他也知道高飞没有时间也没有选择,他俩只能同进同退。

但是他总是不满意高飞的表演。几个回合下来,争执不断,概念差了很远。两个人在一起就像是一只刺猬和一只臭鼬被关在一起。臭鼬遇到危险时,能释放出臭气,这种臭气轻则令敌手止步,重则教敌人窒息。每天从练功房出来,这两个人都身心俱疲,两败俱伤:一个中了对方身上满身的刺,另一个被对方放出的臭气熏得丧心病狂,直跳脚……

老马不露声色,他不关心两个人的个人恩怨:你们必须改变!我要的是两个艺术家之间碰撞出的火花。你们必须合作,不然我只能把你俩一起辞掉,换一个班子,推倒重来。

于是,他们的战斗变成了没有硝烟。在会议室他们各自占据一个桌角,避免视线相遇。在回旅馆的车上,他们像不认识一样各自选一个角落。高飞坐在车上,发现自己一想到杨帅就握紧了拳头,他松开了手指,逼着自己缓缓地吸一口气,放松肌肉。他知道,放弃这个机会是愚蠢的。他试着放松神经,摩挲着戒指上的刻纹,上面有小米的名字。他的头痛又发作起来了,他伸手揉着太阳穴,想起了小米的手指——每当他准备上场之前,站在大幕条侧,他总是紧张得两腿发抖。小米总是用小时候妈妈安抚她的方法———把双手搓热了,捂在他的两边太阳穴上,同时柔声安慰鼓励他。就是这个时候,高飞爱上了她。

现在,高飞一面痛恨着杨帅的高傲,一面心中赞叹他的才华。两周时间内,他们精疲力竭地连夜赶排了第一套方案,《追梦》终于击败了其他候选节目胜出。

接下来,他们面临第二次汇报表演。这天杨帅来敲高飞的门,高飞开了门,透过威士忌的气味,他闻到一个无眠之夜再加上一个难挨的白天的苦味呼吸,忽然之间,他满心同情。杨帅脸上没有了冷酷,相反却带了一种谦卑的表情,几乎让高飞觉得是嘲弄,不过他的谦卑是真的。高飞没把握了。这个人总是让人琢磨不透。"我不会浪费你的时间。"他说,"我不想招人讨厌,我来只是想告诉你,白天很抱歉冒犯了你。"高飞试着想打断他,因为这个气氛并不怎么令人愉快。但是他怎么能反对这种和解的愿望呢?再说,毕竟对方是编导,自己的命运掌握在这个人的手里。现在的情形让高飞迷惑又清醒。"《追梦》练得怎么样?"杨帅问,仿佛要把他们令人遗憾的处境都隐藏起来。"这个作品对我很重要。对你也一样。虽然现代舞不是你擅长的,但你别无选择,必须做好,好上加好!"他突然表露出的诚挚和凝重令高飞吃惊和意外。

"呃,和平时差不多,第一套动作练完了,没有什么问题。"高飞信心满满地答道。

"第一套动作不行,《追梦》要重排。明天要用第二套动作。"

高飞只觉莫名其妙,怎么白天说好的事,晚上就变卦?杨帅扔下一沓资料,说:"我决定把以前的动作全部抛弃,用第二套动作。这些我们早已排过,你只需要记住它们,不要在明天的会演中露怯!"

他看了一下表:"你还有一个晚上的时间,不过,我想我在这里,只会浪费你的时间。"他语气中有一种让人讨厌的轻浮。这是一个试探。高飞以为经历了巴黎演出,他和杨帅的关系已经解冻,没想到不知怎么还不如从前,一下掉到了冰点。他在报复我!但是高飞也拿不准,要改方案的人是杨帅还是谭总?高飞只是笑了笑,目光停留在那沓材料上,回答说,没关系。他今天晚上最不需要表现出来的,就是软弱或惧怕。

杨帅回到自己的房间,埋在被子里,但是高飞的眼神还直刺着他;还有过去的那些回忆,依然挥之不去。他与回忆的浪头作战,但回忆把他往回拖,再度将他囚禁于年轻时待过的那个监狱。那些炼狱般的回忆一如既往地涌来,有如暴风骤雨般摇撼着他所有的感官——腐烂的包心菜的难闻气味,犯人的斗殴和狱警的蛮横,尿和排泄物的恶臭,铁窗外的山风,还有山风中传来的微弱的哭声,以及隔壁牢狱被遗忘的人的低声啜泣……

他睡了又醒,思绪被浓雾遮蔽。坐了几年牢后,他的身体与灵魂已枯槁,他觉得自己已变成了透明人。后来他辗转在各地流浪,在时光流逝中,他在狱中沾染的流气掩盖了他身上舞者的优雅,他在街上交结各路英雄,他碰到的同情目光,逐渐转变成畏惧。他身上既保存着舞者的飘逸又有了世俗的流气,眼神里甚至有了霸气。

不让他堕落下去的,是小米。他要以最美的姿态活着,让她看;要做出最棒的作品,给她看。她是他生命的镜子。而同时,小米对他的拒绝,使他感到自己还是个罪人。在他生命的镜子里,还有过去的丑陋。

他觉得自己一切的倒霉,都跟高飞有关。

在合作之前他们就有冲突,那是杨帅的狂暴、无情、唯我独尊以及喜欢操纵他人的性格,与高飞身上的那种沉默之间的冲突,那种沉默使得高飞实际上有可能与杨帅保持一段距离,忍受着,忍受着,到最后某种东西在他身上崩溃了。

不料筹备委员会又否定了他们的节目。

高飞走出排练厅,走进洗手间,里面没人。

他走向盥洗台,把冷水泼在脸上,迫使自己清醒。刺眼的日光灯照在光溜溜的瓷砖上,反射出的光芒令人眩目,洗手间里面有一股消毒水味。他擦手时,门"吱呀"一声打开了。

杨帅走进来,褐色的眼珠闪着冷冽:"你走吧!你不合格!"

"都是因为你临时换动作!你为什么刁难我?"

"受不了了吗?你可以走啊!全国多少好演员,我们还有四十个人备选。我宣布马上换人。"杨帅平淡地说。

高飞站在盥洗台前,不知所措地看着杨帅。

"我告诉过你,我不会被吓倒的。"

杨帅没说话,转身朝门外走去。

高飞在他身后大喊:"你为什么刁难我?为了小米吗?不敢说出来吗?你这个胆小鬼!"

"没错——你知道吗?她为了你而放弃自己的事业,到处打工受气,受坏人的欺负,你他妈的在哪儿躲着呢!你是男人吗?她是瞒着你找过我,她与我的接触没让你知道,就有点像'地下情',就是因为她不想让你无地自容——她为了你只能求我帮助,你也不想想,你不靠我行吗?"

一想到小米一直以来深锁的秘密,高飞心如刀绞,也失去了分寸:"你是个无赖,你怎么可能帮助我?"

"你这个猪,你猪脑子里进了水了!"杨帅气得语无伦次。他想说,都是看在小米的面子上我才帮你的。我在雨中扔石子打破小米的玻璃,发着烧的我祈求她别走,告诉她,我没有她就不想活下去了!如果不是我的自尊心太强,我会带她一起走的。

然而,他什么也没说,只是费力地恢复了某种带嘲弄的优雅:"你根本不配她的爱!天知道我为什么会帮你——你这个蠢货!"

"我一直就是一个替角,你的替角!你不在的时候,我一直替你照顾她。"

"那天,在你们之间,到底发生了什么?"高飞还是紧紧追问。

杨帅情绪激动了起来:"那一天到底发生了什么?——两个男女,在一起睡了一个纯洁的午觉!"

接下来的排练,杨帅以百倍的精神,像抽陀螺一样抽打着高飞:"要柔软!要迅速!要轻柔!要快!再快!更快!"他的声音在屋里回荡。他要求高飞像毛笔上的锋毫,不断地舞动,身体要仿佛无骨一样柔软;从上一个动作过渡到下一个动作连绵不断,就像一条丝带一样的效果;每一个动作要丝丝入扣,没有半点差池。由于长时间与地面摩擦,高飞浑身磕得青一块紫一块,导致了颈椎骨质增生,手上、脚上及很多与地面接触的部位都磨损溃烂了,留下了累累伤痕。

高飞不怕吃苦,他最恨的是杨帅到最后一分钟还在修改动作,追随他几乎是不可能完成的任务。不知何故,高飞的怒火迟迟未发。一种愚蠢的、难以描述的感觉妨碍了他的表达。他能做到的,只是站起来,走到走廊上去。他想,也许他得离开了。待冷静下来,他又回到排练厅。看着自己在镜子里的舞姿,他又想,我多么喜欢这个新的舞蹈作品和即将登上的大舞台。于是他决定,自己不能被逼走。他觉得,毕竟他们之间的斗争没有走到死局。他们都知道对方是唯一的对手和合作伙伴,但是也没办法容忍对方。

筹备委员会导演组决定,让杨帅在一块画布上完成所有的动作,然后把它像一幅画一样悬吊在空中。但是这块画布比想象的重很多,是保留还是撤掉,导演组有两种意见。老马顶着压力同意杨帅的方案,但是如果他处理不好重量问题,在限定时间过后,他就不能再保护杨帅了。这个寻找过程很艰难,眼看时间已经来不及了,杨帅快崩溃了,便开始迁怒于人。在排练厅杨帅的臭脾气是有名的,高飞被他折磨得要死,俩人记不得吵了多少次了。

这天,高飞终于决定不再忍受了。他对杨帅说,他要辞职。他语气平淡,疲惫不堪。杨帅愣住了,你肯定是疯了吧?一个舞蹈家能演出这个作品是三生有幸。

高飞转身要关门,杨帅蛮横地用手挡住他:"你不能走!"

高飞甩上了门。门板发出一声巨响。电水壶发出可怕的尖叫声,几乎已经烧干了,高飞抢救一样拔下插头。在狂怒之中,高飞站了一会儿。等情绪过去,他开始整理行李。把箱子摊开,把带走的衣服放进去,走到浴室去拿走杂物,拧紧了速溶咖啡罐,把它和牙具袋放进当初搬进来时用的旅行包里,旅行包一直折叠放在架子上。做完这些,高飞提着旅行包乘电梯下楼。

老马来了,他看起来并不意外,而是一副颇为冷静、听天由命的表情。

"他认错了,他不该这样的。"老马拿起高飞的旅行包。高飞感到,怒火离开了自己,取而代之的是一种莫名的沮丧。

最后,杨帅终于想出了一个折中的办法,在彩排时把画布裁成两半,解决了长久以来困扰大家的难题。终于,到了演出的日子。

不巧的是,演出那天高飞病了,他虚弱得直哆嗦。他瞒着人吃了几片药,硬撑着上场。杨帅像惯常那样,声音冷淡,带着自我欣赏的腔调:"我们已尽力了,我们不再需要做什么了,剩下的,就是拿出百分之百的发挥。精力！我需要的是精力！"但是马上,他就看到高飞出了问题——他像一片落叶在秋风中瑟瑟发抖。杨帅不说什么,进了化妆间,迅速化好了妆,一边换服装一边跟工作人员交代事务,让助理替他做场下指挥,自己则要代替高飞上场。

高飞死死地抓住杨帅:"不！我死也要死在舞台上。我等了太久了！"

杨帅低头,盯着抓住他手腕的那只手,好像要等它抓出血来。来不及换人,只好由他自己上场,他是编导又是演员,是不二人选。他不能让自己最好的作品毁于一旦。他低吼一声:"我不能让你毁了！你自己毁了自己的机会,我不能让你毁了我！"

"我不！我绝不下舞台——它是我的！"

最后,高杨二人同时出现在舞台上,前半场的双人舞变成了三人舞。杨帅担心高飞体力不支,临时改变动作和分配,上场前一分钟还在与两个主要舞者对动作和音乐。因为平时他爱乱改动作,他的团队因此有更高的应变能力。到了场上,不知情的人会以为这是一段三人舞。

此时,高飞站在杨帅身边,他的腿微微颤抖,抗拒着每次上场前纠缠他的那种熟悉的焦虑感。"别慌,我们都走几百遍台了,只要沉住气,按平时的去做就好了。"杨帅一边小声嘱咐着,一边不停地替高飞和自己检查衣服、耳麦和鞋,生怕有一点点失误。

观察室十分宽敞,所有的日光灯此刻都亮着,明晃晃的格外刺眼。一个出人意料的场面出现了,看到换了服装的杨帅,老马惊呆了,其他人也呆了,临阵换将,实在太蠢了！尽管老马知道杨帅什么都做得出来,他必须得制止他冒险,他对身边的人说:"快拦住他！"他看了看表,浑身在哆嗦。来不及了。说什么也没用了。他听见西北风在头顶上呼啸着。他就那么坐着,就像在西北风的呼啸里默默而坐一样。大剧院里光暗下去了,音乐声响起了,音乐声让他觉得十分遥远。仿佛他正行走在街上,从一幢门窗紧闭的楼房里传出了收音机的声音。这时他感到心已经完全凉了。

恢宏的剧场中央,灯光聚焦的帷幕拉开了。当光线渐渐转明,身着黑衣的舞者宛若精灵在人们的视野里忽隐忽现。杨帅看到自己像一只鸟一样展开身体,像刚刚从大自然美丽的梦中醒来;他看到自己在悬转,在风中在雨中,在生命的低潮,在冷眼的世间。只有这一瞬间,他俩是在天堂,在艺术的天堂共同起舞。所有的等待,所有的努力都是为了这一辉煌时刻。在一瞬间,两个人起了错觉,他们是同胞的兄弟,他们的肢体是同体花瓣,手连手,身同体,展开炫丽的花蕾。仿佛所有的恩怨都可以了结,仿佛在舞蹈之神面前,他们纠结了半辈子的爱恨情仇变得无足轻重了。泪水在他们眼中凝聚,他们的动作就像一个人那么协调。他们的肢体末端,像蘸满墨汁的如椽大笔,经过辗转腾挪,他们的脚下、手边奇迹般地出现了动感的太阳、山、河的画卷,大气磅礴的画卷缓缓升起,悬挂在空中,带给人巨大的视觉冲击。人们第一次见到这种用身体作画的全新形式,颠覆了舞蹈和绘画的原有界定。杨帅、高飞从来没有这样默契地合作过。这是他们期待已久的一场最纯粹恣意的生命之舞。神与凡人,两个界面由艺术连接。艺术救了他们。这个终极表演打动了所有的人,也包括杨帅自己。

在观察室里,老马一直张着嘴,呆若木鸡。他看到的,是从来没有编排过的,从没有经过审批的,也是最棒的舞蹈。他睁大眼睛,如痴如梦,生怕它在眼前消失——这是天才的爆发,是两个天才之间撞击的火花,这正是杨帅梦寐以求的最佳艺术效果的《追梦》。

从远处看不清杨帅的脸,他的表情完全在身体动作中,他的身体是一尊华贵雕像。他的每一块肌肉,随着舞姿再次奔放而更加健美。那身体充满自信,正在书写一首叙事诗、一首抒情曲。它有种遒劲有力的特质,把痛苦与美呈现得极具冲击力。上体和腰肢之间的回旋舞动,是纠缠和搏斗;它的扭动,正是与束缚在抗争。不屈服于世俗而平庸的日子,为典雅高尚奋争不止。现在的杨帅裹在一身黑衣里,但难掩英俊和挺拔,他是王子,不屈不挠的王子。他不需要羽毛的装饰。即使他一无所有、一丝不挂,他仍然是王子。任何外在的力量,都不能把他压垮。他生来与潮流逆反。对那些追随风潮的人,他不屑一顾。他翩翩起舞,旋转,奔腾而起;跨越,再旋转。生命需要自己的造型。他的每个亮相,都是一幅精彩的画面。他的脚下是一幅徐徐展开的画卷,那些画面将时间与空间一同凝结其中,他用舞步发出他最初和最终的声音。他的舞步带着鸟一般的轻盈、自由和灵巧。

此刻所有的光芒照耀他们。他们有力地旋转、飞舞、跳跃,如雄鹰飞翔在蓝天,如火焰燃烧在沙漠上。老马的目光没有离开他们。这是英雄的舞蹈。王子之舞。它阳刚,挺拔,潇洒。他们用身体的语言叙述欲望。它是冲出灵魂的波涛,是不能克制的汹涌澎湃。

这时又一群舞者出现在画卷上,轻盈舞蹈,像一群群候鸟在盘旋,组成了令人遐想的风景画卷。在这个以时空为过渡的命运里,时间改变了爱情,空间决定了事业。杨帅虽然是舞蹈王子,却必须和所有人一样经历时空的考验。他在伸展中穿透时间,寻觅高处。生活本身就是一场接一场的演出。他在台上。所有的人都在台上。没有人是上帝的宠儿,人人都编织自己的节目,也都在自己的命运中手舞足蹈。

老马表情凝重,看着这美妙精彩的场面,他知道痛苦的情感现实刺激出了绚丽无比、令人迷醉不已的艺术作品,而迷醉的原因还在于,这个艺术作品是动态的、唯一的、即兴的、不可复制的,像一条精彩而危险的人生歧路。

《追梦》画面中出现了散发着中国古典韵味的文房四宝:笔墨纸砚。在清雅的古琴声中,人们看到了一幅画作产生的完整过程——纸张制作、落墨着色、装裱成轴。国际艺术节动人的夜晚就从这飘逸婀娜、变化万千的中国画卷开始。

《追梦》的画卷神奇地出现在了场地中间,这幅长达七十米的巨大卷轴在人们面前缓缓铺陈开来。琴声悠扬,水墨浸染,充满中国古典艺术的优雅神韵。

一袭黑衣的舞者舞动在画卷之上,用肢体做墨迹,表现中国水墨画的洒脱写意。随着舞蹈演员的动作,洁白的画纸上出现了起伏回旋的墨色线条。

画卷上墨迹漫卷,流淌变幻,依次呈现出岩画、陶瓷、青铜器等在中国文化起源和发展过程中极具代表性的文化符号。

清朗的旋律,来自一张有着一千多年历史的古琴。在琴弦拨动间倾泻出中国文化底蕴的源远流长。中国水墨画讲求以形写神,不拘泥形式,更讲究神韵。舞蹈演员独特的肢体语言,正体现出中国水墨画这种特有的意趣和韵味。

此刻,画作完成,原本铺陈在地上的画纸,被凌空悬起。一幅山峦交错、起伏延绵的水墨画呈现在眼前。

从来没有哪一场歌舞表演,能承载如此多的内容。高飞曾以为,以自己的年龄和身体条件,他再也不能上舞台了,他以一种凋败的艳丽,向死而生;他知道,只要是不甘心,他仍然可以是很有力量的。他没有想到,他与杨帅之间纠缠不清,最后一次合作,竟会是这样的方式。

那个沸腾之夜来到了。他仰躺在那片神奇的山河画卷上,他舒展的四肢暗示着某种生命的历史。他的双手生长出两把黑柄的如椽大笔。他身旁留下的墨迹犹如一棵萧条的树木飘下的纷纷树叶,在他头颅的两侧随风波动,树叶沾满金属般的光。

就像一个金碧辉煌的梦。

二十五　此情可待

死亡是绝对的,没有纪念日

正如在秋季,风停息

但风停息,天上

白云依旧

——史蒂文斯《士兵之死》

回到纽约后,杨帅放下行装,先去看望搬到新泽西的亚娜和虎妞。虎妞睡着了,他把礼物放在她枕边,两人遂退到楼下。亚娜似乎对他的突然到来不太习惯,她一直没怎么说话,不过她向来就是这样,"不是说你,虎妞一直问爸爸去哪儿了?你又没从地球消失,有必要那么保密吗?瞧!你好不容易回来了,她却睡了。要不要叫醒她?"

他制止了她。他发现她有了一种新的力量,和她的敌意大体相当的一股力量。实际上就是把自己紧紧包裹起来,装出漠然而冷淡的模样。

"你回来后,听说小米的事了吗?"

"什么事?"

亚娜看着这个略显疲惫、风尘仆仆的男人,小心翼翼地说:"她去世了。"

她说完,就转身上楼了。

她不知道该再说些什么。

她知道他需要一个人待着。

这世上,人人都是孤单的。

听到她上楼,回房间,他没有跟上楼。他坐下,坐在第一级台阶上,抽烟,一个小时,又一个小时。他觉得热,脱了外套。然后,他看了会儿电视,交通事故的新闻。那电视屏幕失去了颜色。他穿上外套,出了门。从此,亚娜再也没看见过他。

后来,有人在洛杉矶看见过杨帅,又有人说在海边看见过他,还有人说他还在纽约,根本没离开,只是蜗居在家里不见人,还有人说他是在路上突然得了急症,暴病而亡。亚娜相信他一定是再次流浪了,撂下世间的一切,一切爱着他的人,狠心地再次出走。这种事他做得出来。亚娜只希望他圣诞节回来,看看虎妞。

一年过去了,连一张卡片都没有。她决意再等两年,对这个侨居的城市,她已经习惯了。较之于曼哈顿的热闹喧嚣,新泽西倒一直保持着它的娴静,它会随着四季幻化风貌:春天云雾浓重,环绕着波浪似的山丘,特有一种缠绵的风情;夏天整片的绿直漫到湛蓝的海域,回首看,这绿又和蓝天连成一体,天地间似乎只剩下这两种颜色了;秋天白花花的芦苇既热闹又萧瑟地覆满了视野,玄青的天、宝蓝的海全退到好远好远;冬天寒雨绵绵,静谧的氛围很适合怀旧,也宜于独处。

这两年中,父母叫她带女儿回国,可她一直担心杨帅回来找不到她们可怎么办,他不知道其他地方啊! 她一直在这里等着杨帅。他可能跟以前一样越跑越远,但他会回来的。

这天下午,亚娜关好了门,把钥匙和预付的管理费留给了房东。还有一封留给杨帅的信——如果他还会回来的话——我走了,我不再害怕。

她淡淡地对女儿说:虎妞快长大,长大了去找爸爸。

门庭外有两排小行道树,现在已经长成一人多高了,从窄窄的夹道望出去,一个女人一手拖着箱子,一手牵着女儿的手,正在细小细小地走远……

其实那天,杨帅从亚娜家出来,并没有走远,他是去了高飞的家。按门铃的时候他汗流不止,嘴巴干得无法开口说话。也根本不必说话了,开门的是高飞,他骤然的苍老和颓败说明了一切。

杨帅本来是要问什么的,可是他不敢开口。电视开着,上面是国内那个艺术节的内容。他坐下,东一句,西一句,开始闲聊。高飞说他离开原来的舞团了,因为这次的回国演出他辞职了。杨帅劝他,不如干脆回国搞现代舞,国内需要这方面的人才。对这个提议,高飞倒挺感兴趣,又说他妈妈病了,打算回国陪妈妈一段时间,再考虑一下今后去向的问题。两个人聊了大约一小时,竟然一句都没提到小米。似乎什么都没有发生。杨帅觉得有点安慰,又有点不确定。有几次,谈话中断,两人相视无语,却能感到彼此平静外表下掩藏着的心底波澜。杨帅终于起身道别。出门正要下台阶,高飞突然从后面扳住他的肩膀,说:"小米去世了。"

杨帅没动,只是转过头来,注视着那两只手,好像要使它们停止移动似的,感觉到它们落在他肩膀上,就好像它们有自己的独立生命,也好像它们试图做某种事情,可是为了他的缘故它们正尽力予以抑制和阻止。接着,那两只手抬了起来,攥住了杨帅的胳膊,使劲攥着,泪水终于从高飞眼里滚滚流下。他说:"她死了!"

他说:"她病重的时候我们不在,我们在北京。现在,她死了。"

高飞离开纽约之前,小米的父母来到美国照顾女儿。高飞后来才知道小米住进了医院,再也没有出来。为了不影响他的演出,他回家后才知道了这一切。

杨帅走出了院子。阳光白花花的铺天盖地,春色满园,到处是嫩绿鹅黄。他的心跳得让他觉得自己要死了,但他的头脑却又异常清醒,他甚至注意到白色的栅栏上,有一只笨头笨脑的小蜗牛。它想不想飞?它想不想飞??

他又折身返回,这次他忘了按门铃,而是不顾一切地啪啪拍门。高飞开门后,愕然地望着他径直往里奔。走过门厅,他看到餐室里露出灯光,他听得见小米正在布置碗筷,叮叮当当,她像往常那样,习惯把碗筷叉勺摆在餐桌中央,随人自取;楼梯处地毯上有一方块雪亮的阳光,是从一扇窗户折射进来的,但门厅是黑暗的。卧室的门关着。这时他意识到,他并未相信她是真的走了。他朝那个房间走了过去。

现在他朝着门口走去——里面有他所熟知的事物,他既相信又期待着还有熟知的人,然而他曾听见门里面的那一侧传来走近的脚步声,却又听不见脚步声里有些什么。

他猛地把门朝里推开,门把嘭一声撞在墙上,他就像一个不屈不挠的几近疯狂的傻子,站在门口喊道:"小米,夏小米!"他先看见小米的梳子放在床头柜上,接着有老长时间,他闻到的是美人樱的香味。这样想着,他穿过屋子,低头看着枕头,它就搁置在上面——一枝美人樱。她院子里有不少美人樱。那种香味充溢了房间,他能透过其他的气味单独把它闻出来。

他僵立着,面若死灰,两眼全红,鼻孔张开,使劲咽着唾液。这一刹那,他听到了一个女人的声音,随着花草的气息从房间朝他这边悄然低语。

这是高飞第一次,也是唯一一次见到杨帅落泪。

小米的去世似乎对杨帅的白日梦并没有什么影响——如果能称为白日梦的话。他在这些白日梦里与小米仍旧会相遇,或是不顾一切安排的重聚,这些既不会实现,也不会被改写。因为小米已经死了。

杨帅离开的那个下午,大概是三四点钟的光景。他想也没想,把车开出来,只想马上离开。天气几乎是霎时恶变,电闪雷鸣,风强烈得差不多能把一个人吹跑。他站在窗口往外看,狂风把雨丝吹得摆来摆去,雨脚不是直上直下,而是变得像喷水枪喷出一样四散奔逃。楼下的整个街道变成了波涛汹涌的汪洋大海。但是,他去意已决,不想在屋子里多待一分钟。他已经很难系统地思索了。弗里德曼说,这世界是平的。可对于此刻的他来说,这世界既不是平的,也不是圆的。

它漆黑一片。

事实上,他一刻也不能静下来。在这个世界上,总有他能去的地方,总有他要去的地方——但它一定不是现在这个地方。

什么行李都没带,他就出了门。外面电闪雷鸣风雨交加,这样的天气平常躲在屋子里都会烦闷,但现在他什么都不管不顾了。

雨刷左右摆着,但是他看不清前方的路;天地朦胧像灭了灯的夜,黑地昏天裹紧了、合拢了。灰暗的雨珠在灰光的衬托下斜斜地砸落。终于,他发现他把车开进了一片汪洋。不一会儿,他的车慢慢悬空,在水里漂了起来,顺着风打旋,像被无形的命运之手在推着走。车内,电台正在播放古典音乐曲目,是美国作曲家巴伯的《弦乐柔板》。此时,音乐也经由漫长的铺垫与累积来到一处澎湃凄绝、难以抑制的高潮。大提琴奏出低沉的声响,小提琴之音飘浮其上,用缓慢拾级而上的音阶将他带到一处玄幻迷离、宛若天国的情景中。他的车像一个孤岛,悬浮于荒郊野外。雨沙沙地连成一片,他就像被催眠一样身心迟钝。雨滴穿过厚厚如磐的云层萧萧落下,就像《罗密欧与朱丽叶》的结局,落在所有生者和死者身上……

附录 | 在孤独与梦想的困境中前行
——海外华文女作家南希访谈录

陈蘅瑾

采访人：陈蘅瑾，浙江越秀外国语学院副教授，博士。

受访人：南希，纽约服装设计师，北美中文作家协会理事，纽约华文女作家协会理事。

南希在移居美国十四年后重新拿起写作之笔，在逼仄的时间和世俗角色的重重围困中，开始有计划地写作散文、短篇小说直至长篇小说《娥眉月》《足尖旋转》等作品。文学成为她在异域生活的必备武器和自愈良药，也是她乌托邦式理想的承载之所。

在纽约皇后区森林小丘的一家日式料理店里，作家南希接受了我的采访。南希的作品娟秀中透着英气，正如第一次见面时她给我留下的印象。她是纽约曼哈顿的一名服装设计师，也是北美中文作家协会理事。她每天工作节奏紧张，有时晚上九点才回到家，然而她却在这样的情境下完成了第一部和第二部长篇小说的创作，她用写作在孤独与梦想的困境中执着前行。

1

陈蓇瑾：南希老师，您好！很高兴能在纽约遇见您！也很感谢您能接受我的采访，我们就直接进入主题吧。您1992年来美国，什么时候开始酝酿文学创作？能谈谈您当时开始创作的一些情况吗？

南希：非常感谢你这个问题，也帮我有机会梳理一下自己。由于在北京日报做记者，从20世纪80年代开始，我就写了大量的纪实文学、散文、评论、随笔。出国留学使我的中文写作被迫中断，生活发生了巨大变化，特别是来美国后，中西方之间语境的强行切换，是使我在文学上失语的重要原因之一。一个新移民在陌生的处境里，每分钟都在经历惊吓、羞窘、颓丧或欣喜若狂，几乎是在几个月内完成正常人十来年的成长，现在想来也真是不可思议啊。当一个移民独立而自尊地立足于别人的国土时，极短时期的经历确实使其内心变得极度的敏锐和丰富，而从另一个角度来说，这种"洋插队"的生活经历，就像当年上山下乡的"土插队"一样，让我收获另一笔语言和写作的养分。

我从2006年开始"触网"，读了很多网上文章。那时候网络很活跃，于是自己也开始在网络上写作。写作原本是我的理想，但是生活并没有按照我的计划轨道运行。在经历了一系列意外、压力和曲折，蹉跎了很长一段宝贵的时间之后，我痛感"生命有限"，于是我开始了散文写作。一篇好散文应该像陈年老酒，有沉淀的过程，耐品、耐读、有回味，集思想性、文学性、艺术性和趣味性为一体，其实这就很难写了。在写了一阵子散文之后，我开始注意写作视角，从开始时只注重一己之感悟，到后来换了观察角度，关注一些共性的厚重复杂的东西。

陈蓇瑾：您的散文在干练的文字中透出真诚与大气，《天禽如人》这一篇散文让我印象特别深刻,视角非常独特。

南希:《天禽如人》这篇文章我写了半年多,当时拉拉杂杂写了上万字,还是觉得不满意,就撂在那里。有一天读《庄子》,突然受到启发,又联想到卡夫卡的一篇小说,就翻出这个文章把它重改了一遍,找到了一个特殊的叙述角度。文章的思想性早已潜伏在那里,只是等待着一种合适的形式表达出来。这篇文章被从一万一千字改到七千字,就又放下了。后来看到美国汉新文学奖征文,要求三千字,我又删了很多,寄出去了。没想到《天禽如人》得了散文一等奖。

陈蘅瑾:恭喜南希老师!我发现一个特别有意思的现象,2010年第十八届汉新文学奖的散文和小说的头奖都被您一人独揽,获散文头奖的便是《天禽如人》,小说头奖的是《莎丽一家的晚餐》,这样的情形很少见。您刚才说到2006年开始有计划地进行散文写作,那小说创作又是什么时候开始的呢?在写作过程中,由散文写作到小说创作,您当时有什么不同的体会呢?

南希:2008年,我开始写短篇小说。我喜欢写小说。小说的叙述角度本身就是一门艺术,这对我是一个有意思的挑战。短篇小说对一个作家的要求是最严格的,我现在仍是一个学习者。我写小说的灵感经常来自生活所见或报纸、新闻,这个可能跟做记者的观察习惯有点关系。一天,在纽约曼哈顿的车站里,我在一把木椅子上捡起一份英文报,随便浏览打发时间,在报缝儿里看到一则社会新闻,只有两行字,我的一根神经却被它挑动了,眼前出现了一个画面,我马上兴奋地站起来,浑身发热,喃喃自语,在地铁站里走来走去,在十几分钟之内就构思了一篇小说。它就是后来得了美国汉新文学奖小说二等奖的《多汁的眼睛》。

陈蘅瑾:从2008年到现在刚好十年,十年中您创作与发表了不少优秀的短篇小说,多次获得美国汉新文学奖小说奖。您笔下短篇小说中的主人公不少是来美国的普通移民,如小说《莎丽一家的晚餐》写的是印度移民、

《伊妹儿的黑色星期五》的主人公伊妹儿是移民美国的越南华侨、《多汁的眼睛》的主人公迈克是西班牙移民……可以看出,您关注人物的面比较广,创作的视野很开阔,想请您谈谈您创作中的初衷。在小说创作中,你可曾遇到过困难?

南希:我的短篇小说写移民比较多。移居的人何等坚韧,其命运等同于树木、荒草。个体常常毁灭,族群却风吹再生。笔触的冷峻和节制,是最适宜的力度。对焦移民的镜头,倾注了无限悲悯,却要不露声色。这在创作中确实很考验我。我关注移民群体,这在很大程度上也因为自己过去的经历和视野以及我所接受的教育。我接受的教育,让我一开始就可以抛开个人和所属群体的束缚,从人的角度、人类的角度,而不是一族一国的角度来写人,让我尝试从生命体验和人类视角来写小说。

陈蘅瑾:您聚焦移民人群中的小人物,写他们的梦想、职场的压力、悲剧的命运,开掘并丰富了移民人群不同领域的创作主题。对移民群体小人物命运的写作,您有什么体会和心得想跟我们分享?

南希:已故电影导演胡波曾说:"小说创作是我缓解焦虑的方式,生活里没有什么好事情,除了文学和电影之外,很少能有让自己感到轻松和满足的事情。"[①]写作是自己个人精神的需要,也是时间给予的良策。美国是个移民大国,这是美国文化的特色,也是美国的真实现实。在移民身上可以看出精神层面的灰色和无奈,这是现实生活的折射。作家对现实应有所考量。我在两种制度不同的地域看到不同的问题。我也在思考,并试图用小说来反映。

陈蘅瑾:您的短篇小说构思很新颖,每篇小说都在努力寻找不同的叙事方式,有着非常强烈的时空感。如《莎丽一家的晚餐》通过莎丽奶奶以及莎丽姐弟三人推的那辆超市购物车,把过去、现实与未来这三个时间以及家与超市两个叙述空间,展现得淋漓尽致。在这样的结构中,强化了莎

---

① 胡波:小说《大裂》结语。

丽理想被击成碎片的窒息感。您能不能谈谈您在短篇小说的创作中,对于叙事方式的思考和取舍？在短篇小说的叙事方式中,您受到过哪些作家的影响？

南希： 对我们忙碌的上班族来说,小说是轻武器,在时间上可以灵活一些,同时,短篇小说也可以进行文体的技术上的实验；有时候,为了参赛,字数要少,这也增加了短篇小说的创作难度。因此,我的短篇有以下三个特点,一是非常短,二是充满戏剧性,三是小说人物内心带着冲突,如《多汁的眼睛》《黑色星期五》等。对我影响较大的是一些现实主义风格的作家,如契诃夫、莫泊桑、欧·亨利,再加上卡尔维诺和门罗等,所以我的小说有不同的风格。

2

陈蓊瑾： 长篇小说创作,在很多时候被认为是作家走入文学艺术大殿的通行宝典,以短篇小说创作而获诺贝尔文学奖的加拿大籍作家艾丽丝·门罗也曾不无自嘲地说:"短篇小说作者徘徊在文学的大门之外,总是不得其门而入。"这从另一个侧面也说明了长篇小说在小说创作中的地位。英国作家大卫·米切尔认为短篇小说与长篇小说的区别在于长度与速度的隐喻,这是个很有意思的比喻。根据您的创作经验,您认为长篇小说创作与短篇小说创作有哪些区别？

南希： 写作短篇小说一个便利条件,就是短时间内可以完成,特别是对我们边工作边创作的人来说,写短篇小说也是迫不得已的选择,因为我们可以在短期内精神高度集中,一般三四个星期就可以完成,时间上负担不重,还可以进行一些语言和风格上的尝试,可以在感到疲劳之前就结束。长篇小说就太难了,创作时间、创作心境、创作中的自律程度、工作以及家庭生活等,任何一个点都会影响长篇小说的创作。写长篇小说,要求作者长期、高度集中精神,几乎与世隔绝,需要比常人更平静的精神状态,如驾驭一匹马在瓷器店里溜达,不能猛也不能出错。

写一部长篇小说就像远涉沼泽中的一条大河,在一个有阳光的早晨,你想象着目的地的鲜花与壮美,于是你带上干粮和几本书上路了。一开始,你兴奋着,很容易涉过了几个泥潭。你向前走去,于是陷入了沼泽的深处,但瘴气里还有花香,还有蛙鸣,可你已无暇顾及,你要应付潜流、深潭,还有更多的未知的凶险。你进入了沼泽中的大河,你看见了大鱼背鳍上的浪花,看到了许多根朽木在沉浮,甚至还有动物和溺水者苍白的面孔。

可你有什么呢?

除了没有背熟的那几个大师的咒语,什么也没有。力量只能靠肚子里的墨水来积蓄,但河水的激流已让你偏离了目测和计划中的方向。河水挟裹着你向下游翻滚而去,这时候,想后悔都来不及了,你攀住河中间沙洲上横生的几棵灌木的枝条,略作栖息,喘息着看一看离当初的预测有多远。

写长篇,是用一颗心做舟、做桨、做罗盘、做翅膀,赤手空拳在空气和时间里滑翔。

陈蘅瑾:《娥眉月》是您长篇小说的处女作,您是从什么时候开始有了创作长篇小说的想法,《娥眉月》是在什么样的情境下开始创作的?

南希:《娥眉月》是从 2008 年开始构思的。《娥眉月》写了前几章,中途母亲去世,我心情不好,搁置了很久,后来强迫自己在写作中恢复,前后加起来写的时间大约一年,到 2010 年 10 月写完初稿。其实,短篇小说,我写得很慢也很少,常常感到很绝望,简直不自信到极点。我写长篇的原因,并不是自认为短篇小说已经写得很好了,而是想要尝试不同的创作形式。我需要有一定的空间、容量的体裁,容我慢慢转身,也需要有体裁能容纳厚重的历史和情感,这个用短篇小说很难实现。同时,我早年做编辑的经历和丰富的社会阅历,以及后来移民经历中切身感受不同文化的碰撞,让我不再满足于热心描摹、记录生活现象而没有精神提升的小说。在一种更开阔、深远的人生视野中，我觉得人的信仰包括我自己的信仰，在消失。我常有一种感觉，像沃尔科特的白鹭从"盈盈的流水间"飞起，我在目睹一种高贵的事物在这个时代和我自己的生命中消逝。

真正促动我提笔写作《娥眉月》的，是我父亲的过世。我父亲一生戎马，身经百战，父亲一直说要写回忆录，而我像其他做儿女的一样，只顾自己的成长，很少注意与父母交流，更没有去挖掘他的人生故事。直到父亲去世后，我回到家，却没有找到回忆录的资料，我蒙了。之前，我总觉得还有时间，然而现在，透过疲惫的眼帘，人生在我面前已不再是全景，而是半掩的窗帘。于是，我决定开始长篇小说的创作。

陈蘅瑾：这部小说时空感跨度比较大，在空间上，从北京大都市到山西小山村、从东半球的中国到西半球的美国，在时间上，从 20 世纪 70 年代初到新世纪初，整整三十年的时间，这三十年写了一代人最美好的青春年华和最纯真的近乎乌托邦的爱情理想。您经历了上山下乡（土插队）和侨居美国（洋插队），与作品中的主人公青梅有着诸多相似之处，我们是不是可以这样理解，青梅的形象中有包括您在内的一代人的青春与情感的记忆？又是什么促动你最终以文学艺术的形式来呈现这一切？

南希：确实，我写第一部长篇小说《娥眉月》，素材来自自己的经历，是回头看自己的影子，向自己求索故事。但严格地说，这不仅仅是我个人的经历，这个故事里承载着一个团体的记忆，一代人的记忆，我写我们这一代人，是为自己的时代写照留影，为将来的读者讲我们这个时代的故事。

很多阅读过《娥眉月》的人都会问我，为什么我会写安德烈这样一个极具理想主义的人物，这根本是杜撰啊！其实，小说中男主人公安德烈是有原型的，安德烈的身上有着很多杜家山知青的影子。在当时，除了我本人是理想主义者之外，我身边有很多像安德烈这样的人——他们践行着他们的理想。我有幸在他们年轻漂亮的时候，见到他们意气风发的样子，现在他们虽然已经老去,但是在精神层面,他们仍然是年轻漂亮的样子。我知道这样的人在人群中很稀少了,在后来的日子里,也几乎很少看到他们的同类,但是在当年杜家山知青里他们确实非常集中。这类人在那个小山村集中出现,对我来讲是一大奇迹,这也是促使我写下去的原因。

陈蘅瑾:"月"在中国古典文学中是一个充满丰富意蕴的独特意象,小说《娥眉月》中,无论是小说题目、结构的章节表述,还是整部小说的情感意蕴,都以"月"为意象展开叙述。请谈谈您以"月"为主要意象,以月相的变化为行文线索进行小说叙事的初衷?

南希:我很感谢生活的积累,我都是边工作边写,所以我的小说是慢慢改的,慢慢找到合适的形式。在写作中,那些文学积累慢慢地帮我找到需要的。比如意蕴,这是我意识里的东西。"如梦如幻月,若即若离花",就是这个意思。但是,那些题目和设计是后来的,最大的改变是第三稿之后,而且重新写了几章,加了后面有分量的部分,和有诗意的地方,比如令人感慨的《红月》。

陈蘅瑾:小说中写安德烈对于理想的执着与坚守、青梅对于爱情无言的守望,写上山下乡中知青与父辈、知青与知青、知青与村干部(村民)们的种种矛盾与冲突、理解与信任,现实与理想这两条线始终交织在一起,现实主义的创作方法与浪漫主义的情感理想融合在一起,使作品产生了不小的张力,在创作过程中您是如何处理这两条线的关系的?

南希:先有现实的一条线,后来又有了人物关系的一条线,我非常清楚我不是写港台言情小说,但我在情感上加了很多码,情爱我也不回避,都用现实主义的手法表现,因此在感情的容量和锐度上,都有比较鲜明的辨识度。在写作中我是先有主题,再设人物关系;有了人物关系之后,再来叙述故事。

陈蘅瑾:小说中有一些部分想和南希老师交流下,如第七章《满月》后半部分写了怀孕和没有安德烈消息的青梅的不安与惶恐,而第八章《瘦月》写大罗山知青点的风雨飘摇,叙述知青突击队回村后的生日庆典,知青刘胖儿的死,知青关于上交爱国粮的争论等情节中,这两章的叙述时间应该是同时,也就是说安德烈都是在场的,在阅读过程中,这与第七章青梅的不安的情绪有些脱节,想问问您对这个情节做这样的处理,初衷是什么?

南希:因为业余写作的限制,我没有写大纲,随手写的;在博客写一章,放一章,后来的就按印象写,可能会出现前后气息接不上。这种网络写作的特点,如长篇小说《繁花》的作者也是写一段发一段,边写边发,有人指出他前后不连贯,或名字错了,他后来才改的。他是专业作家和编辑,而我是业余写作,会有很多无法避免的失误。只能先把小说写出来,然后再做修改和完善。

3

陈蘅瑾:海外华文女作家协会成立至今刚好三十年,北美新移民女性作家创作成为世界华文文学的前沿,取得了令人瞩目的成绩。海外华文作家绝大部分都不是专业从事创作,更多的是利用业余时间进行创作与书写,想请您谈谈在海外业余进行创作的感受与心得。

南希:写作对我有治愈作用。我爱文学,它是渡过苍凉人生之舟,而文学与艺术对人的影响是微观的,它不能给人带来俗世的荣华富贵,虽然它不能使人上升,起码也使人不至于堕落和绝望。它帮助我们把人心向上的冲动和向下的堕落,节制在这个纷纷扰扰、普普通通的尘世,不卑不亢地看待着这个并不美好的世界。如果它不但使我一个人不致沉沦,还能够激励更多的人,它的作用就超过了预期。文学对我的作用,不仅仅是简单地消极避世,而是进入了另一套生命程序,另一种层次,就像老子说的,变成了婴儿,"毒虫不螫,猛兽不据,攫鸟不搏""骨弱筋柔而握固"。写作就是一个人在文字里,情不自禁地起舞,就像仙鹤、鹭鸶,很美。

　　杜拉斯在《我为什么写作》里说:"我发现在每个人身上,从经历的现实到再创造的现实的转换,都拥有明显的写作功能的所有特征。我发现在我们每个人身上都有一个完全投入的先导人格,它在坚持不懈地完成将我们所说的经验融入我们的滞后人格这一任务。"在我看来,问题并不在于赞成或否认经历的事件,将其归为己有或予以拒绝,而在于一种行动范围更宽广的后意识,一种特殊的功能,一旦意识将这一事件归为己有,就会理解它,安顿它,将其融入内在的多元性——融入"内心世界"。虽然意识的获得与经历的生活是同时进行的,但写作功能却是后来才启动的。对这一历史功能而言,为了使经历的生活主观化(或者客观化,这两个术语在这里同样有效),修改它、歪曲它,直至使其屈从于自我历史必要的要求,必须有一段严格的时间差。意识,是进入的大门,是事件与自我相遇之地。一旦进入大门,事件与自我的焊接就在后意识或写作(或叙事,或人们想要的一切)区域进行,铸成每个人至关重要的"合金"。

　　写长篇小说需要闭关写作,更多的是痛苦、煎熬、孤独。同时,写作很过瘾,背对现实,排开杂念,把所有的神经都凝聚到一个点上,把所有的敏感都唤出来,于是一些意外的词汇、句子从纸上出来了。它们组成了人物、故事、情节行为。这种状态使人上瘾。假如生命有度,把心与身存在的状态排一下,那么"瘾"实际上就是一种超乎正常的生命度。这种神秘的"过瘾"就如旅美作家严歌苓说的,"本质上就是从自身躯壳里飞出来一会儿,使自己感到在这一会儿的生命比原来的要精彩一些"。的确,我在写作中很虔诚,精神亢奋、极度敏感。写作使我沉浸、沉静。我甚至感到自己在小说世界里的目光比现实中更敏锐、更宽广、更残酷或更温柔。写作使我变成一个更好的人,可以做一些平时做不了的事。用苏轼的诗表达,就是"人生如逆旅,我亦是行人"——我来过了!我想这可能也是不少海外华人女作家的心声吧。

陈蘅瑾：您觉得新移民女性作家的创作与国内女性作家的创作相比有哪些异质性？

南希：海外新移民女作家的创作整体而言，条件不好，可以说是在边缘的群体。先天条件的不足，没有文化支撑，没有专业的训练，也没有资金和政府支持，大多数作家在工作，写作难以为继，加上发表难，生活不易，不少人写着写着就放弃了，海外新移民女作家整体发展受到很大的限制。可以说是野生写作，野生发表。但女性作者也是最有特点的，因为她们比男作家有韧性，天性浪漫乐观，所以目前从数量上来看，海外女作家要远远多于男性作家。

陈蘅瑾：陈瑞琳老师以"离散"和"回归"这两个关键词来概括北美新移民女性创作的汉语成就，认为北美新移民作家"早期创作的主题主要是表达在'生命移植'过程中'离散'意义的苦乐悲欢，带给人们的阅读冲击首先是面对西方异质文化的心理冲突以及对自己母文化血缘的'离而不散'。近二十年来的努力则是在全球化视野下寻求文化的融合以及在'超越乡愁'的高度上来重新寻找自己的精神'回归'"①，这个概括非常好，请谈谈您在写作中对此的感受？

南希：我愿意用"河流"与"海洋"这两个词来形容北美新移民女性创作的成就。我们有着较丰富的经历，我们也在经历里打捞故事，但又始终让它们待在历史叙事的框架之内。经过如此发展之后，两股溪流靠得越来越近，最终似乎汇入了同一河流之中，奔向文学的海洋。我想我们可以采用人类与历史的双重视角，更好地看待海外新移民女性创作的汉语成就。

陈蘅瑾：您的第二部长篇小说《足尖旋转》将在国内正式出版，是否可以谈谈您这一部长篇的构思与写作情况？

南希：在写作中，孤独是我最为关注的主题。我认为孤独是绝对的，最

---

① 陈瑞琳：《"离散"与"回归"——21世纪北美新移民女性创作的汉语文学成就》，《苏州教育学院学报》，2017年第2期。

深切的爱也无法改变人类最终极的孤独。而被拒绝和得不到回报的爱则是我关注的另外两个主题,这也是人类爱情生活的写照:不断地追求,不断地被拒绝。这两个主题在《足尖旋转》里都得到了充分的展现。对书中主人公来说,精神上的爱远优越于肉欲之爱。因此,它并没有展示爱的全部细节,而爱情像舞蹈本身一样扑朔迷离。

开始写《足尖旋转》是在2013年底,当时我生活里发生一件事,一个坏消息,对我来说有毁灭性的打击。数小时后,我开始了第二部长篇小说的写作,就好像一拍脑壳,突然就开始了新长篇的写作。我沉浸在熟悉的紧张感里,忘记一切,忘掉让我痛苦的现实,当时唯有我和小说人物。后来我自己也不能理解自己,为什么会这么快就转变了情绪。除去这个构思在脑子里储存发酵成熟的原因,还有人的自然生物本能的作用吧?这时文学的插入,对我来说有屏蔽作用,屏蔽内心与现实的冲突,把我从现实超拔,成为一种休息或情绪的转移。

《足尖旋转》源于一个真实的故事,但是始终没有后续,也总达不到我脑子里想象的标准。直到有一天,一件事触发了这个素材,这个故事活了,开始发酵。听到这个故事是多年前当记者的时候,有人说这里发生了凶杀案。于是我问,当事人站在哪里?后来又走到哪里?刀在哪里?见证人说,当时刀就在这张桌子上——这时,我想象桌子上出现一把刀——就是这个画面非常奇妙地印在了我脑子里。它沉默着,沉默了多年,后来因为某件事的刺激,它"啪"一下就蹦出来了,成为这部小说的种子。故事在孕育成长,它曾经瘦弱、蹒跚,但是后来越来越强壮、成熟,它的体积膨胀起来,我有点控制不了它了,后来它又生出一些原来并没有的人物。它一路使我惊奇。这部小说完全不同于第一部小说,它出乎我的意料,以一种妖娆的姿态自由生长起来。

这部小说是一个关于爱、孤独、流浪的故事。我把个人的体会附在人物身上。海外华人语言环境的变化,会使一个敏感的人变得更加敏感。潜台词会一再在心中涌动,但嘴巴却跟不上,这反而造成内心活动的丰富。想象力在飞翔。外在与内在的冲突让过去的观念重新洗牌。这是移民的特点,无论他是哪个国家的移民,这种身心分裂的痛苦,茫然无助的哀伤,不仅属于青春,也属于整个的生命。青春在流浪,爱情也在流浪,这样的爱情最终又让生命流浪。我的小说里出现过多次流浪,到结尾时我的主人公又在流浪漂泊。"爱不是目的,只是一场旅行。同样,死也不是目的,而是朝另一个方向的旅行,它支离破碎,坠入自然的混乱中。然后一切都被从自然的混乱中抛出来,抛入创造。"当我写完结尾后,看到劳伦斯的这句话,有点吃惊,我觉得他说出了我的主题。

有一天,在博客上,我看到一个博友的留言:"祈祷上帝多给南希一些文学时间,让南希尽快写出她对生活的认识和理解,或者她想表达的思想。很喜欢她在《娥眉月》中表达的那种既浪漫又有对人生充满向往和追求的火热的爱情,那种爱情虽然悲剧结局明显,但是让人很想重温一遍。"看到这个留言,我竟禁不住抽泣起来。回忆和辛酸、理解和共鸣冲击着我,这是多么感人、真诚、有分量的支持。

这种声音离得像星星一样遥远,但其微波却完整地被我接收到。在深陷困境时我常常悲苦无助,觉得自己那么单薄、脆弱、阴暗、无助,是多么渴望温暖和阳光啊。面对这种境况,我只能不断地调整自己内心的雷达,不断地发出信息并调整方向,向着希望,向着温暖,向着光明,就像向日葵一样转动着自己的脸。

陈蘅瑾: 非常感谢您百忙中抽空接受我的访谈,期待看到您的新作。

南希: 谢谢。

(原文发表于《世界华文文学论坛》)

图书在版编目(CIP)数据

足尖旋转/南希著. —郑州:河南文艺出版社,2019.4
ISBN 978-7-5559-0760-2

Ⅰ.①足… Ⅱ.①南… Ⅲ.①长篇小说-中国-当代 Ⅳ.①I247.5

中国版本图书馆 CIP 数据核字(2018)第 273256 号

选题策划	陈　静
责任编辑	张　娟
责任校对	梁　晓
书籍设计	吴　月
责任印刷	陈少强
出版发行	河南文艺出版社
本社地址	郑州市郑东新区祥盛街 27 号 C 座 5 楼
邮政编码	450018
承印单位	河南瑞之光印刷股份有限公司
经销单位	新华书店
纸张规格	700 毫米×1000 毫米　1/16
印　　张	20.5
字　　数	273 000
版　　次	2019 年 4 月第 1 版
印　　次	2019 年 4 月第 1 次印刷
定　　价	42.00 元

版权所有　盗版必究
图书如有印装错误,请寄回印厂调换。
印厂地址　河南省武陟县产业集聚区东区(詹店镇)泰安路
邮政编码　454950　　电话　0391-2527860